JAMAIS PERSONNE N'EST À L'ABRI

SÉRIE « LES MYSTÈRES DE LUCA »

DAN PETROSINI

DAN PETROSINI
MYSTERY & SUSPENSE AUTHOR
www.danpetrosini.com

Disponible en versions imprimée et numérique: 978-1-960286-94-9

Printed Naples, FL, USA

LIVRES DE DAN PETROSINI

CHAPITRE UN

Nous n'avions pas de corps, mais quelqu'un était mort.

La pièce était sombre et l'air, immobile. Ce qui restait de Lisa Ramos était assise en face de nous, de l'autre côté de la table. Un pervers avait tué la jeune femme que sa famille et ses amis décrivaient comme pleine de vie.

Un verrou, installé depuis notre visite de la veille, témoignait de sa peur intense. J'avais interrogé des parents et des conjoints dont les proches avaient été assassinés. Ils m'avaient marqué, mais cet échange-là se classait comme le plus chargé d'émotion de toute ma carrière.

Ramos n'avait pas pu dire grand-chose, mais il ne faisait aucun doute qu'elle avait terriblement souffert. À deux reprises, j'ai prétexté devoir aller aux toilettes pour reprendre contenance.

Cette fois-ci, assise à côté de moi se trouvait Sophia Livoti, une conseillère du Project Help. Comment cette femme arrivait-elle à dormir en travaillant avec des femmes aussi brisées ?

Sophia Livoti a dit : « Il faut que tu sois forte et que tu racontes à Frank ce qui s'est passé. Frank et moi, on se connaît depuis longtemps, et il a toujours été d'un soutien incroyable pour les victimes d'agressions sexuelles. »

Ramos s'est rongée un ongle.

Livoti a demandé : « Tu veux un verre d'eau ? »

Ramos a secoué la tête.

« Parler à Frank est le meilleur moyen de retirer de la rue le prédateur qui t'a attaquée. D'accord ? »

Elle a haussé les épaules.

« Ça va aller. Frank est un type bien et il sait ce qu'il fait. »

J'avais reçu une certaine formation pour traiter avec les victimes de viol et j'étais peut-être même un type bien, mais là, j'étais complètement dépassé. J'ai dit : « Quand vous serez prête. Rien ne presse. »

Ce n'était pas tout à fait vrai. Plus le temps passait, plus la plupart des crimes étaient difficiles à résoudre. Mais les agressions sexuelles étaient une catégorie à part. Bien qu'il soit impossible de connaître le chiffre exact, seulement 16 pour cent des victimes de viol signalaient l'agression à la police.

Ramos a murmuré : « D'accord. »

Je me suis penché en avant, et elle s'est recroquevillée, se rapprochant de Livoti. Me retirant, j'ai dit : « Merci. Si vous n'êtes pas à l'aise ou si vous avez besoin d'une pause, dites-le-moi. D'accord ? »

Elle a hoché la tête.

J'ai tâté l'enregistreur dans ma poche. « Racontez-moi ce qui s'est passé, en commençant par le début. »

Elle a dégluti. « Tous les soirs, je me promène dans le parc, et il, il m'a attrapée par-derrière, tout simplement. »

Quelqu'un l'observait-il à North Collier Park ? « Vous n'aviez remarqué personne avant ? »

« Non. C'était juste après sept heures, et le parc était calme. » Elle a secoué la tête. « Il n'y avait pas de matchs ou quoi que ce soit. »

Le parc était ouvert jusqu'à vingt-deux heures. « Je vois.

Prenez votre temps, et dites-moi ce qui s'est passé quand il vous a attrapée. »

« D'habitude, je marche jusqu'aux terrains de baseball, mais, genre, près des terrains de foot, j'étais en train de changer la musique sur mon téléphone, et tout d'un coup, on m'a enfoncé un sac sur la tête. J'étais, genre, abasourdie et j'ai laissé tomber mon téléphone... » Elle a fermé les yeux.

Livoti a dit : « Prends une grande inspiration, ma belle. »

Ramos a inspiré.

« Bien. Ça va mieux ? »

Ramos a hoché la tête.

« Quand tu seras prête, continue. »

« J'ai essayé d'enlever le sac, mais il, il m'a planté un couteau, juste là » – elle a touché sa hanche gauche – « et il a dit qu'il me tuerait si je ne faisais pas ce qu'il disait. »

J'ai dit : « Je suis désolé. Ça a dû être terrifiant. »

Elle a froncé les sourcils.

« Quel genre de sac pensez-vous que c'était ? »

Elle a haussé les épaules. « Genre un sac en tissu plastifié, un peu rêche. Peut-être comme un sac de courses réutilisable ? »

« C'est une bonne indication. Maintenant, est-ce que vous avez vu son visage ? »

« Non. Je ne suis pas sûre, mais je crois qu'il portait un passe-montagne ou quelque chose comme ça. »

« Qu'est-ce qui vous fait penser ça ? »

« Quand il était, euh, vous savez, sur moi, je pouvais le sentir sur mon cou. C'était comme ces bonnets qu'on portait dans le Michigan. »

« Après qu'il vous a menacée, que s'est-il passé ? »

« Il n'arrêtait pas de me piquer avec le couteau et il m'a forcée à quitter le sentier... Je savais que ça allait mal tourner... »

« Voulez-vous faire une pause ? »

Espérant qu'elle dirait oui, je l'ai vue remuer la tête. « Il faut que j'en finisse. »

« Bien sûr. Donc, vous avez été forcée de quitter le sentier, et ensuite... »

« Je ne voyais pas vraiment où j'allais, mais je regardais un peu par-dessus mon nez, par le bas du sac, et je savais qu'on... allait dans les bois... près des terrains de foot... »

« Il vous a forcée à vous mettre à terre ? »

Elle a hoché la tête. « Il a déchiré mes vêtements comme un animal. Je me suis juste, genre, déconnectée. Comme si j'étais là, mais pas vraiment, vous savez, comme si je regardais la scène. »

Une vague de nausée m'a submergé alors que Livoti lui tapotait la main. « Je suis tellement désolée. »

Les lèvres de Ramos ont tremblé. J'ai cru que les larmes allaient couler, mais elle a pris une profonde inspiration et a rejeté les épaules en arrière. « Merci. C'est difficile de se souvenir de ça, mais le pire, ça a été de dire à mon père ce qui s'est passé. »

Mon déjeuner a menacé de remonter dans ma gorge. « Désolé. »

Ramos a reniflé. « C'est un marine. Je ne l'avais jamais vu pleurer avant ça. »

Elle a pris un mouchoir et s'est mouchée.

« Je suis père et je ne peux pas imaginer à quel point il a dû être bouleversé. »

« Mon père ira mieux si on l'attrape. »

« Ce n'est pas *si* on l'attrape. C'est *quand*. »

Elle a baissé la tête. « Je l'espère. »

« Je sais que c'était extrêmement traumatisant, mais y a-t-il quelque chose dont vous vous souvenez à son sujet ? »

« Son haleine. C'était dégoûtant. Comme l'eau d'un bocal à poissons qu'on n'a pas changée. »

Familier avec l'odeur, j'ai hoché la tête. « Que pouvez-vous me dire sur la corpulence de l'agresseur ? »

« Il était fort et plus grand que moi. »

C'était un lâche, voilà ce qu'il était. « Et sa voix ? Quelque chose de distinctif ? »

Elle a frissonné. « Je ne l'oublierai jamais. »

« Un accent particulier ? »

« Non. Mais il avait une voix traînante. Et il parlait d'une voix un peu rauque. »

Rauque ? Si je n'étranglais pas ce salaud avant son procès, il découvrirait ce que « rauque » voulait dire derrière les barreaux. La satisfaction de savoir qu'il se ferait probablement défoncer en prison n'a pas calmé ma colère.

« Est-ce que ce qui s'est passé vous a rappelé quelqu'un ? »

L'alarme s'est peinte sur son visage. J'ai repris : « S'il vous plaît, ne vous méprenez pas, ce n'était en aucun cas de votre faute. Les gens, même ceux que nous connaissons, ont, disons, des logiques tordues. J'essaie seulement de comprendre s'il y a quelqu'un que vous connaissez qui pourrait être un suspect potentiel. »

Elle a secoué la tête vivement. « Non. Non. Ce n'est personne que je connais. »

« J'espère que vous comprenez que je devais poser la question. »

Elle a secoué la tête lentement. Il était temps d'arrêter de lui demander de revivre le pire jour de sa vie. « Je tiens à vous remercier de nouveau. Sophia va rester encore un peu, et moi, je vais me mettre au travail. »

D'habitude, je traquais des tueurs, mais le moment était bon ; avoir coincé le Tueur de la Réserve signifiait que je pouvais me concentrer sur l'arrestation de la crapule qui avait agressé Ramos.

CHAPITRE DEUX

EN RETOURNANT AU BUREAU, J'AI ACTIVÉ LA NUMÉROTATION rapide. Le son de la voix de Mary Ann m'a quelque peu soulagé. J'ai dit : « Salut, comment ça va ? »

« Ça va, mais je m'ennuie. »

« Tu as eu des nouvelles de Jessie aujourd'hui ? »

« Non. Elle a des cours. Pourquoi ? »

« Pour savoir. »

« Qu'est-ce qui se passe, Frank ? »

« Rien. Je voulais juste prendre de tes nouvelles. »

« Une nouvelle affaire ? »

Grillé. Je l'ai mise au courant.

« Je ne sais pas combien de fois je vais devoir te le dire ; tu ne peux pas projeter chaque affaire sur notre famille. »

« Ce n'est pas ce que je fais. Je m'assure que notre fille et toi allez bien. Ce n'est pas comme si je venais de commencer à m'inquiéter pour votre sécurité. »

« Je sais que c'est difficile de faire ce que tu fais. Il y a tellement de malveillance dehors. Je ne veux juste pas que ça t'atteigne. »

Être atteint valait mieux que d'y devenir insensible. « Tu sais bien que non. »

« Je veille juste sur toi. »

« Ce n'est pas sur moi qu'il faut veiller. Il y a un taré dehors qui s'en prend aux femmes. »

« Tu l'auras. Fais juste attention à ne pas t'y perdre. »

J'ai eu envie de lui raconter ce que Ramos avait dit au sujet de son père. Peut-être que Mary Ann comprendrait mon malaise. « Je sais faire la part des choses entre mon travail et le reste de ma vie. » Dès que j'ai prononcé ces mots, j'ai su que c'était un mensonge.

« Et passer la nuit en planque, ça en fait partie ? »

« Euh... »

« Ça va, Frank. Je plaisante. Tu rentres à quelle heure ? »

« Dans deux heures environ, vers six heures et demie. »

J'ai appelé Derrick. « Salut, la circulation est dingue. Je vais m'arrêter au North Collier Park pour examiner à nouveau la scène du viol de Ramos. »

« Comment ça s'est passé avec elle ? »

« C'était déchirant. Je ne sais pas si elle sera un jour de nouveau la même. »

« C'est presque impossible. Elle vit seule, c'est ça ? »

« Oui. Son père est un Marine et il a très mal pris la nouvelle. »

« Si on touchait à ma fille, je viderais un chargeur dans la tête du type. »

« Je sais, mais ça ne changerait rien. »

« Je m'en fiche. Je lui ferais sauter la cervelle. »

« Si une chose pareille arrivait, le principal serait de s'occuper d'elle, de l'aider à reprendre le cours de sa vie. »

« Elles ne sont plus jamais les mêmes. »

« Bien sûr que non. Tout ce qui nous arrive affecte notre vie, et une chose comme un viol... Je n'ose même pas imaginer. »

« Il faut qu'on l'attrape, cette ordure. »

« On l'attrapera. On se voit demain matin. »

En conduisant sur Livingston Road, j'ai pensé à recommander le Dr Bruno à Ramos. Mais elle n'était pas spécialisée dans la prise en charge des victimes de viol. Peut-être qu'elle connaîtrait le meilleur thérapeute.

Le North Collier Park était immense. À l'entrée nord se trouvait le Golisano Children's Museum. Il y avait plein d'expositions interactives que Jessie avait adorées. De l'autre côté de la route se trouvait le Sun-N-Fun Lagoon. Chaque fois que nous y étions allés, j'étais rentré à la maison trempé jusqu'aux os.

C'était un lieu de divertissement, mais je ne pourrais plus jamais penser à ce parc sans revoir le regard vide de Ramos. J'ai fait le tour du bâtiment principal : des terrains de football à gauche et une zone boisée avant les terrains de baseball.

Je me suis garé et je suis sorti. Il y avait de nombreux endroits où un détraqué pouvait se cacher en attendant sa proie. C'était difficile de ne pas imaginer quelqu'un en train d'observer ma Jessie, écouteurs aux oreilles, se dirigeant quelque part. Avait-elle sur elle la bombe lacrymogène que je lui avais donnée ?

Nous avions interrogé des visiteurs du parc, mais personne n'avait rien vu de suspect. Deux hommes auraient été aperçus près des terrains de baseball, mais les âges et les descriptions variaient d'un témoin à l'autre. C'était décevant, mais pas inhabituel ; les témoins oculaires n'étaient pas fiables.

Regarder les bois m'a rappelé la traque du tueur qui avait mis en scène ses victimes dans nos parcs. Ce violeur se servait de la zone sauvage pour cacher sa perversion. Il était aussi prudent. Il n'avait rien laissé d'évident derrière lui.

Le parc était fréquenté par des centaines de personnes chaque jour. Bien que le violeur ait observé Ramos, il semblait qu'elle était un choix opportuniste. À moins qu'il ne frappe à nouveau, il allait être presque impossible de le retrouver.

En retournant à la voiture, j'ai maudit les faibles chances que j'avais. Ramos vivait dans la peur. Je devais faire ce que je pouvais, lui apporter un certain soulagement en attrapant ce salaud.

Sur la route du retour, je n'arrivais pas à chasser l'image de cette brute se jetant sur Ramos. Pour ne rien arranger, nous n'avions rien d'autre que sa mauvaise haleine et sa façon de parler.

———

J'AI DÉPOSÉ UN BAISER SUR LA JOUE DE MARY ANN. « COMMENT tu vas ? »

« Bien. Et toi ? »

J'ai haussé les épaules. « Cette pauvre femme compte sur nous, et nous n'avons rien. »

« Tu viens juste de commencer. Tu trouveras des pistes. »

J'ai expiré. « J'espère qu'on attrapera ce salaud avant qu'il ne recommence. »

« Tu as vérifié son mode opératoire ? »

« Derrick est en train de passer en revue les agressions sexuelles et les tentatives. »

« Tu penses que c'est un récidiviste ? »

« C'est possible. On dirait qu'il s'était préparé, mais on verra. »

« Bonne chance. Tu sais, je viens d'apprendre que Dana Foyle a fait une fugue. »

« Dana Foyle ? C'est qui, déjà ? »

« Elle était au lycée avec Jessica, mais elle avait deux ans de moins qu'elle. »

« Tu as parlé à Jessie ? »

« Oui, elle va bien. »

« Bien. Qu'est-ce que tu sais sur cette jeune Foyle ? »

« J'étais en train de me promener et j'ai croisé Lee — elle est proche de la mère de Dana — qui m'a dit que Dana n'était pas rentrée hier soir. »

« Et elle a, disons, seize ans ? »

« Oui. Elle s'est disputée avec son père et est partie en claquant la porte. »

« Oh, elle fait probablement une crise. Elle va revenir. »

« Je l'espère. Ses parents doivent être morts d'inquiétude. »

« Les enfants ne se rendent pas compte de l'effet qu'ils ont sur leurs parents. Dispute ou pas, elle aurait dû les appeler. »

« Tu as raison. »

Cette marque d'approbation était un bon endroit pour mettre fin à la conversation. « Je vais me changer. »

En allant vers la chambre, j'étais tourmenté par l'idée que les parents de Dana avaient appelé les amis de leur fille, mais que la gamine était toujours portée disparue.

CHAPITRE TROIS

J'AI REGARDÉ MON ÉCRAN ; IL ÉTAIT DIX HEURES DIX.

« Derrick, où sont ces dossiers de l'unité des crimes sexuels ? »

« Ils ont dit qu'ils allaient les descendre. »

« Dis-leur de se bouger le cul. »

« Tu penses que c'est un récidiviste, n'est-ce pas ? »

« Je n'en suis pas sûr, mais c'est un bon point de départ. »

« Une bande de sales détraqués. Ils devraient tous les castrer, comme à l'époque de l'Empire romain. »

J'ai dit : « Puisque c'est une maladie mentale et qu'on ne peut pas les réformer, ils devraient étendre l'usage de la castration chimique pour réduire leurs pulsions sexuelles. »

« La castration obligatoire est prévue par la loi depuis plus de vingt ans, mais elle est beaucoup trop peu utilisée. »

« C'est parce que l'American Civil Liberties Union s'y oppose, qualifiant ça de châtiment cruel et exceptionnel. »

« Et un viol, comment est-ce qu'ils appellent ça, bordel ? »

C'était un excellent argument. « Ne me lance pas là-dessus. »

« Ça me rend dingue. Ces salauds se portent volontaires pour la castration chimique afin de sortir de prison plus tôt... »

Une stagiaire est entrée avec une poignée de dossiers. « Inspecteur Luca ? C'est pour vous. »

« Merci. »

J'ai passé la moitié de la pile à Derrick. « On se partage ça et on se met au travail. »

Le comté de Collier faisait du bon travail pour suivre les délinquants sexuels, mais le système avait ses failles. Si vous aviez purgé une peine pour agression sexuelle, nous vous suivions à la trace, prévenant les quartiers de votre emménagement.

Si vous veniez de l'extérieur du comté, vous étiez tenu de vous enregistrer. Mais cela exigeait la coopération du délinquant. S'il venait dans la région pour violer quelqu'un, nous étions aveugles.

Les criminels étaient stupides, mais même le plus idiot d'entre eux saurait qu'il suffisait de faire quelques kilomètres vers un autre comté pour garantir son anonymat. Convaincu qu'il nous faudrait regarder au-delà de Collier, j'ai ouvert le premier dossier. Une photo de Jorge Blanco me fixait.

Difficile de rester impassible ; Blanco, le crâne rasé, arborait un sourire narquois sur son sale visage. L'idée de le lui effacer ne m'est pas venue à l'esprit. Celle de lui faire sauter la cervelle, si. Après avoir purgé six ans pour l'agression sexuelle d'une femme de North Naples, il avait été libéré.

Blanco était plus petit que ce que Ramos avait décrit. Mais il était naturel de croire que son agresseur était énorme. À l'imprécision due à l'impuissance s'ajoutait la lame dont il l'avait menacée.

Ce qui le rendait intéressant, c'est qu'il avait été libéré un mois auparavant et que sa victime initiale se promenait dehors, la nuit. En revanche, sa victime avait soixante-cinq ans.

Blanco aurait pu penser que la femme était plus jeune, ou

bien son âge importait-il peu pour satisfaire ses pulsions démentes ? Il fallait vérifier. Glissant le dossier Blanco sur un coin de mon bureau, j'ai ouvert le suivant.

John Craven. Si les noms de famille avaient un sens, c'était notre homme. Craven avait purgé cinq ans avant d'être libéré huit mois plus tôt. Du haut de son mètre quatre-vingt-dix et de ses quatre-vingt-quinze kilos, la carrure de Craven correspondait à la description de Ramos.

Son modus operandi était différent, mais tout aussi prédateur. Une femme était tombée en panne sur Golden Gate Parkway, près de Santa Barbara Boulevard. Sous prétexte de vouloir l'aider, Craven s'était arrêté. D'après le rapport, il avait fait une rapide tentative pour démarrer la voiture avant de proposer de la raccompagner chez elle.

Au lieu de la ramener à sa maison, il l'avait conduite sur le parking d'un collège et l'avait violée. Un agent d'entretien avait relevé le numéro de sa plaque d'immatriculation, et le porc avait été appréhendé le lendemain.

Cinq ans avant d'être condamné pour viol, Craven avait été arrêté suite à une bagarre au Center Bar de la Promenade de Bonita Springs. Les charges avaient été abandonnées, mais selon les témoins, Craven n'était dans le bar que depuis cinq minutes avant de se battre avec un homme avec lequel il n'avait eu aucun contact préalable.

La décision spontanée de se battre présentait des similitudes avec le fait de profiter d'une femme en détresse. De plus, il était armé d'un couteau lors de son arrestation. C'était une petite lame, mais une arme tout de même.

Plaçant Craven avant Blanco, j'ai pris le téléphone et j'ai appelé Mary Ann. « Comment vas-tu ? »

« Assez bien. Je viens de raccrocher avec le Sheraton. »

« On part quelque part ? »

« Non. Ils ont un poste de libre, et dès que j'ai postulé, ils m'ont appelée. »

« Je t'ai dit que je ne voulais pas que tu travailles. Ce n'est pas bon pour ta santé. »

« Rester assise sans rien faire n'est pas bon non plus. Et puis, il faut qu'on renfloue nos économies. »

« Oh, allons. C'est ridicule. »

« Ridicule ? Après ce qu'on dépense pour mes injections et ce que coûte l'université de Jessica ? »

« L'assurance prend en charge la majeure partie maintenant... »

« Oui, mais nous n'avons pas d'économies. En plus, je m'ennuie. J'ai l'impression de dépérir. »

« Quel genre de poste ? »

« Relations clientèle. »

« Tu peux travailler de la maison ? »

« C'est en télétravail, juste trois jours par semaine. »

« Qu'est-ce qu'ils ont dit ? »

« Je pense qu'ils vont me le proposer. On verra bien. »

Je ne pouvais pas dire que j'espérais que ça ne marche pas. Sa SEP était en rémission, mais le stress était un facteur déclenchant. « D'accord. Bonne chance. »

« Merci. Et toi, quoi de neuf ? »

« Je cherche des suspects dans l'affaire de viol. »

« Ça doit être sympa. »

« Ouais, après avoir lu deux ou trois dossiers, j'ai besoin de prendre une douche. »

« Tiens bon. Tu rentres à quelle heure ? »

« Vers six heures. »

« Très bien, passe une bonne après-midi. »

« Dis, est-ce que cette gamine, Dana Foyle, est réapparue ? »

« Non. Amy m'a dit qu'ils avaient signalé sa disparition. »

« Ça ne fait pas si longtemps. Je suis sûr que le sergent s'en occupe. »

« Espérons que c'est juste une façon pour elle de se venger de son père. »

« Tu as parlé à Jessie ? »

« Elle a cours jusqu'à trois heures aujourd'hui. »

« D'accord. À plus tard. »

J'ai raccroché, envoyé un texto à Jessie, puis appelé Bilotti. « Salut, Doc, comment tu vas ? »

« Bien, Frank. Tu travailles sur quoi ? »

Je l'ai mis au courant de l'affaire de viol.

« Ça a l'air sordide. »

« Ça l'est, mais je t'appelais pour autre chose. »

« Vas-y. »

« Mary Ann veut se remettre au travail, et j'ai peur que le stress n'aggrave sa SEP. »

« Le stress pourrait provoquer des poussées, mais il faudrait que ce soit plus que le stress ordinaire que la plupart des emplois génèrent. Qu'est-ce qu'elle envisage de faire ? »

« Un job au service clientèle chez Sheraton. »

« Hmmm. Si elle n'a pas à gérer les réclamations, ça devrait aller. »

« Tu vois ? C'est bien ce qui me fait peur. Les gens adorent se plaindre quand ils paient ce que coûtent les chambres. Je suis contre. »

« Est-ce que ce sont des considérations financières ? »

« L'argent serait bienvenu, c'est sûr, mais elle dit qu'elle s'ennuie. »

« Alors elle devrait faire quelque chose. Rester sans rien faire n'est pas bon pour elle non plus. Garder son esprit actif est bon pour la santé en général. C'est un poste en télé-travail ? »

« Oui. »

« Bien. Assure-toi juste qu'elle n'en fasse pas trop. »

« Je vais essayer, mais elle a son propre caractère. »

Il a ri. « Je vois ce que tu veux dire. Avant de te laisser, je voulais te parler d'un vin au bon rapport qualité-prix que j'ai acheté chez ABC Wines sur Immokalee. Il vient de Montsant, en Espagne. C'est une région relativement peu connue qui entoure le Priorat. Ils produisent de très bons vins. »

« Quel cépage ? »

« grenache. »

« J'aurais dû m'en douter. Combien ? »

« Vingt-deux dollars. Mais il en vaut cinquante en bouche. Je te texterai les détails. »

Après avoir raccroché, j'ai vérifié mon téléphone. Jessie n'avait pas répondu. J'ai pris un autre dossier et j'ai failli avoir un haut-le-cœur. Avec ses cheveux gras et ses yeux perçants, Tim Bowler était l'incarnation du pervers. Alors que je lisais les détails de son agression, un texto est arrivé.

Pensant que c'était Jessie, je l'ai ouvert. Bilotti m'avait envoyé le nom du vin. Je l'ai remercié et j'ai envoyé un autre texto à ma fille.

CHAPITRE QUATRE

LE SOLEIL SE COUCHAIT, MAIS MON ESTOMAC CRIAIT FAMINE ET JE foudroyais Mary Ann du regard à travers les portes-fenêtres. Elle était au téléphone. Après des années à répéter à Jessie qu'elle ne pouvait pas manger tant que tout le monde n'était pas à table, tout ce que je pouvais faire, c'était piquer une pomme de terre rôtie.

Mary Ann a terminé son appel et est entrée sur la véranda. « Tu n'étais pas obligé de m'attendre. »

En découpant un burger de dinde, j'ai dit : « Ce n'est pas grave. Qu'est-ce que Marilyn avait à dire ? »

« Que Dana a déjà fait une fugue, juste après son entrée au lycée. »

« Oh, ça, c'est une bonne chose. Elle était partie combien de temps, la dernière fois ? »

« Juste une nuit. »

« Mais c'est un schéma récurrent. Ils l'ont dit aux hommes de Gesso ? »

« Je suis sûre que les parents ont dû dire quelque chose. »

« Ils devraient savoir qu'on n'a pas les effectifs pour courir après des fantômes. »

« Ça fait plus de deux jours. »

« Merde, ça ne me dit rien qui vaille. »

« Personne n'a eu de ses nouvelles, même pas son petit ami. »

Ça m'a contrarié. « C'était quoi, la dispute avec son père ? »

« Quelque chose à propos d'aller rendre visite au frère de son petit ami à FSU. »

« Ça veut dire y passer la nuit. Je ne serais pas très chaud non plus pour accepter ça. La gamine n'a que seize ans. »

Elle a soupiré. « Ce n'est pas facile d'être parent. »

« C'est le moins qu'on puisse dire. »

Mary Ann a dit : « Tu veux un autre burger ? »

« Non, deux, c'est ma limite. » J'ai débarrassé la table. « Je n'arrive toujours pas à croire que Jessie n'ait pas rappelé. »

« Elle a envoyé un texto. »

« Ça pourrait venir de n'importe qui. »

Elle a levé les yeux au ciel. « C'était Jessica. Je sais que c'était elle. »

« Alors, pourquoi elle ne m'a pas répondu ? »

« Je ne sais pas, Frank. Peut-être qu'elle l'a manqué ou qu'elle s'est dit que je te dirais qu'elle allait bien. Elle est occupée ... »

« Ça prend une minute. C'est tout. »

« Je vais faire une promenade avec Karen. »

« Sois prudente, assurez-vous de rester ensemble. »

« Tu es vraiment incroyable. »

« Tu étais flic, tu devrais savoir... »

« Et tu devrais savoir que je suis consciente des dangers et que je sais comment me défendre. »

Elle avait raison. « D'accord, d'accord. Fais juste attention. »

Dès qu'elle a quitté la maison, j'ai appelé Jessie. Après cinq sonneries, je suis tombé sur sa messagerie vocale. J'ai laissé un message et envoyé un autre texto. Je suis sorti sur la véranda, en essayant de rationaliser mon anxiété. Mon violeur était en

Floride, et Jessie était sur le campus de Princeton, à près de deux mille kilomètres de là.

Mais ça ne voulait rien dire ; les violeurs s'attaquaient aux femmes partout. Quelle était la menace réelle ? Jessie avait-elle des ennuis ou était-elle simplement absorbée par sa vie universitaire ?

Sortant mon portable, j'ai passé un appel.

MARY ANN S'EST GLISSÉE DANS LE LIT, ET J'AI ÉTEINT MA LAMPE. Au moment où j'allais lui souhaiter bonne nuit, elle a dit : « Je n'arrive toujours pas à croire que tu aies appelé son université. »

« J'étais inquiet. »

« Être inquiet est une chose. Appeler la police du campus pour prendre des nouvelles de Jessica, ça frise le trouble anxieux. »

« Je suis son père ; qu'est-ce que je suis censé faire quand elle ne me rappelle pas ? »

« Tu ne disais pas quelque chose à propos du manque d'effectifs pour courir après... »

« OK, ça va. Je suis juste soucieux. »

« Je t'ai dit qu'elle avait dit qu'elle allait bien. Tu l'as embarrassée en la traitant comme une enfant de dix ans. »

Il y avait plein de jeunes qui étaient partis à l'université et avaient eu des ennuis, mais défendre mon point de vue n'allait rien arranger. « Au moins, elle sait que je me soucie d'elle, non ? »

« C'est une adulte et une adulte responsable. »

« Elle sera toujours notre petite. Je ne veux juste pas qu'il lui arrive quoi que ce soit. »

« Il faut que tu lui fasses confiance. »

« Je lui fais confiance. C'est avec le reste du monde que j'ai un problème. »

———

Quittant la Route 41 pour m'engager sur Wiggins Pass, j'ai mis le cap à l'est. John Craven vivait à Lake San Marino, une communauté de camping-cars. Elle n'était pas sécurisée par un portail, ce qui me privait d'un outil. Un assortiment de véhicules, dont beaucoup auraient eu besoin d'une dépanneuse pour être mobiles, bordait l'artère principale. Craven vivait sur Sea Breeze Place. Je me suis garé devant un Winnebago blanc cassé avec une bande marron sur le côté.

Le véhicule avait au moins trente ans. Cigarette pendue aux lèvres, un voisin attisait le feu d'un barbecue. Il y avait beaucoup d'odeurs et aucune ne venait de la mer.

J'entendais la télé par-dessus le vrombissement d'un climatiseur et j'ai cogné sur la porte en aluminium. Une bière à la main, Craven est venu à la porte. « Qu'est-ce que vous voulez ? »

Ses épaules se sont affaissées quand je lui ai montré mon badge. « J'aimerais vous poser quelques questions. »

« À propos de quoi ? »

« Du mardi dix mai. »

Craven a changé d'appui. « J'ai rien fait. »

« Où étiez-vous ce soir-là entre cinq et neuf heures ? »

« Mardi ? »

« Oui. »

« Quelle heure, déjà ? »

Il cherchait à gagner du temps. « Entre dix-sept et vingt-et-une heures. »

« J'étais à la pêche. »

« Pendant tout ce temps ? »

« Euh, non. Je, euh, je crois que j'ai plié bagage vers sept heures. Peut-être plus tard. »

L'agression avait eu lieu à sept heures. « Vous étiez seul ? »

« Ouais, mes potes n'aiment pas la pêche. »

« Dommage, j'apprécie la solitude. »

« Ouais, moi aussi, mec. »

« Où rangez-vous vos cannes à pêche ? »

« Mes cannes ? »

J'ai ignoré la notification d'un texto. « Oui. Je range les miennes dans le garage, mais vous n'en avez pas. »

« Oh, je les laisse chez un pote. »

« Quel pote ? »

« Oh, allez, mec. C'est quoi toutes ces questions ? J'ai rien fait. »

« Où étiez-vous mardi ? »

« Je vous ai dit que j'étais à la pêche. »

« Où ça ? »

« Près de la plage, à, euh, Wiggins. »

« À quelle heure êtes-vous parti ? »

« Comme je l'ai dit, vers sept heures. »

« Et qu'est-ce que vous avez fait ensuite ? »

« Je suis allé manger un morceau. »

« Où ça ? »

« Chez Panera. »

« Avec qui étiez-vous ? »

« Personne. J'ai pris un sandwich et je suis rentré chez moi. »

Panera avait des caméras. « Quel Panera ? »

« Celui qui est juste là, en face de l'Old 41. »

« Qu'est-ce que vous avez fait après avoir mangé ? »

« Je suis rentré chez moi. »

« Vous y êtes resté toute la nuit ? »

« Ouais. »

« Vous êtes allé de la pêche à Panera, puis chez vous ? »

« Ouais. »

Il n'avait jamais mentionné avoir déposé sa canne à pêche. Il mentait à propos de la pêche. Mon portable a sonné. J'ai jeté un œil ; c'était Derrick. J'ai ignoré l'appel et j'ai remarqué que c'était lui qui avait envoyé le texto. Une autre notification de texto a retenti. Je me suis raidi en voyant l'aperçu. « Les Foyle ont reçu une demande de rançon. »

CHAPITRE CINQ

LE SERGENT GESSO ÉTAIT ASSIS SUR LE COIN DE MON BUREAU quand je suis entré. « On a quoi ? »

Derrick a dit : « C'est une copie de ce que les parents ont reçu. Le labo examine l'original. »

Gesso a dit : « Pour moi, on dirait qu'ils ont tenu le crayon à poing fermé. » Il a levé la main comme pour tenir un couteau, telle une arme.

Derrick a dit : « Ça ne va pas être facile pour les experts en graphologie. »

J'ai lu la note : « Vingt mille en petites coupures, ou vous ne la reverrez pas. »

Derrick a dit : « Vingt sacs, ce n'est pas une grosse somme… »

« Je parie que c'est un toxico, probablement un camé à la meth », a dit Gesso.

« C'est possible. Un enlèvement pour une rançon de vingt mille, ça ne vaut pas le risque. On dirait un truc fait sur un coup de tête. »

Derrick a dit : « C'est peut-être un gamin stupide qui s'est mis dans le pétrin et qui cherche un moyen rapide de s'en sortir. »

Un scénario plausible. « C'est possible. »

« Dans tous les cas, c'est une somme relativement facile à réunir, surtout quand la vie de votre enfant est en jeu. »

Gesso a dit : « Je déteste casser l'ambiance, mais celui qui a fait ça en savait assez pour empêcher son téléphone de borner. Peut-être qu'il a liquidé la fille. »

Derrick a dit : « Tu crois qu'il l'a tuée ? »

J'ai répondu : « Pas moi. La demande de rançon est un point positif. Il doit bien se douter qu'on voudra une preuve que la gamine est en vie avant que l'argent ne change de mains. »

Gesso a dit : « Espérons-le. Je ne pense pas qu'on ait besoin d'un négociateur professionnel, mais j'ai appelé le bureau du FBI de Fort Myers pour qu'ils en aient un prêt. »

« Bonne idée. Si ça dégénère, on les fera intervenir. »

« Très bien, si tu as besoin de quoi que ce soit, dis-le-moi. »

« Merci, sergent. Si tu peux presser le labo pour qu'ils analysent la note, on apprécierait. »

« Ça marche. » Alors que Gesso disparaissait, j'ai dit : « Allons parler aux parents. »

En nous dirigeant vers le parking, j'ai dit : « Je pense que cette gamine va s'en sortir. Si les parents survivent à la peur, ça devrait aller. »

« Tu crois ? »

« Je ne veux pas nous porter la poisse, mais ça sent l'amateurisme. Le coup des « petites coupures », c'est tout droit sorti d'un film. »

« Tu vas dire aux parents de payer ? »

« À quatre-vingt-dix-neuf pour cent. Trop de gens se font tuer pour moins que ça, mais dans les enlèvements, plus de soixante-dix pour cent sont libérés après le paiement de la rançon. »

« Alors ça vaut le coup d'essayer. »

« Le fait de ne demander que vingt mille me fait penser que celui qui la détient est pressé de la rendre. »

« C'est vrai. »

« Faisons rentrer cette gamine chez elle et retournons traquer ce violeur. »

Roulant à toute vitesse sur Goodlette-Frank Road, Derrick a ralenti et a tourné à droite dans une résidence privée nommée Lemuria. J'ai dit : « Je ne suis jamais venu ici. Et toi ? »

« Non. Mais Lemuria, c'est le nom d'un continent perdu qui a sombré dans l'océan Indien. »

« Et c'est censé s'être passé quand ? »

« Il y a environ quatre-vingts millions d'années. »

« Tu as appris ça sur Discovery Channel ? »

« Non, ma mère me l'a raconté quand j'étais gamin, et je ne l'ai jamais oublié. »

« Gare-toi derrière la voiture de patrouille. »

La maison des Foyle donnait sur un lac, comme les autres dans cette petite résidence. J'ai jaugé la propriété. « À ton avis, ça vaut combien, ce genre de maison ? »

Derrick a dit : « Qui sait ? Je dirais cinq cent mille, mais avec la flambée des prix... »

« C'est trop bas. C'est plutôt entre sept et huit cent mille, maintenant. »

« Ça ne m'étonnerait pas. »

Avant que je ne puisse sonner, un agent en uniforme a ouvert la porte. « Inspecteurs. »

« Comment ça va, Bennett ? »

« Bien. » Il s'est penché en avant. « Ils sont dans la cuisine, mais ils sont vraiment secoués. »

« Ils sont seuls ? »

« Ouais, j'ai viré les voisins, comme tu l'as dit. »

« D'accord, mais dès qu'on aura fini, assure-toi qu'ils sont entourés. Ils vivent un enfer. »

Nous sommes entrés d'un pas rapide dans un espace de vie ouvert. Mme Foyle se mouchait. Son mari a bondi de sa chaise. « Vous devez retrouver Dana ! »

« Nous y travaillons. » Je nous ai présentés et j'ai dit : « Expliquez-moi comment vous avez reçu la demande de rançon. »

M. Foyle a dit : « C'est arrivé par la poste. Ça aurait pu être là hier ; on n'a jamais relevé le courrier. On devient fous depuis qu'elle a été enlevée. »

« C'était dans une enveloppe ? »

« Non. La note était seule. »

« Avez-vous remarqué quelqu'un près de votre boîte aux lettres ? »

« Non, personne. »

« Y avait-il d'autre courrier dans la boîte ? »

« Oui, comme je l'ai dit, celui d'hier. »

« À quelle heure votre courrier est-il habituellement livré ? »

« Vers midi. »

« Est-ce que l'écriture vous semble familière ? »

« Vous pensez que c'est quelqu'un que nous connaissons qui a fait ça ? »

« Pas forcément, mais nous voulons réduire le champ des suspects qui auraient pu... »

« Écoutez, tout ça, c'est bien beau. Je veux qu'ils pourrissent en prison, mais pour l'instant, payons ces gens et ramenons notre bébé à la maison. »

« Je sais que c'est difficile. J'ai une fille un peu plus âgée que Dana, mais pour assurer son retour en toute sécurité, nous avons besoin d'autant d'informations que possible. »

« D'accord, d'accord. »

« Je crois comprendre qu'il y a eu une dispute qui, au départ, a fait penser que Dana avait fugué. »

« Oh, ce n'était rien. »

« C'était à quel sujet ? »

« Elle n'a pas fugué ; elle a été kidnappée. »

Le portable du père a sonné. Il m'a regardé. « C'est bon. Restez calme et répondez. »

« Allô ? »

Son visage s'est détendu. « Oui, c'est bon, entrez. La police est là. » Il a raccroché. « C'est *WINK News*. »

« Vous ne devriez pas parler aux médias. »

« Écoutez, je dois le faire, pour que celui qui la détient sache que nous allons payer. »

« Ce n'est pas une bonne idée. »

« On ne peut pas rester assis là à espérer qu'ils nous contactent. Je dois faire quelque chose. »

« Nous menons l'enquête... »

« On ne peut pas perdre de temps. J'ai lu sur Internet que le temps est notre ennemi dans les enlèvements ; plus le temps passe... »

C'était vrai, dans une certaine mesure. Cacher un otage était risqué. Parfois, les ravisseurs craquaient sous la pression, blessant ou tuant leur prisonnier. « Je comprends vos inquiétudes, mais il vaut mieux que nous suivions le protocole... »

« Avec tout le respect que je vous dois, monsieur, la police n'a pas sauvé Jessica Lunsford. N'est-ce pas ? Ils ont tout foiré. »

Il avait tort. Ça ne servait à rien de discuter du meurtre qui avait mené à une loi portant le nom de Jessica, rendant la récidive plus difficile pour les délinquants sexuels. L'idée qu'il s'agisse d'un prédateur sexuel me retournait l'estomac.

« J'ai deux autres questions avant que vous ne parliez à un journaliste. »

« Allez-y. »

« Votre fille a-t-elle déjà mentionné quelqu'un qui l'aurait approchée ou observée ? Quelqu'un de louche ? »

« Non, nous avons essayé de trouver quelque chose, mais il n'y a rien. C'est arrivé de nulle part. »

« D'accord, continuez à réfléchir à tout ce qui pourrait sembler inhabituel. »

« Croyez-moi, on se creuse la tête. »

« Si, euh, quand ils prendront contact, êtes-vous prêts à disposer de l'argent ? En petites coupures ? »

« Oui. Nous avons un ami à la Bank of America. Il est en train de réunir l'argent et a dit qu'il serait là cet après-midi. »

6

CHAPITRE SIX

Une femme a fait entrer un caméraman et un éclairagiste dans la maison. Derrick a dit : « Je crois que c'est Emma Heaton du journal de six heures. »

« Ouais, c'est bien elle. Écoute, on ne peut pas perdre de temps. On doit faire le tour du voisinage, pour voir si quelqu'un a vu ou entendu quelque chose. »

« La lettre a probablement été déposée tard dans la nuit. »

« Je suis sûr que c'était à la faveur de l'obscurité, mais on ne peut pas partir de ce principe. »

« Ouais. »

J'ai examiné l'extérieur de la maison des Foyle. « Ils n'ont pas de caméras. »

« Peut-être qu'un des voisins en a. Certaines de ces caméras de sonnette filment les voitures qui passent dans la rue. »

« Je ne sais pas comment les gens supportent la sonnerie chaque fois qu'une voiture passe. »

« J'imagine qu'on finit par ne plus y faire attention. »

Les palmiers ont oscillé sous l'effet d'une rafale de vent. « Il faut qu'on se penche sur le cas de M. Foyle. »

« Tu penses qu'il est impliqué ? »

« Je veux juste parer à toute éventualité. C'est lui qui a trouvé la demande de rançon et qui prétend qu'une dispute a poussé Dana à fuguer. »

« C'est pour ça que tu as posé des questions sur la dispute. »

« Aussi chargée en émotions que soit la situation, on se doit d'être méthodiques. »

« Je n'avais pas envisagé qu'il avait pu déposer la lettre lui-même. »

« Je ne dis pas que quelqu'un couvre un homicide, mais on ne peut pas se permettre d'être pris au dépourvu si ça tourne mal. »

« Je vais voir quelques maisons, puis je vais creuser du côté des parents. »

« D'accord. Je retourne à l'intérieur. »

Les mains sur les hanches, M. Foyle a dit : « Choisis-en une, c'cst tout ! »

Sa femme a brandi un cadre photo. « Elle est belle sur celle-ci, non ? »

« Elle est parfaite. »

En étudiant le couple, je me suis rappelé le danger de tirer des conclusions hâtives. S'ils n'avaient rien à voir avec la disparition de leur fille, la pression d'un enfant disparu transforme-rait une statue en flan.

Clignant des yeux alors que le photographe allumait son matériel d'éclairage, je me suis décalé sur le côté. Il a levé un moniteur. « C'est bon. »

Emma Heaton a hoché la tête et a fait face à la caméra. « *WINK News* en direct de la résidence des Foyle. Dana Foyle est portée disparue depuis trois jours insoutenables. Ses parents ont souhaité s'adresser directement à nos téléspecta-teurs dans l'espoir d'accélérer son retour à la maison. »

Elle s'est tournée vers les Foyle. « Nous savons que ce sont des moments très éprouvants pour vous. Que voudriez-vous dire à nos téléspectateurs pour solliciter leur aide afin d'assurer le retour de Dana en toute sécurité ? »

Tandis que sa femme reniflait, M. Foyle a fixé la caméra. « Nous allons payer la rançon. Vous n'avez pas à vous inquiéter ; tout ce que nous voulons, c'est que Dana rentre à la maison. »

« Vous avez reçu une demande de rançon ? »

« Oui. »

« Quand ? Combien demandent les ravisseurs ? »

En secouant la tête, je me suis avancé et j'ai passé un doigt sur ma gorge. Foyle a poursuivi : « C'était vingt mille dollars, mais je ne peux rien dire de plus. »

« Pensez-vous que Dana sera libérée ? »

« Oui. Nous faisons confiance à celui qui l'a enlevée — peu importe qui c'est — et dès qu'elle sera libérée, nous allons oublier que tout ça est arrivé. »

Peut-être lui, mais il était hors de question que je laisse un ravisseur s'en tirer à si bon compte. Le père changerait aussi d'avis. Tout était relatif. Si sa fille était libérée, son attention se reporterait sur les ravisseurs.

« Mais ne voulez-vous pas que justice soit faite ? »

« Tout ce que nous voulons, c'est que Dana rentre. Merci. » Foyle a tiré sa femme hors du champ de la caméra.

Je me suis précipité vers eux. « Je sais que vous pensez bien faire, mais les enlèvements sont une affaire, euh, délicate. Nous avons besoin d'avoir le plus de contrôle possible. »

« Je comprends, inspecteur, mais s'ils tiennent leur parole, ils laisseront Dana partir après qu'on aura payé. »

Il plaçait sa confiance dans un dangereux mélange de crédulité et d'espoir. Ou jouait-il au désespéré pour faire diversion ? La journaliste a dit : « Nous aimerions vraiment couvrir l'histoire de la rançon. Comment le contact a-t-il été établi ? »

J'ai levé une main. « Je suis désolé, madame, mais les Foyle ont dit tout ce qu'ils pouvaient pour le moment. En dire plus pourrait mettre leur fille en danger. »

« Mais... »

« L'inspecteur a raison. Nous avons dit ce que nous avions à dire », a déclaré M. Foyle.

C'était une bonne chose qu'il soit d'accord, mais cela entrait en contradiction avec sa décision de parler à la presse. Il voulait rendre l'affaire publique, mais seulement jusqu'à un certain point, ce qui ne fonctionnait jamais avec les médias. D'un signe du menton vers Mme Foyle qui pleurait, j'ai dit : « Occupez-vous de votre femme. Dès qu'ils seront partis, nous parlerons. »

L'air chaud était apaisant. Une trentaine de voisins s'étaient rassemblés de l'autre côté de la rue. Un journaliste a foncé droit sur moi. Je l'ai écarté d'un geste de la main au moment où mon téléphone sonnait.

« Inspecteur Luca. »

« Désolé de vous déranger, monsieur. C'est Felix Ramos, le père de Lisa. »

« Bonjour, M. Ramos. Que puis-je faire pour vous ? »

« Lisa a dit que vous étiez en charge de l'enquête sur, euh, ce qui lui est arrivé. »

« Oui, c'est moi qui la dirige. »

« Où en est-elle ? »

« Je ne peux pas discuter d'une affaire en cours. »

« Avez-vous un suspect ? »

« Il est encore tôt, mais nous développons des pistes. »

« Vous développez ? Sauf votre respect, monsieur, on dirait que vous n'avez rien fait. »

« Ce n'est pas le cas, monsieur. Mon partenaire et moi y travaillons, mais j'ai d'autres responsabilités en ce moment. »

« Il est clair que son affaire n'est pas la priorité qu'elle devrait être. »

« Elle l'est, assurément. »

« Alors montrez-le. Redoublez d'efforts pour attraper le voyou qui, qui, euh, a agressé ma fille. »

« Je crois savoir que vous êtes un militaire. »

« Lieutenant-colonel à la retraite, du Corps des Marines. »

« Je vous remercie pour votre service, monsieur. »

« Merci. »

« Avec votre expérience, vous savez que pour le public, rien ne semble se passer, mais en coulisses, les choses sont en marche. Cela prendra peut-être plus de temps que vous ne le souhaiteriez, mais nous traduirons le responsable en justice. »

« C'est regrettable, et sauf votre respect, je ne partage pas votre confiance. »

« Je comprends, monsieur. Donnez-moi juste l'occasion de vous le prouver. »

« Je vous la donne. »

« Merci. Je dois vous laisser. »

J'ai balayé la rue du regard. La foule de gens bavardait entre eux. Ils étaient bouleversés et choqués que l'un des leurs ait disparu. Ils compatissaient avec les Foyle, mais ils n'avaient aucune idée de ce que les parents de Dana traversaient. Même en étant aussi proche de l'affaire, je ne pouvais pas imaginer être à la place de M. Foyle.

Un journaliste répondant à son téléphone m'a rappelé la conversation avec le père de Lisa Ramos. Seul son entraînement militaire contenait sa colère. Qui pouvait lui reprocher de faire pression pour une arrestation ? Sans aucun moyen d'annuler ce qui s'était passé, c'était la seule chose sur laquelle il pouvait se concentrer.

Chassant ces pensées de ma tête, je suis retourné vers la maison des Foyle pour faire face à un autre père en détresse.

7

CHAPITRE SEPT

L'ODEUR D'AIL ME FAISAIT GARGOUILLER L'ESTOMAC. MARY ANN m'a vu et a terminé son appel. Je l'ai embrassée sur la joue. Elle a demandé : « Tu as faim ? »

« Ouais. Qu'est-ce que tu as préparé ? »

« Des spaghettis aux palourdes. Je me suis dit qu'après la journée que tu as eue, tu aurais bien besoin d'un plat récon-fortant. »

Pour une raison que j'ignore, elle pensait que c'était un de mes plats préférés. C'était bon, mais quand ça refroidissait, ça formait un bloc compact, comme si c'était collé. « Ça a l'air bon. »

« Où en es-tu avec les Foyle ? »

« Il n'y a plus qu'à attendre. Gesso a placé quelques agents avec eux. Dès qu'ils établissent le contact, j'interviens. »

« J'espère que ce sera bientôt. Je n'ose pas imaginer ce qu'ils traversent. »

« Le pire cauchemar d'un parent. »

« Vingt mille, c'est une somme étrange à demander. »

« Ouais. Quelque chose cloche. »

« Tu penses qu'ils ont dit oui trop vite ? Et qu'ils vont demander plus ? »

« C'est un risque, sans aucun doute, mais je ne pense pas que ce soit ce qui va se passer. »

« Tu ne penses pas qu'elle est peut-être... »

Ça ne servait à rien de l'inquiéter. « Non, non. Ça va probablement bien se passer. Il faut juste passer le cap de la remise de l'argent. »

Le micro-ondes a sonné, et Mary Ann a sorti le bol de pâtes. En l'arrosant d'huile d'olive, elle a demandé : « Ils ont l'argent, prêt ? »

« Ouais, ils ont un ami dans une banque. »

« Tu vas marquer les billets aux UV ? »

« Non, même si je leur ai dit que c'était indétectable, Foyle a dit que ça pourrait mettre sa fille en danger. »

Elle a posé les palourdes et les pâtes devant moi. « C'est invisible. »

J'ai piqué les linguines avec ma fourchette et les ai enroulées autour. « Je sais. Il m'a fait des histoires quand je lui ai dit qu'on devait relever les numéros de série des billets. »

« Il est tendu. »

Mon téléphone a sonné. Avant de répondre, j'ai dit : « Peut-être bien. »

« Salut, Derrick. Qu'est-ce qui se passe ? »

« T'es occupé ? »

J'ai posé ma fourchette. « Non, ça va. Qu'est-ce qu'il y a ? »

« Il faut que tu voies la vidéo d'une sonnette Ring en face de chez les Foyle. »

DERRICK EST SORTI DE SA VOITURE ALORS QUE JE ME GARAIS derrière lui. Avant que je retire les clés, la portière du véhicule de *WINK News*, de l'autre côté de la rue, s'est ouverte brusquement. Alors qu'ils s'approchaient, j'ai lancé : « Nous ne ferons aucun commentaire. »

J'ai suivi mon partenaire jusqu'à une maison en stuc gris, en diagonale de celle des Foyle. Le propriétaire s'est connecté à son compte Ring, a affiché l'enregistrement et a tendu son téléphone à Derrick.

Derrick l'a mis en mode plein écran et a appuyé sur lecture. On ne voyait pas la porte d'entrée des Foyle, mais leur allée jusqu'au trottoir était visible. Au bout de vingt secondes, un homme est apparu, descendant le chemin pavé des Foyle en direction de la rue.

J'ai murmuré : « On dirait M. Foyle. »

Il a mis sur pause et a zoomé. « C'est ce que je pense aussi. »

« L'horodatage indique 21 h 55. C'est précis ? »

Derrick a repris la lecture au ralenti. « On dirait bien. »

« Il se dirige vers la boîte aux lettres. »

« Ouais, mais attends. »

Une seconde plus tard, un camion UPS est passé dans la rue. Il a ralenti, masquant la vue de Foyle et de sa boîte aux lettres. Quand il est passé, Foyle s'était retourné vers la maison.

« Merde ! On ne le voit pas aller jusqu'à la boîte aux lettres. »

« Il aurait pu déposer le mot à ce moment-là. »

« Remets la vidéo. »

J'ai regardé fixement Foyle tandis qu'il descendait l'allée. « Il regarde autour de lui. »

« Peut-être pour vérifier si la voie est libre. »

« Mais pourquoi ne pas y aller au milieu de la nuit ? Au lieu de prendre un risque ? »

« Peut-être qu'il ne voulait pas que sa femme ait des soupçons. »

C'était un bon argument. « Demande au voisin s'il nous autorise à avoir une copie de la vidéo. »

L'homme a accepté, et Derrick lui a dit qu'il lancerait la procédure administrative. J'ai dit : « Allons parler à Foyle. »

Un agent avec qui j'avais travaillé sur un homicide involontaire par véhicule nous a fait entrer. Les Foyle étaient assis autour d'une table de cuisine au plateau de verre.

Les yeux de Mme Foyle ont scruté mon visage. « Avez-vous retrouvé Dana ? »

« Pas encore, Madame. Nous aimerions parler à votre mari. »

M. Foyle s'est raidi avant de se lever. « Bien sûr. Que se passe-t-il ? »

Je suis entré dans le salon. « Dites-moi ce que vous avez fait la nuit dernière. »

« La nuit dernière ? »

« Oui. »

« Rien, j'étais ici, avec Judy. On était morts d'inquiétude pour Dana. »

« Vous êtes sorti quelque part ? »

« Non. Nous sommes restés tout le temps dans la maison. »

« Vous en êtes certain ? »

« Oui, j'en suis certain. »

« Nous avons des informations indiquant que vous avez quitté la maison. »

« Des informations ? Qu'est-ce que ça veut dire, bon sang ? »

« Calmez-vous, monsieur. Nous essayons seulement de reconstituer les événements qui ont mené à la disparition de votre fille. »

« Quoi ? Vous pensez que j'y suis pour quelque chose ? »

« Nous n'avons pas dit ça, monsieur. »

« Peut-être pas, mais c'est tout comme. »

« Avez-vous quitté la maison ou non ? »

Il a hésité. « Je veux dire, je suis peut-être sorti prendre l'air ou un truc du genre. Ou, vous savez, je crois que je suis sorti vérifier la rue, voir si Dana était dehors. »

« Êtes-vous allé à la boîte aux lettres ? »

« La boîte aux lettres ? Pourquoi serais-je allé chercher le courrier ? »

« Par habitude... »

Le téléphone de Foyle sonnait. Il l'a sorti de sa poche. « C'est un numéro masqué. »

« Ça pourrait être un téléphone prépayé. Répondez. »

Foyle a dit : « Allô. » Il a hoché rapidement la tête en articulant silencieusement : *C'est eux.*

Je me suis penché, et il a éloigné le téléphone de son oreille pour que je puisse entendre. Il a dit : « Ils ont raccroché. »

« Qu'est-ce qu'ils ont dit ? »

« De mettre l'argent dans un sac de courses et de commencer à rouler. Il a dit que je devais être seul, et que s'il y avait des flics ou des hélicoptères, ils tueraient Dana. »

« Où vous ont-ils dit d'aller ? »

« Ils ont dit qu'ils rappelleraient. »

On pouvait douter qu'il soit resté assez longtemps au téléphone pour tout ça. « Préparez l'argent. »

Foyle est parti et je me suis tourné vers Derrick. « C'était une façon habile de jouer le coup. Appelle Gesso et demande-lui de placer quelques voitures banalisées dans le secteur. »

« D'accord. »

« Reste avec Madame. Je vais essayer de le filer. »

Foyle est revenu avec un sac Whole Foods, rempli d'argent. J'ai dit : « Vous devez être extrêmement prudent. Nous ne savons pas à qui nous avons affaire. »

« J'en suis conscient. »

« N'essayez pas de jouer les héros. Dès qu'ils vous appellent, appelez-moi. »

« Ils ont dit pas de police. »

« Ils ne le sauront pas... »

« Si, ils le sauront. Ils feront du mal à Dana. »

« Je ne serai pas près de vous, mais si les choses tournent mal, je dois être en mesure d'intervenir. »

« Vous mettez ma fille en danger. »

« Nous ne savons pas à qui nous avons affaire. Vous pourriez vous mettre en danger vous-même. »

« Je me fiche de moi. Je veux juste récupérer Dana. »

« Écoutez, nous devons faire ça à ma façon. Je ne serai pas visible, mais je dois être à proximité au moment de la remise. Si quelque chose tourne mal, j'ai des hélicos en attente. On bouclera les rues et on attrapera ces salauds. »

« Ils ont dit pas d'avions ni d'hélicoptères... »

« Ils sont cloués au sol jusqu'à ce qu'ils prennent l'argent. Tout ce que vous avez à faire, c'est de m'appeler quand ils vous donneront le lieu de la remise et quand l'échange sera terminé. D'accord ? »

Il a hoché la tête.

« Bien. Allons ramener Dana à la maison. »

En me glissant derrière le volant, j'ai pensé que nous avions de bonnes chances d'attraper celui qui était derrière l'enlèvement. La plupart des plans d'extorsion, surtout ceux concoctés par des amateurs, menaient à leur capture.

Alors que Foyle sortait de son allée en marche arrière, des scénarios défilaient dans mon esprit. Je devais coincer celui qui avait enlevé l'un des enfants de notre communauté.

Que cette nuit soit un succès ou non dépendait en grande partie du fait que Foyle passe les appels. Mais sa peur de contrarier les ravisseurs le ferait attendre après qu'ils auront repris contact. Il retarderait l'appel jusqu'à ce qu'il ait déposé le sac d'argent. Son seul objectif était de récupérer sa fille.

Alors que les feux arrière de Foyle disparaissaient, je me suis rappelé ce qui était en jeu. En démarrant, mes épaules se sont crispées. Il fallait que Dana dorme dans son lit ce soir.

CHAPITRE HUIT

Les feux arrière de Foyle n'étaient que de minuscules points rouges. Il se dirigeait vers le nord sur Goodlette-Frank Road. Il y avait deux autres voitures sur la route. J'ai gardé mes phares éteints. La voiture de Foyle a approché du feu de l'intersection avec Immokalee Road. Il était au vert. Il allait probablement tourner à gauche pour rejoindre la Route 41.

Foyle a tourné à droite. Avant le feu. Il entrait dans la zone commerciale où se trouvait la brasserie Bone Hook. J'ai serré le volant. Quelqu'un allait-il s'emparer de sa voiture ? La demande de rançon était-elle une ruse pour lui dérober vingt mille dollars ?

Le balayage des phares de Foyle a suggéré qu'il avait tourné dans le parking, en direction de l'hôpital Landmark. J'ai essayé de me souvenir de la configuration des lieux près de cet établissement spécialisé. Le Veteran's Park était tout près, ainsi que le complexe Arthrex et quelques immeubles de bureaux.

Il avait reçu l'appel, mais ne m'avait pas prévenu. Au moment où j'ai attrapé la radio, ma vessie s'est rappelée à mon bon souvenir. Encore. Ce n'était pas le moment de jouer la prudence avec la vessie que mes médecins m'avaient fabriquée.

« Ici l'inspecteur Luca ; j'ai besoin de patrouilles dans le secteur de l'aéroport et d'Immokalee, et autour de Mercato. Dites-leur de garder leurs gyrophares éteints et de rester hors de vue. Je les appellerai quand je serai prêt. »

Foyle a éteint ses phares. Il s'est garé tout au fond du parking de l'hôpital. J'ai tourné à gauche et me suis garé sur une place chez BurgerFi.

En longeant le mur du bâtiment, j'ai passé la tête au coin. Foyle remontait dans sa voiture. Avait-il déposé l'argent ?

J'ai composé son numéro alors qu'il approchait de Goodlette-Frank. « Vous les avez vus ? »

« Non. Ils ont dit de laisser l'argent sur la dernière place de parking. »

« Qu'est-ce qu'ils ont dit à propos de Dana ? »

« Qu'elle serait à la maison dans une heure, une fois qu'ils seraient sûrs que je n'avais pas prévenu la police. »

« D'accord. Rentrez chez vous, je vous y rejoins. »

Gardant les yeux rivés sur le parking vide, j'ai envisagé de mettre en place des barrages routiers. Quelqu'un allait venir chercher l'argent ou se cachait dans les bois, attendant de s'emparer du sac. Dans tous les cas, ils devraient s'enfuir.

J'ai balayé la zone du regard. Un point lumineux a attiré mon attention. Il descendait. Il m'a fallu une seconde pour comprendre. C'était un drone.

J'en ai pris deux photos et j'ai appelé Gesso. « Chef, ils utilisent un drone pour récupérer la rançon des Foyle. »

« Merde. »

« Il me faut un de nos drones pour le suivre. »

« Il nous faudra dix minutes pour en faire décoller un. Et un hélico ? »

« Non. Ils le verront. »

« Ils doivent bien le faire atterrir quelque part. Tu veux que je fasse bloquer les rues ? »

« Non, laisse tomber. Je retrouverai ces salauds dès que la gamine sera rentrée chez elle. »

« T'es sûr ? »

« Ouais. On se parle plus tard. »

Le sac d'argent a décollé du sol. J'ai pris d'autres photos tandis qu'il volait vers l'est. Il a flotté juste au-dessus de la lisière des arbres et a disparu de ma vue.

CHAPITRE NEUF

C'ÉTAIT MA TROISIÈME TASSE DE CAFÉ, MAIS CE N'ÉTAIT PAS LA caféine qui était responsable de ma nervosité. Les Foyle se tenaient près de la fenêtre du salon, attendant l'arrivée de Dana. Cela faisait deux heures.

Derrick s'est penché vers moi. « Tu crois qu'elle va s'en sortir ? »

« Je l'espère bien. Mais toute cette histoire ne tient pas la route. »

« Je sais. »

« Utiliser un drone pour récupérer l'argent, c'était une sacrée bonne idée. Ça ne colle pas avec une demande de rançon de seulement vingt mille dollars. »

« Peut-être que si. Ça pèse une dizaine de kilos. Facile à emporter pour un drone. »

« Ce ne peut donc pas être un jouet. »

« C'est ça. J'ai cherché sur Google ; les modèles de loisir ne peuvent transporter qu'entre un kilo et demi et deux kilos et demi. »

« On doit garder ça à l'esprit. On devrait peut-être se concentrer sur les gens qui savent piloter ce genre d'engins. »

« Ça ne demande pas grand-chose pour apprendre. Un de nos voisins a regardé quelques vidéos sur YouTube, et en deux jours, il faisait vrombir son engin partout. »

« Génial. »

« Je déteste dire ça, mais toute cette histoire de drone pourrait être un galop d'essai. »

« Tu cherches à me déprimer ? »

Derrick a eu un petit rire. « Tu dis toujours que rien n'est impossible. C'est peut-être difficile, mais... »

« La voilà ! »

J'ai expiré pendant que les parents couraient vers la porte d'entrée. J'ai attrapé le bras de Derrick. « Laissons-les seuls une minute. Mais fais venir une ambulance ; il faut que la gamine soit examinée. »

Mme Foyle ne lâchait pas Dana, et son père n'arrêtait pas de lui embrasser le sommet du crâne. Ça avait l'air sincère. Je me suis rappelé que mon travail consistait à examiner toutes les possibilités. Le père était une piste comme une autre, et c'était un soulagement qu'une situation déjà sordide ne le devienne pas encore plus.

Mme Foyle avait son bras autour de la taille de Dana. « Tu veux manger quelque chose ? »

« Non. Ça va. »

« Est-ce qu'ils t'ont fait du mal, ma chérie ? »

Elle a secoué la tête. « Non. »

« Ils t'ont bien traitée ? »

Elle a hoché la tête.

« J'étais si inquiète pour toi. »

« Tout va bien, Maman. C'est fini. »

Dana m'a vu et a détourné le regard. Je me suis avancé. « Bonjour, Dana. Nous sommes heureux que vous soyez saine et sauve. »

Elle a baissé les yeux tandis que son père s'approchait. « Pas maintenant. Elle vient de rentrer. »

« Il vaut mieux que nous parlions maintenant, pendant que tout est frais dans sa mémoire. »

« Je ne sais pas. »

« Ce sera une discussion rapide. Nous ferons un interrogatoire complet demain matin. »

Dana a froncé les sourcils. « Je suis obligée ? »

M. Foyle a dit : « Ce sera rapide. Pas plus de dix minutes. N'est-ce pas, messieurs ? »

« Ça nous va. »

« D'accord. On peut utiliser le bureau. »

Je ne voulais pas que M. Foyle soit dans la pièce, mais il était en mode protection. Nous aurions une chance de l'avoir seule demain.

Foyle nous a sorti des chaises pliantes avant de se glisser derrière un petit bureau. Dana s'est affalée dans un fauteuil à dossier bas.

J'ai dit : « Je suis sûr que vous êtes fatiguée, mais les souvenirs ont tendance à devenir flous, même après une journée. »

Dana a gratté une couture de son jean. « Je suis un peu fatiguée. »

« On va faire vite. Dites-nous où vous avez été emmenée. »

« Je ne sais pas où j'étais. »

« Où étiez-vous quand ils vous ont kidnappée ? »

« Je rentrais à pied de chez Carmen. Et je venais, genre, de traverser Goodlette, près de l'église. »

« Quelle église ? »

« Celle au coin, près de Vanderbilt. »

M. Foyle a dit : « C'est l'église chrétienne de Naples. »

« D'accord, que s'est-il passé ? »

« Je ne sais pas. C'est... c'est arrivé si vite, et cette camionnette... elle s'est rangée sur le côté, devant moi, et alors que je passais à côté, on m'a juste traînée à l'intérieur, et c'était tout. »

M. Foyle a tendu la main, serrant l'épaule de sa fille. « Je suis désolé. »

« La camionnette était devant vous ? Rangée sur le côté ? »

« Ouais, un peu comme dans l'embranchement pour aller à l'église. »

« Avez-vous vu le numéro de la plaque d'immatriculation ? »

« Non. Mais je crois qu'elle était de Géorgie ou quelque chose comme ça. »

« De quelle couleur et de quelle marque était la camionnette ? »

« Euh, blanche. Je suis presque sûre qu'elle était blanche, mais je ne m'y connais pas en voitures. »

« Mais c'était une camionnette ? »

« Je crois, oui. »

« Elle avait une porte latérale ? »

« Ouais. C'était une camionnette. »

« Combien de personnes y avait-il à l'intérieur ? »

« Combien de personnes dans la camionnette ? »

« Oui. »

« Euh, deux, je crois. »

« Des hommes ou des femmes ? À quoi ressemblaient-ils ? »

« C'étaient des mecs. Mais je ne les ai pas vus. Ils, euh, m'ont mis un sac sur la tête. »

Expirant, M. Foyle a secoué la tête. « Les salauds. »

« Ça va, Papa. C'est fini maintenant. »

« Savez-vous qui aurait pu faire ça ? »

« Non. Aucune idée. »

« Qu'ont-ils dit quand on vous a mise dans la camionnette ? »

« De rester tranquille, et que si je le faisais, rien ne m'arriverait. »

« Avaient-ils un accent particulier ? »

« Non. »

« Et leur âge ? Que pouvez-vous me dire sur l'âge qu'ils pouvaient avoir ? »

« Hum, ils étaient clairement plus âgés. Un des types avait, genre, une voix rauque. »

« Ont-ils parlé entre eux ? »

« Non. »

« Ils ont conduit en silence ? »

« Ouais. Sauf une fois, l'un d'eux a appelé l'autre Frank. »

« Un des hommes s'appelait Frank ? »

« Oui, je suis toute confuse, mais je pense qu'il a dit le nom deux fois. »

La gamine venait de vivre une expérience traumatisante, mais pourquoi n'avait-elle pas commencé par le nom d'un de ses ravisseurs ? « Et l'autre homme ? Avez-vous entendu son nom ? »

« Je ne sais pas. Je suis toute confuse. Je veux juste m'allonger. »

« Nous comprenons. Reposez-vous bien. Nous reviendrons sur tout ça en détail demain. »

Me levant, j'ai dit : « Vous n'avez pas à vous inquiéter. Nous allons laisser une patrouille devant, par sécurité. »

M. Foyle a dit : « Vous pensez que ces gens sont une menace ? »

« Non. Au pire, ça empêchera la presse de vous harceler. »

Derrick a fermé la portière de la voiture. « La gamine en a bavé, mais ça ne colle pas. »

« Je te reçois cinq sur cinq. »

CHAPITRE DIX

REMIN S'EST APPROCHÉ DU PUPITRE. SON COSTUME ÉTAIT impeccable. « Bonjour. »

La salle remplie de journalistes s'est tue. « Merci d'être venus. Nous sommes heureux de vous annoncer que Dana Foyle a été libérée et qu'elle est rentrée chez elle auprès de sa famille. »

Des applaudissements ont parcouru la pièce.

« Avant de répondre aux questions, je tenais à vous remercier, vous et les membres de la presse qui ne sont pas ici aujourd'hui. Nous apprécions votre coopération et le fait que vous ayez suivi nos directives pour la couverture de cet enlèvement. J'espère que nous pourrons nous appuyer sur ce succès et travailler ensemble pour garantir la sécurité des résidents et des visiteurs du comté de Collier. Maintenant, qui a une question ? »

Presque toutes les mains se sont levées. Reconnaissant que *WINK News* avait joué le jeu avec le bureau du shérif, Remin a désigné la journaliste qui avait couvert la lettre de rançon. « Emma Heaton, *WINK News*. Quel est l'état de l'enquête sur les ravisseurs ? »

« Je ne peux pas faire de commentaires sur une enquête en cours, mais je peux vous dire que nous ne lésinerons pas sur les moyens pour capturer les responsables. Les hommes et les femmes de ce service veilleront à ce qu'ils répondent de leurs actes devant la justice. »

« Avez-vous un suspect principal ? »

« Je suis désolé. J'aimerais beaucoup, mais je ne peux pas répondre à cette question. »

Remin s'est tourné vers un homme en veste jaune. « Earl Hening, du *Naples Daily News*. Étant donné le peu de temps écoulé entre l'enlèvement et le paiement de la rançon, craignez-vous que l'enlèvement ne soit utilisé par certains comme un moyen rapide de se faire de l'argent ? »

« Non. L'extorsion n'est ni un moyen rapide ni facile de gagner de l'argent. Et je peux vous promettre que ce service restera vigilant face à toutes les menaces qui pèsent sur la sécurité et le bien-être de nos citoyens et de nos visiteurs. »

Remin était un politicien dans l'âme ; il parlait beaucoup pour ne rien dire. Il a continué son baratin pendant encore dix minutes avant de clore la conférence de presse.

Je l'ai suivi dans l'antichambre. Il a dit : « Je compte sur toi pour boucler cette affaire rapidement. »

Au lieu de lui dire « Alors pourquoi m'as-tu fait perdre mon temps à t'écouter pérorer », j'ai répondu : « J'interroge Dana Foyle dans une heure, et Derrick mène des vérifications des antécédents. »

EN ME REPASSANT LA CONFÉRENCE DE PRESSE, J'AI TOURNÉ SUR Vanderbilt Beach Road. Le journaliste avait-il raison, en insinuant que le paiement d'une rançon pourrait inciter d'autres personnes à enlever des gens dans nos rues ?

C'étaient les États-Unis, pas le Mexique ou le Nigeria, où

quelques personnes par jour étaient enlevées contre rançon. Je me suis tortillé sur mon siège ; la richesse de Naples permettait effectivement aux crétins de concevoir des combines pour s'enrichir rapidement. Une résolution rapide de l'affaire empêcherait ce genre d'idées de germer.

En tournant dans Lemuria, j'ai aperçu les antennes paraboliques des camionnettes de presse. J'espérais que les Foyle respecteraient notre consigne et ne parleraient aux médias qu'après notre entretien avec Dana.

Une poignée de journalistes a convergé vers ma voiture. En sortant, j'ai dit : « Je ne ferai aucune déclaration aujourd'hui, alors je vous serais reconnaissant de nous laisser un peu d'espace, à la famille et à moi. »

Fredonnant pour ignorer les questions qu'on me criait, j'ai fait un signe de la main aux agents garés devant et j'ai appuyé sur la sonnette.

J'ai serré la main de M. Foyle. « Comment va Dana aujourd'hui ? »

« Elle n'est pas dans son assiette. J'imagine qu'il lui faudra du temps pour se remettre de ce qui s'est passé. »

« Vous devriez peut-être lui trouver de l'aide. Ça pourrait lui faire du bien de parler à un professionnel. »

« Je ne sais pas trop… »

« Croyez-moi, un thérapeute peut faire beaucoup de bien. Je connais quelqu'un d'excellent, si ça vous intéresse. »

« Nous vous tiendrons au courant. »

J'ai hoché la tête. « Comment va Madame ? »

« Elle va bien, mais croyez-le ou non, elle dort encore. Le stress a dû l'épuiser. »

« Sans aucun doute. Vous n'êtes pas non plus à l'abri, vous savez. »

« Je vais bien. Ne vous inquiétez pas pour moi. »

« Je disais la même chose. Soyez prudent. »

« Je le serai. Laissez-moi aller chercher Dana. Elle est assise dehors, elle a été pendue au téléphone sans arrêt. »

J'ai souri. « Je ne connais que trop bien ça. Nous avons une fille plus âgée que Dana. »

« Ces jeunes sont collés à leur téléphone. »

J'ai acquiescé. « Écoutez, vous avez le droit d'être présent, mais je pense qu'il est préférable que nous parlions seuls. Elle pourrait se retenir si vous êtes là. »

Il a hésité. « Vous croyez ? »

« Faites-moi confiance là-dessus. »

Il a hoché la tête et est parti. Une minute plus tard, Dana, en tongs et en short, marchait derrière son père. Elle a à peine dit bonjour et je les ai suivis dans le bureau.

« Dana, nous allons parler, juste tous les deux. »

Ses yeux se sont tournés vivement vers son père, qui a dit : « Ce n'est rien. L'inspecteur Luca est là pour aider. »

« Nous voulons nous assurer que vous et votre famille êtes en sécurité. Si vous êtes mal à l'aise à un moment ou à un autre, vous pouvez arrêter l'interrogatoire. »

« D'accord. »

J'ai pris la même chaise pliante que la veille. « C'est bon d'être à la maison, n'est-ce pas ? »

« Ouais. »

« Où est-ce qu'ils vous ont gardée ? »

« Euh, je crois que c'était un sous-sol ou quelque chose comme ça. »

Il y avait moins de sous-sols dans le sud de la Floride que de Martiens. « Vous êtes sûre que c'était un sous-sol ? »

« Euh, peut-être pas. Je me suis embrouillée parce qu'ils m'avaient mis un sac sur la tête. »

« C'était un sac en papier ou en tissu ? »

« Une sorte de tissu. C'était vraiment rêche. »

« Est-ce qu'ils vous l'ont laissé tout le temps ? »

« Ouais. Ils ne voulaient pas que je les voie. »

Son visage ne montrait aucun signe d'irritation. « Revenons au moment où c'est arrivé. Je sais que vous me l'avez raconté hier soir, mais j'apprécierais que vous y reveniez. »

Elle s'est tenue à son histoire, mais elle semblait récitée. « Et vous êtes sûre que c'était une camionnette ? Une blanche ? »

« Ouais, j'y ai réfléchi, et elle était définitivement blanche. »

« Et les hommes, ils étaient plus âgés, avez-vous dit ? »

« Carrément. J'avais peur qu'ils aillent, vous savez, euh, vous voyez ? »

Je voyais très bien. Je ne pouvais pas lui parler de l'affaire de viol sur laquelle je travaillais. « Dieu merci, ils ne l'ont pas fait. »

Elle a haussé les épaules.

« Où dormiez-vous ? »

« Euh, sur un canapé. »

« De quelle couleur était-il ? »

« Bleu. Il était... »

Elle s'est reprise, mais c'était trop tard. « Allez-y. »

« J'ai vu un peu, vous savez. J'ai soulevé le sac de ma tête. Je veux dire, c'était difficile de respirer. »

« Qu'avez-vous vu d'autre ? »

« Euh, rien. Il faisait noir. »

« Vous étiez seule ? »

« Ouais, mais je pense qu'ils avaient des caméras ou quelque chose comme ça. »

« Qu'est-ce qui vous fait penser ça ? »

« Je ne sais pas. J'avais l'impression qu'ils m'observaient. »

« Étiez-vous ligotée ? Entravée d'une quelconque manière ? »

« Non. Mais je ne pouvais pas m'échapper, je voulais mais... »

« Vous aviez peur ? »

« C'était vraiment effrayant. »

« Est-ce qu'ils vous ont demandé si vos parents avaient de l'argent pour payer une rançon ? »

« Ce n'était pas tant d'argent que ça. »

« Ils vous ont dit le montant ? »

« Je, euh, je ne sais pas s'ils l'ont fait ou si c'était mon père. Mais c'était genre trente mille dollars, non ? »

« Vingt mille. »

« Oh, c'est vrai. »

« Qu'est-ce que vous avez mangé pendant votre séquestration ? »

« Mangé ? Pourquoi voulez-vous savoir ça ? »

« Je sais que c'est une question stupide, mais ils nous obligent à la poser. »

« On a mangé de la pizza. »

« Ils ont mangé avec vous ? »

« Non. Ils l'ont juste mise dans la pièce où j'étais. »

C'était curieux qu'elle ait utilisé « on » s'ils n'avaient pas mangé ensemble. « Comment savez-vous qu'ils avaient de la pizza ? »

« Je me suis juste dit qu'ils en avaient pris aussi. »

« Où est-ce qu'ils l'ont prise ? »

« Rosedale... je crois. Je suis fatiguée et je m'embrouille. Je veux vraiment que ça se termine. »

« Juste une dernière question, d'accord ? »

« D'accord. »

« Vous avez dit que l'un d'eux s'appelait Frank. »

« Ouais, le type a gaffé et a dit son nom. »

« Connaissez-vous quelqu'un qui s'appelle Frank ? »

« Non. Personne. » Elle s'est levée. « Je suis vraiment fatiguée. »

Mon expérience en matière d'enlèvement était limitée, mais quoi qu'il en soit, cet interrogatoire était étrange.

11

CHAPITRE ONZE

En attendant de pouvoir m'engager sur Goodlette-Frank Road, j'ai sorti mon téléphone pour appeler Derrick et j'ai remarqué que j'avais un message vocal. J'ai lancé la lecture : « Inspecteur Luca, ici Felix Ramos. Vous m'avez dit que vous me tiendriez au courant. J'aimerais savoir où en est l'enquête. S'il vous plaît, appelez-moi. »

J'ai fixé le téléphone. Ma promesse était plus une façon de parler. J'espérais qu'il ne s'attendait pas à ce que je lui donne des nouvelles tous les jours. Alors qu'une voiture me dépassait, j'ai appelé Derrick.

« Salut, Frank. Comment ça s'est passé ? »

La gamine méritait le bénéfice du doute, mais j'ai mis ma paternité de côté. « Son histoire avait plus de trous qu'une passoire. »

Il a eu un petit rire. « Qu'est-ce qu'elle a dit ? »

Je l'ai mis au courant et j'ai ajouté : « Le fait qu'elle n'ait pas mentionné le nom de Frank d'emblée, et qu'elle prétende ne connaître personne de ce nom ? Je ne gobe pas ça. Elle n'a même pas essayé de réfléchir à quelqu'un qu'elle pourrait connaître... La gamine a juste balancé un non. »

« Une réponse toute faite ? »

« Ça en avait tout l'air. La question, c'est pourquoi ? »

« Il y a quelque chose de louche », a dit Derrick.

« Elle a parlé d'eux en disant « ils », comme si elle les connaissait. »

« Et tu as dit qu'à un moment, elle avait le sac sur la tête et qu'ensuite, il n'y était plus ? »

« Elle connaît celui qui a fait ça et veut le protéger. »

« Tu crois ? »

J'ai mis les gaz et j'ai quitté Lemuria. « On ne peut pas écarter cette possibilité. »

« J'ai parlé à ses amies. Personne n'a pu penser à qui que ce soit. Elles avaient l'air d'être des filles bien et ont dit beaucoup de bien de Dana, sauf que personne n'a l'air d'aimer son petit ami. »

« Qu'est-ce qu'elles ont dit sur lui ? »

« Il s'appelle Bradley Richter. Il a un an de plus qu'elle, et elles ont dit qu'il était manipulateur. »

« Ça fait combien de temps qu'ils sortent ensemble ? »

« Environ deux ans. »

« Deux ans ? Pourquoi n'était-il pas avec la famille ? »

« Bonne question. »

« Est-ce que ses amies ont mentionné qu'ils s'étaient disputés ou quelque chose comme ça ? »

« J'ai demandé, mais elles ont dit que non. »

« Quoi qu'il en soit, il mérite qu'on s'y intéresse de plus près. »

« Je suis en route pour aller le voir. Il habite près du collège de Golden Gate. »

« D'accord. Vois ce qu'il a à dire. Envoie-moi ses infos par texto ; je vérifierai ses antécédents en rentrant. »

« On se parle plus tard. »

J'ai raccroché et j'ai tourné à droite sur Vanderbilt Beach Road, me garant sur le bas-côté. Cet appel ne pouvait pas attendre un feu rouge. « Monsieur Foyle, c'est l'inspecteur Luca. »

« Oh. Il y a un problème ? »

« Pas vraiment, mais le petit ami de Dana, Brad Richter… »

« Quoi à son sujet ? »

Son ton a changé. « Je crois comprendre qu'ils sont en couple depuis deux ans. On pourrait penser qu'il aurait été à la maison, avec vous et votre femme… »

« Bradley n'est pas le bienvenu dans cette maison. »

« Je comprends. Puis-je vous demander pourquoi vous pensez ça ? »

« Il n'est pas assez bien pour Dana. »

C'était une plainte fréquente de la part des parents, dont je m'étais moi-même rendu coupable. Pendant très longtemps, j'ai fait grise mine à tous ceux avec qui Jessie sortait. Elle ne ramenait personne à la maison, ce qui empirait les choses. Je ne faisais toujours pas confiance à son jugement à cent pour cent, mais Mary Ann avait dit que j'avais fait des progrès. « Y a-t-il quelque chose de particulier à son sujet ? »

« Non. C'est tout son être. »

« Y a-t-il eu un incident qui a aggravé les choses ? »

« Dès le premier jour, je n'ai pas aimé la façon dont Dana se comportait avec lui. Elle a changé depuis qu'elle l'a rencontré. »

« Diriez-vous qu'il est manipulateur ? »

« Je ne sais pas ce qui se passe entre eux, mais il n'est pas bon pour Dana. »

« Je comprends. Désolé d'avoir abordé ce sujet. »

« Ce n'est rien. Même si je n'aime pas Brad, je ne pense pas qu'il ait quoi que ce soit à voir avec l'enlèvement. »

Je ne pouvais avouer à personne que j'étais déçu que ce ne soit pas le petit ami. Une résolution rapide m'aurait permis de me reconcentrer entièrement sur l'affaire du viol de Ramos.

Après avoir importé les photos que j'avais prises du drone, j'ai appelé le labo. « Salut, Charlie. Je viens de t'envoyer des images du drone utilisé dans l'enlèvement Foyle, prises avec mon portable. »

« Attends. Laisse-moi vérifier. »

Il a tapé sur un clavier. « Ouais, je les vois. »

« J'ai besoin d'aide pour identifier le type et savoir où ils sont vendus. »

« Mon fils en a un similaire. Je vais les agrandir et faire des comparaisons. »

« Je n'ai pas besoin de te dire que c'est une priorité, n'est-ce pas ? »

« N'est-ce pas ton deuxième prénom ? »

J'ai raccroché. La journée s'annonçait longue, et j'avais besoin d'un remontant.

La cafétéria était vide. J'ai abaissé le levier et, tandis que le café fumant coulait dans ma tasse, j'ai entendu des pas. « Salut, Frank. Comment vas-tu ? »

« Bien, Brian. »

« Dis, comment va la petite Foyle ? »

« Elle a l'air d'aller bien. »

« Super. Écoute, on a eu une tentative de viol tôt ce... »

« Aïe ! » J'ai lâché le levier et secoué ma main pour enlever le café.

Brian m'a tendu une poignée de serviettes en papier.

« Merci. » J'ai essuyé ma main et le comptoir. « Parle-moi de cette tentative. »

« Je ne sais pas grand-chose, mais je savais que tu t'occupais de celle de North Collier Park quand tu as été appelé sur l'affaire Foyle. »

Peut-être que le père de Ramos avait raison. « Je travaille sur les deux. Dans le New Jersey, j'avais dix affaires en même temps. »

« Mec, je n'arrive même pas à imaginer. »

« Qu'est-ce qui s'est passé ? »

« Une femme, Joan Samus, est en ville pour rendre visite à sa mère et a été attaquée en allant à sa voiture. »

« C'était à quelle heure ? »

« Après une heure du matin. »

« Où est-ce que ça s'est produit ? »

« Elle était garée près de la Troisième Avenue, à côté du collège. »

C'était un défi de trouver une place de parking près de la Cinquième Avenue. « Comment s'en est-elle sortie ? »

« Le type la traînait vers la piste d'athlétisme et a essayé de lui mettre quelque chose sur la tête quand elle l'a mordu. Le salaud l'a lâchée, et elle a filé vers le magasin CVS. »

« C'est peut-être le même type ; il a aussi couvert la tête de la dernière victime. »

« C'est ce dont je me souvenais. »

« Je vais en parler au sergent, mais fais-moi une faveur et transmets-moi le rapport au plus vite. »

12

CHAPITRE DOUZE

Joan Samus, trente-huit ans, était originaire de Lake George, dans l'État de New York. En visite chez sa mère, elle était sortie tard et avait traîné au bar Vergina's jusqu'à sa fermeture à 2 heures du matin.

À cette heure-là, les rues étaient désertes. La plupart des habitants de Naples dormaient déjà depuis quatre heures quand Mlle Samus a quitté le restaurant de la Cinquième Avenue. Nous étions intervenus pour quelques bagarres alcoolisées là-bas, mais jamais pour un crime grave.

Se demandant si un client l'avait repérée, Derrick est entré dans le bureau d'un pas décidé. « Devine qui je pense est derrière l'enlèvement ? »

« Qu'est-ce que tu as découvert ? »

Il a affiché un grand sourire. « Devine. Tu ne vas jamais le croire. »

Je n'avais plus seize ans et je n'avais plus la patience d'autrefois. « Dis-moi simplement ce que tu as découvert. »

Son sourire s'est effacé. « Dana et son petit ami, Bradley Richter, ont tout inventé. »

J'ai bondi de ma chaise. « Qu'est-ce qui te fait penser ça ? »

« Le petit ami mentait et ses propos étaient incohérents. Je lui ai demandé où il était quand Dana a disparu, et il a dit qu'il était chez lui. Mais sa mère a dit qu'il n'était rentré que tard et qu'il avait manqué le dîner. »

« Tu as parlé à la mère séparément ? »

« Ouais, et tu sais quel a été le meilleur moment ? »

« Elle t'a préparé des cookies ? »

« Désolé, je n'y peux rien. »

« Crois-moi, je sais. Et pour la mère ? »

« Bradley a nié avoir un drone, mais sa mère a dit qu'ils lui en avaient acheté un il y a un mois, après qu'il a manifesté un intérêt soudain pour ça. »

« Quel genre de drone lui ont-ils acheté ? »

« Elle ne savait pas et a dit qu'il était habituellement dans le garage, mais qu'elle ne l'avait pas vu depuis quelques jours. »

« Il faut qu'on sache ce qu'ils ont acheté. »

« Elle allait demander à son mari. Elle a dit que c'était lui qui s'était chargé de l'achat. »

« Tu as fait de l'excellent travail. Je suis fier de toi. »

« Merci, Frank. Je ne fais que mon boulot. »

« Qu'as-tu pensé du petit ami ? Facile à faire craquer, si on lui met la pression ? »

« Il a joué les durs, mais ce n'est qu'un gamin. »

« J'ai envoyé les photos au labo. Si on obtient une confirmation du modèle qui correspond à ce qu'il a, on les embarque tous les deux. »

« Ça me semble être un bon plan. »

Je me suis rassis. « Tu as entendu dire qu'il y a eu une tentative de viol en ville ? »

« Ouais. J'allais t'en parler, mais je crois que je me suis laissé emporter après avoir parlé au petit ami. »

« Pas de souci. » Argh, je détestais utiliser cette expression. « Je pense que c'est lié. L'agresseur a essayé de lui couvrir la tête. »

« C'est possible. »

« Elle l'a mordu. »

« Bien fait pour ce salaud. J'espère qu'elle lui a arraché un morceau. »

« Moi aussi, ce sera quelque chose à rechercher chez un suspect. »

ME DIRIGEANT VERS L'EST SUR LA 41, J'AI TOURNÉ À DROITE SUR Thomasson Drive, de l'autre côté du Tamiami Trail. Elle s'appelait Rattlesnake Hammock Road. C'était une autre de ces routes qui changeaient de nom, déroutant les visiteurs comme les résidents.

J'ai ralenti en approchant de l'East Naples Community Park. J'avais entendu parler de la soixantaine de terrains de pickleball qu'on y trouvait. Naples était la capitale américaine de ce sport en pleine croissance. Comme il me restait dix minutes avant mon rendez-vous, j'ai tourné à gauche pour entrer dans le parc.

Après un rapide tour, je suis sorti du parc. C'était surprenant de voir que la plupart des terrains étaient occupés. Ça avait l'air amusant. Peut-être que Mary Ann et moi pourrions essayer.

La mère de Joan Samus vivait dans une nouvelle résidence d'appartements en location près du parc. Une clôture de près de deux mètres entourait la propriété, mais la barrière non surveillée était levée.

J'ai sonné à l'unité du rez-de-chaussée. « Qui est-ce ? »

« Inspecteur Luca, du bureau du shérif du comté de Collier. »

« Vous avez une pièce d'identité ? »

« Oui, madame. »

« Mettez-la devant le judas. »

Je me suis exécuté, et la porte s'est ouverte. « Désolée. Il faut être prudente de nos jours. »

« Vous avez eu raison. »

J'étais stupéfait de voir avec quelle facilité les gens laissaient entrer chez eux quelqu'un prétendant être un policier ou un agent officiel. Quatre-vingt-dix pour cent du temps où je montrais mon insigne, la personne y jetait un simple coup d'œil. Avec la qualité des contrefaçons actuelles, c'était une erreur.

Un nombre incalculable de fois, nous avions dit à Jessie que si quelqu'un se présentait à la porte en prétendant être un policier, ou si elle se faisait arrêter par une voiture banalisée, elle devait appeler la police pour vérifier la situation.

« Joanie est dans la chambre d'amis. Elle y est enfermée depuis que c'est arrivé. Elle a peur de sortir. »

Je l'ai suivie jusqu'à une porte fermée. La mère frappa. « Ma chérie, le policier est là. »

La porte s'est ouverte lentement. Vêtue d'une polaire, Joan Samus était menue comme un oiseau. C'était un miracle qu'elle ait réussi à repousser son agresseur. « Bonjour, Joan. » Je lui ai tendu la main. « Je suis l'inspecteur Frank Luca. »

Elle n'a pas pris ma main. « Salut. »

« J'ai quelques questions à vous poser sur ce qui vous est arrivé. Je comprends que vous soyez secouée, mais il vaut mieux que nous parlions aujourd'hui. »

« D'accord. » Elle s'est assise sur le lit, enlaçant ses genoux.

« Racontez-moi avec autant de détails que possible. Vous étiez au bar du Vergina, alors commencez par là. »

Elle a dégluti. « Je profitais juste de la musique en buvant un verre. »

« Vous étiez seule ? »

« Oui. Enfin, quelques hommes m'ont abordée, mais ce n'était rien. »

« Quelqu'un qui aurait pu être l'agresseur ? »

Elle a secoué la tête.

« Avez-vous remarqué quelqu'un qui aurait pu vous observer ? »

« Non, enfin, il y avait beaucoup de monde à l'intérieur. Mais j'étais captivée par la musique ; le DJ était bon. »

« À quelle heure êtes-vous partie ? »

« Quand ils ont annoncé le "dernier verre". »

« Combien avez-vous bu ? »

« J'ai bu deux verres de toute la soirée. »

C'était probablement quatre, et vu sa corpulence, plus de deux verres auraient eu un effet sur elle. « Quand vous êtes partie, avez-vous remarqué si quelqu'un vous suivait ? »

« Non ! Je ne serais pas allée à ma voiture si ça avait été le cas. »

« Quel chemin avez-vous pris ? »

« J'ai traversé la place, tout droit. »

« Donc vous êtes passée à gauche du Sugden Theatre ? »

« Ouais, à côté de ce restaurant, Truluck's. »

Il y avait un service de voiturier dans la rue d'où elle sortait. Peut-être que quelqu'un avait vu quelque chose s'ils étaient là si tard. « Et ensuite, que s'est-il passé ? »

« Je marchais en regardant mon téléphone, et tout à coup, cet homme m'a attrapée par-derrière. »

13

CHAPITRE TREIZE

Tout était prêt. Mais au lieu de frissonner d'impatience, j'étais en proie au doute. Je n'ai pas touché aux températures des deux salles. Inutile d'aggraver une situation déjà pénible pour les deux familles.

Derrick m'a rejoint dans le couloir. « Ce serait bien de convaincre les parents de nous laisser les interroger sans eux dans la pièce. »

« Ça ne me dérange pas. Ça pourrait même jouer en notre faveur. »

« Comment ça ? Ils n'avoueront jamais rien devant leur père. »

« Je ne sais pas. Ils se confieront peut-être plus facilement avec papa dans la pièce. Ce serait embarrassant s'ils l'ont fait, mais avec leur père à leurs côtés, ils se sentiront peut-être protégés. C'est plus effrayant d'être seul et d'avouer quelque chose à un flic. »

« J'espère que tu as raison. »

« Moi aussi. Écoute, je veux m'en occuper tout seul. À deux dans la pièce, ça risque d'être trop intimidant. »

« Pas de souci. C'est déjà assez intimidant comme ça. »

Content qu'il ne l'ait pas mal pris. J'ai laissé passer cette expression stupide, « pas de souci ».

« Bon, voyons où ça nous mène. »

J'ai frappé à la porte de la salle d'interrogatoire n° 1. « Bonjour, je suis l'inspecteur Luca. »

Donnant un coup de coude à son fils en se levant, M. Richter m'a tendu la main. « Frank Richter. »

Bradley a esquissé un signe de tête.

J'ai posé un dossier épais sur la table et l'ai bien aligné. « Ce n'est pas un interrogatoire officiel, mais je suis tout de même tenu par le règlement, ce qui m'oblige à l'enregistrer. »

Son fils se triturait une cuticule pendant que M. Richter disait : « Nous comprenons. »

En appuyant sur le bouton d'enregistrement, j'ai énoncé qui se trouvait dans la pièce. « Bien, voyons si nous pouvons tirer au clair ce qui est arrivé à Dana. »

« Je vous l'ai déjà dit, je ne sais rien. »

Ouvrant le dossier, j'en ai sorti une poignée de photos. Alors que je les étalais, M. Richter a dit : « C'est notre maison. Vous avez surveillé notre domicile ? »

« Votre fils connaît bien Dana. C'est la procédure standard. »

J'ai posé les photos du drone qui avait récupéré le sac d'argent. À côté, j'ai placé des photos trouvées sur Internet du modèle que M. Richter avait acheté à son fils.

Tapotant la photo du drone qui transportait la rançon, j'ai dit : « Voici la récupération en train de se faire. »

M. Richter a secoué la tête. « C'est insensé. » Brad s'est tortillé sur sa chaise.

« Et Bradley, c'est le drone que vous avez. C'est exactement le même. »

« Et alors ? Il y en a des tonnes. »

« Moins que ça. Pour être exact, cent quarante-huit de ces

modèles ont été vendus dans le comté de Collier, et seulement treize chez Tech World, sur Naples Boulevard. »

« Excusez-moi, ça doit être une coïncidence. J'espère que vous n'essayez pas de dire que mon fils est impliqué parce que nous possédons un drone comme celui qui a été utilisé ? »

« Je ne crois pas aux coïncidences. »

« Vous pensez que mon fils a quelque chose à voir là-dedans ? »

« D'après ce que Dana nous a dit, il semblerait que oui. »

Bradley s'est redressé d'un coup. « Qu'est-ce qu'elle a dit ? »

« Je ne peux pas vous le révéler tant que l'accord avec elle ne sera pas finalisé. »

M. Richter a demandé : « Quel genre d'accord ? »

« Un accord de coopération. Il la disculpera de toute... »

« C'est des conneries ! Je veux un avocat. »

« Bradley ! Surveille ton langage ! »

« Mais papa ! »

« Il n'y a pas de mais. Tais-toi. » M. Richter s'est tourné vers moi. « Dois-je prendre un avocat pour mon fils ? »

« Je ne peux pas répondre à cette question, mais il a droit à une assistance juridique. »

Il a pincé les lèvres. « Je peux avoir quelques minutes seul avec lui ? »

Je me suis levé. « Bien sûr. » Appuyant sur le bouton d'arrêt, j'ai ajouté : « Ne vous inquiétez pas, personne n'écoute. Je vous laisse une demi-heure et je vais vous chercher quelque chose à boire. »

Derrick était devant la porte. « Je parie à deux contre un qu'il prend un avocat. »

« Probablement. Je vais m'occuper de Foyle. »

Remin a redressé sa cravate. « Frank, tu es sûr de ne pas vouloir répondre aux questions de la presse ? »

« Je préférerais une dévitalisation. »

Remin a gloussé. « Ce n'est pas si terrible. Il faut savoir comment s'y prendre avec eux. Donne-leur ce que tu veux que les gens sachent, et ils peuvent être un atout. »

« Cette affaire va attirer plus d'attention qu'elle ne le mérite. Elle suscite plus d'intérêt maintenant que lorsque la gamine a disparu. »

« Ça se tassera dans quelques jours. Allons-y. »

Remin a poussé la porte de la salle de presse et s'est dirigé vers le podium. J'ai tenu la porte, balayant du regard la foule de journalistes. Emma Heaton était assise au premier rang, une autre place de choix.

« Attends, Frank. »

« Salut, sergent. Qu'est-ce qui se passe ? »

« M. Ramos est là. Je lui ai dit que tu étais occupé, mais il ne veut pas partir. »

Le bon sentiment que j'éprouvais s'est évanoui aussi vite que le message positif d'un biscuit chinois. « Laisse Derrick s'en occuper. »

« Il a refusé de parler à Dickson. Il a dit qu'il ne parlerait qu'à toi. »

« Très bien, fais-le entrer dans mon bureau. »

Voir Ramos m'a fait bomber le torse. Ce type devait avoir une planche dans le dos. Chaussures brillantes aux pieds, il se balançait sur la pointe des pieds, mais il avait des cernes sous les yeux.

« Monsieur Ramos. »

« Inspecteur Luca. Désolé d'avoir insisté pour vous voir, mais... »

« Ce n'est rien. Comme je l'ai dit, l'affaire de votre fille est une priorité. »

« Où en est l'enquête ? »

« Il n'y a pas de changement, mais ne prenez pas ça négative-ment. Nous développons des pistes qui mèneront à des personnes susceptibles d'intéresser l'enquête. »

« Pendant ce temps, ce crétin est dans la nature ; ma fille est barricadée chez elle, et je n'arrive pas à dormir. »

« Je suis désolé. Je compatis avec elle et avec vous. »

« Vous n'avez aucune idée de l'impact que ça a sur nous. »

« Vous avez raison. Mais j'ai aussi une fille, et je sais que ça doit être... »

« S'il s'agissait de votre fille ou de celle d'un autre flic, je suis sûr que tout le monde serait sur le terrain à traquer ce salaud. »

« Ce n'est pas vrai. Nous traitons toutes les victimes de crimes avec la même urgence et le même soin. »

« Sans vouloir vous manquer de respect, inspecteur, mais d'après ce que j'ai vu, ce n'est pas suffisant. Je ne peux pas avoir l'esprit tranquille en le sachant dehors. »

« Croyez-moi, monsieur Ramos, nous sommes sur le coup et je peux vous dire que je suis déterminé à trouver le coupable et à le traduire en justice. »

« Amenez-le-moi. Je vais lui montrer ce qu'est la justice. »

CHAPITRE QUATORZE

E<small>N ENTRANT DANS LA MAISON</small>, <small>J</small>'<small>AI ÉTÉ ENVELOPPÉ PAR L</small>'<small>ARÔME</small> d'oignons et d'ail qui revenaient à la poêle. Ils devraient en faire un après-rasage. Peu importait ce qu'on mangeait pour le dîner, j'allais ouvrir une bonne bouteille de vin rouge.

En regardant à travers les baies vitrées, j'ai vu que la table sur la véranda était dressée avec des verres à vin. Cette femme avait un sixième sens. Mary Ann est sortie de la chambre. « Salut. »

Je l'ai embrassée sur la joue. « Ça sent divinement bon. »

« Moi ou le dîner ? »

« Les deux. » Je lui ai massé les épaules. « Qu'est-ce que tu prépares ? »

« Toi, tu vas faire griller des crevettes. Publix avait des jumbos, et je me suis fait plaisir, puisqu'on a tous les deux quelque chose à fêter. »

« Qu'est-ce qui se passe ? »

« Je commence le travail lundi. »

« Super. Fais juste attention à ne pas en faire trop. »

« Promis. Raconte-moi ce qui s'est passé avec Dana. J'ai vu la conférence de presse, mais elle était avare en détails. »

« Laisse-moi d'abord prendre une bouteille de vin. »

« Oh, attends. »

« Quoi ? »

« Le père de Jan, Freddie, est mort aujourd'hui. »

« Il avait un sacré âge. »

« Quatre-vingt-quatorze ans. »

« Qu'est-ce qui s'est passé ? »

« Mort dans son sommeil. »

« C'était un type bien, qui a tout fait comme il faut. »

« Fait quoi ? »

« Vivre vieux et mourir vite. »

La bouteille à la main, nous sommes allés sur la véranda. Mary Ann a posé un Tupperware de crevettes en train de mariner. J'ai allumé le gril et attrapé le tire-bouchon.

« Nuit magnifique. C'est quel genre de vin ? »

« Il vient d'Espagne. Bilotti a dit que les 2020 sont vraiment bons. »

« Cher ? »

J'ai fait sauter le bouchon. « Non, pas du tout. Tiens, goûte. »

« Juste un peu, pour fêter ça. »

J'ai rempli son verre à moitié et me suis servi une généreuse rasade. J'ai trinqué avec elle et fait tourner mon vin. « Regarde la couleur : c'est un violet foncé. » J'ai humé. « Pas beaucoup de nez. »

« De nez ? »

« L'arôme. »

« Tu es vraiment à fond là-dedans, n'est-ce pas ? »

« C'est amusant. Et puis, ça me rend d'humeur coquine. »

Je l'ai embrassée dans le cou.

« Hé, pas maintenant. »

« Plus tard ? »

« Si tu es sage. »

« Promis. Je ferai même la vaisselle. »

Elle a ri. « Mets les crevettes à griller et raconte-moi ce qui s'est passé avec Dana. Je n'arrive toujours pas à y croire. »

« On avait Dana dans une pièce avec son père, et le petit ami et son père dans une autre. J'ai étalé tout un tas de photos de leurs maisons et d'eux. Ça donnait l'impression qu'on les avait sous surveillance. »

« Je ne sais pas si j'aime ça. Où est-ce que tu as eu cette idée ? »

« Tu te souviens de cette série policière française qu'on regardait ? »

« Celle avec les sous-titres ? »

« Oui, qui se passe à Paris. »

« Les sous-titres m'endorment. »

« Bref, le petit ami ne voulait pas passer aux aveux, mais Dana n'a pas tenu longtemps. Elle a dit que c'était Brad qui avait eu l'idée de simuler son enlèvement pour se faire de l'argent. »

« Mais elle volait sa propre famille. »

« Je sais. Elle a dit qu'il avait eu l'idée sur une vidéo YouTube en Angleterre, où des chiens étaient enlevés à leurs propriétaires contre une rançon. »

« Pourquoi a-t-elle accepté un truc pareil ? »

« D'après elle, elle avait peur de lui et n'arrivait pas à lui dire non. Il a dit qu'il avait besoin de l'argent pour une voiture et lui a promis qu'ils partiraient en voyage. »

« C'est incroyable. Il l'a complètement sous sa coupe. J'ai lu un article en ligne qui disait qu'un quart des lycéennes étaient dans des relations abusives. »

« C'est dégoûtant, mais je veux bien le croire. Ça m'a fait de la peine pour elle. Elle pleurait à chaudes larmes, et son père était sous le choc. »

« C'est terrible, mais le bon côté des choses, c'est que c'est la fin de Dana et Brad. »

En mettant les crevettes sur le gril, j'ai dit : « J'espère que tu as raison. Ces relations sont plus collantes que de la Super Glue. »

« Est-ce que des poursuites vont être engagées ? »

« M. Foyle n'a pas voulu déposer de plainte pour vol, et maintenant, c'est le service des mineurs qui s'en occupe. On dirait qu'ils vont tous les deux écoper de travaux d'intérêt général, s'ils remboursent le comté pour les frais que nous avons engagés. »

« Quelle honte pour les Foyle. Je devrais déménager si ça nous arrivait. »

« Les adolescents ne sont pas les créatures de Dieu les plus brillantes. »

« Je n'ose pas imaginer ce que les parents des deux familles traversent. Qu'est-ce que Remin en a pensé ? »

« Il était juste content que ça se termine bien pour le département. Remin n'a pas d'enfants et il ne comprend pas le côté émotionnel de la chose. »

En retournant les crevettes, j'ai pensé à Ramos. Le père essayait de tenir le coup, mais la tension était palpable. Si l'affaire n'était pas résolue, il pourrait se tirer une balle dans la tête.

Je voulais parler à Mary Ann de l'affaire Ramos, mais j'avais besoin d'une pause loin de toute cette négativité. En plus, je voulais préserver mes chances pour plus tard. J'ai pris une gorgée de vin. « Tu te sens bien, hein ? »

« Oui, pourquoi ? »

En l'embrassant sur la joue, j'ai dit : « Je m'assure juste. Tu sais que tu as fait une promesse tout à l'heure. »

Elle a ri. « Tu n'as qu'une idée en tête. »

« Je suis un homme. Tu t'attendais à quoi ? Alors, parle-moi du travail. »

Ne voulant pas gâcher mes chances de faire l'amour, j'ai accepté de regarder un autre film Hallmark, me retenant même

de faire des commentaires sarcastiques. À la fin du film, j'ai dit :
« Bon, allons au lit. »

« Attends quelques minutes ; les infos vont commencer. Je
veux voir ce qu'ils disent sur les Foyle. »

Elle a zappé sur *WINK News*, et la présentatrice a dit :
« Bonsoir. Ce soir, nous avons un reportage sur la fin heureuse,
mais bizarre de la disparition de Dana Foyle. »

Un écran partagé montrait Dana à gauche et la maison des
Foyle à droite.

« Le shérif Remin, du comté de Collier, a tenu une conférence de presse aujourd'hui, confirmant que la disparition était
un canular. Dana Foyle et son petit ami, Bradley Richter, ont
mis en scène l'enlèvement pour tenter d'extorquer vingt mille
dollars à la famille de Dana.

« Bien que non confirmé, des sources nous disent que
Richter a planifié la combine, faisant pression sur Dana pour
qu'elle participe au stratagème. Au lieu d'avoir été enlevée dans
la rue par deux hommes dans une camionnette, comme affirmé
au départ, Dana se cachait dans la maison de la grand-mère de
Bradley, qui était partie pour une croisière de deux semaines.

« Les voisins, qui étaient venus soutenir les Foyle, ont été
choqués de découvrir la vérité. Nous avons parlé à l'une d'entre
eux, qui gardait Dana quand elle était petite, et qui s'est sentie
trahie.

« L'affaire a été renvoyée au Département de la Justice pour
mineurs de Floride, et nous vous tiendrons informés au fur et à
mesure que de nouveaux détails apparaîtront. »

L'image derrière la présentatrice a changé pour montrer
deux personnes masquées fuyant une maison. « Dans un vol
audacieux à Livingston Estates, deux individus se sont intro-
duits dans une maison isolée. Mais ce n'était ni des bijoux ni de
l'argent qu'ils visaient. Si vous regardez bien la personne à
gauche » — la caméra a zoomé — « ces cambrioleurs ont

emporté un terrier bien-aimé appartenant aux propriétaires de la maison. »

Mary Ann a dit : « Oh mon Dieu. Ils volent des chiens ? »

« Le dernier rapport d'Interpol que j'ai lu mentionnait une vague de vols d'animaux de compagnie en Angleterre. Avec le prix de certaines de ces races, ils revendent les animaux volés sur le marché noir. »

« C'est un vol qualifié. »

« Oui, mais je suis sûr que les tribunaux ne distribuent pas de peines sévères. »

« Sauf si le juge adore les chiens. »

« En parlant d'amoureux... » Je me suis levé du canapé et j'ai posé mes mains sur ses épaules. « On peut s'en tenir au genre humain ? »

« Ah, ça fait du bien. »

« Je ne fais que commencer. »

CHAPITRE QUINZE

La gamine Foyle était d'une bêtise sans nom, mais elle était saine et sauve à la maison. Ça a contribué à me faire passer une excellente nuit. Dormir six heures était un bonus.

Le soleil brillait et le taux d'humidité était bas. C'était presque la perfection, mais il y avait une ombre au tableau : l'affaire Ramos.

En traversant le parking pour me rendre au bureau, je me suis dit que l'affaire Foyle étant réglée, nous allions pouvoir nous concentrer sur le viol. J'ai poussé la porte et suis entré dans mon bureau.

Derrick a levé les yeux par-dessus son écran. « Bonjour, Frank. Comment ça va ? »

« Bien. » J'ai attrapé le café qu'il m'avait acheté. « Merci. »

Mon partenaire a brandi le *Naples Daily News*. « Tu as vu le journal ? Ça ne parle que des Foyle. »

« J'ai vu les infos hier soir. »

« Où est-ce qu'ils vont chercher des titres pareils ? "L'arnaque au drone de la gamine vire au fiasco." »

« Je sais que les adolescents font des erreurs, mais j'ai du mal à imaginer ma Jessie faire un truc pareil. Je démissionne-rais et je déménagerais dans l'Idaho. »

« J'aimerais croire que ça n'arrive pas aux gars de notre branche, mais tu te souviens de McKloskey ? »

« Dès que la drogue entre en jeu, plus rien ne tient. Quel-qu'un d'accro est capable de voler sa propre grand-mère. »

« Ce pays a intérêt à maîtriser le problème du fentanyl, ou ça va nous tuer. »

« La plupart vient du Mexique et de la Chine. On devrait les forcer à y mettre un terme. »

Un officier plus âgé, qui poussait un chariot de courrier, s'est arrêté à la porte. Il a pris une pile de lettres attachée par un élastique et est entré. « Tenez, messieurs. »

« Merci, Judd. Comment ça va ? »

« Pas mal. Cinquante-six jours avant les vacances permanentes. »

« Sympa. »

« Fini les conneries, comme traquer des voleurs de chiens. »

« C'est dingue, non ? »

« J'ai entendu dire qu'ils ont demandé une rançon. »

« Quoi ? »

« Ouais, c'est Tommy D qui me l'a dit. »

J'ai secoué la tête, et il a ajouté : « À demain. »

« Derrick, vérifie si c'est vrai. »

« Tu penses qu'on va hériter de l'affaire ? »

« Jamais. Mais je parie que ces types copient la gamine Foyle. Les parents ont payé la rançon il y a quelques jours et maintenant ça ? »

« C'est forcément une coïncidence. »

J'ai haussé les sourcils.

Il a répondu : « Je sais que tu ne crois pas aux coïncidences, mais tu as déjà vu la vidéo *The Dog Detective* ? »

« *The Dog Detective* ? Non, jamais vu. »

« C'est sur YouTube. C'est pas mal du tout. Un de ces

inspecteurs britanniques qui traque les gens qui volent des chiens de valeur pour les revendre. »

« J'ai vu passer un truc comme ça dans le flux d'Interpol. Ils les revendent à prix réduit par rapport aux prix de folie de certaines races. »

« Ils se feraient plus d'argent en rançonnant le propriétaire. Les gens aiment leurs animaux de compagnie et sont prêts à payer n'importe quoi. Lynn a emmené notre chien se faire faire un détartrage, et ça a coûté quatre cents dollars, plus que ce qu'ils facturent pour notre bambin. »

« Je sais. Un voisin a payé neuf mille dollars pour une opération de la hanche de son chien. Je crois qu'il avait un cancer. »

« Les gens sont dingues. T'as vu combien il y en a dans les restaurants, ces derniers temps ? Ça devient n'importe quoi. »

« Les voleurs sont doués pour une chose : identifier les faiblesses. Si les propriétaires paient, on en verra de plus en plus. Vérifie si c'est vrai, et ensuite, mettons-nous sur l'affaire Ramos. »

Derrick a décroché le combiné. « J'ai eu quelques noms de plus de la Brigade des Mœurs en arrivant ce matin. »

Il n'attendait plus mes ordres autant qu'avant. J'étais fier de lui, mais ce n'était pas facile de voir mon importance décliner peu à peu. J'ai étiré mes doigts et j'ai inspiré ; il y avait un violeur dans la nature.

Il était temps de lire les notes sur John Craven. Non seulement il avait menti à propos de la pêche, mais il s'y était mal pris. Ce n'était pas mon genre de faire des compliments à un criminel, mais d'habitude, ils se trouvaient une excuse pour couvrir leurs traces. Ce n'était pas le cas de Craven, ce qui était un point négatif dans le jeu des suspects.

Cependant, dans cette affaire, nous avions affaire à un violeur. Les experts disaient que les violeurs ne souffraient pas de trouble comportemental ou mental. Ils affirmaient également qu'aucune pathologie ne pouvait pousser quelqu'un à commettre un viol.

Dans leur monde, ils avaient probablement raison, mais j'étais flic, pas psychologue. Ce n'était peut-être pas la meilleure approche, mais pour moi, ce qui fonctionnait, c'était de considérer les violeurs comme des personnes atteintes d'une maladie mentale. Cela signifiait que la pensée rationnelle n'avait pas sa place. Tout tournait autour du besoin de pouvoir et de l'incapacité à contrôler leurs pulsions animales.

C'était une perspective dénuée de nuances, mais difficile de prétendre que c'était à côté de la plaque.

Craven était le point de départ naturel. Mais il y avait l'autre délinquant sexuel, qui avait fait surface immédiatement : Jorge Blanco. Happés par le canular de Foyle, nous n'avions pas creusé de son côté.

Je fixais la fiche du prédateur sexuel quand Derrick a raccroché. « C'est vrai. Les propriétaires ont reçu un appel demandant trois mille dollars. »

« Quelle race de chien ? »

« Un corniaud. »

« C'est de la folie. »

« Tu n'as pas de chien. Peu importe la race. Ils font partie de la famille. Surtout pour les gens dont les enfants sont partis de la maison ; c'est quelque chose à choyer. »

« Tu as sans doute raison. Je n'ai jamais eu de chien en grandissant, mais je les aime bien. »

« Tu es complètement un « dog person ». Chaque fois que tu viens à la maison, Prince va direct vers toi. »

« Il est mignon. C'est quelle race ? » Le téléphone de mon bureau a sonné. « Inspecteur Luca. »

« Ici Felix Ramos. »

Ce type était un vrai pitbull. « Bonjour, que puis-je faire pour vous ? »

« Vous savez pourquoi j'appelle. Je veux savoir où en est l'enquête sur l'affaire de Lisa, bon sang ! »

« Nous y travaillons. Et, d'ailleurs, nous partons interroger deux personnes d'intérêt. »

« Où habitent-elles ? »

« Je ne peux pas vous le dire, monsieur. »

« Oh, je demandais juste pour savoir si elles habitent là où c'est, euh, arrivé. »

« Nous devons y aller. Bonne journée, Monsieur Ramos. »

« C'est encore le père de Lisa Ramos ? »

« Ouais. Je compatis. Sa fille unique a vécu l'expérience la plus traumatisante et déshumanisante qui soit, et il ne peut rien faire pour arranger les choses. La pire chose pour un père, c'est de se sentir impuissant. »

« On assure ses arrières. On lui obtiendra justice. »

Il était plus confiant que moi. Ça ne servait à rien de lui rappeler que, dans deux tiers des viols signalés à la police, aucune arrestation n'avait lieu. « Jette un bon coup d'œil à chacun des noms que tu as eus ce matin et établis une liste de priorités. Je vais voir cette ordure de Blanco. »

CHAPITRE SEIZE

J'AI QUITTÉ LA ROUTE 41. HEUREUSEMENT QU'IL N'ÉTAIT QUE dix heures du matin. Sinon, je me serais arrêté chez LowBrow Pizza pour manger une part ou deux. J'étais en train de me demander pourquoi on donnerait un nom à connotation négative à un restaurant quand le téléphone a sonné. C'était Derrick.

« Qu'est-ce qui se passe ? »

« Tu peux parler ? »

« Ouais, je suis à quelques rues de chez Blanco. Quoi de neuf ? »

« Gesso vient de passer ; il a dit qu'une autre jeune fille a disparu. »

« C'est arrivé où ? »

« Ils n'en sont pas sûrs. Le père a appelé ce matin et Gesso a envoyé une voiture sur place. La gamine est partie faire un tour à vélo et n'est jamais rentrée. »

« Quel âge ? »

« Seize ans. »

Le même âge que Dana Foyle. « Quel quartier ? »

« La fille s'appelle Debbie Holmes. Elle vit à Briarwood,

près de Livingston. On l'a vue pour la dernière fois près de Wyndemere, à environ cinq kilomètres au nord. »

« C'est désert sur ce tronçon la nuit. »

« C'est ce que je me suis dit. Mais tu sais, ça pourrait être un imitateur. Un autre gamin qui pense pouvoir se faire de l'argent facile. »

« Est-ce que les parents ont reçu une demande de rançon ? »

« Pas encore. »

« Il est encore tôt. Elle va sans doute réapparaître. Je suis surpris que Gesso soit venu te voir. Il veut qu'on s'en occupe ? »

« Pas pour l'instant. Il voulait nous tenir au courant, vu qu'on s'est occupé de l'affaire Foyle. »

« Il pense que c'est un autre canular ? »

« Il ne l'a pas dit, mais c'est le message que j'ai reçu. »

« Encore des parents qui viennent de prendre un sacré coup de vieux. »

« Tu veux que je fasse quelque chose ? »

« Pas pour le moment. Reste sur Ramos. »

« Très bien, on se reparle plus tard. »

« Attends une seconde. »

« Quoi ? »

« Est-ce qu'ils ont retrouvé le vélo sur lequel cette gamine était censée rouler ? »

« Non. Il est porté manquant pour le moment, mais tu sais, si c'est une arnaque, ils l'auraient fait disparaître. »

« Pas forcément. Un vélo abandonné pourrait renforcer la thèse de l'enlèvement. »

« Quelqu'un a pu passer par là, voir le vélo et le prendre. »

« C'est vrai. Voyons ce que les vingt-quatre prochaines heures nous réservent. Elle va probablement réapparaître. »

Même dans un comté tranquille comme Collier, on comptait plus de trois cents disparitions d'enfants par an. La plupart étaient des fugueurs qui finissaient par rentrer ou être retrouvés. Les rechercher mobilisait de précieuses ressources qui auraient pu servir à la lutte contre la criminalité.

J'ai tourné sur Bamboo Drive et j'ai continué jusqu'à Mango Drive. Jorge Blanco vivait dans une grande maison. La demeure, avec son toit en tôle, avait été construite dans les années quatre-vingt, mais était en bon état. Un palmier solitaire ancrait l'aménagement paysager. C'était clairsemé, mais bien entretenu.

Alors que le gravier crissait sous mes pieds, il m'a semblé que quelqu'un s'éloignait de la fenêtre. J'ai sonné et balayé la rue du regard. C'était calme. J'ai compté jusqu'à trente et j'ai cogné à la porte.

Une seconde plus tard, elle s'est ouverte. C'était Blanco. Une petite croûte marquait son crâne rasé. « Désolé, mec. J'étais au téléphone avec un client. »

J'ai brandi mon insigne. Blanco a inspiré brusquement. « Qu'est-ce qui ne va pas ? »

« Il faut que je vous parle. Je peux entrer ? »

Il a hésité. « Je travaille. »

« Quel genre de travail ? »

« Service client pour Southwest Airlines. C'est entièrement en télétravail. »

Mary Ann commençait le même type de boulot. Mon estomac s'est noué. Un de ses collègues pouvait être un délinquant sexuel ? « Ça ne devrait prendre que quelques minutes. Si vous avez un appel à passer, j'attendrai. »

Il a froncé les sourcils. « On est notés sur notre temps de réponse. »

Il gagnait du temps, ou était-ce une préoccupation légitime ? « On peut faire ça au poste, si vous préférez. »

Il s'est écarté. « Entrez. »

La pièce de devant lui servait de bureau. La pièce principale, derrière, était meublée d'un canapé à coussins écossais et d'un fauteuil inclinable en velours côtelé jaune. Non seulement il vivait seul, mais il avait des goûts de chiottes.

Il a tapoté sur son clavier. Ses mains ne portaient aucune marque de morsure. « Asseyez-vous. »

Je me suis assis sur une vieille chaise en osier. Blanco a pivoté sur son siège. « Je me suis déconnecté pour une pause-pipi. »

« Jolie maison que vous avez là. Le travail doit bien payer. »

« Pas vraiment. Mon père m'a laissé la maison, elle appartenait à ses parents. On a emménagé avec eux après que ma mère est partie. »

Le départ de sa mère était son excuse pour dominer les femmes ? « Où étiez-vous le mardi 10 mai, vers 19 heures ? »

« À la maison. »

Il a répondu trop vite. « Comment vous en souvenez-vous ? »

« Je ne sors pas beaucoup. Surtout en semaine. »

« Et le samedi soir 14 mai ? »

« J'étais avec un ami. »

« Où ça ? »

« On est allés manger un morceau et ensuite on a bu quelques verres. »

« En ville ? »

« Non. Au Cabana, à Bayfront. »

Il faisait comme si ce n'était pas à quelques pas de la Cinquième Avenue. « À quelle heure êtes-vous parti ? »

« Je ne sais pas. L'endroit ferme à vingt-trois heures. On a traîné, genre, quinze ou vingt minutes et on est partis. Il s'est passé quelque chose ? »

« Il y a eu une tentative de viol dans le secteur. »

« Ce n'était pas moi. Je le jure ! »

Ça ne pouvait pas être lui. Il jurait que non. « Avec qui étiez-vous ? »

Il a haussé les épaules.

« Donnez-moi le nom de l'ami avec qui vous étiez samedi soir. »

Son crâne luisait de sueur. « Je n'étais avec personne. »

« Pourquoi avoir menti ? »

« Ce n'est pas drôle de dire qu'on n'a personne avec qui sortir. »

Facile de comprendre pourquoi un délinquant sexuel condamné avait du mal à se faire des amis. « Où êtes-vous allé après la fermeture du Cabana ? »

« Nulle part. J'ai un peu marché et je suis rentré chez moi. »

« Comment êtes-vous rentré ? »

« J'ai pris ma voiture. »

« Vous avez conduit après avoir bu ? »

« J'ai bu un verre, un verre et demi. C'est tout, je le jure. »

« Comment vous êtes-vous fait cette coupure à la tête ? »

« Ça ? Oh, je me suis entaillé en me rasant. »

Je n'arrivais pas à m'imaginer me raser la tête. Garder mon visage net était déjà une corvée suffisante. « Très bien. Merci de votre temps. »

Il s'est levé d'un bond de sa chaise. « Bien sûr. Quand vous voulez. »

Joan Samus avait repoussé son agresseur. Je devais lui demander si elle l'avait peut-être griffé. Nous devions aussi montrer des photos de Blanco dans le centre-ville au moment de l'attaque. Peut-être que quelqu'un reconnaîtrait Blanco.

CHAPITRE DIX-SEPT

Le soleil me cuisait le visage alors que je marchais vers l'immeuble de bureaux. Avant d'y entrer, j'ai remarqué une masse de nuages sombres à l'horizon. S'il devait pleuvoir, je voulais que ce soit maintenant. D'ici l'heure du dîner, il ferait beau et nous aurions la foule habituelle de la Cinquième Avenue à qui montrer la photo d'identité judiciaire de Blanco.

Derrick a demandé : « Alors, comment ça s'est passé ? »

« Pas sûr. Aucune trace de morsure, mais je l'ai pris en flagrant délit de mensonge. Il avait une égratignure sur la tête. Il faut qu'on voie si Samus aurait pu le griffer. »

« Ce serait énorme. »

« Samedi, il a prétendu être à quelques rues de là, à Bayfront. Il a dit qu'il était seul et qu'il est rentré chez lui après avoir bu quelques verres au Cabana. Envoie des photos de lui à Gesso et demande-lui de faire descendre quelques gars sur la Cinquième pour voir si on peut obtenir une identification. »

« Je m'en occupe. Et pour le viol de Ramos ? »

« Il a dit qu'il était chez lui, qu'il n'était pas sorti de la semaine. »

« Tu gobes ça ? »

« On demandera à ses voisins. Et je veux montrer sa photo aux habitués de North Collier Park. Si on découvre qu'il y va, on lui mettra la pression. »

« Ça me paraît être un bon plan. »

« Et la vidéo de Panera ? »

« J'ai rappelé. Ils ont dit que le service juridique n'avait pas encore donné son accord. »

« De quoi diable ont-ils peur ? »

« Maudits avocats, ils font flipper tout le monde. »

« Lâche-les pas. »

« Compris. »

« Ça avance, cette liste ? »

Derrick s'est levé, une feuille de papier à la main. « Bien. J'ai trois nouveaux noms. »

Il m'a tendu la feuille. Pendant que je lisais les noms : Delvin Cooper, Ricky Shaw et Bernie Lyle, Derrick a ajouté : « Ce sont tous des délinquants sexuels condamnés. Cooper et Shaw ont été libérés de prison au cours des trois derniers mois, et Lyle a déménagé d'Orlando ; il s'est enregistré auprès du comté il y a une semaine. »

« Lyle ? Le type avec la barbe ? »

« Ouais. La brigade des mœurs est en train de sortir les dossiers de ces salopards. J'y passerai après avoir refilé la photo de Blanco à Gesso. »

La logique n'avait pas sa place avec des hommes comme ça. Par lequel commencer ? Était-ce l'incapacité de Cooper ou de Shaw à se contenir plus longtemps, ou est-ce que Lyle avait déménagé à Collier, où il n'était pas connu, et avait frappé avant que les informations le concernant ne soient largement diffusées ?

Nous avions des lois qui obligeaient les délinquants sexuels à s'inscrire sur un registre lorsqu'ils déménageaient. Le problème était de diffuser cette information vitale à la communauté. Il était tout simplement impossible de frapper à la porte de tout le monde pour les avertir. On pouvait s'inscrire pour recevoir une alerte par e-mail, mais si on ne le faisait pas, et la plupart ne le faisaient pas, on était dans le noir. Le comté publiait l'information sur un site web, mais rien de plus n'était fait.

C'était un équilibre difficile à trouver pour quelqu'un qui avait purgé sa peine, censé avoir payé sa dette à la société. Mon problème, c'était la conviction que les prédateurs sexuels étaient fondamentalement irrécupérables, à moins d'être castrés.

Ma boîte de réception contenait trente-huit e-mails. J'en ai traité dix avant que Derrick ne revienne avec quelques dossiers. « Je viens d'apprendre que le chien a été rendu. »

« Ils ont payé la rançon ? »

« Ouais. Ils ont retrouvé le chien dans le jardin d'un voisin. »

« Faudra pas s'étonner si on voit ça plus souvent. »

« Ça aurait pu être pire. Ils auraient pu prendre l'argent et vendre le chien. »

« Au moins, il y a quelqu'un d'heureux aujourd'hui. »

« C'est clair. Gesso a dit qu'il ferait circuler la photo. »

« Bien. Qu'est-il advenu de la jeune Holmes ? Elle est réapparue ? »

« Pas encore. Mais mon instinct me dit que les parents recevront une demande de rançon avant la fin de la journée. »

« D'accord, Sherlock, on verra bien », ai-je ricané. « Tant qu'elle est en sécurité, ça me va. »

Il a brandi les dossiers. « Lequel tu veux ? »

« Le premier, et toi, prends celui que tu veux. »

Il m'a tendu le dossier Cooper. Je l'ai ouvert. La deuxième initiale de Cooper était B. « Cooper a le même nom que le type qui a détourné un avion et s'en est tiré. »

« Jamais entendu parler de ça. »

« Je crois que c'était en 1971. Un homme nommé Daniel

Cooper est monté à bord d'un vol de Portland à Seattle. Après le décollage, il a montré à l'hôtesse de l'air un sac avec des bâtons rouges et des fils, en disant qu'il avait une bombe. »

« Mec, ça n'arriverait jamais aujourd'hui. »

« Peut-être. Donc, Cooper leur dit qu'il veut quelques centaines de milliers de dollars en liquide et quatre parachutes. Le pilote transmet la demande par radio, et quand ils atterrissent, Cooper obtient ce qu'il voulait et laisse les passagers descendre. Ensuite, il dit aux pilotes de l'emmener à Mexico, mais de rester en dessous de dix mille pieds. »

« On dirait qu'il savait ce qu'il faisait. »

« En effet, parce que quelque part entre Seattle et Reno, il a mis les parachutes, a attrapé le fric et a sauté. »

« Putain de merde. »

« Ouais. Et malgré une chasse à l'homme massive, ils ne l'ont jamais retrouvé, ni lui ni sa dépouille. »

« Waouh. Il s'en est tiré. »

« On dirait bien. Je crois que le FBI considère toujours ça comme l'une de leurs plus grandes affaires non résolues. »

« Quelle histoire. »

« Ouais. Bon, allez, on se met au boulot et on voit ce qu'on a. »

Je relisais le dossier Cooper quand le téléphone de bureau de Derrick a sonné. Il a répondu et a dit : « C'est Mme Samus. »

J'ai pris le combiné. « Bonjour, Madame Samus. C'est Frank Luca. Merci de me rappeler. »

« Je ne me sentais pas bien tout à l'heure. »

« J'en suis désolé. Vous allez mieux maintenant ? »

« Un peu. »

« J'ai une petite question. Quand vous vous êtes débattue avec votre agresseur, pensez-vous que vous auriez pu le griffer ? »

« C'est possible. C'était un réflexe. Je ne suis pas sûre de ce que j'ai fait. »

« Avez-vous remarqué du sang sur vous ? Même une toute petite trace ? »

« Mon nez a un peu saigné ; il l'a heurté en essayant de me mettre le sac sur la tête. »

« Et sous vos ongles ? Y avait-il du sang ? »

« Je... je ne sais pas. »

« Ce n'est pas grave. Prenez le temps d'y réfléchir. Il n'y a aucune pression. »

« D'accord. »

« Si quoi que ce soit vous revient, faites-le-moi savoir. »

« D'accord. »

« Avez-vous décidé de rentrer chez vous ? »

« Jeudi. Je suis sur un vol de dix heures. »

« Rentrer chez vous vous fera du bien. »

« Je l'espère. Je... j'ai peur qu'il se passe quelque chose. C'est stupide mais... »

« Tout ira bien. Ne vous inquiétez pas, je vous le promets. »

J'ai raccroché. « Cette pauvre femme est morte de peur. »

« On doit coincer ce salaud. »

« Amen. Mais je ne pense pas que ce soit Cooper ; comme condition de sa liberté conditionnelle, il a accepté la castration chimique. »

« Shaw aussi. »

« On commence par Lyle. »

« Je l'ai localisé : il débarrasse les tables à l'Iguana Mia. »

Je lui ai lancé les clés. « C'est toi qui conduis. Je veux lire les transcriptions. »

CHAPITRE DIX-HUIT

Alors que nous approchions de l'Iguana Mia, Derrick a demandé : « T'as déjà mangé ici ? »

« Il y a longtemps. Je ne suis pas un grand amateur de cuisine mexicaine. »

« Pourquoi ça ? »

« Je n'arrive pas à trouver un vin qui se marie bien avec. »

Derrick s'est engagé sur le parking du restaurant vert citron. Il s'est garé en marche arrière sur une place près de son enseigne en forme de cactus. « C'est pour ça que je bois de la bière. Ça va avec tout. »

« Impossible pour moi de boire une bière avec des pâtes. »

Derrick a ri. « T'as raison. Un Chianti et un bon plat italien. Rien que d'y penser, ça me donne faim. »

« C'est plus que ça. La nourriture et les vins sont régionaux en Italie. Bilotti me dit que chaque région a ses propres plats et les vins qui vont avec. »

Me retournant brusquement, j'ai balayé le parking du regard.

« Qu'est-ce qu'il y a ? »

« J'ai l'impression que quelqu'un nous observe. »

Il a inspecté les environs. « Je ne vois rien. »

« Très bien. Allons-y. »

L'entrée était bordée de bancs pour les gens qui attendaient une table. Le restaurant ne prenait pas de réservations. L'endroit était à moitié plein de clients savourant un déjeuner tardif. L'hôtesse d'accueil est allée chercher Bernie Lyle.

J'ai dit : « Cet endroit est vraiment festif. »

Derrick a montré un sombrero suspendu au plafond. « J'en ai acheté un quand on est allés à Cancún. Je ne sais pas ce qui m'a pris. Quel gaspillage d'argent. »

« Trop de margaritas ? »

« Coupable. C'était le premier voyage que Lynn et moi avons fait ensemble. »

S'essuyant les mains sur le tablier noué à sa taille, Bernie Lyle a regardé dans notre direction. Il a ralenti, reconnaissant que nous étions des flics.

Lyle avait une barbe de deux jours et évitait mon regard. « On aimerait te parler. Tu veux bien sortir ? »

Il a regardé par-dessus son épaule. « Je bosse, mec. Je viens juste de trouver ce boulot. »

J'ai montré une femme du doigt. « C'est ta patronne ? »

« S'il te plaît, mec. J'ai pas besoin d'emmerdes. »

« Ça va aller. » Lyle a gémi quand je me suis éloigné.

« Madame. Je suis vraiment désolé de vous déranger, mais nous devons parler rapidement à M. Lyle. Il n'a rien fait ; nous cherchons des informations sur quelqu'un qui vit près de chez lui. »

« Nous coopérons toujours avec nos amis des forces de l'ordre. » Elle a souri. « Et puis, on est entre le service du midi et celui du soir. »

« Merci, madame. »

J'ai fait un signe de la main à Lyle pour lui dire que c'était bon, et Derrick l'a conduit dehors. Le bourdonnement de la circulation sur la Route 41 m'a obligé à élever la voix. « Qu'est-ce que tu fais dans le comté de Collier ? »

« Qu'est-ce que tu veux dire ? »

Les mains propres, il avait une éraflure le long de l'avant-bras droit. « Pourquoi t'es venu ici ? »

« J'en avais marre d'Orlando. Tous ces putains de gamins et de touristes là-bas. Ça te tape sur les nerfs, mec. »

« Pourquoi Naples ? »

« Mon frangin habite ici. Ça fait des lustres qu'il est là. »

« Tu t'es fait ça où, l'éraflure ? »

« Ça ? Euh, je bricolais sur ma bagnole. »

« T'es sûr ? »

« Ouep. »

« T'étais où samedi soir ? Tard, disons entre onze heures et deux heures du matin ? »

« Je bosse le samedi. C'est blindé de monde ici, putain. »

« Et mardi dix mai, entre six heures et dix heures du soir ? »

La peur a traversé son regard. « J'étais ici, je bossais, mec. C'est un nouveau boulot. J'ai besoin du fric. »

« Bien sûr. Tu réparais quoi sur ta voiture ? »

« Ma voiture ? »

« Oui. Tu bricolais dessus. »

« Ah ouais. Rien de grave. Je changeais les balais d'essuie-glace, le caoutchouc était en lambeaux, mec. On n'y voyait que dalle. »

« Tu t'es bien tenu ? »

« Oh ouais, mec. »

« Tâche de continuer comme ça. »

Il a hoché la tête. « Tu sais, j'ai pas le problème qu'ils pensent, mais je vais à ces trucs de thérapie, genre deux fois par semaine. Ça aide, mec. »

La thérapie, c'était super, mais la perversion ne se guérissait pas. S'il travaillait ces soirs-là, ce n'était pas notre homme. On pouvait vérifier maintenant, mais ça saperait ce que j'avais dit à la gérante, et ça ne servait à rien de ruiner notre réputation. De plus, Lyle pourrait prendre la fuite s'il savait qu'on le soupçonnait.

Nous sommes remontés dans la voiture. Derrick a demandé : « T'en as pensé quoi ? »

« En rentrant, tu appelles l'Iguana Mia et tu vérifies l'alibi de Lyle comme quoi il travaillait. »

« J'espère que c'est vrai. Je sais que c'est un prédateur, mais il a l'air d'essayer. Après tout, débarrasser des tables à quarante-deux ans, ça ne doit pas être facile. »

« Ou suffisant pour payer ses factures de nos jours. »

« Peut-être que son frère l'aide. »

« C'est possible. Rentrons. Avant de perdre du temps avec Cooper et Shaw, assurons-nous qu'ils reçoivent bien leurs injections de maintien pour les garder castrés. »

<hr />

Nous sommes sortis de la voiture et nous nous sommes dirigés vers le bureau. Le soleil était agréable sur mon dos. Mon portable a sonné. « C'est Mary Ann, vas-y. Je te rejoins à l'intérieur. »

« Passe-lui le bonjour de ma part. »

Il a disparu alors que je répondais. « Salut, Mary Ann. »

« Salut, tu peux parler ? »

« Bien sûr, qu'est-ce qu'il y a ? »

« Rien, je voulais juste te dire que j'allais suivre le webinaire de formation pour le boulot dans un petit moment. Mon téléphone sera éteint. Quand tu rentreras, je serai dans le bureau, alors s'il te plaît, ne fais pas de bruit. »

« Bien sûr. Pas de problème. Tu veux que je prenne quelque chose pour le dîner ? »

« Non. J'ai déjà préparé de la scarole et des haricots. »

Un de mes plats préférés. Le reste de la journée allait-il partir en vrille ? « Ça me va. »

« Y a-t-il du nouveau concernant la fille Holmes qui a disparu sur Livingston ? »

« Non. Pourquoi ? »

« Je regardais les informations et un reportage disait qu'ils avaient retrouvé son vélo. »

Ma poitrine s'est serrée. Qu'est-ce que ça voulait dire ? Si c'était une mise en scène, est-ce que la gamine sacrifierait son vélo, vu ce qu'ils coûtent de nos jours ? Il fallait qu'on sache de quand datait le vélo.

« Frank ? »

« Oh, je réfléchissais, c'est tout. »

« Tu penses que ça pourrait être un autre faux enlèvement ? »

« Il se trouve que Debbie Holmes et Dana Foyle sont de très bonnes amies. »

« Vraiment ? »

« Ouais. Elles ont peut-être planifié ça ensemble. Derrick a dit qu'on pourrait en avoir toute une série. »

« Oh mon Dieu. Qui l'aurait cru ? »

« Ça ne s'invente pas. Dis, tu as parlé à Jessie aujourd'hui ? »

« Non. Le mercredi, c'est sa journée chargée. Elle a cours jusqu'à cinq heures. »

« Ah oui. D'accord, bonne chance pour la formation. On se voit plus tard. »

J'ai quitté la lumière du soleil pour entrer dans notre bâtiment. Il y avait un faible bourdonnement d'activité, mais rien à voir avec la façon dont la télé dépeint les postes de police. Derrick était au téléphone. J'ai fixé ma boîte de réception. Où était Debbie Holmes ?

Derrick s'est levé et a raccroché le combiné. « Lyle a menti. Il a travaillé samedi, mais il était de repos mardi. »

CHAPITRE DIX-NEUF

J'AI BONDI DE MA CHAISE. « ILS EN SONT SÛRS ? »

« Ouais. Il a menti ; ça revient à couvrir le crime. »

« "Ça revient à" ? C'est ton expression du jour ? »

Il a souri. « Celle d'hier. Je n'ai pas eu l'occasion de la placer. »

« Je suis pas un crack en français, mais je crois que tu ne l'as pas bien utilisée. »

« Ah bon ? »

« Revenons-en à Lyle. »

« Eh bien, il n'a qu'un jour de congé par semaine, et c'est le mardi. »

« Mais il travaillait samedi ? »

« Ouais, la gérante a dit que c'est le branle-bas de combat le samedi soir. »

« Ils ferment à quelle heure ? »

« Vingt-deux heures le samedi, mais les gens traînent pour nettoyer. Elle a dit qu'ils étaient tous partis avant minuit. »

« Lyle aussi ? »

« Elle ne savait pas à quelle heure il était parti, mais elle a dit que personne ne s'en va avant vingt-trois heures. »

« À cette heure-là de la nuit, il aurait pu être en ville en vingt minutes. »

« Largement le temps d'agresser Samus. »

« C'est sûr. Il a même eu le temps de se changer, même s'il porte du noir pour travailler. »

« Peut-être qu'une fille au restaurant l'a excité. Il s'est énervé et... »

Gesso est entré. « Comment avancez-vous sur l'affaire Ramos ? »

« On progresse, sergent. Une personne d'intérêt a menti sur son alibi, qui correspond à l'heure du viol de Ramos. Et il a fini le travail assez tôt pour avoir le temps d'agresser Samus. »

« Faites-le venir. Ce serait parfait si vous pouviez boucler cette affaire. Je vous veux tous les deux sur le cas de la petite Holmes. »

« J'ai entendu dire qu'ils avaient retrouvé son vélo. »

« Oui, mais ce n'est pas nous ; on est passés à côté. C'est le groupe de recherche des parents qui l'a trouvé. »

Je connaissais la réponse, mais j'ai quand même demandé : « Le shérif cherche un os à ronger pour la presse ? »

« Oh, allez, Frank. C'est déplacé. »

Gesso était un homme franc, mais sa dérobade m'a dit tout ce que j'avais besoin de savoir. « Peu importe. C'est une gamine disparue. On fera de notre mieux, mais on ne peut pas bâcler l'enquête Ramos. »

« Bien sûr que non. »

« Mettez-nous au courant ; on vous aidera. »

« On est en train d'obtenir un mandat pour les relevés téléphoniques de la gamine. »

« Bien. »

« Vous allez faire venir ce suspect de viol ? »

J'ai haussé les épaules et j'ai dit : « Il faut que j'y réfléchisse. Ce serait peut-être mieux de tâter un peu le terrain avant. »

Gesso est parti et Derrick a dit : « T'as vu les parents Holmes aux infos hier soir ? »

« Non. »

« C'était déchirant ; aucun des deux n'arrivait à tenir le coup. Si ça s'avère être un coup monté... »

« Faudrait l'envoyer en pension militaire pour lui injecter une bonne dose de réalité. »

« C'est fou de penser que ton propre gosse ferait un truc pareil. Il ne se rend pas compte du mal que ça ferait à sa mère et à son père ? »

« Ils ne pensent à rien d'autre qu'à l'argent. »

« T'aurais dû voir la mère. En robe de chambre, on aurait dit qu'elle ne s'était pas douchée depuis des semaines. »

J'ai regardé l'heure. « Je vais aller voir Foyle. Peut-être que je peux lui soutirer quelque chose sur Holmes. »

« D'accord. On se voit demain matin. »

« Je vais arriver en retard demain. J'ai un truc à faire. »

MME FOYLE A APPELÉ SON MARI. « D'ACCORD, VOUS POUVEZ parler à Dana, mais uniquement à propos de Debbie. »

« Merci, madame. »

« Dana ! »

Vêtue d'un sweat-shirt trop grand de l'équipe de Miami et d'un short, Dana est entrée dans la cuisine en traînant les pieds. « L'inspecteur Luca doit vous poser des questions sur Debbie. »

Elle a levé les yeux au ciel. Sa mère a dit : « Papa a dit que tu devais lui parler. »

« D'accord, d'accord, ça va. »

Alors qu'elle s'affalait sur une chaise de cuisine, j'ai demandé à sa mère de nous laisser seuls.

« Dana, j'essaie de retrouver Debbie Holmes. Je crois savoir que vous étiez bonnes amies. »

« C'est pas ma meilleure amie au monde, mais je l'aime bien. »

« Est-ce qu'elle était au courant de ce que vous et Bradley alliez faire, avant que vous ne le fassiez ? »

« Non. »

« Vous êtes sûre ? »

Elle a baissé la tête. « Bradley a dit qu'on ne devait le dire à personne. »

« Vous êtes populaire à l'école, n'est-ce pas ? »

Un sourire est apparu, puis a disparu.

« Est-ce que Debbie est le genre de fille qui vous suivrait ? »

« Je ne sais pas, peut-être. Mais tout le monde veut s'intégrer, vous savez ? »

La pression sociale était un facteur énorme. « Bien sûr, je comprends. J'ai été jeune, moi aussi. »

Elle m'a regardé comme si je venais de dire que j'avais été un cheval.

« Pensez-vous qu'il soit possible que Debbie ait vu ce que vous et Brad avez fait, et qu'elle ait copié l'idée ? »

« J'imagine qu'elle aurait pu. » Elle a baissé la tête et la voix. « Je sais qu'elle avait besoin d'argent. »

« Elle vous a dit qu'elle avait besoin d'argent ? »

Elle a hoché la tête.

« Vous a-t-elle dit pourquoi ? »

« Une voiture. Tout le monde veut en avoir une belle, vous savez. Mais les prix sont, genre, dingues maintenant. Même les voitures d'occasion, les prix ont grimpé, genre, en flèche, du jour au lendemain. »

Elle avait raison. L'inflation touchait à tout. « Disons que Debbie ait voulu simuler son enlèvement. À qui aurait-elle demandé de l'aide ? »

Elle a froncé les sourcils. « Jason. »

« Vous ne l'aimez pas ? »

« Il est autoritaire. Il se prend pour un cador. »

« Quel est son nom de famille ? »

« Reedy. »

« Y a-t-il autre chose que vous puissiez me dire sur l'endroit où Debbie pourrait se trouver ? »

« Je ne sais pas. Mais Jason le sait probablement. »

Devant la maison des Foyle, j'étais assis dans ma voiture. C'était difficile de savoir si Dana me disait tout ce qu'elle savait. Retenait-elle des informations parce qu'elle avait partagé son plan avec Debbie Holmes avant de le mettre à exécution ? Si c'était le cas, sa réputation en prendrait un autre coup.

La façon dont elle avait dit que Jason savait probablement où elle se trouvait me faisait pencher pour une répétition du canular. Sauf qu'il n'y avait eu ni demande de rançon ni contact.

Que lui était-il arrivé ? Je me suis éloigné et, en approchant de la sortie, j'ai ralenti, agrippant le volant. Bien que Debbie Holmes soit plus jeune que Ramos ou Samus, je devais vérifier sa corpulence et la couleur de ses cheveux. Les deux victimes précédentes n'étaient pas des jumeaux, mais ils étaient tous les deux menus et avaient les cheveux bruns et courts.

Se pouvait-il que cette pauvre gamine ait été la cible du même animal qui avait attaqué Ramos et Samus ?

CHAPITRE VINGT

En terminant ma dernière gorgée de café, j'ai tourné à droite en quittant la Route 41. Deux minutes plus tard, je me suis garé sur le bas-côté. Alors que je marchais vers un immeuble, j'ai pivoté sur mes talons. J'ai balayé les environs du regard, mais je n'ai repéré personne qui me suivait.

J'ai chassé cette idée de ma tête et j'ai frappé à la porte. « Qui est là ? »

« Inspecteur Luca. »

La porte s'est ouverte à la volée. « Pourquoi êtes-vous là ? Vous avez attrapé l'homme qui a fait ça ? »

« Pas encore, Madame Samus. Je sais que votre fille s'inquiète que nous ne l'ayons pas encore appréhendé. »

« Et comment ! »

« J'ai pensé que si je la conduisais à l'aéroport, elle se sentirait un peu plus en sécurité. »

« Vraiment ? Vous la conduiriez ? »

« Oui, madame. Je me suis dit que cela apporterait, à elle comme à vous, un peu de tranquillité d'esprit. »

« Entrez. Joan ? L'inspecteur Luca est là. Il va t'emmener à l'aéroport. »

J'AI JETÉ MA VESTE SUR UNE CHAISE. DERRICK A DEMANDÉ :
« Tout va bien ? »

« Ouais, j'ai emmené Samus à l'aéroport. »

« Quoi ? »

« Elle est morte de peur et n'avait pas quitté l'appartement de sa mère depuis l'agression. »

« Drôles de vacances. »

J'ai secoué la tête. « Sors-moi le dossier de Debbie Holmes. Je veux la comparer à Ramos et Samus. Voir s'il y a des similitudes physiques. »

Tout en tapant sur son clavier, il a dit : « Tu penses que c'est le même type ? »

« Je ne sais pas, mais on ne peut rien écarter. »

« La voilà. Elle fait plus que ses seize ans. Cheveux bruns, comme les autres, et elle est de petite carrure. »

Je suis passé derrière son bureau. « Hmm. Elles ne se ressemblent pas tant que ça. »

« Ça s'est toujours passé la nuit. »

« C'est vrai, mais elle a vingt ans de moins. »

« Il a peut-être pensé qu'elle était plus âgée. »

« Mais Holmes était à vélo. »

« Je ne sais pas. Laisse-moi vérifier un truc. »

Derrick a fait défiler l'écran. « Elle portait un jean. Je pensais qu'elle aurait pu être en tenue de sport. »

Cette façon de penser était la marque d'un bon inspecteur. « Bien tenté. Allons parler à Lyle. On va le cuisiner sur son mensonge à propos du travail et vérifier où il était la nuit où Holmes a disparu. »

« Bien sûr. On pourrait peut-être déjeuner pendant qu'on y est. »

Je n'étais pas fan de cuisine mexicaine, mais ce n'est pas ce qui m'a motivé à répondre : « Attendons que le service du midi soit terminé. J'ai l'appel à témoins à filmer à treize heures. Ça ne prendra pas longtemps. On ira à quatorze heures, et si on n'en tire rien d'important, il sera en train de débarrasser les tables pour le service du soir. »

JE ME TENAIS DEVANT UN ÉCRAN AFFICHANT L'EMBLÈME DU shérif du comté de Collier. Le caméraman réglait l'éclairage. J'ai dit : « Qu'est-ce que tu as fichu ? Je voulais que ce soit diffusé il y a plusieurs jours. »

« Euh, ouais, on a été occupés. »

« À faire quoi ? Ça ne prend que cinq minutes. »

« Hum, ils nous ont fait faire, des, euh... »

« J'ai compris. Remin ne voulait pas de cette publicité. »

Il a haussé les épaules.

« Faire comme si de rien n'était, c'est ce qui a causé des problèmes à New York et en Californie. »

Il a hoché la tête. « Tu es prêt ? »

J'ai filmé l'appel à l'aide. La ligne d'urgence allait recevoir des appels de gens prétendant avoir des informations sur l'agresseur de Ramos et Samus, et nous ferions le tri, en espérant qu'un de ces appels s'avère payant.

EN APPROCHANT DE LA OLD 41, J'AI DIT : « GARDE UN ŒIL SUR cette Hyundai. Elle est derrière nous depuis Immokalee. »

Derrick s'est retourné. « La blanche ? »

« Ouais. Une seule personne au volant, on dirait une femme. »

« Tu es sûr ? Ouais, à moins que ce soit un mec avec des cheveux longs. »

« J'ai sans cesse l'impression qu'on nous file. »

« La prochaine fois qu'on sortira, on prendra des voitures séparées. Pour voir si quelqu'un nous suit. »

« Laisse tomber. Restons concentrés. »

Derrick a froncé les sourcils en entrant sur le parking de l'Iguana Mia. Nous sommes entrés. La gérante se tenait derrière le pupitre. Son sourire a disparu. « Je peux vous aider ? »

« Nous aimerions parler à nouveau à M. Lyle. Mais je vous rappelle que nous cherchons juste des informations qu'il pourrait détenir. »

Lyle s'est traîné vers nous.

J'ai mis mes lunettes de soleil. « Sortons. »

Lyle a dit : « Mec, je sais pas pourquoi vous me collez aux basques, mec. J'ai rien fait. »

Derrick a dit : « Tu as menti. Tu ne travaillais pas mardi. Je voulais appeler ton agent de probation, mais mon partenaire a dit de te donner une autre chance de te mettre à table. »

Nous n'avions pas répété le coup du gentil et du méchant flic. « Il voulait t'arrêter pour obstruction. Si tu ne commences pas à dire la vérité, je ne pourrai plus rien pour toi. »

Lyle a secoué la tête. « J'ai fait de mal à personne, mec. J'veux pas retourner en taule. »

« Si tu n'as fait de mal à personne, alors dis-nous où tu étais mardi entre dix-huit et vingt heures. »

« Mais je vais me faire pincer pour ça. »

« C'était violent ? »

« Non, non, mec. »

« C'était sexuel ? »

« Non, non. »

« Dis-moi. »

Lyle a hésité, et Derrick a sorti son téléphone. « Ça suffit. Tu vas y retourner pour violation de liberté conditionnelle. »

« Attends, mec. J'étais... dans un club à Fort Myers. »

« Quel club ? Tu y faisais quoi ? »

« C'est une salle de jeu clandestine. Tu connais Johnny Griffin ? C'est lui qui la gère. »

Griffin était un personnage qui trempait dans les jeux d'argent et la prostitution. C'était aussi un informateur qui donnait des tuyaux au comté de Lee pour éviter la prison. « Griffin ? Non. Où est son établissement ? »

« Sur Unity, derrière le Popeye's Louisiana Kitchen. »

« Qui était là ce soir-là ? »

« Tout un tas de gens. »

« Si tu mens encore, je te jure que je te conduirai en prison moi-même. »

« J'mens pas. Vous pouvez vérifier. »

« Tu faisais quoi là-bas ? »

« Je jouais au craps. J'ai passé une bonne soirée. »

Nous allions vérifier son nouvel alibi, mais le problème, c'était les gens avec qui il prétendait être. Ce n'étaient pas des citoyens respectables. Obtenir que dix d'entre eux confirment la version de Lyle valait moins qu'une valise pleine de jetons de fête foraine. Griffin était un informateur, mais il était connu pour jouer sur les deux tableaux.

« On va vérifier ça. Mais ne te fais pas d'idées. Je passe un coup de fil ; on va t'avoir à l'œil, 24 h/24, 7 j/7, alors habitue-toi à la compagnie. »

« Ça me va, ça me va, mec. Je veux pas de problèmes. »

« Retourne au travail. »

Tandis que Derrick et moi marchions vers la voiture, j'ai chuchoté : « Ne sois pas trop évident. À gauche, c'est la Hyundai. »

« Je prends les trois premiers caractères de la plaque, prends les derniers. »

« Elle démarre. »

La voiture a quitté sa place en faisant crisser ses pneus. J'ai pointé mon téléphone et pris des photos de l'arrière du véhicule.

« Tu l'as eue ? »

En écartant les doigts sur l'écran : « Yep. Fais une recherche sur ce numéro de plaque. »

CHAPITRE VINGT-ET-UN

Le feu de Wiggins Pass est passé au vert et j'ai mis les gaz. Derrick était au téléphone et a demandé : « T'es sûr ? » avant de raccrocher.

« Tu ne vas pas croire ça. Devine à qui était cette bagnole ? »

« Dis-le, c'est tout ! »

« Felix Ramos. »

« Mais qu'est-ce qu'il fout à nous filer ? »

« Peut-être qu'il veut s'assurer qu'on est bien sur l'affaire de sa fille. »

J'ai donné un coup de volant pour me rabattre sur une voie de bifurcation. « Ce type a l'intention de prendre les choses en main. »

« Tu crois ? »

« On ne peut pas attendre qu'il soit trop tard. Il est sur le fil du rasoir. »

Je me suis engagé dans Piper's Grove. Ils étaient en train de repeindre les maisons de ce vieux quartier, passant de la couleur pêche au blanc. Ramos vivait dans une section de pavillons mitoyens, sans garage. J'ai repéré sa voiture.

Le soleil était haut dans le ciel, mais ce n'était pas lui qui était la source de la chaleur qui se dégageait du capot de la Hyundai. Un sac était posé par terre, du côté passager. Il contenait probablement la perruque que Ramos portait en nous filant.

Alors que Derrick sonnait à la porte, je lui ai dit que je m'en occupais, ce qui lui a valu une nouvelle grimace. La porte s'est ouverte d'un coup. Le visage de Ramos s'est décomposé. « Euh, inspecteur Luca. Vous avez des nouvelles ? »

« Pourquoi est-ce que vous nous suivez ? »

« Vous suivre ? Qu'est-ce qui vous fait dire... »

« Assez de bêtises. On vous a vu à l'Iguana Mia et on a vérifié votre plaque. »

« Je voulais juste voir si les choses avançaient. Pour Lisa. Elle est en train de s'effondrer. »

« Je comprends votre inquiétude. Vraiment, je la comprends, mais je vous le dis, restez à l'écart. Laissez-nous faire notre travail. Vous, occupez-vous de votre fille. »

« Je suis désolé. Vous avez raison. »

« On l'aura, je vous le promets. Donnez-nous juste un peu plus de temps. »

« C'est Bernie Lyle ? »

« Je ne peux pas discuter de ça. »

« Le salaud croit qu'il peut s'installer ici et s'en tirer à bon compte... »

« Vous avez fait des recherches sur lui ? »

« Ce sont des informations publiques. »

Je l'ai regardé dans les yeux. « J'imagine qu'en tant que marine, vous possédez une arme à feu ? »

« C'est exact. »

« Vous avez un permis de port d'armes ? »

Il a hésité. J'ai ajouté : « Je peux le vérifier. »

« Oui. Pourquoi ? »

« Rendez-vous service et gardez-la sous clé à la maison. »

Avant qu'il ne puisse répondre, j'ai tourné les talons et nous nous sommes éloignés.

MARY ANN S'ESSUYAIT AVEC UNE SERVIETTE. JE SUIS SORTI SUR LA terrasse couverte. « T'as fait tes longueurs ? »

« Oui. Il y avait tellement de monde aujourd'hui, j'ai dû faire deux heures supplémentaires. »

« N'en fais pas trop. »

« Et ta journée ? »

« La routine, mais au moins, j'ai découvert que je ne devenais pas fou. »

« Ça, ça reste à prouver. »

« Ah ah, très drôle. »

« Qu'est-ce qui s'est passé ? »

« Le père de la pauvre fille qui a été violée à Livingston me filait. »

« Quoi ? Pourquoi ? »

J'ai haussé les épaules. « C'est un père et un marine. »

« Et un maniaque du contrôle. »

« J'espère que ce n'est que ça. »

« Où en est l'affaire de sa fille ? »

« Je dois monter à Fort Myers plus tard pour vérifier un alibi. »

« Ce soir ? »

« Ouais, désolé. »

« Ce n'est pas grave. Je vais en profiter pour travailler une heure de plus. »

« Tu sais que le stress n'est pas bon pour toi. »

« Ce n'est pas stressant. Ce travail me plaît. »

Les démentis semblaient toujours convaincants.

Un contact à Fort Myers m'avait dit que ça ne servait à rien d'aller au club avant vingt-et-une heures. Le cumul des services et les nuits tardives rendaient le poids des années plus évident que nécessaire.

Une douzaine de jeunes traînaient devant un Popeye's. La moitié fumait et les autres piochaient du poulet frit dans des seaux. Les cardiologues allaient avoir une source constante de patients. En entrant sur le parking d'un bâtiment vert, j'ai bu une gorgée de café et je suis sorti.

J'ai frappé à une porte en métal noir. Un roc de granit a ouvert la porte. « Qu'est-c'que tu veux ? »

Mon insigne était à quelques centimètres de son visage. « Je dois parler à deux ou trois personnes à propos de Bernie Lyle. »

« Y a personne. »

Le parking était rempli de voitures rabaissées. « Et ça, c'est pour le voiturier ? »

« C'est fermé. »

« Je me fiche de ce qui se passe à l'intérieur. Soit vous me laissez entrer, soit j'appelle le shérif du comté de Lee pour qu'il fasse fermer cette baraque et qu'elle le reste jusqu'à ce que vous soyez à la retraite. »

« T'emballe pas. »

Il a disparu, et une minute plus tard, un homme noir tout maigre, avec une croix plus grande que ma main suspendue à son cou, est apparu. « En quoi puis-je aider la po-lice ? »

J'ai fait un pas en avant. « Laissez-moi entrer, maintenant. »

« Sonny veut pas d'embrouilles. »

« Il n'en aura pas. Écartez-vous. »

À côté de cet endroit, le casino d'Immokalee passait pour le Bellagio de Las Vegas. Six tables Costco étaient remplies de joueurs de poker et de blackjack. Les croupiers portaient des t-shirts et des shorts au lieu de gilets et de pantalons noirs.

Un rugissement provenant d'une table, entourée de

parieurs qui se tapaient dans le dos, a attiré mon attention. Quelqu'un venait de faire un sept ou un onze. J'ai sorti une photo de Lyle et je me suis dirigé vers la table de craps.

Des têtes se sont tournées, mais sont vite revenues au jeu. Le lanceur a perdu. La foule a poussé des cris de joie. Il devait avoir la main chaude. Un Hispanique avec un éclair gravé dans les cheveux s'est éloigné de la table.

J'ai tendu la photo. « Vous connaissez Bernie Lyle ? »

« Non. »

« Il vient souvent ici. »

« C'est la première fois que je viens. » Il s'est éloigné.

J'ai interrogé sept autres personnes, qui ont toutes nié connaître ou avoir vu Lyle. Pas question pour eux d'être vus en train d'aider un flic. Le type avec la croix me gardait à l'œil. Je me suis approché. « Je dois parler à Sonny. »

« Il est pas là. »

« Écoutez, je sais qu'il est là. Si vous n'allez pas le chercher, je vous embarque tous les deux pour la gestion d'une maison de jeu illégale. »

Son œil a eu un tic. « Attendez, mec. »

Sonny Griffin est sorti en trombe de l'arrière-salle. Il m'a fait signe d'un coup de pouce. Alors que j'approchais, il a refermé la porte et s'est appuyé contre elle. Sa chemise en soie violette était le seul signe qu'il était un gangster.

« Sympa, votre établissement. »

« Il est pas à moi. Je traîne juste ici de temps en temps. »

J'ai baissé la voix. « Inspecteur Luca, du comté de Collier. Vous n'avez rien à craindre. Tout ce que je veux savoir, c'est si Bernie Lyle était ici le mardi dix mai. »

« Ce gamin a encore des ennuis ? »

« C'est possible. Il a dit qu'il était ici ce soir-là. »

« J'ai entendu dire que vous pensiez qu'il a violé cette fille du côté de Naples. »

On comptait sur lui pour avoir des informations. Quelqu'un le tuyautait ? « Qui vous a dit ça ? »

Sonny a souri.

« Écoutez, Lyle a dit qu'il était ici, à jouer aux dés, dans la nuit du mardi dix mai. C'est vrai ? »

« J'étais dans l'arrière-salle ce soir-là. J'avais un rencard du tonnerre. »

« Et vous ne l'avez pas vu jouer ce soir-là ? »

« Non, mais ce gamin, il aime le craps. Son problème, c'est qu'il est pas doué pour ça. »

CHAPITRE VINGT-DEUX

L'eau de Cologne de Derrick flottait dans le couloir. Je suis entré dans le bureau.

« Bonjour. »

« Salut, Frank. Je pensais que tu appellerais hier soir. Comment ça s'est passé ? »

« Il s'est fait tard, et il n'y avait rien à signaler. »

« Qu'est-ce que tu veux dire ? »

« Personne, y compris Griffin, n'a voulu confirmer l'alibi de Lyle. »

« Il a encore menti ? »

« Difficile à dire. Ces gens n'aiment pas nous parler. »

« C'est un vrai casse-tête. »

Il semblait utiliser le mot correctement. « Ouais, un casse-tête dont dépend le cul de Lyle. »

« S'il n'était pas là-bas, c'est lui le coupable. Sinon, pourquoi mentir ? »

« Ne pas avoir un bon alibi lui porte préjudice, mais on a besoin de le placer sur la scène de crime. »

« À moins qu'on n'arrive à le faire avouer. »

« Je ne vois pas comment, à ce stade. Il resterait en taule jusqu'à ce qu'il puisse entrer au club des octogénaires. »

« On pourrait essayer de lui proposer un marché. »

« Autant j'ai envie de résoudre cette affaire, autant je ne vais pas offrir de marché à un pervers. »

« Je comprends. Je réfléchissais à voix haute. »

« Tu savais que le brainstorming ne marchait pas ? »

« Vraiment ? »

« Ouais, j'ai lu un truc la semaine dernière qui disait que les personnalités, la pression des pairs et la pensée de groupe le rendent moins efficace. Les gens sont influencés par les personnalités dominantes et peuvent abandonner leurs idées pour se ranger à l'avis des autres. »

« Jamais vu les choses sous cet angle. »

« Peu importe. De toute façon, on ne fait pas de brainstorming. Tout au plus une petite bruine de cerveau. »

Derrick a ri. « Plutôt de la brumisation. »

J'ai bu une gorgée de mon café. « Du nouveau pour la gamine Holmes ? »

« Gesso a dit qu'elle est toujours portée disparue. »

« Ça ne me dit rien qui vaille. »

« Moi non plus. »

« Pourquoi tu ne vas pas voir quels appels on a reçus suite à l'appel à témoins ? »

Il s'est levé. « Je reviens tout de suite. »

Soixante-quatre e-mails remplissaient ma boîte de réception. On aurait dit que chaque jour, il y en avait plus que la veille. La technologie avait fourni aux forces de l'ordre des outils incroyables, mais on ne pouvait pas résoudre des crimes en restant assis au bureau. Répondre aux e-mails nous prenait du temps qui aurait dû être consacré au terrain.

En cliquant sur l'icône de la corbeille, je me suis demandé combien de formations sur la diversité quelqu'un pouvait bien suivre. J'ai ouvert l'e-mail suivant. Il concernait la possibilité que les inspecteurs doivent porter des caméras-piétons.

Documenter les interactions avec le public avait ses mérites, mais pas pour le travail que je faisais. N'importe qui à qui nous parlerions, surtout les informateurs et les témoins, refuserait de s'ouvrir.

Pas une seule plainte n'avait été déposée contre un inspecteur depuis que j'étais là. J'ai cassé le crayon en deux. Mais d'où est-ce que ça sortait, bon sang ?

Derrick est entré dans la pièce d'un pas vif.

J'ai dit : « Tu as vu cette absurdité sur le port des caméras-piétons ? »

« Ouais, c'est des conneries et c'est contre-productif. »

« Ce manque de confiance me met hors de moi. Je ne vois pas comment ça pourrait être mis en place. »

« Alors pourquoi nous emmerder avec ça ? »

« S'il se passe quelque chose, Remin pourra dire qu'il est prêt à déployer les caméras-piétons dès que les fonds seront disponibles. »

« Il couvre ses arrières. »

« C'est peut-être lui qui a inventé l'expression. »

« Incroyable. »

« On a reçu quelque chose d'intéressant ? »

« La plupart étaient les appelants habituels. Y compris notre pote Bruce Noon, qui a appelé deux fois. »

Les gens voulaient aider, mais ils ne réalisaient pas que nous faire courir après leurs élucubrations entravait une enquête. « On ne peut que l'adorer. »

« Oh, et cette voyante d'Everglades City a dit que l'homme qui a enlevé Holmes est à la page sept du *Daily News*. »

J'ai secoué la tête.

« J'ai vérifié quand même ; c'était Alfie Oakes. »

« Bon sang. Y a-t-il eu des appels intéressants ? »

« Une dame a dit que son fils était au parc et a vu un homme qui lui a fait peur. Elle a dit que quand il a vu l'enfant, il a couru dans une zone boisée. »

« C'était à quelle heure ? »

« Apparemment, sept heures moins le quart. »

« Hmm. Quoi d'autre pourrait être utile ? »

« Un type qui va régulièrement au parc, qui fait naviguer un de ces bateaux télécommandés, a appelé. Il a dit qu'il était là le soir du viol et a vu une voiture garée à un endroit bizarre, comme si on avait essayé de la cacher. »

« Il a vu quelqu'un ? »

« Le rapport ne le dit pas. »

« On a besoin de quelque chose sur quoi travailler. Prends une carte du parc, et allons voir le gamin et le type au bateau. »

———

Mike Samuels habitait à Livingston Lakes. La résidence était à deux pas du parc. Samuels vivait dans un appartement au rez-de-chaussée d'un bâtiment propret abritant huit logements. Mon estimation de quatre cent mille dollars m'a paru juste quand Samuels a ouvert la porte.

La soixantaine, Samuels avait une allure d'intello, les épaules voûtées. « Vous voulez entrer ? »

« Merci. » L'endroit était un espace décloisonné. Un appartement sans vis-à-vis, inondé de lumière par les portes-fenêtres coulissantes et par une fenêtre dans la salle à manger.

Il s'est dirigé vers une table de cuisine. « Ça vous va ici ? »

« Parfait. »

Derrick a désigné le lanai. Deux maquettes de voiliers reposaient sur leurs berceaux. « Vous les fabriquez vous-même ? »

« Ce sont des kits, mais je les personnalise. Vous voyez la quille ? Je l'ai rallongée pour une plus grande stabilité et j'ai construit les berceaux moi-même. »

« Joli. Vous les faites naviguer souvent ? »

« Quatre, cinq fois par semaine. C'est pour ça que j'ai appelé. »

J'ai dit : « Racontez-nous ce que vous avez vu. »

« Il y avait une voiture garée à l'abri des regards, comme si on essayait de la cacher. »

« Qu'est-ce qui vous fait dire ça ? »

« Elle était garée à un endroit où l'on n'est pas censé se garer, coincée à côté d'un bâtiment. »

J'ai déplié une carte du parc. « Montrez-moi. »

« Vous voyez, voici le lac sur lequel je navigue. Et ce sont les places de parking pour y accéder. » Il a déplacé son doigt. « Et voici où était la voiture. Elle était masquée par ce bâtiment, et ils ont un groupe mobile ; je crois qu'il pompe l'eau pour le toboggan aquatique, juste là. Le conducteur aurait dû le contourner pour arriver là où il était. »

« Quel genre de voiture ? »

« Je ne suis pas très bon en voitures. Je dirais qu'elle était étrangère, probablement japonaise. »

Ça n'aidait pas beaucoup à affiner la recherche. « De quelle couleur ? »

« Un ton de gris argenté. »

« Un SUV ? Deux portes, quatre portes ? »

« Pas un SUV, mais je ne pourrais pas en dire plus ; c'était peut-être une quatre portes. »

« Vous avez vu l'arrière du véhicule ? »

« Oui. »

« Plaques de Floride ? »

« Je pense, oui. Sinon, ça m'aurait sauté aux yeux. »

« D'accord. Écoutez, je suis sûr que vous l'avez déjà fait, mais pouvez-vous essayer de vous souvenir de ce que vous avez vu ? »

« Je n'y ai pas prêté beaucoup d'attention, mais quand je vous ai vu aux infos, ça m'a frappé et j'ai appelé la hotline. »

« Y a-t-il des détails sur la voiture dont vous vous souvenez... une bosse, ou un autocollant ? »

Samuels a secoué la tête. « Vous devez comprendre que je n'étais pas attentif. Je l'ai vue quand mon bateau s'est coincé dans les roseaux, et que j'ai marché vers la gauche, par ici. »

« C'était à quelle heure ? »

« Dix-huit heures vingt. »

« C'est une heure précise. En êtes-vous sûr ? »

« Je quitte ma maison à dix-sept heures quarante-cinq, et mon bateau est à l'eau au plus tard à dix-huit heures. J'ai fait plusieurs fois le tour du lac et j'ai commencé à m'entraîner à des manœuvres quand j'ai repoussé les limites, en frôlant la bordure. »

« Y avait-il quelqu'un d'autre dans le secteur ? »

« Non. Je pense que les prévisions météo ont pu dissuader les gens. »

Nous avons posé quelques questions supplémentaires avant de partir. Derrick a dit : « C'est un beau quartier, ici. »

« Ouais, j'aime bien. Je me demande quel impact que le pont sur Immokalee Road pourrait avoir sur cet endroit. »

« Ils doivent faire quelque chose, mais ce serait dommage que ça affecte cet endroit. »

Mon portable a sonné. Avant que je ne rejette l'appel, l'indicatif a fait tilt dans mon esprit. « Inspecteur Luca à l'appareil. »

« Bonjour, inspecteur, c'est le lieutenant Morris du bureau du shérif du comté de Lee. »

« Bonjour. Qu'est-ce qui se passe ? »

« Vous êtes allé voir Sonny Griffin hier soir, en posant des questions sur un certain Bernie Lyle ? »

« C'est exact. Pourquoi ? »

« C'est moi qui gère cet indic ; il ne parle à personne d'autre que moi. »

« D'accord. »

« Il a dit que Lyle était bien là mardi, le dix mai, mais qu'il était arrivé en retard, et il pense que ça pourrait être le type que vous cherchez. »

« Qu'est-ce qui lui fait penser ça ? »

« Sonny a dit que Lyle lui avait dit qu'il avait besoin d'un alibi, et que Lyle se comportait bizarrement. »

CHAPITRE VINGT-TROIS

J'AI RACCROCHÉ. « C'ÉTAIT UN LIEUTENANT DE LEE, C'EST LUI qui gère Sonny Griffin. L'indic lui a dit que Lyle lui avait demandé d'être son alibi et qu'il était rentré tard le soir où Ramos a été violée. »

« La preuve irréfutable que c'est Lyle. »

J'ai laissé passer son dernier mot du jour. « Il n'y a aucune preuve tangible, aucun témoignage direct. La parole d'un indic ne suffit pas pour un tribunal. »

« Tu as raison. Tu veux qu'on aille voir Lyle ? »

« Il roule avec quoi comme voiture ? »

« Une Ford grise. »

« La couleur correspond à peu près. Samuels pensait que c'était une japonaise, mais on ne peut pas se fier à ça. »

« On devrait l'embarquer. Le cuisiner et voir ce qui en ressort. »

« Il nous faut plus que ça. Allons parler au gamin qui a vu quelque chose au parc. »

« Pourquoi ? On pourrait avoir un coup de bol. »

« Plus on bosse dur, plus on a de la chance. »

Sereno Grove se trouvait bien en retrait de Livingston

Road. C'était un quartier résidentiel discret, composé de maisons individuelles, sans aucune commodité.

« C'est calme, cet endroit. Pas un chat dans les rues. »

« C'est isolé. »

Les arroseurs automatiques étaient en marche chez les Kirk. On a attendu une accalmie et on s'est précipités vers la porte d'entrée.

Derrick a appuyé sur la sonnette Ring, et Carol Kirk nous a identifiés avant de nous ouvrir.

Elle avait la peau claire, les cheveux roux et les yeux noisette. Je m'attendais à un accent irlandais, mais il n'est jamais venu. Kirk nous a conduits dans une cuisine baignée de lumière et a dit : « Je vais chercher Tommy. »

Pieds nus et coiffé d'une casquette de baseball des Lightning, Tommy, douze ans, avait les taches de rousseur de sa mère. « Ces policiers veulent que tu leur racontes ce que tu as vu au parc. »

J'ai tendu la main. « Merci pour ton aide, Tommy. On apprécie beaucoup. »

Il a bombé le torse et m'a serré la main. « Bonjour, monsieur. »

« Quelle poigne ! »

« Mon père m'a dit de toujours serrer la main fermement et de regarder les gens dans les yeux. »

« Ton père a raison. Maintenant, raconte-nous ce que tu as vu le mardi 10 mai. »

Il a sauté sur un tabouret de cuisine. « Je faisais de la trottinette sur le sentier, celui qui passe près de la promenade en bois. »

« Tu étais seul ? »

« Ouais, Jimmy était rentré. Il a coupé par le sentier pour rejoindre son quartier. »

« Il habite à Wilshire Lakes ? »

« Ouais. »

« Il était quelle heure, à peu près ? »

« Genre, un peu après six heures. Je dois être rentré pour le dîner, et on mange vers six heures et demie, c'est ça, maman ? »

« C'est ça, chéri. »

« Donc, ton ami est parti, et tu étais sur le chemin du retour ? »

« Ouais. J'avais dépassé la promenade en bois, et là, j'ai vu un homme dans les bois. Il était… effrayant. Dès que je l'ai vu, il s'est détourné, comme s'il essayait de se cacher. »

« À quoi ressemblait-il ? »

Tommy a glissé du tabouret et a levé la main. « Il était grand comme ça. Et il avait un sweat à capuche. »

« Quel genre de pantalon ? »

« Un jean, je crois. »

« Et son visage ? À quoi ressemblait-il ? »

Il a plissé le nez. « Je sais pas. »

« Il avait une barbe ou des poils sur le visage ? »

« Non. Mais je crois qu'il était peut-être chauve. »

« Qu'est-ce qui te fait dire ça ? »

« Ben, avec une capuche, on peut voir des cheveux qui dépassent, mais là, j'en ai vu aucun. »

« Quel âge lui donnerais-tu ? »

« Plus jeune que papa. Peut-être la trentaine, ou un truc comme ça. »

« À quelle distance était-il de toi ? »

Il a montré la fenêtre. « Genre, là où il y a le palmier, derrière la piscine. »

Environ quinze mètres. « Et sa démarche ? Il boitait ou il y avait un truc qui sortait de l'ordinaire ? »

« Non, mais il est parti vite. Au début, j'ai cru qu'il allait me poursuivre... »

« Pourquoi as-tu pensé ça ? »

« Il m'a regardé et j'ai senti, je sais pas... comme s'il était en colère que je sois là, ou quelque chose comme ça. »

« Tu penses avoir déjà vu cet homme ? »

« Non, c'était la première fois. »

Je voulais montrer au gamin une photo de Lyle, mais on devait la présenter parmi d'autres, sinon elle serait rejetée pour cause de partialité. « Tu penses que tu le reconnaîtrais si tu le revoyais ? »

Il a regardé sa mère avant de répondre : « Je sais pas. Est-ce qu'il me verrait ? »

« Non. Tu n'aurais pas à le rencontrer. Ça se ferait en secret, si on le faisait. »

« Je ne veux pas que mon fils soit mêlé à ça. »

« Je comprends, madame. Tommy, tu as été d'une grande aide. Nous apprécions vraiment ta coopération. »

Le gamin rayonnait. Je me suis tourné vers sa mère. « Madame, pourrions-nous vous parler en privé ? »

Tommy est parti et j'ai dit : « Je comprends votre réticence à impliquer votre fils, mais la jeune femme qui a été violée est traumatisée. Et le coupable est toujours en liberté. »

« Je sais, tout le monde dans le quartier reste enfermé chez soi. »

« Nous pouvons l'attraper et le mettre sous les verrous pour qu'il ne fasse plus jamais de mal à personne, mais nous avons besoin d'aide. »

« Je dois d'abord en parler à mon mari. »

« Bien sûr. Tenez-moi au courant. » Je lui ai tendu ma carte.

Dès que la portière s'est refermée, Derrick a dit : « On dirait bien que ça pourrait être Lyle. »

« Même taille et pas de cheveux, en plus de ce que Sonny Griffin a dit. »

« Et la voiture que le type du bateau a vue est d'une couleur proche. »

Mon portable a sonné. C'était Gesso. « Salut, sergent. Quoi de neuf ? »

« Deux choses : le téléphone de Deborah Holmes a borné

pour la dernière fois sur une antenne au sud de Golden Gate, et les Holmes viennent de tenir une conférence de presse. Ils prétendent qu'on se fiche de la disparition de leur fille et qu'on n'en fait pas assez pour la retrouver. »

« C'est n'importe quoi. »

« Je suis bien d'accord, mais Remin veut qu'on se concentre davantage dessus, alors tiens-toi prêt. »

« Merci de me prévenir. »

« Tu en es où avec l'affaire Ramos ? »

« On est sur le point d'embarquer notre suspect principal. »

« Tu as assez d'éléments pour une inculpation ? »

Mon téléphone a vibré, un autre appel. « Pas encore, mais on se rapproche de lui. Je dois te laisser, c'est Remin qui appelle. »

CHAPITRE VINGT-QUATRE

JE SUIS RENTRÉ PÉNIBLEMENT À LA MAISON. LA PORTE DU BUREAU était fermée. Mary Ann travaillait. Encore. J'ai entrouvert la porte pour lui indiquer que j'étais de retour.

Pour déjeuner, j'avais eu un sandwich de distributeur qui datait de l'époque des pattes d'eph'. Il n'y avait rien sur la cuisinière ni dans le four. J'ai ouvert le frigo, attrapé une conserve de pêches et j'ai claqué la porte.

Les fruits n'ont pas fait l'affaire. Où était le plat réconfortant que Mary Ann semblait toujours avoir prêt quand j'en avais besoin ? Elle voulait travailler. Je comprenais le besoin d'avoir une activité, mais pour moi, la retraite n'était pas loin. Ma vision de nous deux, à traîner, aller à la plage et faire de petites excursions, devenait floue.

Mary Ann est sortie du bureau. « Désolée. »

Je lui ai fait une bise sur la joue. « Ce n'est rien. Tu vas bien ? »

« Oui. Le système n'a pas arrêté de planter toute la journée. Tu as l'air épuisé. Mauvaise journée ? »

« Remin me donne vingt-quatre heures pour boucler le viol de Ramos. Il m'affecte à l'affaire Holmes. »

« J'ai vu les parents à la télé. La mère était inconsolable. »

« J'ai entendu dire. »

« Où en es-tu avec le viol ? »

« Il nous faut quelque chose qui place Lyle au parc au moment de l'agression. »

« Il y a quelque chose de prometteur ? »

« J'espère faire une séance d'identification photographique avec un témoin demain. Il n'a que douze ans, et la mère ne voulait pas qu'il soit impliqué. Elle doit voir avec son mari. »

« J'espère qu'ils seront d'accord. »

« Moi aussi. Sinon, je vais devoir faire venir Lyle et voir ce qu'on peut en tirer. »

« Tu vas l'avoir, ce salaud. »

« On verra bien. »

« Oh, tu as entendu parler des autres vols de chiens ? »

« Non. C'est tout récent ? »

« Oui. J'ai reçu une alerte info, il y en a eu deux à Port Royal. »

Les voleurs passaient à la vitesse supérieure en ciblant l'enclave des riches. « Des races qui coûtent cher ? »

« Je crois que c'étaient des croisements, des bichons maltais ou quelque chose comme ça. Mais peu importe, les gens aiment leurs chiens. »

« S'ils comptent les vendre, ça importe. »

Je me suis souvenu de ce que Derrick avait dit sur la vague de vols d'animaux de compagnie en Angleterre. Aucune rançon n'avait été demandée. Les vendre était moins risqué que d'interagir avec les propriétaires pour leur rendre les chiens.

« J'imagine que oui. Ça me fait de la peine pour les gens. Tu te souviens quand le chien de Carol est mort ? Il lui a fallu des mois pour s'en remettre. »

« Carol ? C'est qui, ça ? »

« Elle patrouillait dans l'unité scolaire. Elle a pris sa retraite il y a quelques années. »

« Ah oui. » Je luttais contre un cancer de la vessie à ce moment-là, et c'était difficile de se concentrer sur la mort d'un chien quand je me battais pour ma propre vie.

Nous regardions le flux vidéo. Lyle se rongeait les ongles. J'ai dit à Derrick : « Pour l'instant, tout ce qu'on a, c'est le fait qu'il a menti deux fois sur son alibi. »

« J'aurais aimé qu'ils laissent le gamin faire l'identification. »

« Ce ne sont pas les regrets qui vont résoudre cette affaire. On va faire avec ce qu'on a. »

Un autre froncement de sourcils est apparu.

« Laisse-moi commencer seul. Toi, tu attends dehors. Quand tu vois une occasion de jouer le bon flic, tu entres. »

« Il transpire déjà. Je serais un sauveur si je baissais la clim. »

J'ai souri en posant la main sur la poignée de la porte. « Je te le souhaite. »

Lyle a retiré son doigt de sa bouche quand je me suis glissé sur une chaise en face de lui. J'ai lancé l'enregistrement et récité les formalités, y compris son droit à un avocat.

« J'ai pas besoin d'avocat. J'ai rien fait. »

Le nombre de personnes que nous interrogions qui refusaient l'assistance d'un avocat était stupéfiant. J'en étais reconnaissant, mais ça n'avait aucun sens, surtout en tant que personne d'intérêt dans une affaire criminelle.

La plupart pensaient que ne pas demander d'avocat les ferait paraître innocents. D'autres étaient arrogants, persuadés de pouvoir se montrer plus malins que quelqu'un formé à l'interrogatoire.

« On vous a donné plusieurs occasions de vous disculper, mais vous continuez de mentir. »

« Non. Je vous l'ai dit, la première fois, c'était une erreur. J'avais peur que si je vous disais que je jouais, vous m'embarquiez. »

« Mentir à un agent des forces de l'ordre pourrait être interprété comme une obstruction. Je n'ai pas besoin de vous dire que ça constitue une violation de votre liberté conditionnelle. »

« C'était une erreur, mec. Je suis désolé, mec. Je jouais chez Sonny, comme je vous l'ai dit. »

« Vous êtes sûr de vouloir vous en tenir à ça ? »

Ses yeux se sont écarquillés quand je me suis levé.

« C'est vrai. J'y étais. »

« Vous feriez mieux d'appeler Iguana Mia et de leur dire que vous ne viendrez pas travailler avant un très, très long moment. »

« Qu'est-ce que vous voulez dire ? »

Avant que j'atteigne la porte, elle s'est ouverte d'un coup. Derrick a dit : « Allons-y doucement. On peut régler ça. » Il a tendu une bouteille d'eau à Lyle.

« Merci, mec. »

J'ai dit : « Tu perds ton temps. Ce type n'est qu'un menteur. Il retourne en prison. »

« Non, c'est pas vrai. Il veut pas me croire. Je jouais aux dés. »

Derrick a dit : « Vous avez l'air d'un type bien, et j'ai envie de vous croire. Mais il y a un problème. Est-ce que vous pouvez m'éclairer ? »

« Ouais, bien sûr. Quoi ? »

« On y est allés, et personne à qui on a parlé n'a confirmé votre histoire. »

« C'est des conneries, mec. Ils veulent juste pas être mêlés à ça, c'est tout. Parlez à Sonny. Il vous le dira : j'y étais. »

« Voilà le problème, monsieur Lyle. Sonny Griffin a dit que vous étiez là, mais que vous êtes arrivé tard. »

« C'était pas tard. Il sait pas de quoi il parle. Il arrive plus à se souvenir, c'est tout. »

« Et vous savez ce qu'il a dit d'autre ? »

Les yeux de Lyle se sont écarquillés. « Quoi ? »

« Il a dit que vous lui aviez demandé de vous servir d'alibi. »

« Arrêtez de me faire marcher. »

« On ne vous fait pas marcher. C'est ce qu'il a dit. »

« Pourquoi il dirait ça ? »

J'ai dit : « Parce que c'est la vérité. »

« Non, mec. Écoutez, je lui dois dix mille. Il essaie juste de me baiser. Vous devez me croire. »

CHAPITRE VINGT-CINQ

Derrick a demandé : « Qu'est-ce que tu en penses ? »

« Que tout ce qu'on a, c'est un mauvais alibi. Lyle n'a aucune crédibilité, mais Griffin n'est pas le Dalaï-lama. »

« Ouais, mais si Lyle est derrière les barreaux, comment Griffin va-t-il récupérer son argent ? »

« Il envoie peut-être un message : tu ne paies pas, il va te pourrir la vie. »

« Je ne sais pas. »

« Griffin a dit que Lyle était un mauvais joueur ; le fait de devoir de l'argent, ça colle. L'autre truc, c'est qu'il a dit que Lyle était là. »

« Ouais, et alors ? »

« J'ai parlé à quelques personnes, et pas une seule n'a dit que Lyle était là. Je pense que Griffin a peut-être dit quelque chose. »

« Je ne sais pas, c'est un complot assez énorme pour que tout le monde s'y tienne. »

« Tu étais à Washington. Des gangs qui tuent des gens à tour de bras et personne ne dit un mot sur les coupables. »

« Ils ont peur de coopérer. »

« Gardons Lyle en détention. On a une journée pour essayer de démêler tout ça. »

« Il nous faut quelqu'un qui le situe dans le parc. »

« Exactement. Je vais monter dire à Remin où on en est avec Lyle. »

La Southwest Florida Insurance occupait un bâtiment de deux étages à Vanderbilt Collections, un centre commercial haut de gamme en pleine expansion.

Enlevant mes lunettes de soleil, je suis entré dans un bureau. Tout le monde était au téléphone. J'ai attendu que la réceptionniste transfère son appel à un agent. Je me suis présenté et je me suis assis.

Un homme soigné en chemise blanche est entré dans le hall. « Inspecteur Luca. »

« Je suis désolé de vous déranger au travail, Monsieur Kirk. »

« Aucun problème. Comment puis-je vous aider ? »

« Pouvons-nous sortir un instant ? »

« Bien sûr. »

Nous nous sommes tenus à l'ombre d'un palmier royal. « C'est un bureau bien animé. »

« Le marché de l'assurance ici a besoin d'une réforme. Trop d'avocats sont autorisés à poursuivre pour n'importe quoi. Les compagnies se retirent pour limiter leur exposition, et nous nous démenons pour trouver une couverture raisonnable pour nos clients. »

« Je penserai à vous. »

« Merci. Comment puis-je vous aider ? »

« Nous aimerions vraiment que votre fils participe à une séance d'identification. »

Il a secoué la tête. « Il n'a que douze ans. Nous ne voulons pas qu'il soit mêlé à une affaire comme celle-ci. Ça pourrait le marquer. »

« Je comprends, Monsieur Kirk, mais il y a une autre famille — en fait, deux à ce stade — qui cherche à obtenir justice. »

« Je compatis vraiment avec eux, croyez-moi... »

« Monsieur, nous détenons un homme, mais nous n'avons pas assez d'éléments. Il est peut-être le responsable des agressions. »

Il a pincé les lèvres. « Je suis désolé, mais je ne veux pas que mon fils soit impliqué. »

« Nous pouvons le faire avec des photos, et je viendrai chez vous. Il n'y aura aucune pression sur votre fils. Nous devons savoir si nous tenons le prédateur. Je détesterais le relâcher et découvrir qu'il a violé la fille de quelqu'un d'autre. »

« Il n'aura pas à témoigner, n'est-ce pas ? »

Il se pourrait que nous ayons besoin de lui, mais j'ai dit : « Non. Absolument pas. J'ai besoin de savoir si nous devons continuer à détenir cet homme. »

« D'accord, j'accepte, mais je veux être présent. »

« C'est parfait. Pouvons-nous faire ça plus tard dans la journée ? »

« Bien sûr. »

J'ai appelé Derrick. « Hé, bonne nouvelle, le père a accepté que le gamin fasse une identification sur photo. »

« Excellent. On se rapproche du but. »

« Je l'espère. » Mon téléphone a vibré. « Je dois te laisser, c'est Mary Ann. »

« Salut, tout va bien ? »

« Oui. Je voulais juste te féliciter pour l'arrestation du violeur. »

« Quoi ? On n'a pas... »

« Ça vient de passer aux infos. »

« Merde ! »

« Qu'est-ce qui ne va pas ? »

« Quelqu'un, et je parie que c'est Remin, a fait fuiter qu'on avait embarqué Lyle. » Mon téléphone a vibré de nouveau ; c'était Felix Ramos. « Chérie, je dois te laisser. Le père de la victime m'appelle. Je te parle plus tard. »

« Bonjour, monsieur Ramos. »

« Je vois que vous avez attrapé ce salaud. »

« Ce n'est pas exact. »

« Mais c'était aux infos. »

Pourquoi les gens croyaient-ils tout ce que les médias disaient malgré les innombrables exemples prouvant qu'on ne pouvait pas leur faire confiance ? « C'est regrettable. À ce stade, nous interrogeons une personne d'intérêt. »

« C'est Lyle, n'est-ce pas ? »

« Je ne peux pas discuter d'une enquête en cours. »

« Vous devez me le dire, c'est Lyle ? »

« Je ne peux rien dire de plus, si ce n'est que dès que nous le saurons, votre fille et vous serez les premiers informés. »

« C'est des conneries ! Vous l'avez embarqué et vous ne nous avez pas dit un mot. »

« Croyez-moi, monsieur Ramos, vous ne voulez pas être impliqué dans les détails de l'affaire. »

« Eh bien, si, je le veux. »

« Ça n'arrivera pas. Je dois vous laisser, monsieur Ramos. Bonne journée. »

J'ai composé le numéro du shérif, mais je n'ai pas appuyé sur la touche d'appel. Aussi grave qu'ait été une fuite, me prendre la tête avec Remin avant de savoir si Lyle était notre homme revenait à gaspiller une énergie que je n'avais pas.

J'ai attrapé l'enveloppe contenant les six photos que le labo avait générées. Comme l'exigeait la procédure, elles étaient de forme et de taille identiques. Cinq étaient des policiers et le sixième, Lyle. Tous avaient le crâne rasé ou étaient naturellement chauves. Ils avaient également tous à peu près le même âge, à dix ans près.

M. Kirk m'a ouvert la porte, et j'ai perçu une odeur d'oignons en train de revenir. « Merci d'avoir accepté. »

« Ma femme n'est pas ravie. »

Je l'ai suivi dans la cuisine. « Je comprends. Ça ne prendra que quelques minutes. »

« Je vais chercher Tommy. »

Pieds nus, le gamin est entré dans la pièce en bondissant. J'ai pensé à Tom Sawyer. « Bonjour, Tommy. Content de te revoir. »

Il m'a serré la main. « Moi aussi, monsieur. »

« Je vais vous montrer quelques photos. Regardez-les attentivement, et voyez si vous reconnaissez l'une d'elles comme étant l'homme que vous avez vu dans le parc. »

« D'accord. Je vais essayer. »

« Il n'y a aucune pression. Que vous voyiez ou non cet homme, ce n'est pas un problème. Vraiment pas. C'est compris ? »

« Oui, monsieur. »

J'ai détaché une feuille de l'extérieur de l'enveloppe. « Avant de regarder les photos, je dois vous informer que l'homme que nous recherchons peut figurer ou non dans la série de photos que vous allez voir. »

« Ne partez pas du principe que je sais qui est cet homme. Je veux que vous vous concentriez sur les photos et que vous ne demandiez à personne dans la pièce de vous aider à faire une éventuelle identification. »

« Si vous faites une identification, je vous demanderai à quel point vous en êtes certain. »

« Vous devez savoir que, que vous fassiez ou non une identification, notre enquête se poursuivra. Quelle que soit l'aide que vous nous apporterez, ce n'est qu'une petite partie du travail que nous faisons. Comprenez-vous tout ce que j'ai dit ? »

Il a regardé son père. « Oui, monsieur. »

« Bien. Je vais demander à votre père, en tant que votre tuteur légal, de signer le formulaire de consentement et d'instructions. »

M. Kirk a parcouru le formulaire et l'a signé. J'ai rompu le sceau de l'enveloppe et posé mes doigts sur les photos. Le labo avait mélangé les images. La procédure voulait que je n'aie aucune idée de laquelle était celle de Lyle, et j'ai mentalement parié que ce serait la deuxième.

En étalant les photos devant Tommy, j'ai été frappé de voir à quel point Lyle, le quatrième, semblait maléfique. C'était un autre exemple de nos préjugés à l'œuvre et la raison pour laquelle les forces de l'ordre avaient développé des protocoles pour éviter qu'ils ne déteignent sur un témoin.

Tommy s'est penché sur les photos, sa tête se déplaçant lentement tandis qu'il scrutait les visages. Il a pris la première et l'a reposée. Puis il a fait de même avec la troisième. Il s'est attardé sur celle de Lyle. J'ai espéré qu'il dirait que c'était lui, mais il est passé à la suivante.

« Je peux les regarder à nouveau ? »

« Bien sûr. Prenez votre temps. Rien ne presse. »

Au bout de deux minutes, Tommy a pointé une photo. « Je ne suis pas sûr, mais celui-ci... il ressemble à l'homme que j'ai vu au parc. »

CHAPITRE VINGT-SIX

REMIN PORTAIT UNE CHEMISE BLANCHE À MANCHES LONGUES ET arborait un air renfrogné. La nouvelle lui était-elle parvenue ? « Qu'est-ce qui vous tracasse ? »

« Je voulais vous informer que nous allons relâcher Lyle. »

« C'est décevant. Que s'est-il passé ? »

« Nous n'avons rien de plus qu'un mauvais alibi et les insinuations d'un informateur à qui Lyle doit de l'argent. »

« Je vois. Est-ce que vous l'innocentez ? »

« Nous n'avons aucune preuve que Lyle était au parc. Le témoin, qui a vu l'homme que nous pensons être l'agresseur, n'a pas pu l'identifier lors d'une séance d'identification. »

« Ce témoin était mineur, et le suspect est un délinquant sexuel. »

« Oui. Mais nous n'avons rien de plus contre lui. »

Remin a pris un stylo et a tambouriné sur le bureau. Il l'a reposé en disant : « J'ai besoin que vous et Dickson soyez sur l'affaire Holmes. »

« Nous pouvons travailler sur les deux affaires. »

« Je sais que vous le pouvez. L'opinion publique semble s'inquiéter de notre degré d'implication dans l'affaire Holmes.

C'est absurde, mais j'apprécierais que l'on sache que vous et Dickson travaillez sur la disparition, pour rassurer le public. »

« Je comprends. Un communiqué du service serait peut-être le meilleur moyen de faire passer le mot. »

« C'est ce que je prévois. »

« Bien. »

« D'accord, retournez au travail. »

J'ai descendu l'escalier et je suis passé par le bureau de Gesso pour récupérer les derniers rapports sur Debbie Holmes. Derrick fixait son écran quand je suis entré dans le bureau. Il a dit : « O'Rourke a récupéré la vidéo de Panera. »

« Enfin. Tu vois Craven ? »

« Pas encore. Je suis en plein dans le créneau horaire, mais aucune trace de lui. »

« J'avais l'impression qu'il mentait, mais on verra bien. »

« Qu'est-ce qu'ils ont tous à croire qu'ils peuvent nous refiler un alibi à la con ? »

« Ils comptent sur le fait qu'on ne vérifiera pas. »

« Ils feraient mieux de dire qu'ils étaient seuls chez eux plutôt que d'inventer un truc qu'on peut vérifier. »

Blanco a dit qu'il était chez lui. Était-il le plus malin des prédateurs ? Comment pouvions-nous vérifier l'alibi de Blanco ?

« Peut-être. La vérité finit toujours par éclater. J'aimerais juste que ça ne prenne pas autant de temps. »

« Peut-être qu'avec la technologie, on pourra dépasser les détecteurs de mensonges et avoir un « détecteur de vérité » qui fonctionne. Un truc tout droit sorti de *Star Trek*, où une cloche sonnerait dès que quelqu'un ment. »

« On risquerait de se retrouver au chômage avec un truc pareil. »

Vivre dans un monde où même les pieux mensonges seraient révélés ? Les gens devraient s'endurcir avant de demander l'avis de leurs amis et de leur famille.

« Je ne vois pas Craven. Est-ce qu'ils ont un service au volant ? »

« Pas que je sache. »

« Je vais la repasser et la ralentir. Je l'ai peut-être manqué. »

« D'accord. Je me mets à jour sur l'affaire Holmes. »

Il était difficile de continuer à penser que la gamine avait été enlevée contre rançon. Personne ne s'était manifesté pour dire qu'il la détenait. L'interrogatoire de Jason Reedy, le petit ami de Holmes, ne concordait pas avec ce que Dana Foyle avait dit de lui.

Sara Gullo était la meilleure amie de Debbie Holmes. Elle n'avait pas grand-chose à dire, mais elle avait mentionné un garçon plus âgé qui, selon elle, lui avait manifesté un intérêt inhabituel un an plus tôt. Le gamin, Javier Lopez, était parti à l'université peu de temps après avoir courtisé Holmes, bien qu'elle lui ait dit qu'elle n'était pas intéressée. Rien dans le dossier n'indiquait que quelqu'un avait donné suite à cette piste.

« Frank, j'ai regardé ça trois fois. Craven nous a baratinés. Il n'était pas à Panera. »

« Et là où il vit, il n'y a pas de portail. »

« Je me suis toujours demandé si les criminels prenaient ça en compte. »

« S'ils étaient malins, ils le feraient, mais en général, ils ne le sont pas. » Je me suis levé. « Je vais aller le voir. »

J'ai tendu le dossier Holmes à Derrick. « Rends-moi un service et enquête sur ce gamin, Javier Lopez. On dirait que personne ne lui a parlé. Il essayait de sortir avec Holmes, mais elle l'a repoussé. »

« Je vais vérifier auprès de Gesso. Si aucun contact n'a été établi, je le retrouverai. »

UN CAMPING-CAR IMPRESSIONNANT ÉTAIT GARÉ À DEUX parcelles de la maison de Craven. Il m'a rappelé un modèle que j'avais vu dans un magazine. Des gens vendaient leur maison et achetaient des mobil-homes qui disposaient de tout le confort moderne. Ce n'était pas pour moi, mais l'idée de ne pas avoir à payer de taxes foncières était séduisante.

Craven avait les yeux injectés de sang. Il s'est raidi en me voyant. « Qu'est-ce qui se passe ? »

« Tu as menti. »

« Qu'est-ce que tu veux dire ? »

« Tu n'es pas allé à Panera. »

« J-j-j'ai dû me mélanger les pinceaux ou un truc du genre. Rappelle-moi encore quelles étaient les dates. »

« Mardi dix mai. »

Il a gratté sa barbe naissante. « Ah ouais, j'étais à la pêche. »

« Sans canne à pêche ? Écoute, mets tes chaussures. Tu viens avec moi. Je vais laisser ton agent de probation... »

« Oh, allez, mec. J'ai rien fait à personne. »

« Où est-ce que tu étais ? »

Ses épaules se sont affaissées. « À Key West. »

« Quand ? »

« Je suis parti lundi après-midi. »

« Tu y es allé en voiture ? »

« Non, j'ai pris le ferry à Fort Myers. Je peux te retrouver le reçu. »

« Quand es-tu rentré ? »

« Je suis allé voir ma sœur. »

« Je le découvrirai de toute façon, alors tu ferais mieux de me dire quand tu es rentré. »

« J'étais censé revenir, j'avais un billet pour mercredi, mais ma sœur, elle était vraiment malade, elle vomissait et tout. »

« Quand es-tu revenu ? »

Il a marmonné : « Jeudi soir. »

« Et tu as menti parce que tu ne t'es pas déclaré dans le comté de Monroe ? »

Il a hoché la tête.

Ils avaient quarante-huit heures pour se déclarer. Obtenir la vidéo du ferry serait facile. « Montre-moi les billets, et je parlerai à ta sœur. Si ça colle, je te laisserai tranquille. »

« Oh, mec. C'est vrai ? »

« Je vais te garder à l'œil. Si tu grilles ne serait-ce qu'un stop, ton agent de probation sera au courant de ton voyage. »

« Compris, mec. Attends, je vais chercher les billets. »

J'ai empoché les billets, j'ai pris les coordonnées de sa sœur et je suis parti. En m'engageant sur la Route 41, j'ai entendu la radio cracher : « Dix Trente-deux. Dix Trente-deux. »

Un homme armé.

« Toutes les unités à proximité du 111 Ozark Lane sont demandées. »

L'adresse a fait tilt. Un gros tilt. J'ai pris la radio, allumé la sirène et appuyé à fond sur l'accélérateur.

CHAPITRE VINGT-SEPT

Sɪʀèɴᴇ ʜᴜʀʟᴀɴᴛᴇ, ᴊ'ᴀɪ ꜰɪʟé à ᴛᴏᴜᴛᴇ ᴀʟʟᴜʀᴇ ꜱᴜʀ Oᴢᴀʀᴋ Lᴀɴᴇ. Ma mémoire ne m'avait pas fait défaut : l'adresse était celle de Bernie Lyle. À quelques maisons de là, la scène est devenue nette : un homme frappait à la porte d'entrée de son poing gauche. Dans sa main droite, il tenait un pistolet.

En me garant sur le bas-côté, j'ai longuement appuyé sur le klaxon. Ça n'a eu aucun effet. J'ai sorti mon revolver et ouvert la portière. Ramos continuait de hurler : « Sors de là, enfoiré ! »

« Monsieur Ramos ! Posez votre arme. »

Ramos a tiré un coup de feu en l'air.

« Monsieur Ramos, c'est l'inspecteur Luca. Posez votre arme ! »

Il s'est écarté de la porte et s'est dirigé vers une fenêtre.

« Félix. Les mains en l'air ! »

Alors qu'une voiture de patrouille pilait dans un crissement de pneus, Ramos a fait feu. La fenêtre de la façade a volé en éclats.

Me mettant à couvert derrière un bouquet de palmiers, j'ai tiré en l'air. « Ramos ! Lâchez-la, ou je tire. »

J'ai pointé mon arme sur Ramos au moment où il se retournait. « Vous ! Vous avez laissé filer ce salaud ! »

« Ce n'était pas Lyle, nous l'avons innocenté. Il avait un alibi en béton. »

Le pistolet est tombé de sa main. Me précipitant vers lui, j'ai repoussé l'arme d'un coup de pied et j'ai projeté Ramos au sol.

La télévision était allumée. Mary Ann est venue à ma rencontre à mi-chemin dans le couloir. « Je suis désolée que tu aies eu une si mauvaise journée. »

« C'était dur, mais ça va. »

« Tu veux un verre de vin ? »

« J'en ai bien envie, mais si j'en bois un, je vais m'endormir. »

« Je n'arrive pas à y croire. Ramos a pété les plombs. »

« Un violeur, c'est comme un volcan qui sème la destruction partout où il passe. »

« Je sais. On se concentre sur la victime, et c'est tout à fait normal, mais comme n'importe quel crime, ça affecte aussi son entourage. »

« C'est un sacré bordel. »

« Aux infos, ils ont dit que vous aviez innocenté l'homme qu'il poursuivait. »

« C'est exact. Je le plains, enfin, autant qu'on puisse l'être pour un délinquant sexuel de son espèce. Il va devoir quitter la ville, maintenant. Ce qui n'est pas une mauvaise chose, en soi. »

« J'espère qu'il ira en Russie. »

Un prédateur de moins, c'était une bonne chose, mais ça ne servait à rien de lui rappeler qu'il y avait un million de délinquants sexuels dans les rues. Et ça, c'était juste ceux qu'on connaissait.

« C'est la pire des crapules. Je dis ça comme ça... »

« Je sais ce que tu veux dire. Mais la pauvre fille qui a été violée, maintenant, son père est derrière les barreaux. »

« C'est on ne peut plus triste. Ce type était un marine. Il a perdu sa femme il y a sept ans, et maintenant sa fille. C'est déprimant. Pas étonnant qu'il ait craqué. »

« Prendre les choses en main n'a fait qu'empirer la situation, et de beaucoup. Il aurait dû se faire aider. »

« Les gens pensent qu'ils peuvent gérer ça tout seuls, tu sais. Surtout nous, les hommes. »

Ce n'était pas facile de parler de ses sentiments et de sa situation à quelqu'un. J'étais content de m'y être forcé. C'était peut-être le stress qui me rattrapait après ma rémission, mais la décision de devenir père m'avait paralysé. Avoir quelqu'un comme le Dr Bruno à qui parler m'avait sauvé la vie.

« Et où est-ce que cette connerie de macho l'a mené ? Maintenant, sa fille doit gérer ça en plus ? »

« J'espère qu'ils seront indulgents avec lui. »

« Il a tiré dans une maison. Il aurait pu tuer quelqu'un. »

« Je sais, mais tu sais quoi ? Je suis crevé, je ne peux plus parler de ça. »

« Je suis désolée. Tu veux manger quelque chose ? »

J'ai secoué la tête. « Derrick a pris deux burritos, et j'ai l'estomac barbouillé. »

« D'accord. Va te changer pour te détendre un peu. »

MARY ANN RONFLAIT DOUCEMENT. IL ÉTAIT TEMPS DE DIGÉRER les événements de la journée. Aussi fou que cela puisse paraître, il était facile de comprendre ce que Ramos avait fait du point de vue d'un père. Sa petite fille avait été violée de la manière la plus ignoble qui soit.

Ce qu'il avait fait était irrationnel, ne faisant qu'empirer les choses pour elle. Sa colère et sa frustration l'avaient poussé à agir. Les marines étaient formés pour être stoïques, mais cela ne signifiait pas qu'ils étaient dépourvus d'émotions.

Le plus dur pour n'importe qui, marine ou non, était de se sentir impuissant quand un être cher était en danger.

Ramos avait fait une erreur, blessant la personne qu'il pensait aider. Il en paierait le prix, mais j'espérais que son avocat pourrait négocier une reconnaissance de culpabilité, limitant sa peine de prison. Accepter une thérapie pour gérer sa colère pourrait aider. Les aspects juridiques ne dépendaient pas de moi. Tout ce que je pouvais faire, c'était espérer un arrangement qui ménagerait Lisa Ramos.

Mais quoi qu'il arrive au tribunal, mon travail était d'apporter un semblant de justice à une femme qui avait plus souffert que quiconque ne devrait jamais le faire.

Chaque piste que nous suivions se heurtait à une impasse. En essayant de trouver un moyen d'avancer, je me suis laissé glisser dans le sommeil.

Le *bzzztt* de mon portable en mode vibreur m'a réveillé. Je l'ai attrapé. C'était Gesso. « Allô ? »

« Frank, désolé d'appeler si tard, mais les Holmes ont reçu un appel de quelqu'un qui dit avoir leur fille. »

CHAPITRE VINGT-HUIT

En roulant sur Livingston Road, il était difficile de ne pas penser à Lisa Ramos. Le viol avait eu lieu dans un parc près de cette artère principale. C'était la même route où Debbie Holmes avait été vue pour la dernière fois. J'ai tourné dans Briarwood pour rejoindre Tivoli Lane.

Deux voitures de patrouille étaient garées devant la maison des Holmes. C'était la première fois que j'entrais dans ce quartier résidentiel. Un agent était sur son téléphone devant les doubles portes d'entrée blanches de la maison. Malgré la raison de ma présence, j'ai estimé la valeur de la demeure.

Après une pause de dix ans, l'immobilier était de nouveau le sujet de conversation numéro un à Naples. En tenant compte de la hausse rapide des prix, je l'ai estimée à neuf cent mille dollars au moment où un agent m'a ouvert la porte.

Il était tard, et le carrelage beige absorbait la lumière. J'ai senti une odeur de café tandis qu'il me conduisait à la cuisine.

Les époux Holmes tenaient des tasses à la main. Je me suis présenté et le mari s'est levé. « Je suis Fred Holmes, et voici ma femme, Laura. »

D'allure athlétique, M. Holmes me dominait de toute sa

hauteur. Des cicatrices parcouraient ses deux genoux. Basket universitaire ? Nous nous sommes serré la main. « Ravi de vous rencontrer. »

Sans maquillage, Laura Holmes a esquissé un rapide sourire avant de dire : « Je vous ai vu aux informations. »

J'ai haussé les épaules. « Je ne fais que mon travail, Madame. Maintenant, parlez-moi de cet appel. »

Sa voix s'est brisée. « On commençait à perdre espoir, vous savez... »

M. Holmes a posé la main sur son épaule. « Assieds-toi, chérie. » Il s'est tourné vers moi. « C'est moi qui ai reçu l'appel. »

« Sur votre portable ? »

« Non, la ligne fixe. »

De moins en moins de gens en avaient.

« Avez-vous l'affichage du numéro ? »

« Non. »

« Combien de temps a duré l'appel ? »

« Une minute, au maximum. »

Aucun moyen de le tracer.

« Dites-moi tout ce qu'il ou elle a dit. »

« C'était un homme. Il a demandé si j'étais M. Holmes. J'ai dit oui, et il a dit qu'il avait Deborah et qu'elle serait libérée si nous payions cent mille dollars. J'ai accepté. Puis il a dit qu'il me laissait une journée pour réunir l'argent et qu'il rappellerait demain avec les instructions. Je lui ai demandé comment allait Debbie, mais il a raccroché. »

« Est-ce que Deborah est le prénom officiel de votre fille ? »

« Oui, mais personne ne l'utilise. Même pas dans la famille. »

« Y avait-il quelque chose en fond sonore qui pourrait indiquer d'où il appelait ? »

« Non, mais on aurait dit qu'il était dans un tunnel ou quelque chose comme ça. »

« Était-il jeune ou vieux ? »

« Je dirais jeune, mais avec une voix grave et une sorte d'accent britannique. »

« Est-ce que vous ou votre fille connaissez quelqu'un qui parle comme ça ? »

« Non. Mais j'ai déjà entendu cet accent. Je n'arrive juste pas à le situer. Ce n'est ni australien ni anglais, cependant. »

« A-t-il précisé à quelle heure il rappellerait ? »

« À trois heures. Que doit-on faire ? Il faut qu'on ramène Debbie à la maison. »

« Avez-vous les moyens de payer la rançon ? »

« Je ferai ce qu'il faut pour avoir l'argent. Si cent mille dollars la ramènent à la maison, je serai heureux de les payer. »

« C'est beaucoup d'argent. »

« Je l'obtiendrai. Ne vous en faites pas. »

« D'accord, mais je ne paierais pas tant que nous ne serons pas sûrs que la personne qui a appelé la détient et qu'elle va bien. »

Il m'a regardé comme s'il venait de lire une clause de non-responsabilité d'un géant de la tech. « Que voulez-vous dire ? »

« Nous devons être prudents ; ça pourrait être une arnaque. »

« Vous voulez dire qu'il n'a pas Debbie ? »

Mme Holmes s'est écriée : « Oh non ! »

« S'il vous plaît, ne nous emballons pas. Tout ce que j'essaie de dire, c'est que nous devons y aller doucement... »

« Doucement ? Ça fait huit jours qu'elle a disparu ! »

« Je parlais de la demande de rançon. En général, surtout avec de grosses sommes d'argent, le protocole exige une preuve qu'ils détiennent l'otage et qu'il ou elle est en bonne santé avant de payer. »

« Je comprends. Vraiment. On veut juste que Debbie rentre à la maison, et je ne sais pas quoi faire. »

« Je comprends. Je suis père d'une fille et je compatis en tant que parent, mais nous devons garder à l'esprit que c'est potentiellement une arnaque. C'est tout ce que je dis. »

« C'est la deuxième fois que vous dites ça. Vous savez, c'est drôle, il y a quelques jours, vos collègues nous disaient qu'il n'y avait aucune preuve de son enlèvement, aucun contact ni demande de rançon. Maintenant qu'on en a une, vous n'y croyez pas ? »

« Reprenons depuis le début. Je suis sorti de mon lit pour être ici. Ce n'est pas une plainte ; c'est mon travail. Et je le prends au sérieux, y compris l'appel que vous avez reçu. Nous devons travailler ensemble. C'est logique ? »

Holmes a hoché la tête. « Ouais, je suppose que je suis trop à cran. »

« Je comprends. Nous voulons tous les deux que Debbie rentre à la maison, là où est sa place. Nous devons juste être sûrs que celui qui appelle la détient vraiment. »

« Que suggéreriez-vous ? »

« Qu'il vous la passe. »

« Et s'ils refusent ? Alors, quoi ? »

« Nous devrions insister. De cette façon, nous saurons qu'elle va bien. »

« Je ne veux pas énerver ces gens. Et s'ils refusent ? »

« Il faut qu'ils nous disent quelque chose qu'un arnaqueur ne pourrait pas savoir. »

« Comme un secret de famille ? »

« Ça pourrait être ça. »

Mme Holmes a dit : « Elle a une tache de naissance sur la fesse. Ça ressemble à un lapin. »

« C'est parfait. »

« Vous croyez ? »

« Oui. Maintenant, préparons un plan pour l'appel de demain. »

CHAPITRE VINGT-NEUF

Derrick est arrivé chez les Holmes à neuf heures. Il allait faire écouter différents accents à M. Holmes pour voir si nous pouvions réduire un nombre apparemment infini de suspects.

Nous avoir tous les deux là-bas toute la journée, c'était un gaspillage d'effectifs. Rester planté là à attendre était quelque chose que mon corps ne tolérait pas bien. Être dans la maison avec mes deux parents était trop dur à supporter, et il y avait du pain sur la planche concernant l'affaire Ramos.

Derrick a confirmé le voyage de Craven à Key West. Il était rayé de la liste, ce qui voulait dire que nous n'avions quasiment rien. Blanco était un autre menteur, mais personne à qui nous avions montré sa photo n'avait pu le situer près du lieu de la tentative de viol. Je ne pouvais pas l'écarter totalement. Il fallait revenir aux fondamentaux.

Il m'a fallu quinze minutes pour arriver à Bamboo Drive. Jorge Blanco vivait à environ quatre cents mètres après LowBrow Pizza. Aucune des maisons n'avait de caméras. C'était décevant, mais il y avait un bon côté.

L'odeur de la pizza m'a mis l'eau à la bouche. Le t-shirt

maculé de farine, le gamin derrière le comptoir m'a reconnu. « Salut, comment ça va ? »

« Bien. »

« Je te sers quoi ? »

« Une pizza margherita. Bien cuite. »

« Ça marche. »

« J'ai besoin de vérifier tes enregistrements de surveillance extérieure du dix mai. Il y a peu de chances, mais ça filme le carrefour de la 41. »

Il a glissé une pizza dans le four et a dit : « Pas de problème. Johnny est dans l'arrière-boutique. Il va s'en occuper pour toi. »

Ça n'a pris que dix minutes, mais la voiture sentait la pizza, et c'était divin.

Jim Haney avait appelé suite à l'appel à témoins. C'était le premier de mes deux arrêts avant de me rendre chez les Holmes. Haney ressemblait à un U couché. Il devait souffrir d'une maladie de la colonne vertébrale.

« Monsieur Haney, vous avez contacté la ligne d'assistance concernant le viol à North Collier. »

« Oui. Qu'est-ce qui vous a pris tant de temps ? »

« Nous devons établir des priorités, et vous avez affirmé avoir vu une femme. »

« C'était une femme. »

« Vous en êtes certain ? Ça aurait pu être un homme déguisé en femme ? »

« Je sais ce que j'ai vu. Elle avait des seins et tout le tralala. Ce n'était pas un déguisement. »

Il a décrit ce à quoi elle ressemblait. Je l'ai remercié d'avoir appelé et je suis retourné dans la voiture. Ce n'était pas facile de ne pas toucher à la pizza, mais je ne pouvais pas débarquer chez les Holmes avec de la sauce sur ma chemise.

La prochaine visite serait aussi rapide. Bruce Noon avait appelé à la suite de presque tous les appels à témoins que nous avions lancés. Noon vivait dans un minuscule appartement à

Wild Pines. Ses yeux se sont illuminés. « Inspecteur Luca ! Je veux dire, comment allez-vous ? Vous attrapez des méchants ? »

« Bonjour, Bruce. Tout va bien. Je voulais vous interroger sur votre appel à la ligne d'assistance concernant le viol à North Collier Park. »

« Euh, je, euh, ah oui. Je me souviens. Vous voyez, il y avait cet homme ; il était flippant. Je l'ai vu là-bas. »

« Qu'est-ce que vous faisiez là-bas ? »

« Je rendais visite à quelqu'un qui habite là. »

C'était la même chose qu'il disait à chaque appel. « Je vois. »

« Pourquoi êtes-vous allé au parc si vous rendiez visite à quelqu'un ? »

« Ils ont le raccourci. Ils habitent à Wilshire Lake. C'est super cool d'être connecté au parc. »

Peut-être qu'il avait vraiment vu quelque chose. « Dites-moi ce que vous avez vu. »

« Eh bien, j'ai vu ça aux infos... Je regarde *WINK*. J'aime beaucoup. Vous regardez ? »

« Oui. S'il vous plaît, dites-moi... »

« Ah oui, donc, je vous ai vu à la télé. » Il a souri. « Vous étiez sur votre trente et un. »

« Qu'avez-vous vu ? »

« Eh bien, genre, quand je vous ai vu, j'ai commencé à essayer de me rappeler si j'avais vu quelque chose. Vous me connaissez. J'aime aider la police. »

Ce n'était pas de l'aide. « Nous apprécions. »

« C'était une femme ? »

« Non, un homme. Il était, genre, grand comme ça. » Il a levé la main une dizaine de centimètres au-dessus de sa tête.

« À quoi ressemblait-il ? »

« Je ne sais pas, plutôt normal. »

Mon portable a vibré. Derrick voulait savoir où j'étais. « Il va nous falloir plus que ça. »

« C'est difficile de le décrire. Si je pouvais travailler avec un de ces portraitistes de la police, on pourrait obtenir quelque chose et attraper ce type. »

Nous avions déjà gaspillé des ressources en suivant cette piste avec Noon deux fois auparavant. « Je vais vérifier les disponibilités. Quand vous avez vu cet homme, à quelle distance était-il ? »

« Pas si loin. »

« Où était-il ? »

« Un peu, genre, près du début de la promenade en bois. Et vous savez, je viens de me souvenir ; il y avait cette dame. Juste après que je l'ai vu, elle est passée à côté de moi... »

Ramos n'avait pas mentionné s'être trouvée de ce côté-là du parc. « C'était cette femme ? »

Il a tenu mon téléphone. « Non. Je ne crois pas. Le soleil, je l'avais dans les yeux et c'était difficile de voir. »

« Pouvez-vous me donner les coordonnées de la personne à qui vous rendiez visite ? »

« Pourquoi ? Ils n'étaient pas dans le parc. »

« Allons, Bruce. Vous savez que la police a des protocoles à suivre. »

CHAPITRE TRENTE

La boîte à pizza était encore chaude. Je l'ai passée à Derrick. Il a dit : « Merci. Foyle n'a pas pu affiner plus que ça sur l'accent, si ce n'est que ce n'était pas de l'anglais britannique. »

« Comment vont-ils ? »

Il a baissé la voix. « Ils sont au bout du rouleau. »

« Putain, c'est moche. »

En passant devant la cuisine, j'ai aperçu les Holmes. Ils étaient assis dans le séjour, le regard fixé sur le téléphone posé sur la table basse.

« Comment allez-vous aujourd'hui ? »

M. Foyle s'est levé. « Vivement quatorze heures. »

« J'ai pris des pizzas, si ça vous intéresse. »

« Non, je ne peux rien avaler. »

« Moi non plus. »

« D'accord. Je serai dans la cuisine. »

Derrick arrachait des feuilles d'un rouleau d'essuie-tout. « T'as trouvé quelque chose sur Blanco ? »

Son flair de détective était affûté. « T'as déduit ça de la pizza ? »

« Ben ouais, elle vient de chez LowBrow. »

« Il faut qu'on l'innocente ou qu'on le désigne comme suspect. J'ai un DVD dans la voiture qui montre l'intersection. Ce n'est pas infaillible, mais s'il est sorti de chez lui, le chemin le plus direct vers la 41 passe devant LowBrow. »

Il a plié une part et a croqué dedans. « Bien vu. »

« Je me suis arrêté pour parler à un certain Jim Haney qui avait appelé, mais ce n'était rien. Je suis aussi allé voir notre pote Bruce Noon. »

« Comment il va ? »

« Toujours la même histoire ; il rendait visite à quelqu'un et il a vu quelque chose. »

« Il devrait changer de disque. »

« Ouais, mais il a dit avoir vu un homme au même endroit que le gamin. »

« Près de la promenade ? »

« Ouais. Ça pourrait être un coup de chance, parce qu'il a aussi vu une femme là-bas. »

Derrick a souri. « Il ratisse large. »

À quatorze heures moins dix, le téléphone a sonné. Holmes m'a regardé. « Vous pensez que c'est lui ? »

« Restez calme et répondez. »

Holmes a inspiré et a décroché. « Allô. »

Il a secoué la tête et a dit : « Ça ne m'intéresse pas. Au revoir. »

« Un type en Inde qui essaie de me vendre une extension de garantie pour ma voiture. Pourquoi le gouvernement ne fait rien contre ça ? »

C'était une excellente question. « Ne vous en souciez pas pour l'instant… »

Le téléphone a de nouveau sonné. Holmes a répondu. « Allô. C'est une blague ? Laissez-moi tranquille. »

Il a raccroché. « Le même putain de type. »

« Incroyable. Vous imaginez le type qui passe tous ces… »

Le téléphone a de nouveau carillonné. Holmes a dit : « Si je rate l'appel, je jure que je retrouve ce type et que je l'étrangle. »

« Répondez. »

« Oui ? C'est moi. D'accord. » Il a mis la main sur le combiné. « Trouvez-moi un stylo et du papier. »

Derrick lui a tendu son bloc-notes et son crayon.

Holmes a parlé dans le combiné. « D'accord. Je suis prêt. » Il a écrit deux lignes et a dit : « C'est noté. Oui. Je peux le faire. »

J'ai chuchoté : « Dites-lui que vous voulez parler à votre fille. »

Holmes a dit : « Je veux parler à Debbie. Attendez... Allô ? Allô ? »

« Il a raccroché. »

M. Holmes m'a tendu le bloc-notes de Derrick. Il avait griffonné deux longues séries de chiffres : la First Caymanian Bank et Robert Smith.

« Il veut que l'argent soit viré aux îles Caïmans ? »

« C'est ce qu'il a dit. » Holmes a montré le premier numéro. « C'est le numéro de compte, et ça, c'est le code de routage. »

« Son nom était Robert Smith ? »

« Je suppose, mais il ne l'a jamais dit. »

« A-t-il dit autre chose ? »

« Non. C'est tout. Juste de virer l'argent, et que ça devait être fait aujourd'hui. »

Mon estomac s'est noué. « Ça ne me plaît pas. »

« Moi non plus, mais je veux retrouver ma fille. »

« Je comprends, mais nous ne savons même pas si cette personne la détient. »

Derrick a dit : « Il est inhabituel pour un ravisseur de demander un virement bancaire. »

La femme de Holmes a dit : « Pas dans le monde d'aujourd'hui. Ils pourraient le transformer en cette monnaie électronique ou quelque chose comme ça, pour qu'on ne puisse pas le tracer. »

C'était une théorie, mais la partie sur l'impossibilité de tracer l'argent numérique était fausse. Les fédéraux pouvaient le retrouver et le récupérer s'ils le voulaient. « C'est peut-être le cas, mais nous ne savons toujours pas s'ils ont votre fille. »

Elle a reniflé. « Qu'est-ce qu'on est censé faire ? Si on ne paie pas, on ne saura jamais. »

Son mari a dit : « On perd du temps. On a moins de deux heures. »

« Vous prenez un risque énorme en payant, Monsieur Holmes. »

« Peut-être, mais je prends le risque qu'ils l'aient et qu'ils lui fassent quelque chose si on ne paie pas. »

« Je comprends. Accepteriez-vous d'envoyer la moitié de l'argent maintenant et l'autre moitié une fois que nous saurons qu'ils la détiennent et qu'elle va bien ? »

Il a regardé sa femme et a dit : « Tu penses que ça va les énerver ? »

« Peut-être, mais s'ils l'ont, ils prendront les cinquante et sauront qu'ils auront le reste. »

« J'ai peur que ça ne les... »

« Vous pouvez préparer les deux virements. Demandez à la banque de vous donner un document prouvant qu'ils sont programmés. »

« D'accord, d'accord. Allons-y. » Il s'est tourné vers sa femme. « Chérie, reste ici. »

« Non, je veux venir. »

« Et s'il rappelle ? »

« Qu'est-ce que je dirais ? »

« Ce n'est rien, Madame. Derrick va vous tenir compagnie pendant que nous serons à la banque. »

« D'accord, d'accord. »

J'ai brandi le carnet. « Derrick, prends ça en photo et contacte les fédéraux. D'après ce que je sais, les îles Caïmans ont des lois sur le secret bancaire parmi les plus strictes au monde. »

Il en a pris deux clichés et a dit : « Bonne chance. »

S'en remettre à la chance était la pire des stratégies. Mais il était impossible de raisonner un parent d'enfant kidnappé. Tous les parents, y compris celui-ci, étaient susceptibles d'être manipulés lorsqu'il s'agissait de la sécurité de leur famille.

En montant dans ma voiture, j'ai murmuré une prière silencieuse pour les Holmes.

CHAPITRE TRENTE ET UN

EN RENTRANT EN VOITURE CHEZ LES HOLMES, IL M'ÉTAIT impossible de ne pas me livrer à un véritable ping-pong mental. Cent mille dollars, c'était une somme colossale. Envoyer ça aux îles Caïmans sans preuve, c'était comme acheter un billet de loterie. C'était une erreur.

D'un autre côté, quel parent ne prendrait pas tous les risques lorsque le bien-être de son enfant était en jeu ? Il fallait bien faire quelque chose.

J'ai pensé à Felix Ramos. Les circonstances étaient totalement différentes, et pourtant il y avait des parallèles ; le sentiment d'impuissance submergeait toute forme de bon sens. Ramos était derrière les barreaux ; Holmes n'avait enfreint aucune loi, mais si cela échouait, lui et sa femme vivraient leur propre enfer.

Derrick est sorti après que M. Holmes est rentré. « Comment ça s'est passé ? »

« Trop facile. Pouvoir déplacer de l'argent comme ça, ça fait peur. »

« Il a envoyé la moitié ? »

« Ouais. Espérons qu'on aura à envoyer le reste. »

« Amen. »

« Tout est calme, ici ? »

« Ouais. Je m'en veux, mais être avec elle est stressant. »

« Attendre sans savoir, c'est dur. »

« Ça, c'est sûr. »

« Mettons ce temps à profit. » J'ai sorti mon carnet. « Essaie de retrouver cette femme. Noon a dit qu'il était chez elle le dix mai. Je vais au bureau pour vérifier la vidéo de LowBrow. »

Il a froncé les sourcils.

« Qu'est-ce qui ne va pas ? »

« Je commence à en avoir marre de… laisse tomber. »

« Non. Dis-moi. »

« Toi, tu cours partout, et moi, je suis coincé à faire le baby-sitter. »

« Je suis désolé, mais c'est moi qui dirige l'enquête et… »

« Laisse tomber, mec. » Derrick s'est retourné et est rentré dans la maison.

Nous avions deux affaires à gérer, et mon coéquipier faisait un caprice ?

RENVERSANT LA TÊTE EN ARRIÈRE, J'AI MIS UNE GOUTTE DE sérum physiologique dans chaque œil. J'ai cligné des yeux, puis je me suis massé la nuque. L'horodatage de la vidéo indiquait 5 h 48. Pas de signe de Blanco. J'ai appuyé sur Lecture et je me suis penché vers l'écran.

Le carrefour était au loin, ce qui rendait les voitures petites et les plaques d'immatriculation encore plus petites. Blanco conduisait une Passat bleu clair. Pas la couleur ni la marque japonaise que le type au bateau miniature avait dit avoir vue garée bizarrement. Mais tout devait faire l'objet d'un suivi.

Alors qu'un pick-up apparaissait à l'écran, mon esprit a dérivé vers Derrick. Il en conduisait un. J'adorais ce type, mais j'étais le patron. Il le savait. Le problème venait-il du fait que nous étions devenus de bons amis ? Est-ce que ça rendait les frontières floues ?

Une voiture est apparue. J'ai mis la vidéo en pause. Elle ressemblait à celle de Blanco. En zoomant, la plaque entière n'était pas visible. Mais elle commençait par PTT. Tout comme celle de Blanco.

L'horodatage était de 6 h 09. Il fallait bien vingt minutes pour aller à North Collier Park. C'était juste, ce qui laissait peu de temps pour chercher une victime. Mais le parc n'était pas bondé ce soir-là.

Le portail du service d'immatriculation n'indiquait aucune autre Passat dont le numéro de plaque commençait par PTT. Blanco avait des comptes à rendre.

Derrick a répondu à la troisième sonnerie. « Salut. »

« Salut, tout va bien par là-bas ? »

« Ouais. »

« Tu as vérifié ce que Noon a dit ? »

« Ouais. »

« Et ? »

« Il était avec eux. »

« Waouh. Noon n'a pas inventé ça, cette fois. »

« Non. »

« On devra peut-être lui trouver un portraitiste pour travailler avec lui. »

« Comme tu voudras. »

« Qu'est-ce que ça veut dire ? »

« Rien. »

« T'es sûr ? »

« Oui. »

« D'accord. Écoute, je voulais te dire, Blanco a quitté sa maison le soir du viol de Ramos. »

« D'accord. »

« Ça va ? »

« Ouais. »

« Je vais le voir. »

« D'accord. »

Était-il possible qu'un homme de quarante-deux ans se transforme en un ado de seize ans en l'espace d'une heure ?

« Tiens-moi au courant s'il y a du nouveau avec les Holmes. »

« Oui, chef. »

Son sarcasme était à couper au couteau. « Allez, arrête. »

« Je dois te laisser. Le téléphone sonne. »

« Tiens-moi au courant... » Il a raccroché.

Avant de me présenter à sa porte, j'ai appelé Derrick pour savoir s'ils avaient eu des nouvelles. Je suis tombé sur sa messagerie vocale. Était-ce bon signe ?

Blanco est venu à la porte, un casque sur les oreilles. Il a marqué une pause avant de dire : « Inspecteur Luca, il y a un problème ? »

« Vous m'avez menti. »

Il a agité les mains. « Non, non. Ce n'est pas vrai. Je ne sais pas de quoi vous parlez. »

« Vous m'avez dit que vous étiez chez vous le soir du dix mai. »

Nouvelle pause. « C'était un mardi, c'est ça ? »

« Oui. »

« J'étais chez moi. Je ne sors pas beaucoup. Si je sors, c'est généralement le week-end. »

« Vous avez quitté votre maison ce soir-là. J'ai une vidéo de LowBrow ; vous avez pris la 41 avec votre voiture quelques minutes après six heures. »

Il s'est balancé sur la pointe des pieds. « Oh-oh. Je suis allé chercher un sandwich chez Publix. »

« Vous n'êtes jamais revenu. »

« Si. Je suis rentré directement, genre, vingt minutes après. »

« Pas d'après la caméra de surveillance de LowBrow. »

« Je suis revenu par River Road. C'est plus rapide par là. »

Y avait-il une caméra quelque part qui aurait filmé son retour ? « Je vous donne une dernière chance de changer votre version, parce que je vais la vérifier. Publix a plein de caméras. »

« C'est la vérité. »

« Vous avez payé le sandwich par carte de crédit ? »

« Non. En liquide. Ça coûtait quelque chose comme huit dollars, et je n'ai rien pris d'autre. »

« Si vous mentez, je ferai en sorte que vous ne sortiez jamais de prison. »

Blanco est resté sur le pas de la porte alors que je m'éloignais du trottoir en voiture. Il était impossible de voir si l'une des maisons le long du chemin par lequel Blanco disait être rentré avait un équipement de surveillance.

Un bâtiment indépendant, qui abritait une agence immobilière, se trouvait à l'angle de River Road et de la Route 41. Son parking était vide. Des caméras pendaient aux deux coins du bâtiment. Une pancarte manuscrite était collée sur la porte. L'agence était fermée pour une sortie d'entreprise, commémorant le dixième anniversaire de la société.

Pourquoi Derrick n'avait-il pas rappelé ? Le Publix le plus proche était à Kings Lake. Je m'y suis dirigé et j'ai appelé mon coéquipier.

« Salut, comment ça va ? »

« Bien. »

« C'était quoi cet appel ? »

« Un appel automatisé. »

« Merde. Pas de nouvelles du gamin ? »

« Non. »

« Tu vas continuer à répondre par monosyllabes ? »

« Il n'y a rien à signaler. »

« Ça ne me plaît pas. S'ils ont le gamin, qu'ils le prouvent. »

« Ouais. »

Un autre appel est arrivé. « Je dois te laisser. C'est Gesso. »

« Quoi de neuf, sergent ? »

« Les fédéraux ont tracé l'argent de la rançon. »

CHAPITRE TRENTE-DEUX

L'ACCENT DE L'HOMME QUI AVAIT APPELÉ HOLMES PRENAIT TOUT son sens. « Putain, tu déconnes, j'espère ? »

Gesso a dit : « J'aimerais bien. L'argent est arrivé sur le compte aux Caïmans et a été transféré au Nigeria quelques minutes plus tard. »

« Les salauds ! Et on ne peut rien faire, c'est ça ? »

« Apparemment. Ils ont dit qu'il n'avait pas été facile de leur faire admettre que l'argent était parti au Nigeria. »

« C'est une putain d'arnaque, et le secret bancaire leur permet de s'en tirer. »

« Ça n'aide pas, en effet. »

« Quelle bande de crapules, à s'en prendre aux Holmes comme ça ! »

« Parfois, c'est un monde de merde, Frank. »

« Tu l'as dit. »

« Tu vas le dire aux Holmes ? »

« Derrick est avec eux. »

« D'accord. Je dois te laisser. »

Alors que j'allais appeler mon coéquipier, je me suis arrêté. Allait-il s'énerver s'il devait se coltiner cette sale besogne ?

Annoncer les mauvaises nouvelles faisait partie du boulot. Il était sous mes ordres. Pourquoi cette hésitation à déléguer ?

Je me suis garé sur le parking du Publix. Ils coopéraient toujours rapidement. Le visionnage de la vidéo ne prendrait pas plus de dix à quinze minutes. Juste assez de temps pour réfléchir.

COMME UN SIGNE DU DESTIN, LE CIEL S'EST ASSOMBRI SUR LE chemin de la maison des Holmes. Blanco était hors de cause. Ça ne servait à rien de vérifier la vidéo de l'agence immobilière. Le temps que le sandwich de Blanco soit préparé et qu'il passe à la caisse, il était 18 h 39.

Blanco n'aurait pas pu arriver au parc à temps pour agresser Ramos. Nous n'avions rien. Et maintenant, nous devions décevoir les Holmes. Je me suis garé sur le bas-côté, à un pâté de maisons de chez eux. Annoncer une mauvaise nouvelle était difficile. Le faire quand on n'était pas dans les bonnes dispositions n'était bon pour personne.

En bombant le torse, j'ai essayé de soulager la tension qui me montait dans la nuque. Était-ce un boulot pour un plus jeune ? La retraite était dans quelques années, mais sans l'argent et la mutuelle, je serais déjà parti.

Abandonner en plein milieu d'une affaire n'était pas mon genre. Le moment venu, mon bureau serait aussi propre que possible dans le monde d'aujourd'hui. Derrick prendrait la relève. Ce serait lui le patron, et il s'étofferait dans ses nouvelles fonctions. Quelle que soit l'aide dont il aurait besoin, je serais là pour lui.

J'ai fait tourner ma tête pour étirer mon cou et je me suis dirigé vers la maison des Holmes. Arrivé devant, j'ai envoyé un texto à Derrick. Il est sorti. Je lui ai fait un pouce vers le bas et je l'ai rejoint à la porte.

« On dirait que les Holmes se sont fait arnaquer. »

« Bon Dieu ! »

« Je sais. Gesso a appelé, il a dit que l'argent avait transité des Caïmans au Nigeria. »

Il a secoué la tête. « Ces pauvres gens. »

« Je ne voulais pas que tu leur annonces seul. »

« Merci, mais je peux le faire. »

« Je sais que tu peux, mais je voulais... »

« J'ai compris. Le fait que tu sois venu me suffit amplement. »

Mes épaules se sont détendues. Était-ce une sorte de réconciliation ? « D'accord. » Il s'est retourné, et j'ai ajouté : « Attends une seconde. Blanco n'est pas notre violeur. On repart de zéro. »

« Cette merde ne devient jamais plus facile, hein ? »

« On l'aura. » C'est sorti avec assurance, mais c'était le soulagement de ne pas avoir à annoncer la mauvaise nouvelle aux parents.

Appuyé contre la voiture, j'ai essayé de déterminer la prochaine étape dans l'affaire Holmes. Ça sentait de plus en plus mauvais pour la gamine. Nous n'avions ni corps, ni mobile, ni suspect, donc ce n'était pas un homicide. Pas encore. Peut-être qu'elle était retenue prisonnière. Mais par qui ?

Mon esprit a dérivé vers l'affaire de Pine Ridge et les Miller. Le frère cadet avait subi une lésion cérébrale dans un accident de voiture et n'avait plus toutes ses facultés.

Bruce Noon m'est venu à l'esprit. Je ne savais pas ce qui n'allait pas chez lui, mais quelque chose clochait. J'ai sorti mon téléphone et appelé le labo. « Cecil, c'est Luca. »

« Salut, Frank. Comment ça va ? »

« J'ai connu des jours meilleurs. »

« J'ai entendu parler de l'arnaque à la rançon. »

Les mauvaises nouvelles voyageaient à la vitesse du son. Inutile de dire que je l'avais vue venir. « C'est dégueulasse, c'est clair. Écoute, j'ai un témoin potentiel avec qui j'aimerais faire travailler un portraitiste. »

« Bien sûr. Je peux organiser ça. Envoie-moi juste la paperasse. »

« Merci. » La paperasse. L'autre partie chiante du boulot qu'on ne voit jamais à la télé.

La porte d'entrée s'est ouverte. Derrick m'a fait signe de la main. « Il veut te parler. »

« Comment ça s'est passé ? »

« Pas bien. La femme est en pleine crise. Elle est partie s'allonger. »

M. Holmes faisait les cent pas dans le salon. « Qu'est-ce qu'on va faire, maintenant ? »

Bonne question. « Nous allons poursuivre l'enquête… »

« Poursuivre ? Et ça nous a menés où, putain ? Hein ? Dites-moi. Il y a quelque chose qui m'échappe ? »

« Nous sommes tous déçus, mais nous n'abandonnons pas. Nous suivons plusieurs pistes prometteuses. »

« Quelles pistes ? De quoi est-ce que vous parlez ? »

« Je ne peux pas en révéler beaucoup, mais nous avons iden-tifié plusieurs personnes d'intérêt. »

« Pourquoi personne n'a rien dit ? Qui sont ces gens ? Où est ma fille, bordel ? »

La phrase m'avait simplement échappé. C'était le genre de baratin que débitent les politiciens. Mais nous ne pouvions pas leur enlever tout espoir à ce stade.

« Dès que nous pourrons partager quelque chose, nous le ferons. »

« Combien de temps cela va-t-il prendre ? »

Derrick a dit : « Il est difficile de prédire quand une avancée va se produire. Mais nous mettons la pression. »

J'étais reconnaissant qu'il soit intervenu.

Les épaules de Holmes se sont affaissées. « J'ai le mauvais pressentiment qu'elle ne rentrera pas à la maison. »

Il n'était pas le seul. La mince chance qu'elle soit en vie s'amenuisait à chaque tic-tac de l'horloge. Que pouvait-on faire ?

Nous nous sommes regroupés près de ma voiture. J'ai expiré. « Quel putain de merdier. »

Derrick a dit : « On va mettre la pression sur le petit ami. »

Mon téléphone a vibré. « D'accord. » J'ai levé un doigt et décroché. « Qu'est-ce qui se passe, sergent ? »

Je me suis appuyé contre la voiture. « Merde. Envoie-moi l'adresse par texto. On y va tout de suite. »

« Qu'est-ce qu'il a dit ? »

« Une fillette de cinq ans a disparu. »

CHAPITRE TRENTE-TROIS

Roulant à vive allure sur Davis Boulevard, nous avons tourné pour entrer dans le Glen Eagle Golf and Country Club. La résidence était protégée par un portail. Une protection toute relative.

« Demande au gardien s'ils ont des caméras. Si elle a été emmenée en voiture, il nous faudra toutes les plaques d'immatriculation des véhicules qui sont sortis. »

Derrick a parlé à un homme âgé qui aurait eu du mal à aller jusqu'à sa boîte aux lettres. Un autre exemple de sécurité-spectacle. « Ils prennent des photos. »

« Bien. Allons-y. »

La maison des Schneider était une maison individuelle sur Lago Villaggio Way.

Derrick a dit : « Quel nom à rallonge pour une rue. »

« Les gens doivent en avoir marre de l'épeler. »

Une voiture de patrouille est apparue. Derrick s'est garé derrière elle. C'était l'une des quelques maisons du pâté de maisons qui avaient remplacé leurs tuiles en terre cuite par d'élégantes tuiles grises. Un lac, longeant l'arrière de la rue, était visible entre les maisons.

Chassant de mon esprit l'idée de devoir draguer le lac, nous sommes entrés. Six femmes suppliaient l'agent de sécurité de la résidence de faire quelque chose.

Me raclant la gorge, j'ai demandé : « Madame Schneider ? »

Le visage zébré de mascara, une femme d'une trentaine d'années aux cheveux blonds et courts s'est avancée. « Dieu merci, vous êtes là. »

Derrick a dit : « Je vais me joindre aux recherches. Parle à Madame Schneider. »

« Oui, s'il vous plaît, dépêchez-vous. »

J'ai dit : « Il nous faut une photo d'elle. »

Elle a pris une photo encadrée sur une crédence. La petite avait la même couleur de cheveux que Jessie. Je l'ai tendue à Derrick et je me suis tourné vers la mère.

« Racontez-moi ce qui s'est passé. »

« Quelqu'un a enlevé Mia. Elle était juste là, et puis elle a disparu. »

« Où étiez-vous quand elle a disparu ? »

« Elle était sur la véranda, et je suis rentrée, juste une minute. Je devais me changer. J'étais encore en tenue de sport, et Mia avait son cours de danse. »

« Et quand vous êtes ressortie, elle n'était plus là ? »

« Oui. J'ai cru qu'elle était dans la maison. J'ai cherché partout… Oh, je vous en supplie, retrouvez-la. »

« Combien de temps êtes-vous restée à l'intérieur ? »

« Genre, cinq, peut-être dix minutes. J'ai dû aller aux toilettes. »

« Montrez-moi où elle était la dernière fois que vous l'avez vue. »

Elle s'est dirigée vers les baies vitrées ouvertes. « Juste ici. Elle prenait le thé avec sa poupée. Elle le fait tous les jours. »

Le même service à thé que notre fille avait était disposé sur la table de la véranda. Je suis sorti sur la véranda. Une porte-moustiquaire menait à la pelouse, devant un lac long et étroit. La poignée de la porte semblait étrange.

« Est-ce que c'était cassé avant aujourd'hui ? »

« Oui, ça ne fonctionne plus depuis des mois. »

Je suis sorti sur l'herbe. Plusieurs maisons plus loin, le lac formait un coude et disparaissait de la vue. Une zone marécageuse sur la droite a attiré mon attention. Y avait-il des alligators dans l'eau ou dans la roselière ?

« Où est votre mari ? »

« Nous sommes séparés. »

« Pensez-vous qu'il aurait pu l'enlever ? »

« Non. John et moi, on s'entend bien. En plus, il est en voyage. Je crois qu'il est à New York. »

« Nous allons avoir besoin de ses coordonnées. »

« Je vous le dis, il ne ferait jamais une chose pareille. »

« Madame, je ne dis pas que c'est lui. Donnez-moi juste ses informations. »

Elle a secoué la tête et les a crachées.

« Avez-vous vu quelqu'un dehors ? Quelque chose qui sortait de l'ordinaire ? »

« Non. C'était une journée tout à fait normale. Je veux dire, les paysagistes étaient là plus tôt, mais c'était il y a, genre, des heures. »

« Personne d'autre ? »

« Non. Je n'ai vu personne. »

« Est-ce que votre fille s'est déjà éloignée toute seule ? »

« Mia est une gentille fille. Elle sait qu'elle ne doit pas parler aux inconnus. »

« Est-ce qu'elle s'est déjà éloignée toute seule ? »

« Non, pas vraiment. Je veux dire, une fois j'étais dans la cabine d'essayage chez Bealle's, et elle m'a fichu la peur de ma vie. Mais c'est tout, juste cette fois-là chez Bealle's. »

Il était impossible de ne pas penser à la cascade de coupons que le magasin utilisait pour attirer les clients. « Et ses amis dans le quartier ? Aurait-elle pu aller chez l'un d'entre eux ? »

« Les enfants du pâté de maisons sont plus âgés. Ils sont à l'école. »

J'ai sorti mon téléphone. « Sergent, j'ai besoin qu'on fasse décoller un drone aussi vite que possible. »

« Je m'en occupe. Autre chose ? »

« Il va nous falloir six ou sept officiers de plus pour procéder à un quadrillage. L'endroit est très ouvert. »

« D'accord, je vous envoie des voitures. Bonne chance. »

« Madame Schneider, appelez le club de golf. Dites-leur que votre fille a disparu. Demandez-leur d'envoyer des voiturettes de golf pour la chercher. Elle est peut-être perdue. »

« Pourquoi serait-elle sur le terrain de golf ? »

« Faites-le, c'est tout. »

Elle a passé l'appel, et je lui ai donné mon numéro de portable. « Appelez-moi quand les voitures de patrouille arriveront. Ou si vous avez des nouvelles. »

Rester sans rien faire n'était pas dans mon ADN. Surtout quand une enfant de cinq ans pouvait être en danger. En sortant, j'ai balayé le ciel du regard. Le drone se dirigeait vers nous. En priant silencieusement, je me suis dirigé vers une zone marécageuse remplie de roseaux hauts jusqu'à la poitrine.

Mary Ann dormait sur le canapé. J'ai éteint la télé et elle a bougé.

« Il est quelle heure ? »

« Neuf heures et demie. »

« Une sale journée, hein ? »

« Ouais, mais au moins, il y a une chose qui s'est arrangée. »

« Qu'est-ce qui s'est passé ? »

« L'histoire de rançon pour la fille des Holmes a été une grosse arnaque. »

« J'ai vu aux infos. Qu'est-ce qui s'est passé ? »

« Pour le virement, Dieu merci, il a écouté et n'a envoyé que la moitié de l'argent. Bref, il a été envoyé aux îles Caïmans, et dès qu'il est arrivé là-bas, il a été redirigé vers le Nigeria. »

« Beurk, pauvre famille. Comment les gens peuvent-ils se regarder dans une glace après avoir fait des trucs pareils ? »

« Juste une autre sorte de prédateur. Pas différente de n'importe quelle arnaque qui joue sur les sentiments. »

« Comme cette affaire où le père de Phil a envoyé de l'argent à quelqu'un qui prétendait être son petit-fils, pour payer une caution. »

« Exactement. Il doit bien y avoir une place spéciale en enfer pour ce genre de personnes. »

« Donc, on n'a rien sur la fille ? »

« Non. Ça ne sent pas bon. »

« Je n'ose pas imaginer ce qu'ils traversent. »

« Je sais. Aujourd'hui, on a répondu à un appel pour une petite fille de cinq ans disparue. »

« Oh non. »

« Elle a les cheveux blonds comme Jessie, et la petite a le même service à thé avec lequel Jessie jouait. Ça m'a donné des frissons. »

« Mais ça s'est bien terminé ? »

« Ouais, un garçon trisomique est passé. Il avait attrapé un poisson dans le lac et voulait le montrer, et ils se sont éloignés tous les deux. »

« Effrayant. Elle aurait pu être enlevée ou tomber dans le lac. Est-ce qu'ils ont des alligators là-bas ? »

Il valait mieux éviter de répondre. « La vie peut basculer en un clin d'œil. Tu te souviens de la fois où on était chez Marshall's, et j'essayais des baskets ? On a paniqué quand on n'a pas vu Jessie derrière le présentoir. »

« Si je m'en souviens ? La tension m'a fait vieillir de dix ans. »

« En parlant de tension. Il se passe un truc bizarre avec Derrick. Tout d'un coup, il rechigne quand je lui donne des ordres. »

« Vous êtes partenaires, vous partagez les responsabilités. »

« Oh, allez, tu sais bien que ça ne marche pas comme ça. C'est moi le chef d'équipe. C'est sur moi que Remin tape, pas sur Derrick. »

« Ce n'est pas de ça que je parle. Derrick sait que tu es le chef. Je parlais de la façon dont tu demandes... »

« Qu'est-ce que tu veux dire ? »

Elle a croisé les bras. « Frank, n'oublie pas qu'on a été partenaires nous aussi. J'ai dû te dire plusieurs fois que tu étais grossier... »

« Grossier ? Je ne suis pas grossier. »

« Est-ce que tu vas me laisser finir ? »

« Vas-y. »

« C'est la façon dont tu demandes à quelqu'un de faire quelque chose. Au lieu de lui ordonner, ou à n'importe qui d'ailleurs, sois gentil. Tout le monde a des sentiments... »

« Attends un peu ! J'essaie de retrouver un violeur et une gamine disparue, et je dois m'inquiéter de blesser les sentiments de mon partenaire ? C'est de la folie. Je suis crevé. Je vais me coucher. »

MES YEUX SE SONT OUVERTS D'UN COUP. JE ME SUIS RAIDI. C'était quoi, ça ? Un grattement ? Ou un bruit de levier ? D'un seul mouvement, j'ai basculé mes jambes hors du lit et j'ai empoigné mon revolver.

« Frank ? Qu'est-ce qu'il y a ? »

« Va dans la salle de bains. Quelqu'un essaie de s'introduire. »

« Ne sors pas. Je vais appeler les secours. »

« Non. Je m'en occupe. »

Il m'a fallu une minute pour me glisser sur la pointe des pieds jusqu'au salon. Les lumières de sécurité sur le côté droit de la maison étaient allumées. Qui essayait d'entrer par la buanderie ?

« Dégagez d'ici ! J'ai un flingue ! »

Le bruit s'est arrêté. « Allez, ouste ! »

« Frank ! Fais attention ! »

« Retourne dans la chambre. » J'ai couru à l'arrière de la maison et j'ai allumé les lumières de la véranda. Le pistolet pointé, j'ai fait coulisser la porte. Elle était vide.

Dans le noir, une paire d'yeux a reflété le clair de lune. J'ai passé la tête à l'intérieur et j'ai chuchoté : « Mary Ann, passe-moi une lampe de poche. »

CHAPITRE TRENTE-QUATRE

Soulagé de voir qu'il y avait une tasse de café sur mon bureau, j'ai dit : « Bonjour, Derrick. »

« Salut. »

Au moins, j'avais un moyen de briser la glace. « Regarde ça. »

« Quoi ? »

« On a eu de la visite, la nuit dernière. » Il a pris mon téléphone.

« C'était chez toi ? »

« Ouais. On aurait dit que quelqu'un essayait de forcer une porte sur le côté. Mec, j'avais sorti mon pistolet et tout. »

« C'est un ourson. Il doit peser entre cent et cent cinquante kilos, à tout casser. »

« Peut-être, mais il faudrait que tu voies les griffures sur la porte. Il va falloir une tonne de mastic pour reboucher ça. »

« Une façon effrayante de se réveiller. »

« Tu m'étonnes. »

« Après la journée qu'on a eue hier, je pensais que j'allais m'effondrer, mais j'ai fait un mauvais rêve à propos de Jessie. »

« Ah oui ? »

« Ouais. »

« Et j'en ai fait un mauvais à propos de Lynn. »

« Ce foutu boulot est peut-être en train de nous atteindre. »

« Peut-être ? »

J'ai pris mon café. « Au moins, on déraillera ensemble. »

« Ça pourrait être pire. »

Ce n'était pas grand-chose, mais il se détendait. « Bien pire. Dis, à quelle heure Bruce Noon vient, aujourd'hui ? »

« Onze heures. »

« Super. Qui sait, on aura peut-être de la chance. »

« De la chance ? Je croyais que tu ne comptais pas là-dessus. »

J'ai haussé les épaules. « À ce stade, si un extraterrestre débarquait avec une piste, on la suivrait. »

Il a ri. « Je pense qu'on devrait parler à Jason Reedy. »

Aller voir le petit ami de Holmes était déjà sur ma liste. « Bonne idée. »

« Alors, mettons-nous en route. »

« Je conduis, si tu veux. »

« Non, c'est bon. J'aime bien conduire. »

Il y avait des gens qui aimaient conduire. La question était pourquoi. Était-ce la circulation ? Le stress de devoir rester vigilant ? Certains disaient qu'ils réfléchissaient le mieux au volant. Pour moi, c'était en marchant, bien que les cinq kilos que j'avais en trop contredisaient cette affirmation.

« Oh, on dirait que deux autres chiens ont été enlevés ? »

« Où est-ce que ça s'est passé ? »

« Lakewood Country Club. »

« C'est où, déjà ? »

« En face de Sugden Park, là où il y a le restaurant indien, 21 Spices. »

« Deux chiens dans la même résidence. C'est organisé. Il y a peut-être un réseau derrière tout ça. »

« Probablement. Ils savent qu'il y a de l'argent à se faire. »

« C'est dingue. Dis, tu as déjà mangé dans ce resto indien ? »

« Trop épicé pour moi. »

« Mary Ann me tanne pour qu'on y aille. Elle adore la cuisine indienne. »

« Sois sympa et emmène-la. »

« Peut-être pour son anniversaire. »

Derrick s'est engagé sur Santa Barbara Boulevard. « Mec, je n'arrive pas à croire qu'ils construisent autant dans le coin. »

« J'ai lu quelque part qu'une centaine de personnes par jour emménage à Collier. »

« Une centaine ? Ça me paraît énorme. »

« C'est ce que je pensais aussi, mais l'article disait que le comté de Lee en accueillait deux fois plus. »

« C'est fou. »

« Tourne à gauche sur Devonshire. »

La maison de la famille Reedy était beige, sur un large terrain, à quelques pas d'un Publix. Une remorque transportant un bateau de pêche était garée du côté du garage.

Derrick a brandi son badge. « Madame Reedy ? Nous sommes du bureau du shérif du comté de Collier. »

« Eddie va bien ? »

« Oui, madame. Nous aimerions parler à votre fils, Jason. »

« Jason ? Est-ce qu'il a fait quelque chose ? »

« C'est au sujet de Debbie Holmes. »

Son visage s'est adouci. « Oh. D'accord. Il dort encore. Entrez, je vais le réveiller. »

Il était impossible de ne pas comparer les jeunes d'aujourd'-hui. À dix heures, nous aurions déjà été à notre troisième partie de je ne sais quoi, au lieu de gaspiller le meilleur moment de la journée à baver sur un oreiller.

Petit, trapu et chaussé de grosses tongs, Jason Reedy est entré dans la pièce d'un pas lourd. Le T-shirt que le gamin portait m'a rappelé la mode du tie-dye. Derrick nous a présentés et a dit : « Madame, comme votre fils est mineur, vous avez le droit d'être présente si vous le souhaitez. »

Son regard s'est durci. « Vous êtes en train de dire que Jason a quelque chose à voir avec la disparition de Debbie ? »

« Pas du tout. Nous sommes tenus de vous en informer, car il n'a que dix-sept ans. »

« Oh, d'accord. » Elle s'est tournée vers son fils. « Tu veux que je reste avec toi ? »

« Non. Ce n'est pas la peine, maman. »

« Très bien, alors. Je serai sur la véranda si tu as besoin de moi. » J'ai dit : « Et si nous nous asseyions ? »

« Bien sûr. » Il a tiré une chaise en osier de la table. Derrick a dit : « Depuis combien de temps connaissez-vous Debbie Holmes ? »

« Approximativement quelques années, je crois. »

Il avait un diplôme de droit ou quoi ?

« Comment vous êtes-vous rencontrés ? »

« À l'école. »

« Depuis combien de temps sortez-vous ensemble ? »

Il a haussé les épaules. « Ça fait un moment. »

« Plus d'un an ? »

« Oui. Pourquoi est-ce important ? »

« Nous avons besoin de votre aide pour essayer de comprendre ce qui lui est arrivé. »

« Je n'ai aucune idée de ce qui s'est passé. Ça me bouleverse énormément. »

« Vous la connaissez mieux que personne, et il est possible que vous puissiez nous orienter dans la bonne direction. »

« J'aimerais pouvoir vous aider. »

« Vous connaissez Dana Foyle, n'est-ce pas ? »

Il a hoché la tête.

« Elle a dit que vous sauriez où elle était. »

« Pourquoi cette stupide conn... a dit ça ? »

« Calmez-vous, Jason. Elle pensait que Debbie était plus proche de vous que de n'importe qui d'autre. C'est tout. »

Il a ricané. « Vous l'écoutez, elle ? Qu'est-ce qu'elle a essayé de faire ? Hein ? Son plan lui a pété à la figure. »

Jason n'avait pas tort. J'ai dit : « Connaissez-vous quelqu'un qui aurait voulu faire du mal à Debbie ? »

« Non. »

« Elle s'est disputée avec quelqu'un ? »

« Rien de grave. »

« Dites-nous. »

« Ce n'était rien. Juste des bêtises de lycée, vous savez comment sont les filles. »

« Ça fait longtemps qu'on n'est plus à l'école. Pourquoi ne nous racontez-vous pas ce qui s'est passé ? »

« Je n'en suis pas certain, mais elle s'est battue avec une fille qui s'appelle Sammi. Elle a déménagé ici de New York et elle se la joue dure. Vous voyez le genre. »

« À quel sujet, la bagarre ? »

« Un truc stupide. Je crois que Debbie allait ouvrir son casier, et la porte a heurté Sammi, et elle a pété un plomb. »

« Et c'est devenu physique ? »

Il a hoché la tête au moment où mon téléphone a vibré.

« Quel est le nom de famille de Sammi ? »

« Cava. »

« D'accord. Pensez-vous à autre chose ? »

Il a secoué la tête.

Derrick a dit : « Que pouvez-vous nous dire sur Javier Lopez ? »

Il s'est penché en avant. « Oh, je l'avais oublié, lui. »

« On nous a dit qu'il s'intéressait à Debbie, mais qu'elle l'a repoussé. »

« Javier est imbu de lui-même. Il ne la laissait pas tranquille, il la harcelait constamment. Ouais, il faut que vous enquêtiez sur lui. Ça peut paraître fou, mais il se pourrait qu'il ait fait quelque chose. »

« Qu'est-ce qui vous fait penser ça ? »

« Il agaçait Debbie. Il était très persistant, même quand elle refusait un rendez-vous. Il avait un sacré culot ; il savait qu'on sortait ensemble. Ce foutu serpent. »

Mon téléphone a vibré de nouveau. Ignorant encore l'appel, j'ai demandé : « Que pouvez-vous me dire sur M. Lopez ? »

« Pas grand-chose. Il avait un an de plus que nous, mais c'est tout. »

« Il s'intéressait à votre petite amie, et vous ne savez pas grand-chose sur lui ? »

Mon téléphone a signalé l'arrivée d'un texto, et une seconde plus tard, le bruit du vibreur du téléphone de Derrick m'a fait jeter un œil. C'était Gesso. Quelqu'un avait trouvé un corps.

CHAPITRE TRENTE-CINQ

En direction de Marco Island, nous sommes passés devant Fiddler's Creek, et j'ai dit : « Je ne comprends pas comment on peut ne pas savoir si c'est un homme ou une femme. »

« Pourquoi tu dis ça ? a demandé Derrick. Le corps est resté dans l'eau, même si ce n'est que depuis quelques jours. »

Le mélange d'eau chaude, de bactéries et de vie marine accélérait la décomposition à une vitesse folle. « Je sais, je sais. »

« Tu penses que c'est Debbie Holmes ? »

« Probablement pas », ai-je répondu avec une fausse assurance.

« On n'a pas eu de signalement de disparition en mer. »

Mon portable a sonné. C'était Mary Ann. « Salut. Je ne peux pas parler. Je suis en route pour... »

« C'est la petite Holmes ? »

« Comment tu as su qu'il y avait un corps ? »

« Ça passe aux infos. »

Les mauvaises nouvelles vont plus vite que les bonnes. « On ne sait rien pour l'instant. »

« J'espère, pour l'amour de Dieu, que ce n'est pas elle. »

« Je ne te promets rien, mais je t'appellerai plus tard. »

« D'accord, mon chou. Essaie de ne pas te laisser abattre. »

J'ai raccroché. « La presse est déjà sur le coup. »

« À quoi tu t'attendais ? Le corps a refait surface là où les gens vont à la pêche. »

J'ai acquiescé et j'ai dit : « La plupart des gens ne savent pas que lorsqu'un corps se décompose, l'accumulation de gaz le force à remonter à la surface. À moins de vraiment savoir ce que l'on fait, il finit toujours par refaire surface. »

« Et d'avoir le temps de bien le faire. »

« Si c'est un homicide, c'est un facteur à prendre en compte. S'il n'a pas été immergé longtemps, on pourrait avoir affaire à quelque chose de non prémédité, un crime passionnel ou une situation qui a dégénéré. »

En approchant du panneau indiquant le Judge Jolley Bridge vers Marco Island, Derrick a demandé : « C'était qui, ce juge qui a donné son nom au pont ? »

« J'ai entendu dire que c'était un type bien, mais attends la meilleure : il n'avait pas de diplôme de droit. »

« Alors comment il est devenu juge ? »

« Je ne sais pas, mais un prof à John Jay nous a raconté que dans les années quarante, quelqu'un à la Cour suprême n'avait pas fait d'études de droit non plus. »

Nous avons quitté Collier Boulevard vers Bear Point, juste avant le pont et nous nous sommes garés à côté d'une poignée de voitures de patrouille.

À une cinquantaine de pieds du rivage, des gens sur des paddleboards montraient du doigt. Nous avons contourné un groupe d'arbustes et je me suis arrêté net quand les cheveux bruns de la victime sont apparus. Une vague de nausée m'a submergé en me rappelant la couleur des cheveux de Debbie Holmes.

En m'approchant de la victime en décomposition, il

semblait s'agir d'une femme dont la corpulence correspondait à celle de Debbie Holmes.

« Tu penses que c'est elle ? »

La bouche sèche, j'ai dit : « Merde. »

« Le camion de la police scientifique vient d'arriver. Et Bilotti est là. »

J'ai hoché la tête et murmuré : « Je ne sais pas combien de temps je vais encore pouvoir supporter ça. »

« Qu'est-ce que tu veux dire ? »

Et dire que je le croyais bon flic ? « Quoi ? Et ça ? Tout ça. Voir des jeunes morts ou violés. Avoir affaire à des parents en deuil... »

« Je sais, mec. Tu veux rentrer ? Je m'en occupe. »

Bien sûr que je voulais filer, mais on ne choisit pas ses missions dans ce boulot. « Non, je râle, c'est tout. »

Le clapotis de l'eau soulevait le corps sur la plage de sable avant de le reposer. Des brins d'algues étaient éparpillés sur la poitrine du cadavre. Il manquait un pied au corps et un bras ne tenait plus que par un ligament.

En m'approchant, j'ai retenu ma respiration et me suis agenouillé. Ce qui restait de sa poitrine confirmait que c'était une femme.

Ravalant une montée de bile, j'ai vérifié ses poches. Vides.

« Qu'est-ce que Holmes portait la dernière fois qu'on l'a vue ? »

« Un short et un T-shirt. »

J'avais l'impression de porter une chape de plomb. « C'est forcément elle. »

« Frank, Derrick. »

« Salut, Doc. »

Il a secoué la tête. « Où va le monde ? »

C'était une question troublante. « D'après les cheveux et les vêtements, on pense que c'est la jeune Holmes qui a disparu. Dans combien de temps pourras-tu l'identifier ? »

« Je vais chercher des empreintes digitales. Sinon, on se fiera aux dossiers dentaires. »

« Vérifie si elle a une tache de naissance sur la fesse. La mère a dit qu'elle en a une en forme de lapin. »

« Ça compte comme un signe distinctif. Je regarderai une fois qu'on l'aura amenée à la morgue. »

« Depuis combien de temps penses-tu qu'elle est dans l'eau ? »

« Difficile à dire, mais environ cinq à huit jours. »

« D'accord. »

« On va confirmer ça. Laisse-moi faire l'examen initial, et on lancera une autopsie. »

Bilotti et l'équipe de la police scientifique sont passés à l'action.

« Derrick, demande aux gars de Marco de sortir un bateau. Ce n'est pas un fichu spectacle ; il faut repousser les curieux. »

L'homme d'une soixantaine d'années qui avait trouvé le corps était appuyé contre une voiture de patrouille. Vêtu d'un short et d'un chapeau de paille, il secouait la tête.

« Monsieur, je suis l'inspecteur Luca. »

Il m'a tendu la main. « Joe Farnsworth. »

« Si je comprends bien, vous avez trouvé le corps. »

« Ouais, je n'en reviens pas. Je voulais juste aller pêcher un peu, mais avant de partir, je l'ai vu. »

« Où étiez-vous quand vous l'avez découvert ? »

Il a pointé du doigt. « J'ai mon bateau au Marco Marina. Je suis allé directement vers le chenal, et je ne sais même pas pourquoi j'ai regardé de l'autre côté avant de tourner, et je l'ai vu. J'ai cru que c'était une carcasse de dauphin ou quelque chose comme ça et j'ai approché mon bateau. »

« Qu'avez-vous fait quand vous êtes arrivé à sa hauteur ? »

Il a eu un haut-le-cœur. « J'ai failli rendre mon petit-déjeu-ner, voilà ce que j'ai fait. J'ai coupé le moteur dès que j'ai vu que c'était un corps. Je n'arrivais pas à le croire. J'ai appelé la capitainerie et j'allais attendre les secours, mais il dérivait et j'ai eu peur. Alors, je l'ai attrapé avec mon filet et c'est là que j'ai vu qu'il manquait un pied. Il était en... mauvais état. Je me suis dit que je ferais mieux de l'amener sur la plage. »

« À quelle distance du rivage était-il ? »

« À peu près un tiers de la distance après le milieu du chenal. »

« Y avait-il d'autres bateaux dans le secteur ? »

« Vous savez, je me suis posé la même question, mais c'était assez calme. La marée s'était inversée un peu avant. La pêche est meilleure quand elle est descendante. »

« Vous prenez la pêche au sérieux. »

« Oh oui, mon père et moi sortions ensemble quand il était encore de ce monde. »

« Si vous deviez deviner d'où le corps pourrait venir, que diriez-vous ? »

« Hmmm. Eh bien, je dirais qu'il vient probablement d'East Marco Bay. Il y a une tonne de criques et de baies près de Charity Island. »

J'ai regardé dans la direction qu'il indiquait. « J'apprécie le conseil. »

« De rien. Mais vous savez, les marées et les courants sont des phénomènes étranges. Il aurait tout aussi bien pu venir de Tarpon Bay. Il y a un passage étroit qui mène pile là où je l'ai vu. »

« Pourriez-vous me montrer sur la carte les endroits dont vous parlez ? »

CHAPITRE TRENTE-SIX

SA TASSE À LA MAIN, DERRICK A DIT : « J'AI RÉFLÉCHI À CE QUE tu as dit, sur le lien avec l'affaire Ramos. »

« Et ? »

« Comme tu l'as dit, sa taille et la couleur de ses cheveux correspondent à celles de Ramos et de Samus, mais si c'est Holmes, c'est une gamine. Et elle était à vélo. Il devait le savoir. »

« Peut-être que ça n'avait pas d'importance pour lui. »

« Je ne suis pas profiler, mais les pervers ne s'en prennent-ils pas toujours au même type de victime ? »

« Il faudrait demander aux experts, mais ne te focalise pas là-dessus. Il faut garder à l'esprit que les affaires sont peut-être liées. »

« Bien sûr. »

« N'oublions pas que Holmes a été enlevée la nuit, quand il n'y avait personne. »

Il a hoché la tête.

« Au final, on n'en sait rien. Mais si ce n'est pas Holmes, il faut pencher pour un lien. »

« Ce n'est pas que je veuille une autre victime, mais j'espère vraiment que ce n'est pas Holmes. »

« Moi aussi. »

Mon portable a sonné. « Salut, Doc. Qu'est-ce que tu as pour moi ? »

« On a des empreintes partielles à comparer, mais d'après la tache de naissance que tu as mentionnée, on penche pour une identification provisoire : il s'agirait de Deborah Holmes. »

Un rot écœurant m'est remonté dans la gorge. « Elle était sur son derrière ? »

« Oui. »

M'effondrant sur ma chaise, j'ai dit : « En forme de lapin ? »

« Oui. »

« Bon sang. »

« Désolé, Frank. Je dois y aller pour commencer l'autopsie. »

Derrick a demandé : « C'était Holmes ? »

J'ai expiré. « Ouais. »

Il s'est assis sur le coin de mon bureau. « Il faut qu'on dise aux parents ce qu'on sait. »

« Ouais, et au shérif. »

« Va voir Remin. Je préviens les Holmes. »

Inutile de faire semblant de vouloir annoncer la nouvelle aux parents. C'était quelque chose que j'étais tout simplement incapable de faire, là, maintenant. « D'accord. » Je me suis levé et je suis monté péniblement à l'étage.

DERRICK EST REVENU ALORS QUE J'ENFONÇAIS DES ÉPINGLES DANS les coins d'une carte de Marco Island. « Comment ça s'est passé ? »

Il a haussé les épaules. « Très mal, surtout pour la mère. Mais tu sais, ils savaient qu'elle ne rentrerait pas à la maison. »

« La réalité finit par s'imposer quand quelqu'un a disparu depuis plus de deux jours. »

« Un peu comme une veillée funèbre qui atténue la douleur pendant les quelques jours qui suivent le décès. »

L'idée était intéressante, mais cette affirmation méritait plus de réflexion, et ce n'était pas le moment.

« Viens voir. » J'ai posé un doigt sur la carte. « C'est là que Farnsworth a vu le corps. »

Derrick a attrapé un crayon et a dessiné un X. « Il aurait pu venir de n'importe où. »

« Je sais, mais il connaît les eaux et a dit qu'il venait probablement du côté est du pont. Il a mentionné qu'il aurait pu sortir d'ici » — j'ai pointé Tarpon Bay — « mais il aurait fallu qu'il traverse cet endroit étroit. Quelqu'un d'autre l'aurait vu. Ou alors c'est si resserré qu'il aurait pu se retrouver coincé quelque part. »

« Dans tous les cas, on cherche probablement quelqu'un qui a accès à un bateau. »

« La première personne à laquelle j'ai pensé, c'est le gamin Reedy. »

« Avec ce bateau sur le côté de la maison, j'ai pensé la même chose. »

« On ne peut pas tirer de conclusions hâtives, mais il y a quelque chose chez Reedy ; il m'a regardé droit dans les yeux, mais je ne fais pas confiance à ce gamin. »

« Il n'a rien dit sur Lopez jusqu'à ce qu'on le mentionne. »

« Je sais. Il faut qu'on parle à Lopez. »

« Il va à l'université de Gulf Coast. »

« Un casier ? »

« Rien depuis sa majorité, mais j'ai vérifié, et il y a un dossier sur lui en tant que mineur. »

C'était intéressant. « Ça pourrait être révélateur, mais il nous faudra quelque chose de concret pour demander à y avoir accès. »

« Je vais voir s'il est sur le campus. »

« Je vais aux Miromar Outlets ; ce serait parfait. »

« Toi ? Faire du shopping ? »

« On a un mariage, et Mary Ann voulait que je m'achète une nouvelle veste de sport. Elle en a vu une en solde chez Brooks Brothers et l'a achetée. »

« La grande classe. »

« Je n'arrête pas de repousser le moment de la faire retoucher, et elle est sur mon dos parce que le mariage est dans deux semaines. »

DIFFICILE DE NE PAS ÊTRE ENVIEUX ; le JOHN JAY COLLEGE n'avait pas de campus. L'université de justice pénale se trouvait sur la Cinquante-Neuvième Rue à Manhattan. La seule verdure que nous avions provenait de deux ou trois arbres chétifs plantés dans des trous dans le béton.

Un chemin pavé menait à une série de bâtiments bas, entourant un lac. Sa plage de sable donnait à l'endroit un air de complexe hôtelier. Peut-être que Derrick avait trouvé le mot juste pour les décrire, car le terme « dortoir » ne convenait pas.

Sac à dos sur une épaule, Javier Lopez est sorti du bâtiment Mangrove. Il avait une carrure de nageur et était plus grand que l'homme décrit par Ramos.

Nous nous sommes installés sur un banc. « Cet endroit est plus sympa que ce à quoi je m'attendais. »

« Ouais, c'est pas mal. »

Le sentiment que tout leur était dû était-il passé de la génération des milléniaux à celle qu'on appelait ainsi maintenant ? « Qu'est-ce que vous étudiez ? »

« Le marketing, mais je suis venu ici pour la natation. J'ai eu une bourse. »

« Bien. Ils ont une bonne équipe ici ? »

« L'équipe des filles déchire, mais la **nôtre** est juste correcte. »

« Faut travailler là-dessus, alors. »

Il a souri. « Je vais à la piscine après ça. »

« Il me semble que vous étiez intéressé par Debbie Holmes, sur le plan sentimental. »

« Elle était gentille. Je l'aimais beaucoup. J'ai du mal à croire qu'elle ait, euh, disparu. »

Le Dr Bruno avait dit que les tueurs utilisaient des euphémismes pour tenter de minimiser leurs actes. Était-ce ce que Lopez faisait ?

« On nous a dit que vous lui aviez fait une cour insistante. »

« Je l'aimais bien. Mon père nous a toujours dit : « si vous voulez quelque chose, vous devez foncer. » »

Était-ce le genre d'enfant qui casse son propre jouet quand on lui dit de laisser un autre enfant jouer avec ? « Elle n'était pas intéressée ? »

« Oh, si, elle l'était. Mais j'allais à l'université. »

Était-ce sa fierté de mâle qui parlait ? « Cet endroit n'est qu'à une demi-heure d'ici. »

« Ouais, mais vous savez, sortir avec une lycéenne... »

La pression des pairs était une force puissante. « Avez-vous une idée de qui pourrait être responsable de sa mort ? »

« Cet abruti de Jason et son acolyte, Joey, c'est un bon point de départ. »

« Pourquoi dites-vous ça ? »

« C'était un obsédé du contrôle. Elle s'est plainte auprès de moi à un tas de reprises qu'il l'étouffait. Elle a dit que son copain était un vrai taré et qu'il avait essayé de la draguer. »

« Hum. Vous savez, c'est drôle que vous disiez que ça pourrait être lui, parce qu'il a dit que c'était vous. »

Il a eu un rire méprisant. « Moi ? Jamais de la vie, mais vous voyez, vous voyez comme il essaie de détourner l'attention de la police ? »

« Où étiez-vous dans la nuit du vingt-trois mai, quand Debbie a disparu ? »

« Moi ? Oh, allez, mec. Je n'ai rien à voir là-dedans. »

« Dites-moi où vous étiez. »

« C'était quel jour ? »

Gagnait-il du temps ? « Lundi. »

« Oh, je m'entraînais. On est dans la piscine six jours par semaine, au minimum. »

« Jusqu'à quelle heure ? »

« D'habitude, six heures, six heures trente. Ensuite, on se douche et on va manger un morceau. »

Nous allions vérifier son alibi. « D'accord, c'est tout. Bonne séance de natation. »

Il s'est levé. « Merci. »

« Oh, je suis curieux de savoir si les nageurs n'utilisent que la piscine ou s'ils aiment la plage ou la pêche. »

« Oh ouais. J'adore être sur le Golfe. Mon père a un bateau depuis toujours. »

CHAPITRE TRENTE-SEPT

Derrick a jeté un œil par-dessus son moniteur. « Tu as eu ton costume ? »

« Une veste sport. Je dois dire qu'elle en a choisi une belle. »

« C'est qui déjà qui se marie ? »

« Le fils d'une amie de Mary Ann. Leur nom est McCormick ; ils habitent à Kensington. »

« Je ne les connais pas. »

« Mary Ann les connaît mieux que moi. On n'est sortis ensemble que quelques fois, en couple. Mais Bilotti y va. J'ai dit à Mary Ann de s'assurer qu'on soit assis avec lui. »

« C'est clair, être à un mariage avec un tas d'inconnus, c'est pas marrant. »

« Comment ça s'est passé avec Lopez ? »

« Sa version ne correspond pas à ce qu'on nous a dit. Il a raconté qu'elle était à fond sur lui, mais qu'il l'a larguée quand il est parti à la fac. »

« C'est possible. »

« Le gamin est dans l'équipe de natation, il a dit qu'il nageait jusqu'à six heures, six heures trente, le soir où Holmes a disparu. »

« Ça devrait être facile à vérifier. Je vais passer quelques coups de fil. »

« Tu sais, j'ai eu une idée. Si un de ses camarades de classe, ou plusieurs, est impliqué, ils ne sont probablement pas allés à l'école le lendemain. On peut regarder qui était absent ce mardi-là, et le jour d'après aussi. On ne sait jamais. »

« Ça pourrait être une info en or. J'appelle le lycée Barron Collier. »

« Merci. »

« Tiens, le dessinateur a déposé une copie du portrait-robot du type que Noon a dit avoir vu. » Il lui a tendu une enveloppe.

« Ce type me dit quelque chose. Pas toi ? »

Il a ri. « C'est probablement un mélange de toutes les personnes que Noon a croisées dans sa vie. »

Mon portable a sonné. « Inspecteur Luca. »

« Euh, bonjour, c'est Chris Reedy à l'appareil. Je suis le père de Jason. »

J'ai posé le dessin. « En quoi puis-je vous aider, monsieur Reedy ? »

« Je, euh, j'ai peut-être des informations pour vous. »

« Concernant ? »

« Debbie Holmes. »

« Êtes-vous disponible maintenant ? »

« Oui. Je suis à la maison. Mais j'aimerais vraiment que ça reste aussi confidentiel que possible. »

« Bien sûr. J'y serai dans vingt minutes. »

Derrick a dit : « Qu'est-ce qui se passe ? »

« Le père de Jason Reedy a dit qu'il avait des informations sur Holmes. »

« Putain ! Tu crois que c'est à propos de son fils ? »

« C'est possible. »

« Pourquoi n'a-t-il rien dit avant ? »

« Bonne question. On va voir comment il réagit à ça. »

« J'ai hâte de voir ça. »

Gardant à l'esprit ce que Mary Ann avait mentionné sur le style, j'ai dit : « Écoute, il veut rester discret, alors laisse-moi y aller seul. »

Le bateau était toujours sur le côté de la maison des Reedy. Alors que je me garais sur le bas-côté, la porte du garage s'est ouverte. On aurait dit Jason Reedy.

Il s'est penché, révélant une chevelure bien plus clairsemée que celle de Jason. Ce devait être le père du gamin. « Monsieur Reedy ? »

Les mains dans une boîte à outils, il a levé les yeux. « Inspecteur ? »

Nous nous sommes serrés la main. « La poignée du frigo a besoin d'être resserrée. »

« Il y a toujours quelque chose à faire. »

« Il est tout neuf, mais c'est la troisième fois que je dois la resserrer. »

« Tout le monde se plaint de l'électroménager. On dirait qu'ils sont faits pour tomber en panne. »

« Sans aucun doute, et il faut attendre des semaines pour en avoir un. »

Je l'ai suivi jusqu'à la cuisine. « Vous avez dit que vous aviez des informations sur Debbie Holmes. »

Il a froncé les sourcils. « C'est terrible, ce qui lui est arrivé. C'était une gentille fille. »

« C'est ce qu'on nous a dit. Qu'est-ce que vous vouliez nous dire ? »

« Eh bien, ce soir-là, le soir où elle a disparu, j'ai vu quelque chose, et je pense que c'est important. »

« Qu'avez-vous vu ? »

« Un jeune homme du nom de Javier Lopez. »

« Où était-ce ? »

« Sur Livingston, près de Hamilton Place, c'est juste avant l'endroit où vivait Debbie. »

« À quelle heure ? »

« C'était aux alentours de vingt heures. »

« Comment connaissez-vous M. Lopez ? »

« Assez bien. J'entraînais, ou plutôt j'aidais l'entraîneur de baseball, et il était dans l'équipe il y a quelques années. »

« Et vous êtes certain que c'était lui ? »

« Absolument certain. »

« Que faisait-il ? »

« Il était sur la voie de droite, il roulait très lentement. C'est comme ça que je l'ai vu. Il s'est fait remarquer, si vous voyez ce que je veux dire. »

« Et vous, que faisiez-vous ? »

« J'étais sorti me promener. »

« Et vous êtes certain que c'était la nuit du vingt-trois mai ? »

« Absolument, ma femme n'était pas là ce soir-là. Vous devez vous rappeler que notre famille adorait Debbie. Quand elle a disparu, nous avons été choqués. »

« Pourquoi ne nous avez-vous pas dit plus tôt que vous aviez vu M. Lopez ? »

« Je sais que j'aurais probablement dû, mais je ne pensais pas que Javier était un kidnappeur. Mais quand on a appris qu'elle avait été assassinée, j'ai commencé à réfléchir. »

« Sur le chemin du retour, avez-vous vu quelque chose ? »

« Je ne suis pas sûr, mais il aurait pu être garé sur le parking de ces boxes pour voitures. »

Encore un concept inconnu il y a dix ans. « Ceux en face de Briarwood ? »

« Oui. Je ne peux pas en être certain, mais en passant devant, ça ressemblait à sa voiture. »

Ils devaient avoir des caméras. « Vous souvenez-vous de quel bâtiment il s'agissait ? »

Il a plissé le nez. « Quelque part au milieu ? »

« Votre fils et M. Lopez étaient rivaux. »

« Oh, je ne dirais pas ça. C'est juste le truc habituel de testostérone entre ados. Vous vous souvenez de cette époque, n'est-ce pas ? »

« Quel genre de voiture conduisait M. Lopez ? »

« Un SUV blanc. Pas un de ces gros modèles ; un de taille normale. C'était une japonaise. »

« Où était votre fils ce soir-là ? »

« Mon fils ? Qu'est-ce qu'il a à voir là-dedans ? »

« S'il vous plaît, répondez à la question. »

« Il était à la maison, avec moi. »

« Votre femme était-elle là aussi ? »

« Non, j'ai dit qu'elle était partie avec sa mère pour rendre visite à sa sœur à Orlando. »

« Que pensez-vous qu'il est arrivé à Debbie Holmes ? »

« Soit quelqu'un l'a attrapée alors qu'elle était sur son vélo, soit elle a laissé son vélo pour monter dans la voiture de quelqu'un. »

« Et vous pensez que ce quelqu'un pourrait être Javier Lopez ? »

« Je ne sais pas, mais ce garçon était là ce soir-là. »

CHAPITRE TRENTE-HUIT

« Tu aurais dû voir le père ; c'est le portrait craché de son fils. »

Derrick a dit : « C'est l'inverse ; le gamin ressemble à son père. »

Il se la jouait prof de français, ou quoi ? « Peu importe. Bref, il a dit que Lopez était sur Livingston le soir où Holmes a disparu. »

« Ça se pourrait bien, parce qu'il ne s'entraînait pas à la piscine ce jour-là. »

« Ah bon ? »

« Ouais. Le coach a dit qu'ils accordent un jour de repos tous les quinze jours à chaque gamin pour que son corps récupère, et le vingt-trois, c'était le jour de repos de Lopez. »

« Ce putain de gamin a menti avec un tel aplomb. »

« Ils ont l'habitude. »

« On doit creuser à son sujet. Découvrir s'il a eu un comportement agressif, surtout envers les femmes. »

« Ce serait bien de pouvoir jeter un œil à son casier judiciaire de mineur. »

« Il nous faudra plus que ça. »

Mon portable a sonné. Je me suis tourné vers Derrick. « C'est Bilotti. Rends-moi service et trouve quelle voiture conduit Lopez. » J'ai décroché. « Salut, Doc, comment tu vas ? »

« Plutôt bien. Je voulais te faire un point sur Deborah Holmes. »

« Qu'est-ce que tu as pour moi ? »

« Nous pensons que sa mort est probablement survenue le mercredi vingt-cinq ou tôt dans la matinée du jeudi vingt-six. »

On repassera pour vivre longtemps et mourir vite. La pauvre fille avait raté les deux. « Cause du décès, toujours la suffocation ? »

« Oui. Les ecchymoses qu'elle présentait n'étaient pas profondes ; elles ne provenaient pas d'une arme. »

« Liées à une lutte ? »

« C'est possible, mais avec la décomposition, c'est impossible à déterminer. Quant au fait qu'elle ait été retenue captive, ce n'est pas concluant non plus, mais les ecchymoses autour d'un poignet sont suggestives. »

« Suggestives ? Tu ne peux pas être plus précis ? »

« Désolé, Frank. Je ne peux pas être catégorique. J'aimerais pouvoir t'aider davantage. »

« Je comprends, Doc. Mais c'est mieux de s'excuser avec une bonne bouteille. »

Il a eu un petit rire. « À propos, un autre de mes amis œnophiles va au mariage des McCormick. On va tous les deux apporter une ou deux bouteilles à la fête. »

« Là, tu parles. »

« J'ai hâte, mais je te préviens, je ne danserai pas avec toi. »

« Si jamais tu me vois sur une piste de danse, c'est que j'ai trop bu. »

Après avoir mis Derrick au courant, Derrick a dit : « Devine qui conduit une Acura MDX blanche de 2015 ? »

« Lopez ? »

« Ouais. »

« C'est un SUV ? »

« Absolument. »

« Rassemblons tout ce qu'on peut sur Lopez. On ne sait rien de lui. »

« Pourquoi tu ne verrais pas si on peut jeter un œil à son dossier de délinquant juvénile ? »

« Il est peu probable qu'on y arrive. »

« Tente le coup. Je vais trouver ce que je peux sur Lopez. »

Le shérif Remin sortait de l'ascenseur. « Monsieur, je peux vous parler ? »

Il a regardé sa montre. « Je n'ai qu'une minute. Le préfet est en route. »

« Ça suffira. »

Remin s'est glissé derrière son bureau. « Je suppose que c'est à propos de l'affaire Holmes ? »

« Oui, monsieur. »

Il a jeté un œil à une note sur son bureau. « Allez-y. »

« Nous nous intéressons de près à quelqu'un. C'est une piste passionnelle, et il a été localisé à proximité de l'endroit où Holmes a été vue pour la dernière fois. »

Remin a haussé les sourcils. « Ça semble prometteur. »

« Ça l'est. Mais pour l'instant, c'est tout ce que nous avons. La personne d'intérêt est un étudiant du nom de Javier Lopez. »

« Qu'est-ce que vous attendez de moi ? »

« Il a un casier judiciaire en tant que mineur… »

« Et vous voulez y jeter un œil ? »

« Ça pourrait être utile. Si on apprend quel était le crime, ça pourrait suffire. »

« Laissez-moi voir ce que je peux faire. J'aimerais vraiment boucler celle-ci au plus vite. »

Ça nous faisait deux points communs. « Merci, monsieur. Je vais vous noter son nom et son numéro de sécurité sociale. »

Derrick était au téléphone, en train de prendre des notes. Il a raccroché. « Apparemment, il y a deux dossiers de délinquance juvénile concernant Lopez. Qu'a dit Remin ? »

« Il va essayer de nous obtenir l'accès, ou au moins nous dire quelles étaient les accusations. »

« Bien. Lopez a été élevé par son père. La mère est décédée il y a trois ans. »

Lopez n'était pas un enfant quand il avait perdu sa mère, mais c'était un coup dur ; je ne le savais que trop bien. « Fils unique ? »

En attrapant le téléphone qui sonnait, Derrick a dit : « Ouais. »

Il a mis l'appel en attente. « C'est Felix Ramos. Quand est-ce qu'il va en prison ? »

Mes épaules se sont affaissées. « Dans une dizaine de jours. » J'ai pris le combiné. « Bonjour, monsieur Ramos. »

« Bonjour, inspecteur Luca. J'aimerais un point sur l'affaire de ma fille. »

« Il n'y a pas grand-chose que je puisse divulguer pour le moment. »

« Qu'est-ce que ça veut dire ? »

C'était une bonne question. « Nous y travaillons et nous avons établi un portrait-robot... »

« Vous savez à quoi il ressemble ? »

Mentionner le dessin était une erreur. « Possiblement. »

« Pourquoi ne l'avez-vous pas rendu public ? »

« Nous ne voulons pas qu'il prenne la fuite. »

« Vous savez qui c'est mais vous ne savez pas où il est ? »

« C'est tout ce que je peux dire pour l'instant. Je dois vous laisser, monsieur. »

« Écoutez, je sais que vous essayez de trouver qui a assassiné cette pauvre fille. Je comprends, mais n'oubliez pas ce qui est arrivé à ma Lisa. »

« Croyez-moi, monsieur, je ne l'oublierai pas. Dès que j'aurai quelque chose, je vous le ferai savoir. »

En raccrochant, j'ai dit : « Ramos a pété un plomb, mais en tant que père, je compatis. »

« Ça doit être exaspérant. »

Pas besoin d'être abonné au journal pour avoir le mot du jour. Mais la plupart du temps, il ne l'utilisait pas dans le bon contexte. « Holmes est la priorité, mais il y a un violeur en liberté qu'on doit coincer. »

« Tu imagines ? On chope le salaud, et il se retrouve en taule avec Ramos ? »

« Tu regardes peut-être un peu trop la télé. »

« Ce serait un bon rebondissement. »

« Ça ferait du bien pendant une minute, mais tu ne veux pas que ton gamin grandisse dans un endroit où ce genre de choses arrive. Nous sommes la loi ; notre système judiciaire n'est peut-être pas parfait, mais il vaut mieux qu'une sorte de grand n'importe quoi. »

« Bien sûr, mec. Je dis juste... »

« Laisse tomber ! On a du boulot. »

La chaise de Derrick a percuté le mur alors qu'il sortait de la pièce comme une furie.

Le meurtre de Holmes avait relégué le viol au second plan. C'était à la fois compréhensible et impardonnable. Attendre un éventuel accès aux dossiers de délinquance juvénile me donnait l'occasion de revenir à l'affaire Ramos.

Fixant le portrait-robot, je l'ai supplié de m'envoyer un message. Les yeux étaient perçants. Mais le prétendu témoin était Noon. Il puisait son inspiration dans tous les films qu'il avait vus. Le jetant de côté, j'ai ouvert le dossier de l'affaire Ramos.

En lisant les notes d'interrogatoire que j'avais prises, mon estomac s'est noué. Nous devions arrêter ce prédateur. En étalant les photos des délinquants sexuels que nous connaissions, mon cœur s'est mis à battre la chamade.

CHAPITRE TRENTE-NEUF

EN PARCOURANT LES DOSSIERS, J'AI SORTI CELUI DE RICHARD Shaw. Il avait été libéré plus tôt, en acceptant de subir une castration chimique. C'était la raison pour laquelle nous l'avions écarté.

Étions-nous passés à côté de quelque chose ? Attrapant le téléphone, j'ai composé un numéro.

« Brian O'Leary, de l'Administration Pénitentiaire. »

« Salut, Brian, c'est Luca. »

« Yo, Frankie, comment ça roule ? »

« Bien. Et toi ? »

« Tout va bien. Qu'est-ce qui t'amène ? »

« Je travaille sur une affaire de viol, et je voudrais faire une vérification sur quelqu'un. »

« Comment ça ? »

« Le type s'appelle Richard Shaw. Il a été libéré plus tôt. Le dossier indique qu'il reçoit bien ses doses. »

« D'accord, et alors ? »

« Je veux juste être sûr qu'il n'y a pas eu d'erreur. »

« On enregistre le numéro de lot et la date. Tu sais, ces types doivent se présenter en personne. »

« Tu peux vérifier ? »

« Bien sûr, Frankie. Ne quitte pas. »

J'ai entendu le cliquetis de son clavier. « D'accord, je l'ai sous les yeux. Shaw s'est présenté à chacun de ses rendez-vous mensuels et a reçu la dose requise chaque fois. »

« D'accord. Je voulais juste vérifier. »

« Pas de problème, mon pote. Content d'avoir de tes nouvelles. »

« Prends soin de toi, mon ami. »

Ça valait le coup de vérifier. J'ai composé le numéro de Bilotti. « Salut, Doc, tu as une minute ? »

« Qu'est-ce qui te tracasse ? »

« Est-ce que la castration chimique fonctionne ? »

Il a eu un petit rire. « Je dois dire que je ne m'attendais pas à celle-là. »

« On ne te pose pas la question tous les jours ? »

« Jamais plus d'une fois par semaine. »

« On est sur la piste d'un fantôme dans l'affaire Ramos. Deux pervers récemment libérés sont dans le programme de castration. Est-ce qu'on devrait les examiner de plus près ? »

« Je ne suis pas un expert dans le domaine, mais le médicament administré réduit significativement la testostérone. Il l'abaisse à un pour cent de son niveau normal. »

« Wow, ça réduit vraiment la libido. »

« Oui, ainsi que le liquide séminal. Mais ça ne veut pas dire qu'un prédateur ne pourrait pas attaquer une femme. Ce qui motive ces délinquants, c'est plus que leur libido. Pour la majorité, c'est une question de pouvoir. »

« J'en suis conscient. »

« En réalité, les prédateurs pourraient être violents même s'ils sont incapables de pénétrer une victime. »

Ramos avait été pénétrée. « Ça affecte la capacité à avoir une érection ? »

« Oui. »

« Merci, Doc. »

« Heureux de pouvoir t'aider. Passe une bonne journée. »

« Attends une seconde. »

« Oui ? »

« Y a-t-il un moyen d'inverser les effets ? »

« Les effets des produits pharmaceutiques utilisés ? »

« Oui. »

« Eh bien, le temps lui-même érode l'efficacité. »

« Comme ce qui nous arrive à tous. »

Il a ri. « Le temps qui passe est un adversaire invaincu. »

C'était ma réplique, mais je la lui laissais. « Amen. Ce que je voulais dire, c'est un antidote aux médicaments de castration. »

« C'est possible. Je n'en sais simplement pas assez sur cette classe de médicaments. »

« Y a-t-il un moyen pour que tu te renseignes ? »

« Je vais voir quelles recherches sont disponibles. »

« Merci, Doc. »

Derrick est entré avec un café. Il n'en avait pas pour moi. Mon coéquipier s'est assis derrière son bureau.

C'était difficile de se concentrer avec un adulte qui se comportait comme un gamin de douze ans.

Après dix minutes de silence, j'ai dit : « Pendant qu'on attend des nouvelles de Remin, tu veux montrer le portrait-robot au gamin qui a vu le type dans le parc ? »

Il a haussé les épaules. « D'accord. »

« On va avoir besoin de savoir si Noon fantasme ou s'il est sur une vraie piste. »

Je lui ai tendu le dessin, et il est sorti sans rien dire.

Notre approche se concentrait sur les délinquants sexuels connus. C'était une piste évidente à suivre. Mais était-ce la bonne stratégie ?

Nous n'avions rien. Si le jeune confirmait que le portrait-robot ressemblait à l'homme qu'il avait vu, nous le rendrions public. Sinon, nous n'avions rien.

Attendre qu'il frappe à nouveau ne pouvait pas être qualifié de plan. Augmenter les patrouilles était une option, mais nous ne pouvions pas être partout.

L'idée d'attirer le violeur avec un appât semblait être une option raisonnable. Il était dangereux d'utiliser une policière comme leurre. Même si nous surveillions la situation, les choses pouvaient vite mal tourner.

Le risque était réel. Quand Mary Ann travaillait à la brigade des mœurs, elle avait l'habitude de piéger les pervers. Même si c'était sur Internet, dans une salle de discussion, je m'y étais opposé.

Le coup monté avait réussi, et le pervers était derrière les barreaux. Mary Ann pourrait avoir des idées précieuses sur la manière d'organiser une opération d'infiltration.

J'ai appelé, mais après six sonneries, je suis tombé sur la messagerie vocale. Elle travaillait probablement. Je lui ai envoyé un texto pour lui demander de m'appeler dès qu'elle le pourrait, et j'ai sorti un autre dossier.

Cette femme, Samus, avait échappé de justesse à celui que nous pensions être le même homme qui avait agressé Ramos.

Mon téléphone a émis un bip pour un texto : « Je ne me sens pas bien. Au lit. »

« Qu'est-ce qui ne va pas ? »

« Je ne sais pas. Ça va aller. »

Elle cachait quelque chose. Derrick allait être absent pendant une bonne heure, et nous attendions des nouvelles de Remin. Attrapant les clés, je me suis dirigé vers la porte.

Les stores du salon étaient baissés et la maison silencieuse. Me dirigeant directement vers la chambre, j'ai lentement ouvert la porte. J'ai plissé les yeux.

Mary Ann était sous les couvertures.

M'asseyant sur le bord du lit, j'ai senti son front. Il était frais.

« Mary Ann ? »

Ses yeux se sont entrouverts. « Frank, qu'est-ce que tu fais ici ? »

« Je m'inquiétais pour toi. »

« Je vais bien. »

« Rester couchée dans le noir en plein milieu de la journée, ça ne correspond pas à « aller bien ». »

Elle a fermé les yeux.

« C'est la sclérose en plaques, c'est ça ? »

Elle a haussé les épaules.

« Où ? Ton visage ? »

Elle a hoché la tête. « Toute ma tête. »

Ce n'était pas le moment de râler sur le fait que son travail était stressant. Mary Ann me connaissait mieux que je ne la connaissais, mais le fait que ce nouvel emploi l'affectait ne pouvait pas m'échapper.

« Tu as appelé le neurologue ? »

Elle a hoché la tête.

« Qu'est-ce qu'ils ont dit ? »

« D'attendre une journée. »

Les nouveaux médicaments avaient tenu sa SEP en respect. C'était le stress qui la faisait revenir. Elle ne voyait pas l'ironie de travailler pour reconstituer notre épargne-retraite, mais d'être trop malade pour profiter de nos soi-disant « années dorées ».

CHAPITRE QUARANTE

ALORS QU'IL SE DEMANDAIT S'IL DEVAIT APPELER LE NEUROLOGUE pour lui demander de dire à Mary Ann d'arrêter de travailler, Derrick a déboulé dans le bureau.

« Alors, ça a donné quoi ? »

« Le gamin a dit que le portrait-robot ressemblait à l'homme qu'il a vu dans le parc. »

« Bon boulot. Je pense qu'on devrait le rendre public. »

« Comme tu veux. »

« Ce n'est pas « comme je veux » ; nous sommes partenaires. J'aimerais avoir ton avis. »

Derrick a ouvert la bouche, puis l'a refermée. Il est resté là, à peser ses mots. C'était malin. Une technique que le Dr Bruno m'avait apprise.

Alors qu'il se dirigeait vers son bureau, mon portable a sonné. « C'est Remin. »

« Bonjour, monsieur. »

« Vous êtes au bureau ? »

« Oui. Pourquoi ? »

« Montez. J'ai un résumé des dossiers de délinquance juvénile que vous m'avez demandés. »

« On arrive. »

Après avoir raccroché, j'ai dit : « Allons-y. Remin a des infos sur les affaires de Lopez quand il était mineur. »

« Tu veux que je vienne ? »

Un bras déjà dans la manche de mon veston, j'ai répondu : « Bien sûr. »

En montant les escaliers, j'ai demandé : « Tu penses que c'est une bonne idée d'appeler le médecin de Mary Ann sans le lui dire ? »

« Qu'est-ce qui se passe ? »

« Sa sclérose en plaques est en pleine poussée. Je sais que c'est à cause du boulot. Le stress est vraiment mauvais pour elle. »

« Je suis désolé de l'apprendre. Elle va s'en sortir ? »

« Oui, mais je veux que le médecin lui dise d'arrêter. »

« Oh là là. »

« Qu'est-ce que t'en penses ? »

« Je déteste te renvoyer la balle, mais c'est toi qui dis toujours de ne jamais te mêler de ce qui se passe chez les autres. »

C'était un conseil judicieux. En poussant la porte du premier étage, j'ai dit : « Je vais appeler. Je me fiche qu'elle soit furieuse. Elle met sa santé en danger. »

On nous a fait entrer dans le bureau du shérif. Remin était au téléphone et nous a fait signe de nous asseoir sur les chaises devant son bureau.

Il a terminé son appel et a dit : « Messieurs les inspecteurs, je n'ai pas besoin de vous rappeler à quel point ces informations sont sensibles. »

« Nous le savons, monsieur. Nous vous remercions de les avoir obtenues. »

Il nous a regardés chacun dans les yeux. « J'ai dû demander une faveur. J'espère que ça vous aidera. »

« Nous comprenons. »

Remin a pris un bloc-notes jaune.

« Lopez et un autre mineur non identifié ont été surpris en train de voler à l'étalage au centre commercial Coastland en septembre 2017. Lors de la première tentative pour appréhender les jeunes, ils se sont ligués contre l'agent de sécurité, qui a subi des blessures légères. Ils ont été arrêtés par une de nos patrouilles, sur le parking. »

« Est-ce qu'ils portaient des armes ? »

« Non. Ils n'étaient pas armés. »

« Mais ils ont agressé l'agent ? »

« Oui. Ce n'est pas pour minimiser les faits, mais les blessures semblaient légères. »

« Dans quel magasin le vol a-t-il eu lieu ? »

« Old Navy. »

« Y a-t-il autre chose que nous devrions savoir sur cet incident ? »

« Non. »

« Merci. Et pour la deuxième affaire ? »

« Également en 2017, mais en août, Javier Lopez et un autre jeune ont été appréhendés au cimetière de Crest Lawn à North Naples. Les mineurs avaient profané des tombes, renversant une douzaine de pierres tombales. »

Derrick a demandé : « Est-ce qu'on sait qui était l'autre gamin ? »

« Cette information ne peut être divulguée. »

La question de Derrick était pertinente. « Nous comprenons. Autre chose ? »

« Lopez et son complice étaient en état d'ébriété au moment de leur arrestation. »

C'était un épisode lamentable, mais ça ne nous apprenait pas grand-chose, à part que le mélange adolescents et alcool était imprévisible.

« Y a-t-il autre chose qui pourrait nous être utile ? »

« C'est tout, messieurs. »

« Merci, monsieur. »

« Bonne chance. »

« Euh, nous voulions vous informer que le portrait-robot réalisé dans l'affaire de viol a été confirmé par un autre témoin. »

« Bon travail. »

« Nous aimerions lancer un appel au public, pour voir si quelqu'un peut identifier cet homme. »

« Diffusez-le dès que possible. »

Je me suis levé. « Entendu. »

Nous sommes descendus et Derrick a dit : « Qu'est-ce que tu penses des dossiers de délinquance ? »

« Pas grand-chose. Ça pourrait juste être le genre de bêtises que les gamins ont tendance à faire. »

« Je n'en suis pas si sûr. Au minimum, ça montre un mauvais jugement et un mépris flagrant non seulement pour la loi, mais aussi pour les morts. »

Mépris flagrant ? Il avait dû regarder *New York, police judiciaire* la veille. « C'est vrai. Je ne vois juste pas comment on passe de la dégradation d'un cimetière et d'un vol sans importance à un enlèvement et un meurtre. »

« On ne sait pas si elle a été enlevée. »

« C'est vrai… »

« Mais ajoute un peu de passion, mélange ça avec les hormones masculines, et ça pourrait devenir explosif. »

Il avait le chic pour placer de nouveaux mots, mais ils ne collaient pas. Encore une fois. « Je ne l'écarte pas. Ce sont des actes criminels, mais pas violents… »

« Comment peux-tu dire ça ? Ils ont tabassé l'agent de sécurité. »

« Tu as raison. Ça pourrait être quelque chose de physique qui a dégénéré. »

« Ça arrive vite, surtout s'il avait bu. »

« Quoi qu'il en soit, il faut qu'on parle à Lopez. »

« Moi, je dis qu'on le convoque. »

Ça me semblait prématuré. « Tu crois ? »

« Pourquoi pas ? On lui met la pression quand il est là ; il pourrait craquer. »

« On court le risque qu'il prenne un avocat. »

« Ça vaut le coup. S'il est impliqué, il prendra un avocat de toute façon. »

« D'accord. Tu veux le contacter ou t'occuper de l'appel public ? »

« Je vais faire venir Lopez. »

Ça me semblait trop agressif. « D'accord, mais garde à l'esprit qu'on n'a pas grand-chose… »

« N'oublie pas que le gamin a menti sur son alibi. »

Il avait raison, et peut-être que c'était son style ou le fait qu'il tenait à faire les choses à sa manière, mais ça me mettait mal à l'aise.

CHAPITRE QUARANTE ET UN

Le téléphone a sonné au moment où j'éteignais mon ordinateur de bureau. C'était un vieil ami qui travaillait au bureau du shérif de Port Charlotte. Ce qu'il m'a dit a clarifié la situation, mais m'a laissé sous le choc.

En me pinçant l'arête du nez, j'essayais de comprendre ce qui avait déraillé. C'était le grain de sable que je n'avais pas vu venir. Et maintenant ?

Derrick a passé la tête dans le bureau. « Allez, viens. Ils sont en salle d'interrogatoire quatre. »

« J'arrive tout de suite. »

Nous avions un interrogatoire à mener, et ce que je venais d'apprendre allait le rendre encore plus intéressant.

Bien que Jim Ponte soit un avocat de la défense, c'était l'un des rares avocats que j'appréciais vraiment. L'avocat chuchotait à l'oreille de son nouveau client, Javier Lopez.

Derrick a dit : « Rien de ce qu'il dira ne le sauvera. »

« Ponte est un type réglo. C'est le premier à négocier un accord quand il sent que les carottes sont cuites. »

« Très bien, allons-y. »

En entrant dans la salle, Derrick avait une chance sur deux de se mettre à dos l'un des rares types bien du camp adverse.

Nous nous sommes serré la main, avons échangé les formalités d'usage, et Derrick a demandé : « Vous aimiez votre mère, n'est-ce pas ? »

« Bien sûr que je l'aimais. C'était la meilleure. »

« Elle vous manque ? »

« Tous les jours. »

Ponte a dit : « Inspecteur, y a-t-il une raison pour laquelle vous interrogez mon client sur sa relation avec sa mère ? »

« Donnez-moi une minute, Maître. » Derrick a regardé le client de Ponte. « Monsieur Lopez, qui est Denise McCarthy ? »

« Mme McCarthy ? Notre voisine ? »

« Oui. »

« Qu'est-ce qu'il y a avec elle ? »

« Mme McCarthy a été témoin d'un autre de vos accès de colère. » Il a laissé planer le silence pendant dix bonnes secondes avant de continuer : « Votre mère était très malade en 2016. N'est-ce pas ? »

« Oui. »

« Vous aimiez votre mère, et pourtant vous lui avez jeté un verre, la blessant grièvement. »

« Non, ce n'est pas ce qui s'est passé. »

« Alors, racontez-nous. »

« D'accord, j'étais en colère, mais Maman disait qu'elle ne voulait plus continuer le traitement. »

« Vous n'étiez pas d'accord avec sa décision, alors vous l'avez blessée ? C'est ce qui s'est passé avec Debbie Holmes ? »

Ponte a dit : « Ne répondez pas à ça. »

« À la suite de votre violent coup de sang, votre mère a eu une coupure si grave qu'elle a eu besoin d'une transfusion. »

« C'était un accident. Elle prenait des médicaments qui ont aggravé le saignement. »

« Mon client a déjà déclaré qu'il s'agissait d'un accident malheureux. Laissez-moi vous rappeler qu'aucune charge n'a été retenue dans cet incident. »

« Maître, je vous suggère d'avoir une discussion avec M. Lopez. S'il coopère, avant que nous ne portions plainte, nous aurons une certaine marge de manœuvre. »

Ponte m'a regardé, mais j'ai détourné les yeux. Derrick allait trop vite, mais Lopez s'enfonçait peu à peu.

———

Derrick a demandé : « On pourra obtenir un mandat, tu ne crois pas ? »

« On a de bonnes chances si on se limite à la voiture de Lopez. »

« Bonne idée. Donc, on le situe sur les lieux et pendant la période où elle a disparu. »

« Selon quelques amis de Holmes, les avances de Lopez ont été repoussées par elle. »

« Il a menti sur l'endroit où il était, et il a deux affaires de délinquance juvénile à son actif. »

« Tu ne peux pas t'en servir. »

« Je sais, mais je peux toujours le murmurer à qui de droit. »

« Tu n'aimes pas ce gamin, mais n'en fais pas une affaire personnelle. »

« Ce n'est pas que je ne l'aime pas. Je pense qu'il est coupable. »

« Je connais son avocat, et Ponte croit vraiment que le gamin n'a rien fait. »

« Tu ne peux pas l'écouter. »

« C'est un type bien. Il ne m'aurait pas appelé s'il n'y croyait pas. »

« N'es-tu pas celui qui disait de ne jamais faire confiance à un avocat de la défense ? »

« Il y a des exceptions à tout, et Ponte en est une. »

Il a ricané.

Fermant la porte du bureau, j'ai dit : « Il faut qu'on parle. »

« De quoi ? »

« De Port Charlotte. »

« Qui te l'a dit ? »

« Un ami. »

Il a secoué la tête. « J'examine juste mes options. »

« Qu'est-ce qui se passe ? »

« Rien. »

« Tu postules pour le poste d'inspecteur en chef à Port Charlotte, et il ne se passe rien ? »

« Oublie ça, d'accord ? »

« Non. Je dois savoir pourquoi mon coéquipier cherche à partir. »

« C'est une bonne opportunité. Je dirigerais les opérations. »

Ce n'était pas facile de rester là pendant qu'il utilisait des tactiques discutables durant les interrogatoires, mais c'était une bonne chose que je l'aie fait. « Tu es en train de gérer l'affaire Lopez. En plus, je ne serai plus là très longtemps ; tu prendrais la relève. »

« Ce n'est pas pareil. »

« On fera en sorte que ce soit pareil. Dis-moi ce que... »

« Tu m'as appris énormément de choses, Frank. Ça me démange de voir si je peux y arriver. »

« Tu y es déjà arrivé. Tu as un meilleur instinct que moi. »

« Je n'en suis pas si sûr. »

« Trouvons une solution. On forme une super équipe. »

« C'est vrai, mais il n'y a pas que ça. Ils offrent une prime à la signature, et le salaire est meilleur. »

« Laisse-moi voir ce que je peux obtenir de Remin. »

« Merci, mais la vie est moins chère là-bas. Les maisons coûtent environ la moitié de ce qu'elles coûtent ici. »

Les prix de l'immobilier commençaient à forcer les gens à quitter Naples. « Je ne peux rien y faire. Mais tu adores vivre ici. »

« C'est vrai. Lynn, encore plus que moi. »

Sa femme pourrait être un atout majeur. « Femme heureuse, vie heureuse. »

Il a secoué la tête.

Je n'avais aucune idée si c'était vrai, mais j'ai dit : « Et les écoles ici sont bien meilleures que là-bas. »

« Vraiment ? »

« Oh oui. Et tu veux me forcer à prendre la route pour te rendre visite ? »

Il a rigolé. « Ce n'est pas encore fait. »

« Je l'espère, mais pour information, quand ils ont appelé pour une référence, je leur ai dit que tu serais le meilleur de l'État... après moi, bien sûr. »

Gesso a frappé à la porte et est entré. « Porte fermée ? Y a-t-il quelque chose que je devrais savoir ? »

J'ai répondu : « Non. Je lui montrais juste une vidéo stupide. »

« Envoie-la-moi. »

« Qu'est-ce qui se passe ? »

« Je viens d'avoir des nouvelles du numéro vert. » Il m'a tendu une note. « Cette femme a appelé ; elle a dit que le portrait-robot ressemble à son frère. »

« Amanda Reel. »

« Je me suis dit que vous voudriez peut-être vous en occuper tout de suite. »

« Merci, Sergent. Ça tombe bien ; on attend un mandat pour Lopez. »

Gesso est sorti, et Derrick a dit : « Va voir cette femme. Je reste ici. Si le mandat arrive, je m'occupe d'appeler une dépanneuse. »

« Tu es sûr ? »

« Absolument. »

« Tu ne vas pas t'enfuir à Port Charlotte, n'est-ce pas ? »

« Vas-y, maintenant, file ! »

Il était difficile d'imaginer faire ce travail sans Derrick à mes côtés. Il avait le droit de faire ce qu'il estimait être bon pour lui et sa famille. S'il partait, il faudrait que j'envisage sérieusement de prendre une retraite anticipée.

CHAPITRE QUARANTE-DEUX

Debout, Lopez avait un bras en travers de sa poitrine et pressait ce coude contre son corps avec son autre main.

Derrick est revenu des toilettes. Il a jeté un œil au retour vidéo de la salle d'interrogatoire et a dit : « Qu'est-ce qu'il fabrique ? »

« On dirait un étirement. Un gars que je connaissais à la fac était nageur, et il s'étirait tout le temps les épaules. »

« Je me demande si le gamin est bon. »

« Il a une bourse d'études. J'imagine que oui. Comment il était quand tu es allé le chercher ? »

« Il m'a suivi jusqu'ici. Je lui ai dit qu'on avait juste besoin de quelques informations. »

Avant que j'aie pu répondre, Ponte est sorti des toilettes et a dit : « Allons-y. »

Nous sommes entrés dans la pièce. Lopez avait les mains autour de ses chevilles. Le gamin était un vrai contorsionniste.

« Vous faites vos étirements ? »

« Oui, c'est super important. Dès que je suis en voiture ou assis pendant une demi-heure, je m'étire. Si on ne s'y tient pas, les muscles s'atrophient. »

Les étirements et moi, on n'était pas vraiment faits pour s'entendre. Ça ne me semblait pas naturel, mais si le gamin avait raison, il était temps de revoir ma position sur la question.

Derrick a allumé l'enregistreur et récité les formules d'usage. Abandonnant son rôle de gentil flic, il a dit : « Vous avez dit que vous vous entraîniez le soir où Deborah Holmes a été vue pour la dernière fois. »

La peur a traversé le visage de Lopez. « Ce n'est pas le cas ? »

« Non. Vous aviez congé ce soir-là. »

« Vraiment ? »

« Pourquoi avez-vous menti ? »

Ponte a dit : « C'est une accusation inutile à ce stade. »

« Retirée. Pourquoi nous avez-vous dit que vous vous entraîniez alors que ce n'était pas le cas ? »

« Je ne l'ai pas fait exprès. J'oublie souvent, c'est tout. »

« Ce sera beaucoup plus simple si vous arrêtez de jouer la comédie et que vous nous dites où vous étiez. »

« Probablement quelque part sur le campus. »

« Nous avons un témoin qui vous a placé sur Livingston Road, près de Briarwood, le soir en question. »

« Livingston ? Ah oui. Je suis allé voir mon pote, John. On était ensemble à Baron Collier. »

« Et vous vous en souvenez seulement maintenant ? »

« Ça m'était complètement sorti de la tête. Il prend une année sabbatique avant d'aller à la fac. »

« Ce John a un nom de famille ? »

« Boyers. John Boyers. Il a un appartement à Orchid Run, sur Livingston. »

La résidence était sécurisée et disposait de caméras.

« Nous vous fournirons ses coordonnées, inspecteur. »

« Merci. Combien de temps êtes-vous resté là-bas ? »

« Oh, je ne l'ai pas, genre, vu. Je suis allé là-bas, mais il n'était pas chez lui, alors je suis descendu à Celebration Park. Il aime bien traîner là-bas. Je me suis dit qu'il y serait peut-être. »

« Et il y était ? »

« Non. Il s'est avéré qu'il était parti à Sarasota voir une fille. »

« Laissez-moi deviner : personne ne peut confirmer ce nouvel alibi. »

« Il n'est pas nouveau, c'est là que j'étais. Je ne savais pas qu'il ne serait pas chez lui. »

« Et vous ne saviez pas que vous n'aviez pas d'entraînement de natation ce soir-là. »

« Non, c'est là que je suis tous les jours. »

J'ai dit : « En tant que mineur, vous avez eu quelques arrestations. »

« Attendez, inspecteur, ces dossiers sont sous scellés. »

« Navré, Maître, nous avons obtenu l'autorisation de consulter un résumé. Parlez-nous des arrestations. »

Ses épaules se sont affaissées. « Oui, mais c'était une période difficile. Ma mère venait de mourir et j'étais complètement paumé, vous savez ? »

Perdre sa mère était difficile à tout âge, mais pour un jeune adolescent, c'était traumatisant. « Que s'est-il passé ? »

« Je veux dire, c'était stupide et j'étais en colère. En colère que maman, vous savez, soit partie. J'imagine que je cherchais à attirer l'attention. »

Derrick a dit : « Nous voulons des détails sur vos actes de délinquance. »

« Eh bien, pour le truc du cimetière, on avait bu et on a juste commencé à, vous savez, faire les idiots. C'était mal, je me suis senti vraiment mal et on, enfin mon père, il a payé pour tout réparer. »

« Mais vous n'avez pas compris le message, car un mois plus tard, vous étiez en train de faire du vol à l'étalage, et quand on vous a attrapé, vous avez agressé le vigile. »

« Agressé ? Non, non, ce n'est pas ce qui s'est passé. Il m'a attrapé le bras et me le tordait. J'ai crié, mais il n'arrêtait pas. Jimmy, il a essayé de m'aider et il a bousculé le gars. Il est tombé sur un présentoir et on s'est enfuis. »

« Donc, ce n'était pas de votre faute ? »

Il a haussé les épaules. « Écoutez, j'ai essayé de voler une stupide casquette, mais je n'ai frappé personne. C'était un accident. J'ai dit que j'étais désolé. »

Derrick a claqué la paume de sa main sur la table. « Vous avez une excuse pour tout. Alors, dites-nous comment Debbie Holmes a fini par être assassinée. »

« Mon client a nié à plusieurs reprises avoir connaissance du meurtre. »

« M. Lopez, que faisiez-vous là où elle a disparu ? »

« C'est juste une coïncidence. Je devais passer en voiture par là. »

« Vous avez pris l'I-75 depuis la fac ? »

« Ouais. »

« Pourquoi n'avez-vous pas pris la sortie Golden Gate ? C'est plus près d'Orchid Run. »

C'était une bonne question. Prendre Golden Gate n'aurait pas placé Lopez là où vivait Holmes.

« Je ne sais pas. J'ai juste pris Pine Ridge, comme je le fais toujours. Probablement en pilote automatique. »

« Vous avez été vu garé en face de Briarwood, sur le parking du garage de la copropriété. »

« Pas possible. Je n'étais pas là. »

« Un témoin vous a vu. »

« Il ment. »

« Avec vous, c'est soit une coïncidence, soit une erreur, soit quelqu'un ment. »

« Si vous continuez à harceler mon client, nous devrons mettre fin à cet interrogatoire. »

Derrick a secoué la tête. « M. Lopez, vous êtes en train de creuser votre propre tombe. »

« Qu'est-ce que vous voulez dire ? Je suis honnête. »

Derrick s'est penché sur la table et a baissé la voix : « Écoutez, la meilleure chose à faire est de coopérer. Dites-nous ce qui s'est passé avec Debbie, et on négociera le meilleur accord possible pour vous. »

« Quoi ? »

« Dites-nous comment vous avez tué Debbie Holmes ! »

Ponte s'est levé d'un bond. « Cet interrogatoire est terminé. »

Après leur départ, j'ai dit : « Tu y es peut-être allé un peu trop fort avec lui. »

« Il se serait tu de toute façon. »

« Peut-être. On a besoin de plus de renseignements sur Lopez. »

« Ouais, et j'adorerais que la police scientifique fouille son appartement et sa voiture. »

« Son véhicule est plus susceptible de contenir quelque chose, mais il nous faudra plus que ça pour obtenir un mandat de perquisition. »

« Je l'obtiendrai. Tu verras. »

En peignoir, Mary Ann retirait un sachet de thé d'une tasse. « Comment tu te sens ? »

« Mieux. »

Sa voix était faible. « Attends, laisse-moi porter le thé. »

« Je ne suis pas un invalide. »

« Je sais, j'essaie juste d'aider. »

« C'est ce que tu fais ? »

« Oui, pourquoi ? »

« Et dire aux RH que le boulot me rend malade, c'est ta façon d'aider ? »

Son médecin ne coopérerait pas. « Allons, chéri. On sait tous les deux que le stress n'est pas bon pour toi. »

Son visage s'est décomposé. « Je... je veux juste redevenir moi-même. »

« Tu l'es. Tout ce que tu as à faire, c'est quelques ajustements. »

Elle s'est effondrée sur le canapé. « Comme ne rien faire de la journée. »

« Ce n'est pas vrai. Je ne veux pas que tu tombes si malade qu'on ne puisse pas profiter de notre retraite ensemble. »

« Sans argent, on ne fera pas grand-chose. »

« Si. Je m'en fiche si on doit se contenter de moins. On n'a pas besoin de grand-chose pour s'amuser. »

Elle a cherché ma main, mais c'est mon cœur qui s'est serré. Adossé au sofa, je me suis assis par terre : « Tu te souviens de la première fois où on est allés à la plage de Clam Pass ? »

Elle a souri.

« Et que tu m'as surpris en train de mater tes fesses ? »

Mon téléphone a sonné. « Il faut que je réponde. C'est Derrick, et il s'est donné pour mission de me prouver sa valeur. »

J'ai répondu : « Salut. Quoi de neuf ? »

Derrick a dit : « On tient Lopez. J'ai parlé à un voisin et, bingo, on a assez pour le mandat. »

« Qu'est-ce qu'il a dit ? »

CHAPITRE QUARANTE-TROIS

En tournant dans Verona Walk, j'ai traversé un pont rose et blanc. Le décor était une référence à l'ancienne ville du nord de l'Italie où se déroule le *Roméo et Juliette* de Shakespeare.

En m'arrêtant devant la maison d'Amanda Reel, je me suis demandé ce que cela signifiait de vivre dans une rue nommée Chianti Lane. Est-ce qu'ils y organisaient des soirées dégustation ? Les amateurs de riesling y étaient-ils les bienvenus ?

Résistant à l'envie de prendre le panneau de la rue en photo, j'ai remonté l'allée pavée. Reel a poussé la porte pour l'ouvrir. Sans maquillage, elle avait des cernes sous les yeux.

« Entrez. »

Une tempête était-elle passée par là, laissant les fenêtres de l'appartement du deuxième étage ouvertes ? Reel avait l'air d'une honnête citoyenne, mais c'était une piètre femme de ménage.

« Merci de nous avoir appelés. »

Elle a froncé les sourcils. « Ça n'a pas été facile, mais si Richard a fait ça, il doit en assumer les conséquences. »

« Je comprends. »

« Il ne le saura pas, n'est-ce pas ? Je leur ai dit que je voulais que ça reste confidentiel. »

« Non, il ne saura pas que vous avez appelé. »

Elle a hoché la tête.

« Quel est le nom complet de votre frère ? »

Elle a marmonné et ma mâchoire s'est crispée.

« Pardon ? »

« Richard Shaw, mais presque tout le monde l'appelle Ricky. »

Je ne l'ai pas noté.

« Avez-vous une photo récente de lui ? »

« Attendez, je crois qu'on a quelque chose de Noël. » Elle s'est approchée d'une commode et a ouvert un tiroir. Elle a farfouillé dedans et en a brandi une. « Tenez. »

Une famille à l'air ordinaire était attroupée autour d'une table remplie de nourriture. Shaw était au premier plan. Ce n'est pas la vue du jambon qui m'a retourné l'estomac, mais le fait que son dossier se trouvait sur mon buffet.

Je connaissais la réponse, mais j'ai quand même posé la question. « Où est-ce qu'il habite ? »

« Hum, 47908, Quatre-vingt-dix-septième Avenue, à Naples Park. Il loue un bungalow là-bas. »

« D'accord. Nous allons lui parler et vérifier tout ça. »

« J'espère que je me trompe. »

Nous étions deux à l'espérer. « Et s'il vous plaît, ne lui dites rien. »

« Je ne le ferai pas. »

« Et, euh, si c'est lui, ne soyez pas trop dur avec lui, d'accord ? »

Mentir était facile. « Nous ne le serons pas. »

En dévalant les escaliers, j'ai sorti mon téléphone. « Derrick, on dirait que ça pourrait être Ricky Shaw. »

« C'est un des délinquants, c'est ça ? »

« Ouais. Un de ceux qui prennent les médocs de castration. »

« Oh-oh. »

« Non. J'ai vérifié. Ils ont dit qu'il n'avait manqué aucune dose. »

« Peut-être qu'il y a un moyen de contrer leurs effets. »

Ce n'était pas juste, mais la vie non plus, alors j'ai dit : « J'ai demandé à Bilotti, mais il ne m'a jamais répondu. »

« Il faut qu'on vérifie. »

« J'y vais tout de suite. Tu veux me retrouver là-bas ? »

L'autre téléphone sonnait. Derrick a dit : « Attends une seconde, Frank. »

Il a posé le combiné alors que je sautais dans ma voiture. Vingt secondes plus tard, il a dit : « Frank ? »

« Ouais. »

« On a le mandat. Je vais superviser la perquisition. »

———

NAPLES PARK ÉTAIT UNE ÉTUDE DE CONTRASTES : DES bungalows vieux de soixante ans ayant besoin d'être rénovés, mêlés à des maisons neuves de style côtier. La beauté du quartier résidait dans sa proximité avec la plage.

Shaw vivait dans une maison en parpaings jaune vif, ne dépassant pas les cent dix mètres carrés. En marchant vers l'entrée, je me suis demandé combien valait une bicoque pareille aujourd'hui.

La Dodge Daytona de 1990 immatriculée à son nom était garée sur l'allée en gravier. Pas le VUS que le passionné de voiliers prétendait avoir vu, mais elle était argentée.

La sonnette pendait de l'encadrement de la porte. De la musique rock jouait à l'intérieur. J'ai passé la main à travers la déchirure de la moustiquaire et j'ai martelé la porte.

Shaw a ouvert. Il avait beaucoup moins de cheveux que sur sa photo d'identité judiciaire et il lui manquait une dent de devant. « Qu'est-ce qui se passe ? »

Il avait un accent traînant. Au lieu de l'attraper par le cou, j'ai brandi mon insigne. « J'aimerais vous parler. »

« À quel sujet ? »

Je ne sentais pas le tabac sur lui, mais ses dents avaient la couleur de celles d'un grand fumeur. « De plusieurs choses. Vous préférez qu'on fasse ça ici ou au poste ? »

« Oh, allez, mec. » Il a ouvert la porte en grand. Un unique fauteuil inclinable et une télé sur un meuble étaient les seuls objets dans la pièce. « J'ai pas beaucoup de meubles. Mais on peut aller derrière. J'ai une table de pique-nique à l'ombre. »

Un banian, faisant la moitié de la largeur de la maison, protégeait tout le jardin du soleil. Trois bouteilles de bière vides traînaient sur une table en plastique sale.

De corpulence moyenne, Shaw s'est assis sur une chaise pliante. J'ai balayé les débris de végétaux du banc avant de m'asseoir. La jambe de Shaw battait la mesure comme un marteau-piqueur.

« Bien, monsieur Shaw. Avant de commencer, je tiens à vous avertir : si vous me mentez, je demanderai à votre agent de probation de vous faire enfermer. »

« Du calme, mec. Pas de souci. »

« Où étiez-vous la nuit du dix mai, à partir de dix-sept heures ? »

« J'étais ici. »

Un mois plus tard, j'aurais été incapable de dire où j'avais été. « Des témoins pour le confirmer ? »

« Non. Je suis un solitaire, mec. »

« Comment pouvez-vous en être sûr ? C'était il y a plus d'un mois. »

« C'est l'anniversaire de ma sœur. »

« Et le quatorze ? »

« Oh, je sais pas. Euh, d'habitude je reste à la maison. Ces médocs qu'ils me forcent à prendre, ça me rend malade, vous savez. »

« Eh bien, vous n'auriez pas dû agresser ces femmes. »

« Je sais. »

« Vous allez souvent à North Collier Park ? »

Ses yeux se sont agités. « C'est celui sur Livingston ? »

« Oui. »

Shaw a secoué la tête. « J'y suis jamais allé. »

« Je vous ai dit de ne pas mentir. »

« Je mens pas. J'y suis jamais allé. »

« Nous avons deux témoins qui vous placent là-bas. »

« Impossible, mec. »

« Ils disent que vous y étiez la nuit où une femme a été violée. »

« Hé, mec, c'était pas moi. C'est impossible, j'ai plus de libido, mec. »

« Allons, monsieur Shaw. Vous savez bien que le viol ne consiste pas seulement à prendre son pied de manière tordue. C'est une question de pouvoir. »

« Écoutez, mec. J'ai purgé ma peine, et vous pouvez vérifier. Je prends mes médocs tous les mois et je vois mon agent de probation. J'ai même trouvé un boulot. C'est pas à plein temps, mais je fais vingt heures par semaine. »

J'ai sorti mon téléphone de ma poche. « Attendez une seconde. Quelqu'un n'arrête pas de m'envoyer des messages. »

Protégeant l'écran, j'ai ouvert une application d'enregistrement et j'ai dit : « Ma femme, elle veut que je passe prendre un truc. »

« Soyez un bon mari, alors. »

« Où est-ce que vous travaillez ? »

« The Auto Spa, en face de Driftwood. »

« Ça vous plaît là-bas ? »

« C'est pas facile de trouver un boulot avec un casier judi-ciaire, mec. »

Il n'obtenait absolument aucune sympathie de ma part. « Assurez-vous de ne pas vous attirer d'ennuis. Nous vous tenons à l'œil. »

Il s'est levé d'un bond. « Je le ferai, je le ferai. Pas de souci. »

CHAPITRE QUARANTE-QUATRE

En refermant la portière de la voiture, j'ai sorti mon téléphone et j'ai ouvert l'application audio. J'ai appuyé sur Lecture. La voix de Shaw était claire : « Sois un bon mari, maintenant. »

J'ai demandé : « Où est-ce que tu travailles ? »

« À l'Auto Spa, en face du Driftwood. »

« Ça te plaît, là-bas ? »

« C'est pas facile de trouver un boulot avec un casier, mec. »

« Fais en sorte de ne pas t'attirer d'ennuis. On te garde à l'œil. »

« Je le ferai, je le ferai. Pas de souci. »

L'enregistrement serait un bon début pour coincer Shaw. J'ai fait défiler mes contacts jusqu'au numéro de Lisa Shaw et j'ai joint le fichier à un SMS. Sur le point de l'envoyer, j'ai effacé le message et j'ai passé un appel.

« Sergent, c'est Luca. »

« Qu'est-ce qui se passe ? »

« Il faut qu'on mette Richard Shaw sous surveillance. Il est peut-être le violeur, et on ne peut pas risquer qu'il frappe à nouveau avant d'avoir pu monter un dossier. »

« Pas de problème. »

Après lui avoir donné l'adresse et le lieu de travail de Shaw, j'ai passé un autre appel avant de partir.

Les stores étaient tous baissés, et ce n'était pas pour se protéger du soleil. J'ai envoyé un SMS avant de m'approcher de la porte.

Je me suis mis juste dans l'axe du judas. Deux clics plus tard, la porte s'est entrouverte.

« C'est l'inspecteur Luca, mademoiselle Ramos. »

En me glissant à l'intérieur, j'ai remarqué son teint grisâtre. Ramos a scruté mon visage. « Est-ce que... est-ce que... vous l'avez attrapé ? »

« On se rapproche de lui, mais on le surveille vingt-quatre heures sur vingt-quatre, sept jours sur sept. Il ne fera plus de mal à personne. »

Elle a hoché la tête.

« Vous avez dit que la personne qui vous a agressé avait un accent traînant. »

Elle a fermé les yeux et a hoché la tête.

« J'aimerais vous faire écouter l'enregistrement de quelqu'un, pour voir si la voix vous dit quelque chose. Seriez-vous d'accord pour le faire ? »

Nouveau hochement de tête silencieux.

« Bien. » Mon téléphone dans la paume, j'ai appuyé sur Lecture. Les yeux de Ramos se sont écarquillés, et elle a reculé d'un pas. « C'est... c'est lui. J'en suis sûre. »

« Vous en êtes sûre ? »

Avec un air qui suggérait une migraine, elle a murmuré : « Je n'oublierai jamais le son de sa voix. »

Ce n'était pas le moment de l'informer que nous aurions probablement besoin qu'elle vienne faire une déposition officielle. Le problème, c'est qu'une identification vocale seule ne suffirait pas à mettre Shaw derrière les barreaux. Ce n'était pas suffisant ni pour un tribunal ni pour moi.

En disant au revoir à Ramos, j'étais hanté par le fait que les victimes d'agression sexuelle avaient dix fois plus de risques de se suicider.

Arrêter Shaw pour le viol, ou n'importe qui d'autre si ce n'était pas lui, assurerait à Ramos qu'elle n'était plus en danger, mais ça ne changerait rien à ce qui s'était passé.

Son père s'était comporté comme un crétin, ajoutant encore plus de pression sur son état mental fragile. Assis dans ma voiture, j'ai passé un appel.

« Services sociaux, Sophia Livoti à l'appareil. »

« Salut, Sophie, c'est Frank Luca. »

« Comment vas-tu ? »

« Ça va. Écoute, je viens de quitter Lisa Ramos, et, euh, je ne sais pas, elle ne va pas bien. »

« Il faut beaucoup de temps aux victimes, et souvent des années de thérapie, pour retrouver une vie qui semble normale. »

« Tu peux t'assurer que quelqu'un passe la voir une fois par jour ? »

« Tu penses qu'elle représente une menace pour elle-même ? On devrait envisager une hospitalisation d'office ? »

« Je ne suis pas qualifié pour l'évaluer. Mais envoyer quelqu'un qui pourrait le faire est une excellente idée. »

« Je vais y aller moi-même. Si elle est en situation de crise, je te le ferai savoir. »

La forcer à intégrer une unité psychiatrique n'était pas quelque chose qui me mettait à l'aise, mais je ne voulais pas qu'elle se blesse, ou pire.

J'ai passé un autre appel. « Derrick, Ramos a identifié la voix de Shaw. »

« On va se le faire, ce salaud. Quelle est la suite ? »

« Je veux passer à la maison pour voir comment va Mary Ann. »

« Elle va bien ? »

« Ouais, ça va mieux. Tu peux demander à Gesso d'envoyer quelqu'un montrer une photo de Shaw à Noon et au gamin ? »

« Bien sûr. Celle du dossier ? »

« Non, celle de son permis de conduire est plus récente. »

« Compris. »

« Ça en est où pour la voiture de Lopez ? »

« Elle est en route pour le garage. La criminelle s'en occupera dans un jour ou deux. »

« Demande-leur de vaporiser du luminol. On saura tout de suite s'il y a du sang. »

Il a hésité. « Bonne idée. »

J'ai eu envie de dire « tu peux encore apprendre de moi », mais j'ai dit : « Ne me décerne pas de médaille tout de suite. »

« Si on résout ces deux affaires, on devrait avoir des médailles. »

« Je sais ce que tu veux dire, mais notre travail, c'est de résoudre des crimes. »

« Je dis juste que ça nous pompe beaucoup d'énergie. »

S'il prenait la tête de la brigade à Port Charlotte, le tribut à payer serait sans doute plus élevé. « C'est sûr. Mais garder les victimes à l'esprit te donne la force de continuer. On se voit plus tard. »

Mary Ann faisait la sieste sur la véranda. Je me suis assis au bord de la chaise longue et elle a bougé. « Qu'est-ce que tu fais à la maison ? »

Lui dire que je venais recharger mes batteries émotionnelles l'aurait inquiétée. « J'étais dans le coin et je me suis dit que j'allais passer te dire bonjour. »

« Je vais bien. »

« Et la douleur ? »

« Elle est partie. »

« Tu es sûre ? »

« Oui. Je suis sortie lire un peu. »

« Bien. Ça ne peut pas faire de mal de prendre de la vita-
mine D. »

« Il fait si beau aujourd'hui. »

« Oui. Tu as parlé à Jessie ? »

« Non. »

« Faisons-lui la surprise : appelons-la en FaceTime. »

« Maintenant ? Je ne me souviens plus si elle a cours. On est
mercredi, c'est ça ? »

« Toute la journée. »

« Elle a juste cours le matin. »

« Appelle. Si elle est occupée, elle rejettera l'appel. »

Mary Ann a appuyé sur un bouton et a tenu le téléphone à
bout de bras. Le visage souriant de Jessie a rempli l'écran. « Salut, vous deux, comment ça va ? »

Ravalant une larme, j'ai dit : « Tu es magnifique. »

« Merci, papa. Qu'est-ce que tu fais à la maison ? »

« Je suis juste passé dire bonjour à maman. »

« Oh, c'est gentil. Qu'est-ce que vous faites aujourd'hui ? »

Mary Ann a dit : « Pas grand-chose. J'ai fait mes longueurs
ce matin, et peut-être que j'irai faire les magasins plus tard. »

Elle n'avait rien dit à Jessie à propos de la poussée de SEP.
Les parents aimaient protéger leurs enfants de l'inquiétude.
Savoir si c'était une bonne stratégie était une autre question.

« Maman et moi allons bien. Qu'est-ce que tu as fait de
beau, notre étudiante de l'Ivy League ? »

Son sourire, c'était comme être branché à une centrale élec-
trique. C'était une motivation plus que suffisante pour retirer
le plus de crétins possible de la circulation.

CHAPITRE QUARANTE-CINQ

Derrick était au téléphone quand je suis entré. Il m'a fait un signe du pouce levé avant de raccrocher et a dit : « C'était Skip. Il a dit que le gamin était quasi certain que c'était Shaw, qu'il l'avait identifié tout de suite. »

« Et Noon ? Qu'est-ce qu'il a dit ? »

« Il n'a pas pu l'identifier, mais tu connais Noon. »

« C'est un chic type. Il veut juste aider. »

« Le gamin l'a identifié. T'en penses quoi, Frank ? On convoque Shaw ? »

« Je ne suis pas sûr. Je pense plutôt demander un mandat pour perquisitionner sa maison et son véhicule. »

« Tu penses qu'on trouverait quoi ? »

« Qui sait ? Ce que ces tarés gardent comme souvenirs me surprend à chaque fois. »

« Je ne dis pas que certains tueurs n'auraient pas été attrapés sans les souvenirs qu'ils gardent, mais ça aurait certainement rendu les choses plus difficiles. »

« Ça te montre à quel point ces salauds sont malades. »

« Sans aucun doute. »

« Rédigeons une demande de mandat. »

Une heure plus tard, Derrick a dit : « Je pense que c'est suffisant. »

« Alors, vas-y. »

Le téléphone a sonné, et Derrick a répondu. Il a parlé pendant quelques minutes puis a raccroché.

« C'était Whitaker. Devine ce qu'il a trouvé ? »

« De la police scientifique ? »

« Ouais. Devine ce qu'ils ont trouvé dans la voiture de Lopez ? »

« De la drogue ? »

« Non. Du sang. »

« Où ça ? Dans le coffre ? »

« Non, il a dit qu'il y avait une trace sur la portière passager. Il a dit qu'elle n'était pas visible, que Lopez avait essayé de la nettoyer. »

« Il faut qu'on sache à qui il appartient. Ça pourrait être le sang de n'importe qui. » Son visage s'est assombri, et j'ai ajouté : « Mais on a peut-être une piste. »

« Déterminer le sexe à partir du sang, c'est assez facile. Je me demande en combien de temps ils pourront nous dire si c'est celui d'une femme. »

« Ils ne doivent pas avoir un gros échantillon avec lequel travailler, et au final, il nous faudra une analyse ADN complète pour savoir à qui il appartient. »

« Je parie que c'est le sang de Holmes. »

« On va devoir attendre. Imprime la demande de mandat, et je la monterai à Remin. Sa présence pourrait aider. »

Le shérif avait beaucoup d'influence, mais elle n'inciterait pas un juge à signer si les faits n'étaient pas probants. Cependant, l'impliquer directement dans le processus était une façon inoffensive de jouer le jeu politique.

Derrick a tourné sur Vanderbilt Beach Road. Un petit escadron de voitures de patrouille nous a suivis dans Naples Park.

En approchant de la quatre-vingt-dix-huitième Rue, je me suis retourné. « O'Reilly se détache. »

« Tu penses que Shaw va essayer de s'enfuir ? »

« C'est possible, mais s'il sort par derrière, il tombera sur O'Reilly. »

Derrick a fait un signe de tête en direction de la voiture qui surveillait la maison de Shaw. Il a ralenti et s'est garé juste après l'allée.

Nous avons remonté l'allée. Nous avons jeté un œil dans la voiture de Shaw, mais il n'y avait rien de visible. En nous dirigeant vers la maison, Derrick a dit : « La dépanneuse devrait arriver d'une minute à l'autre. »

Mon coéquipier a ouvert la porte moustiquaire et a frappé à la porte. « Police ! Ouvrez ! »

Shaw a ouvert la porte, et j'ai brandi le mandat. « Monsieur Shaw, nous sommes autorisés à perquisitionner votre domicile et votre véhicule. »

« Mais j'ai rien fait. »

L'odeur de son haleine a renforcé ma conviction que nous tenions le bon homme. « Sortez. Vous n'êtes pas autorisé à rester dans la maison. Vous pouvez attendre à l'arrière avec un agent jusqu'à ce que nous ayons terminé. »

« Oh, sérieux, y a rien à l'intérieur. Vous perdez votre temps. »

« Sortez. Maintenant ! »

Il a hoché la tête. « OK, c'est bon, mais vous vous trompez de gars. »

Shaw a été escorté à l'arrière de la maison. En enfilant des gants, Derrick a dit : « Allons-y. Ça ne devrait pas être long. »

« Garde l'œil ouvert pour un sac, un chapeau ou un truc qu'il aurait pu utiliser pour couvrir la tête d'une victime. »

Le manque de meubles signifiait moins d'endroits où se cacher. Un agent et moi sommes allés dans la chambre. Je suis resté sur le seuil, examinant la pièce.

Un lit sans tête de lit constituait l'élément central de l'espace. Une table de nuit avec une lampe et une commode complétaient le tout. En me penchant, j'ai examiné une tache brun foncé sur le tapis. Cette tache, de la taille d'une main, était-ce du sang ?

J'ai sorti mon téléphone et pris quelques photos avant de sortir mon couteau. Découpant un carré de huit centimètres de moquette souillée, je l'ai mis dans un sac et l'ai tendu.

Sur la table de nuit se trouvait un exemplaire du magazine *Hustler*. Même avec des gants, j'ai eu une sensation sordide en feuilletant le périodique porno.

L'unique tiroir de la table de chevet était rempli de chaussettes, de sous-vêtements et de flacons d'aspirine Kirkland. Un bol ébréché était posé sur une commode en panneau de fibres. Deux trousseaux de clés, une poignée de monnaie et un portefeuille usé le remplissaient.

Le portefeuille contenait le permis de conduire de Shaw, trente-six dollars, des bons pour des lavages auto à son travail et une photo délavée de lui et d'une version adolescente de sa sœur.

Le tiroir du haut était rempli de papiers, y compris le bail de la maison. Mille quatre cents dollars, était-ce un prix correct pour ce deux-pièces ? Ou était-ce un arrangement entre amis ?

Après avoir demandé à l'agent de mettre tout le tiroir dans un sac, j'ai fouillé les autres tiroirs. Rien que des shorts et des tee-shirts élimés.

La salle de bains jaune était d'origine. Un rasoir et un peigne reposaient sur le meuble-lavabo simple. L'armoire à pharmacie contenait du déodorant, des articles de rasage et une boîte de Just for Men.

Ouvrant les portes du meuble-lavabo, j'ai regardé à l'intérieur. Une ventouse incrustée d'on ne sait quoi, du papier toilette et un lot de savonnettes remplissaient l'espace. Je me suis dirigé vers la cuisine.

Derrick a déversé le contenu d'un tiroir sur le comptoir. J'ai demandé : « T'as trouvé quelque chose ? »

« Pas encore. Et toi ? »

« Il y avait une tache sur la moquette. Pas sûr de ce que c'était, mais il y a une petite chance que ce soit du sang. J'en ai découpé un morceau. »

Fouillant parmi les objets renversés, il a dit : « Rien ici. »

Il a ouvert la porte d'un placard et en a sorti des tasses et des verres. En sortant la dernière tasse, il a dit : « Il a une boîte de macaronis au fromage avec ses mugs ? »

Il a attrapé la boîte et a dit : « Regarde-moi ça. Notre ami Shaw aime bien son herbe. »

Il a brandi un petit sachet de cannabis. « À moins qu'il n'ait une ordonnance pour un usage médical, il retourne en prison. »

C'était possible, voire probable, mais pas suffisant pour le faire avouer un viol. « Remets-le en place et prends une photo avant de le mettre sous scellés. Je veux vérifier un truc. »

Retournant dans la salle de bains, j'ai ouvert les portes du meuble-lavabo. Saisissant la ventouse entre deux doigts, je l'ai posée sur le sol de la salle de bains. Il n'y avait rien à l'intérieur de la coupe.

Poussant le papier toilette de côté, j'ai regardé sous le lavabo et n'ai rien trouvé. En sortant la tête, j'ai aperçu quelque chose de scotché à l'arrière du tuyau d'évacuation.

CHAPITRE QUARANTE-SIX

Après avoir pris des photos, j'ai découpé le ruban adhésif. C'était un petit flacon blanc avec des caractères chinois sur l'étiquette.

J'ai ouvert le bouchon à l'épreuve des enfants et j'ai regardé à l'intérieur : à moitié plein de petites pilules roses. En inclinant le flacon, j'en ai fait tomber quelques-unes.

Les pilules hexagonales étaient marquées d'un L et d'un X. J'en ai placé une dans le bouchon, j'ai zoomé et j'ai pris une photo. C'était quoi, ça ? Du fentanyl sous forme de pilule, en provenance de Chine ?

Shaw fumait de l'herbe. Est-ce qu'il prenait des trucs plus durs ? Ses dents étaient en piteux état, mais pas au point de celles d'un toxico à la méthamphétamine. Ça pouvait être du fentanyl.

Être défoncé à un truc cent fois plus puissant que l'héroïne rendait difficile le fait de violer quelqu'un. Peut-être que Shaw n'en avait pas pris quand il avait attaqué Ramos, mais qu'il était sous l'emprise de la drogue quand il s'en était pris à Samus.

J'ai ouvert le navigateur Chrome de mon téléphone et j'ai

tapé « drogues avec un X et un L dessus ». Il y avait plein de résultats. Mais ils concernaient tous soit le L, soit le X.

J'ai mis le flacon dans un sachet et je suis retourné dans la cuisine. « Regarde ce que j'ai trouvé scotché au siphon de l'évier. »

« De la drogue ? »

« Peut-être un truc pour inverser la castration chimique ? Ça vient de Chine. »

« Ça m'étonne pas. »

« Tu connais un moyen de traduire du chinois en anglais ? »

« Il te faudrait un clavier avec les caractères chinois. On peut probablement en trouver un en ligne, mais envoie ça à Cindy Chen ; elle lit et écrit le chinois. »

« Bonne idée. Je vais voir ce qu'elle en dit. »

« Il faudra que le labo confirme. »

« Bordel, si seulement on n'avait pas à attendre après tout le monde. »

« La police scientifique intervient dans presque toutes les affaires. »

« Ouais, mais ils vont devoir décupler leurs capacités pour gérer tout ce qui leur tombe dessus. »

« Sans aucun doute, ils sont submergés. »

C'était difficile de le contredire sur le fait d'apprendre de nouveaux mots, mais dire que le labo était débordé était plus logique. « Allons dire deux mots à Shaw avant de plier bagage. »

Assis sur la même chaise pliante, Shaw se rongeait un ongle. Il s'est levé en me voyant. « Vous voyez, vous n'avez rien trouvé, hein ? »

Brandissant le sachet contenant le flacon de pilules, j'ai dit : « C'est quoi, ça ? »

« Je sais pas. »

Derrick a dit : « Allez, Shaw. On finira par le savoir de toute façon. Ne nous fais pas chier. »

« Je vous jure, je sais pas ce que c'est. Vous l'avez trouvé à l'intérieur ? »

« Scotché à un tuyau sous l'évier de ta salle de bains. »

« C'est pas moi qui l'ai mis là. »

« C'est à qui, alors ? »

« J'en sais rien, mec. C'est peut-être vous qui l'avez placé là. »

« Arrête tes conneries et passe à table. »

« Je te jure, mec. C'est pas à moi. Je ne me drogue pas. »

Derrick a ricané. « Ouais, c'est ça. On a trouvé un sachet de marijuana dans le placard de la cuisine. »

« De la marijuana ? Impossible. »

« C'était chez toi, et tu vis seul, non ? »

« Ouais, mais c'est pas à moi. » Il nous a pointés du doigt. « Vous savez, je pense que ça devait déjà être là quand j'ai emménagé. Ouais, ça doit être ça. »

« Ce serait beaucoup plus simple si tu l'admettais, tout simplement. »

« Jamais de la vie, mec. »

Il était catégorique. Mis à part l'accusation de viol, la menace de retourner en prison pour violation de sa liberté conditionnelle liée à la drogue aurait poussé la plupart des gens à livrer une performance digne d'un Oscar. « Accepterais-tu de te soumettre à une prise de sang ? »

« Vous voulez me prendre du sang ? Pourquoi ? »

« Pour vérifier s'il y a des traces de drogue. »

« Vous allez mettre mon sang quelque part pour dire que j'y étais ? »

« Non. Monsieur Shaw, malgré ce que dit Hollywood, c'est plus rare qu'un politicien qui dit la vérité. »

« D'accord, alors. Faites-le. »

« On va appeler une unité d'ambulanciers. »

Ça pouvait prouver qu'il se droguait, mais la menace d'un résultat négatif n'aurait pas beaucoup de poids.

Pendant qu'on attendait les ambulanciers, Derrick a dit :
« On devrait embarquer ce salaud. »

« Je sais pas. »

« Si on lui met la pression, il va craquer. On a la marijuana
comme moyen de pression. »

« Il vaudrait mieux attendre. On va le garder à l'œil et voir
comment ça se passe. »

L'herbe ne nous aiderait pas à prouver quoi que ce soit.
Mais on avait la drogue inconnue, la tablette de Shaw et son
véhicule. Il suffisait qu'un seul de ces éléments aboutisse.

De retour au bureau, Derrick a dit : « Et maintenant, la
partie la plus difficile : l'attente. »

« Tu l'as dit. »

« Tu as dit que le shérif allait faire bouger les choses. »

« Il subit beaucoup de pression sur l'affaire Holmes. Mais ce
n'est pas facile de griller la file d'attente. Toutes les affaires sont
importantes. »

« Ça ne devrait pas fonctionner comme ça. »

Il avait raison. « C'est la ligne officielle. Il va faire avancer
les choses. Crois-moi, Remin ne veut pas continuer à se faire
harceler par les journalistes. Tu sais qu'il a parlé du fait que
Naples pourrait perdre sa première place de ville au plus faible
taux de criminalité du pays. »

« Ça ne serait pas bon pour son image. »

Mon portable a sonné. C'était Mary Ann. « Salut, comment
tu te sens ? »

« Bien. Je suis en pleine forme. »

« Super. Quoi de neuf ? »

« Euh, pas grand-chose. »

Ça signifiait que quelque chose se préparait. « On vient
juste de rentrer au bureau, après avoir exécuté un mandat chez
un suspect de viol. »

« Vous avez découvert quelque chose ? »

« On attend les analyses et on a trouvé des pilules qu'on doit identifier. »

« Vous y arriverez. Vous y arrivez toujours. »

Sa confiance en moi démentait le fait que personne n'avait un bilan parfait. « On pourrait peut-être se prendre un truc à emporter ce soir. J'ai envie d'un sandwich au mérou. »

« Bien sûr. Où tu veux. »

« On pourrait faire un saut à Bonita, peut-être au Fish House ou au Big Hickory Grille. »

« Ça me va. »

« D'accord, on verra comment se passe le reste de ma journée. »

« OK. Tu sais, je parlais à Jessica tout à l'heure. Elle pense à faire un semestre en Europe. »

Ah, la vraie raison de l'appel. Il y avait toujours un petit manège avant d'aborder un sujet difficile. « En Europe ? »

« Oui, ils ont un super programme où elle pourrait étudier à Florence. Elle est tellement excitée. »

« Laisse-moi deviner : ce n'est pas inclus dans la somme ridicule qu'on paie pour les frais de scolarité. »

« Non, mais n'oublie pas qu'elle a une grosse bourse. »

« Combien ? »

« C'est seulement environ 7 000 dollars. »

« Seulement ? »

« C'est l'occasion d'une vie pour elle. »

« On est plutôt à sec, Mary Ann. »

« Je sais, mais ce serait une expérience merveilleuse. Tu imagines, étudier en Italie ? Dans un endroit comme Florence ? »

Non, ça me dépassait. Siroter un Chianti ? Voilà à quoi se résumait mon voyage en Italie. « Merde, on prépare les gamins à être déçus quand ils entreront dans le monde réel. »

« On pourrait peut-être aller lui rendre visite quand elle sera là-bas. »

La question n'était pas de savoir *si* Jessie allait y aller. La décision avait été prise. Est-ce que ça pouvait être considéré comme de l'intimidation ? « On en reparlera plus tard. »

« Elle y tient vraiment beaucoup. »

« J'ai besoin de temps pour digérer ça. D'accord ? »

« Bien sûr, bien sûr. Évidemment. »

On essayait de reconstituer nos économies et une autre fuite venait de s'ouvrir.

Derrick était au téléphone. Il a bondi de sa chaise et a levé le poing en signe de victoire. En raccrochant, il a dit : « Le sang dans la voiture de Lopez est celui de Holmes. »

CHAPITRE QUARANTE-SEPT

Derrick a dit : « Lançons la procédure pour un mandat d'arrêt. J'ai hâte de l'embarquer. »

Le souvenir de m'être cassé les dents sur ma première affaire de meurtre me poussait à la modération. « Il vaudrait peut-être mieux le faire venir pour l'interroger. Voir s'il change de disque. »

« Tu ne le sens pas coupable ? »

« Ce n'est pas une question d'impression, mais de preuves. »

« C'est des conneries. Tu parles tout le temps d'intuition et d'instinct. »

« Attends. L'instinct est crucial, du moins celui qui est affiné par la formation et l'expérience. Ça nous met sur une piste, mais pour arrêter quelqu'un, il faut plus que ça, si tu veux que ça tienne la route. »

« Tu crois que je ne le sais pas ? »

« Évidemment que tu le sais. Je dis juste que... »

« Laisse tomber. Fais comme tu veux, comme d'habitude. »

« Qu'est-ce que ça veut dire ? On travaille sur les affaires ensemble et... Hé, où est-ce que tu vas ? »

« Je sors. »

En me repassant ce que j'avais dit, je ne voyais rien qui ait pu déclencher sa crise. Il voulait arrêter Lopez, et ma suggestion avait été de lui parler d'abord. Il m'a fallu plusieurs essais pour me souvenir exactement de la manière dont je l'avais dit.

Ce n'était pas comme si son supérieur l'avait désavoué ; c'était simplement la chose la plus prudente à faire. S'il s'avérait que Lopez n'était pas coupable, ça nous éviterait à tous les deux de nous retrouver dans l'embarras.

Qu'est-ce qui se passait ? Sa candidature au poste de chef à Port Charlotte était la preuve qu'il voulait prendre les commandes. Était-il à ce point fatigué de travailler avec moi qu'il ne pouvait plus attendre ? Mon approche était-elle trop prudente pour la nouvelle génération ?

Ou y avait-il quelque chose qui pesait sur la vie personnelle de mon coéquipier ? Ça devait être ça. J'ai fermé la porte du bureau et j'ai appelé Mary Ann. « Salut, rends-moi un service et appelle Lynn. »

« Pourquoi ? Qu'est-ce qui se passe ? »

« Derrick se comporte comme un gamin de dix ans. Tout ce que je dis le fait sortir de ses gonds. »

« Tu m'avais dit qu'il était sensible. »

« Dis plutôt hypersensible. Il doit lui arriver quelque chose. Peut-être qu'il y a de l'eau dans le gaz avec Lynn. »

« Oh non. J'espère que ce n'est pas ça. »

« Essaie de voir si elle se confie. »

« Je te tiens au courant si j'apprends quoi que ce soit. »

Derrick m'avait apporté le café du matin, comme il le faisait depuis des années. L'inconnue était de savoir si c'était par habitude ou pour me montrer qu'il tenait encore à moi.

Il était difficile de séparer le personnel du professionnel, mais nous avions un interrogatoire à mener. Il faudrait attendre pour essayer de parler de ce que Lynn m'avait dit qu'il ressentait.

Derrick est resté collé à son portable jusqu'à ce que Ponte et Lopez soient dans la salle d'interrogatoire. J'observais l'avocat et son jeune client à l'écran, attendant que mon coéquipier lance les choses.

L'étudiant n'aurait pas pu être plus agité s'il avait été assis sur des charbons ardents. Ponte gardait un sourire plaqué sur le visage pour rassurer son client.

Entendant des pas, je me suis retourné. Derrick a fait un léger signe de tête. J'ai demandé : « Tu veux prendre la main ? »

M'attendant à moitié à ce qu'il réponde « *Si tu veux* », il a dit : « Bien sûr. »

« Super. C'est à toi. »

Nous avons pris des chaises en face de Ponte et Lopez. Derrick s'est occupé des formalités et les a remerciés d'être venus. Mes épaules se sont détendues.

« Mon client a fait des pieds et des mains pour coopérer. Et maintenant, vous avez mis sa voiture en fourrière, celle dont il a besoin pour finir ses études. M. Lopez veut que la presse le lâche et qu'il puisse reprendre sa vie. Je dois vous avertir : nous atteignons un point que beaucoup considéreraient comme du harcèlement. »

« M. Lopez est une personne d'intérêt dans une enquête pour homicide. La fouille de son véhicule a été autorisée par le tribunal et a révélé des preuves intéressantes. »

La peur a traversé le visage de Lopez. « Qu'est-ce que vous... »

Ponte a posé sa main sur l'avant-bras de son client. « À quelles preuves faites-vous allusion ? »

« Au sang de Deborah Holmes. »

« Non, non. C'est impossible. »

« Où ce supposé sang a-t-il été localisé ? »

« Sur la portière passager. »

« Intéressant, mais n'oublions pas que mon client a eu une longue relation avec la défunte ; ce que vous prétendez avoir trouvé aurait pu s'y retrouver n'importe quand lorsqu'ils étaient ensemble. »

Cela relèverait de la coïncidence, et je n'y croyais pas. Le gamin a fermé les yeux très fort. Espérait-il se retrouver ailleurs en les rouvrant ?

« M. Lopez a été vu conduisant la voiture où le sang de Mme Holmes a été trouvé, la nuit où elle a disparu. »

« C'est la seule voiture que possède mon client. »

Lopez s'est tourné vers Ponte. « Je sais d'où ça vient. Elle s'est écorchée le genou quand on est allés au parc de Livingston. Elle est tombée et s'est coupée. »

La mention de Livingston m'a fait penser à Ramos.

Derrick a dit : « Et comment a-t-elle fait ça ? »

« On chahutait dans l'aire de jeux pour enfants. Il y a ces gros rochers, et elle a glissé sur l'un d'eux. »

« Et quand est-ce que cela serait arrivé ? »

« C'est arrivé. J'étais là et d'autres gens l'ont vu. Même Mme Reedy, elle a vu. »

« Mme Reedy était au parc ? »

« Ouais, elle sortait d'un cours de yoga et elle nous a vus. Debbie saignait, alors on est partis juste après. »

J'ai demandé : « L'inspecteur Dickson a demandé quand c'est arrivé. À quelle date ? »

« Oh, le lendemain de son anniversaire. Je ne pouvais pas la voir le jour même. On avait une compétition de natation, et ils m'auraient viré de l'équipe si j'en avais manqué une. »

« Comment le sang est-il arrivé sur la portière ? »

« Je ne sais pas. Elle a dû se cogner la jambe contre la portière en montant. Elle sautillait partout, quoi. »

Le parc avait des caméras. Mais couvraient-elles l'aire de jeux ? À moins que le gamin soit un bon menteur — et de nombreux psychopathes l'étaient —, il pouvait dire la vérité.

Ouvrant le dossier, j'ai vérifié la date d'anniversaire de Holmes. C'était le vingt-deux mars. Presque trois mois avant sa disparition.

Derrick a demandé : « La coupure sur sa jambe était-elle grave ? »

« Pas trop, mais vous savez comment sont les filles, elles en font tout un plat. »

La nuit dernière, je m'étais cogné l'orteil contre le lit et j'avais sautillé plus qu'un lapin n'en avait fait dans toute sa vie.

« Où êtes-vous allé avec Debbie, la nuit du vingt-trois mai ? »

Derrick avait formulé la question pour piéger Lopez.

Ponte a dit : « Mon client a déjà déclaré qu'il n'a ni vu ni rencontré Mme Holmes cette nuit-là. »

« Répondez à la question, M. Lopez. »

Il a regardé son avocat, qui a hoché la tête. « Comme je l'ai déjà dit, je ne l'ai pas vue cette nuit-là. »

« Mais vous étiez devant chez elle cette nuit-là. »

« Je suis juste passé en voiture devant son quartier. »

« Et vous vous êtes garé de l'autre côté de la rue, près de l'entrée de son quartier. »

« Non. Je ne me suis garé nulle part. Je vous l'ai déjà dit. »

Ponte a dit : « Avez-vous de nouvelles questions ? Sinon, nous considérerons cet interrogatoire comme terminé. »

Derrick m'a regardé, et j'ai hoché la tête. Il avait encore besoin de mes conseils. Nous avions du travail à faire : vérifier la vidéo du parc, vérifier auprès des Holmes si Debbie s'était bien écorchée le genou, et demander au labo de dater l'échantillon de sang.

Les tests ne pourraient pas déterminer son âge exact, mais la fourchette pourrait être tout ce dont nous avions besoin.

CHAPITRE QUARANTE-HUIT

Parler à Derrick était important, mais aborder le sujet était délicat. Il était plus simple de faire le suivi de l'interrogatoire de Lopez.

En retournant au bureau, j'ai dit : « Ça s'est plutôt bien passé. »

Derrick a répondu : « Arrête avec tes fausses félicitations. »

« De quoi tu parles ? On a des pistes exploitables à suivre. On saura assez vite si c'est Lopez. »

Il a haussé les épaules. « Tu connais les gars du labo mieux que moi. Tu veux leur demander de dater le sang ? »

« Bien sûr. Ensuite, j'irai parler aux Holmes, euh, à moins que tu veuilles t'en charger. »

« Non, je vais descendre au parc voir ce qu'ils ont comme vidéos. »

J'avais l'impression d'être dans un palais des glaces ; à un moment, Derrick voulait prendre le volant, et la minute d'après, il s'installait sur le siège passager.

Mme Holmes a ouvert la porte. Ses yeux se sont écarquillés. « Il a avoué ? »

« Non, madame. »

Elle a froncé les sourcils. « Entrez. »

« Je voulais vous poser une question sur une éventuelle blessure, une blessure sans gravité, que votre fille aurait pu se faire aux alentours de son anniversaire. »

« Une blessure ? »

« Elle s'est peut-être écorchée le genou au parc. »

« Ah, oui. Ça. Elle était avec Javier et elle est tombée au parc aquatique. »

« Le parc aquatique ? Pas l'aire de jeux pour enfants ? »

« Oh, c'était peut-être l'aire de jeux. »

« Quand est-ce que c'est arrivé ? »

« Peut-être, euh, il y a peut-être trois mois, ou moins. »

« C'était aux alentours de son anniversaire ? »

« Hum. » Sa lèvre s'est mise à trembler. « Je suis désolée… »

« Ce n'est rien, madame. Pas de problème, ce n'est pas important. Si ça vous revient, appelez-moi. Sinon, ce n'est pas grave. »

Les mères oubliaient rarement, voire jamais, le moindre bobo de leur enfant. Et les anniversaires étaient des événements qui ancraient les souvenirs. Mais perdre un enfant était un coup dont peu de gens se remettaient, surtout à court terme.

Mme Reedy a ouvert la porte, vêtue d'un tablier. « Oh, euh, inspecteur… »

« Luca, madame. Je peux vous dire un mot ? »

« À moi ? »

« Oui, cela concerne une blessure que Debbie Holmes s'est faite à North Collier Park. Un témoin a dit que vous étiez là. »

« Oui, mais je n'ai rien vu se passer. Je sortais de la salle de sport. »

« Elle s'est blessée au genou ? »

« Oui. Pourquoi demandez-vous ça ? »

« Juste une dernière chose, c'était quand ? »

« Je crois que c'était juste aux alentours de son anniversaire. »

M. Reedy est entré dans la pièce. « Inspecteur Luca. Qu'est-ce qui vous amène ? »

« Nous faisons un suivi sur quelque chose, et nous aimerions en savoir plus sur une blessure au genou que Debbie s'est faite aux alentours de son anniversaire. »

Mme Reedy a dit : « Tu te souviens, je t'ai dit que je l'avais vue saigner au parc. »

« Je me souviens qu'elle a dit avoir perdu l'équilibre, mais ce n'était pas une écorchure ou quoi que ce soit. C'était un bleu. »

« Tu es sûr ? »

« Sûr à cent pour cent, et c'était des semaines après son anniversaire. »

« La date pourrait être importante. Nous devons en être certains. »

« J'ai une excellente mémoire. Pas vrai ? » a dit M. Reedy à sa femme.

« C'est vrai. Je ne sais pas comment il se souvient des choses, mais c'est le cas. »

Ma mémoire était bousillée par la chimio dont on m'avait imbibé. Ça m'ennuyait, mais l'opération et les médicaments m'avaient sauvé. « Et votre mémoire à vous, madame ? »

« Assez bonne. »

« Pas aussi bonne que la mienne. »

Son mari était autoritaire, ce qui me mettait mal à l'aise. S'il avait une meilleure mémoire, tant mieux. Mais la différence de dates ne me plaisait pas.

Derrick n'était toujours pas rentré. Il n'y avait pas de façon simple d'aborder un sujet personnel. La seule décision à prendre était de savoir si nous devions discuter de l'affaire avant de nous aventurer en terrain inconnu. Les hommes aiment garder leurs distances émotionnelles, surtout avec d'autres hommes.

Mon coéquipier est entré dans le bureau. « Tu as eu des vidéos ? »

Il a secoué la tête. « Pas de couverture sur l'aire de jeux. »

« Merde. »

« Qu'est-ce que les Holmes ont dit ? »

« La mère n'a pas été d'une grande aide. Elle est toujours en état de choc. Elle a commencé à craquer, alors je suis allé voir Mme Reedy. »

« Qu'est-ce qu'elle a dit ? »

« Elle se souvenait qu'elle s'était écorché le genou aux alentours de son anniversaire, mais son mari a dit qu'elle avait tort. »

« Il a nié ? »

« Ouais. Il a dit que c'était un bleu, pas de sang, et que ça ne s'était pas passé aux alentours de son anniversaire. »

« C'est bizarre. »

« C'est clair. C'était la mère qui me parlait, mais il l'a interrompue quand il est entré dans la pièce. »

« De l'avis de tous, il est dominateur. »

« Je ne sais pas s'il en a après Lopez à cause de son fils ou s'il est juste un je-sais-tout. »

« Peut-être bien, mais quoi qu'il en soit, c'est un enfoiré de chef. »

Est-ce que Derrick me décrivait de la même manière à sa femme ? « Je ne sais pas s'il est trop tard pour les séparer et voir ce qu'on obtient. »

« Le train est parti. Et on ne peut pas demander à leur fils, Jason. Il se rangera à l'avis du vieux. »

« Peut-être qu'un ami ou un voisin peut clarifier ça. »

« Et si on lui demandait de passer au détecteur de mensonges ? »

C'était une approche originale. « C'est une idée. Mais, je ne sais pas... »

« Tu dis toujours qu'on apprend quelque chose quand quelqu'un dit non. »

Il me respectait encore. « C'est vrai. J'aime bien ton idée. Faisons ça. »

Derrick a décroché le combiné. « Je vais vérifier l'emploi du temps de Franco. »

« Attends une seconde. » Je me suis levé et j'ai fermé la porte. « Je voulais te parler. »

« À propos de quoi ? »

« De nous. » On aurait dit une réplique d'une série romantique.

Il s'est adossé à son fauteuil. « D'accord. »

« Mary Ann a parlé à Lynn l'autre jour, et elle a mentionné que je, euh, tu sais, manquais parfois de considération. Il faut que tu saches que ce n'était pas intentionnel. Je ne ferais jamais rien pour t'offenser. »

Son silence signifiait que les excuses ne suffisaient pas. Il était quasi certain que Lynn lui avait raconté tout ce qu'elle avait dit à Mary Ann.

« Bilotti et moi, on se connaît depuis le jour où je suis arrivé ici. Tout ce truc sur le vin était un pur hasard. Je bossais sur cette affaire et je suis allé le voir, et tu sais que son bureau a toutes ces photos de vignobles... »

« Je n'ai jamais mis les pieds dans son bureau. »

« C'est pas grand-chose. Bref, ce jour-là, j'ai dit que j'aimais les photos, et il a commencé à parler de vin. Il a voulu savoir quel vin j'aimais et j'ai dit le vin italien. Dans la minute, il m'a invité à déjeuner, et il avait, genre, quatre vins différents servis. C'était... »

Il a secoué la tête. « Ça n'a rien à voir avec le vin, mec. Tu agis comme si je n'étais même pas là quand il est dans les parages. C'est humiliant. »

« Je suis désolé, mon pote. Je n'en avais aucune idée. »

« C'est comme si vous aviez un club secret ou un truc du genre. »

« Non, ce n'est pas ça. Je veux dire, tu ne bois même pas de vin, tu préfères la bière. »

« Allez, mec. Je t'ai dit que ce n'est pas le vin. C'est insultant de ne même pas être invité ou inclus. Lance juste l'invitation ; si je dis non, au moins... »

« Je comprends. Je suis désolé, vraiment. Tu m'as appris quelque chose. Je ne savais même pas que je te blessais, et j'aurais dû le savoir. Je me sens comme un parfait crétin. »

« Je voulais dire quelque chose, mais... »

« C'est ma faute. J'ai merdé, grave. »

Il a tendu la main. « Passons à autre chose. »

J'ai ignoré sa main et je l'ai serré dans mes bras. « Crois-moi, mon frère. Je n'en avais aucune idée. »

« C'est de l'histoire ancienne, mec. »

On a frappé à la porte ; Gesso l'a ouverte. « Je déteste interrompre le *Pascal, le grand frère*, mais il y a eu une autre tentative de viol. »

CHAPITRE QUARANTE-NEUF

Nous avons attrapé nos vestes et nous nous sommes dirigés vers le parking. Derrick a dit : « On a Shaw sous surveillance. S'il n'a pas réussi à filer, c'est qu'on a le mauvais gars. »

La pensée de devoir dire à Lisa Ramos que nous faisions fausse route m'a fait remonter une gerbe de bile au fond de la gorge. En composant un numéro sur mon téléphone, j'ai dit : « Il faut qu'on sache si on a perdu Shaw de vue. Si quelqu'un a merdé, tu devras payer ma caution. »

« Je serai dans la cellule avec toi. »

J'ai raccroché. « McCloskey a dit que Shaw travaillait et qu'il était garé devant la station de lavage toute la journée. Il a dit que Shaw était dehors la plupart du temps, mais qu'il avait été hors de vue pendant environ une heure et demie... »

« Laisse-moi deviner, au même moment que la tentative de viol. »

« C'est ça, mais il aurait fallu qu'il soit Houdini pour s'éclipser, commettre son acte et revenir sans se faire repérer. »

« Dis-lui de vérifier auprès des collègues de Shaw... »

« C'est déjà en cours. »

Derrick a quitté Golden Gate Boulevard pour s'engager sur Santa Barbara. Mon téléphone a sonné. « Inspecteur Luca. »

« Salut, Frank, tu as une minute ? »

C'était Sergio du labo. « Fais vite, on part interroger une victime de tentative de viol. »

« Putain, encore une ? Mais qu'est-ce qui se passe, bordel ? »

Bonne question. « Qu'est-ce que tu as pour moi ? »

« On a les résultats sanguins de Richard Shaw. »

« De la marijuana ou des drogues illicites ? »

« Rien. »

« Y avait-il une substance dans son sang que tu n'as pas pu identifier ? »

« Rien dans les analyses habituelles. »

« On a remis un flacon de pilules trouvé lors d'une perquisition chez lui. »

« Je ne suis pas au courant. Elles doivent être aux scellés. »

« Je vais appeler Gesso pour les faire libérer. On doit savoir ce que c'est. Il y avait des caractères chinois sur le flacon, mais ça ne nous a rien donné. »

« Ça dépasse mes compétences. On va devoir l'envoyer à un labo extérieur. »

« Combien de temps ça va prendre ? »

« J'en sais autant que toi. »

« Allez, Serg, on parle d'un viol, là. »

« C'est une façon de parler, mec. Je vais leur mettre la pression au maximum. »

Le Golden Gate Community Park était sur notre gauche, et la victime vivait de l'autre côté de Recreation Lane, dans un quartier appelé The Coast Townhomes of Naples. Un nom bien long pour un petit lotissement.

Derrick a dit : « Laissons nos vestes. »

Réprimant une protestation, j'ai dit : « Il fait vraiment lourd aujourd'hui. »

Le bourdonnement de la circulation sur l'autoroute était le seul son qui flottait dans l'air humide.

Derrick a sonné et, cinq secondes plus tard, la porte s'est ouverte. « Vous êtes de la police ? »

« Oui, madame. Les inspecteurs Luca et Dickson. »

Elle a à peine jeté un regard à nos badges. « Je suis Lois Weaver. Entrez. »

Weaver avait la même carrure que les autres victimes et les cheveux bruns. Mais son attitude m'a décontenancé.

« Racontez-nous ce qui s'est passé, madame Weaver. »

Elle portait un débardeur bleu qui laissait voir un tatouage d'aigle. « Un taré m'a sauté dessus et s'est mis à me peloter comme un malade. J'étais là, genre, « c'est quoi ce bordel ? » »

« Avez-vous été blessée ? »

« Non, je n'ai pas laissé à ce connard le temps de le faire. »

« Où l'agression a-t-elle eu lieu ? »

« En face. Dans le parc. »

« Où, exactement ? »

« Près des terrains de baseball. »

« Y avait-il d'autres témoins ? »

« Non, il fait trop chaud pour la plupart des gens, mais pas pour moi. L'humidité ne me dérange pas du tout. »

« A-t-il dit quelque chose ? »

« Pas à moins de considérer ses gémissements. Je l'ai balancé par terre et je lui ai mis un coup de pied en plein dans les couilles. »

« Avez-vous une idée de qui était l'agresseur ? »

« Oh, ouais, c'est le même salopard que vous avez montré dans le portrait-robot aux infos. »

J'ai sorti mon téléphone et j'ai affiché le portrait. « Est-ce que ce visage vous dit quelque chose ? »

« Ouais, c'est ce fumier. S'il ne s'était pas enfui, je lui aurais botté le cul. J'ai une ceinture noire de judo. »

Ma spécialité à moi, c'était la spéculation. « Êtes-vous certaine que c'est le même homme ? »

« Croyez-moi, je n'oublierai pas ce visage. C'est lui. »

« Transportait-il quelque chose ? »

« Il avait un sac ou un truc du genre. »

« Seriez-vous d'accord pour nous montrer où l'agression a eu lieu ? »

« Bien sûr, pourquoi pas ? »

« Seulement si vous vous en sentez capable. »

« Je suis tellement sur les nerfs en ce moment que sortir me fera du bien. »

———

La maison sent l'ail et les oignons. La journée a été stressante, mais elle va bien se terminer.

« Ça sent bon ici. Qu'est-ce que tu prépares ? »

Mary Ann dit : « Un gratin de chou-fleur et de macaronis. »

« Ça a l'air bon. Mais il ne nous faut pas de fromage ? »

« J'en ai pris tout à l'heure. »

« Merci. »

« J'ai entendu dire que tu t'étais réconcilié avec Derrick. »

Les femmes s'échangent les informations mieux que des indics. « Ouais. Tout va bien. »

« Qu'est-ce qu'il a dit ? »

« Il a eu l'impression que je l'excluais avec le vin et Bilotti. Mais ce n'était pas le cas. Je ne ferais jamais une chose pareille. »

Elle a haussé les sourcils. « Frank, tu as fait la même chose à notre voisin Jimmy. »

Bingo. Je comprenais pourquoi la plupart des archéologues étaient des femmes : elles adoraient déterrer le passé.

« C'était différent. Un malentendu. »

« Non, tu as été grossier. »

« Pas du tout. On allait à un match d'entraînement de printemps, et il n'aime même pas le baseball. »

« Ce n'est pas la question. Tu ne peux pas inviter une personne devant une autre, peu importe l'événement. C'est la moindre des politesses. »

« Tu as raison. C'est juste que, tu sais, je me suis dit qu'il ne serait pas intéressé. »

« Laisse-le refuser, alors. »

Impossible de me rattraper. « Je sais. Si tu me vois faire un truc comme ça, essaie de me le dire, mais sans me mettre dans l'embarras, d'accord ? »

« Jamais je ne ferais ça. »

Elle l'avait déjà fait. « Merci. »

« Oh, il faut qu'on vire trois mille dollars pour le voyage de Jessica. »

C'était une négociatrice aguerrie. « D'accord, vas-y. »

« Jessica est tellement excitée. »

« Je parie qu'elle l'est. »

« Merci, je sais que tu t'inquiètes pour nos finances, mais c'est une occasion unique. »

Les parents se font toujours passer en second. « Je vais me changer. »

« Oh, qu'est-ce qui s'est passé avec la tentative de viol ? »

« Cette femme était l'une des plus coriaces que j'aie jamais rencontrées. Elle lui a mis un coup de pied dans les couilles. »

« Bien fait pour elle. Mais qui est derrière tout ça ? »

« Je vais me changer. »

CHAPITRE CINQUANTE

DERRICK A POSÉ UNE TASSE DE CAFÉ SUR MON BUREAU. « SALUT, Frank. »

« Salut. »

« Tu es là de bonne heure. Tu travailles sur quoi ? »

« Je passe en revue les appels de la hotline. Je ne suis pas convaincu que ce ne soit pas Shaw. On s'est concentrés sur lui parce que sa sœur a appelé, mais il y en avait une trentaine d'autres qui semblaient crédibles. »

« Donc on cherche le sosie de Shaw ? »

« On dit que tout le monde a un sosie. »

« Le tien, c'est George Clooney. »

« C'était le cas, mais le temps a fait son œuvre. »

Il a ricané. « Tu lui ressembles toujours. Donne-moi la moitié de la liste. »

« Tiens. Au fait, c'est négatif pour les caméras de surveillance du parc. »

« Pas surprenant, vu comment ça se passe. »

Il avait raison. Après que nous avons passé une poignée d'appels chacun, Derrick s'est levé. Il était au téléphone. Au moment où il a raccroché, il a dit : « Je crois que je tiens quelque chose. »

« Quoi ? »

« George Eckert. Il travaille chez Driftwood, sur la 41. »

« La pépinière ? »

« Ouais. Un collègue a dit qu'il ressemble au portrait-robot et que c'est un drôle de type. Et écoute ça : il était en congé hier, quand Weaver a été attaquée. »

« Où est-ce qu'il habite ? »

« Sur Airport Pulling, près d'Orange Blossom. »

« Assez proche du parc sur Livingston. »

« J'ai vérifié. Il s'est fait choper pour de la drogue il y a un an. Il faut le vérifier, et on a le temps avant que Reedy n'arrive pour le polygraphe. »

« Vas-y. Je ne veux pas gaspiller les effectifs, sinon je t'accompagnerais. »

« À plus tard. »

Avoir une piste, ça faisait du bien. J'ai passé un autre appel. « Monsieur Fernandez ? »

« Oui ? »

« Ici le détective Luca. Vous avez appelé la hotline à propos d'un portrait-robot que nous avons diffusé sur un homme à qui nous souhaitons parler. »

Il a baissé la voix. « Mon vieux, vous ne devez pas chômer. »

Fernandez avait un accent traînant. Essayait-il de nous mettre sur une fausse piste ? « Le crime ne prend jamais de vacances. Dites-moi qui, selon vous, ressemble au dessin. »

« C'est Peter Gatrod. Il vit dans l'immeuble et c'est un vrai tordu. »

« Qu'est-ce qui vous fait penser que c'est lui ? »

« La façon dont il regarde ma femme et ma fille, j'ai envie de lui casser la figure. »

Tout en tapant le nom dans le système, j'ai dit : « A-t-il fait des avances ? »

Avant qu'il ne réponde, la photo du permis de conduire de Gatrod est apparue. Il ressemblait effectivement à Shaw.

« Pas directement, mais je leur ai dit de rester loin de ce taré. »

« Vous habitez sur Derbyshire Court ? »

« Oui. »

C'était à deux pas du Golden Gate Community Park. « Permettez-moi de vous demander : M. Gatrod a-t-il un accent traînant ? »

« Pas vraiment. »

« Vit-il seul ? »

« J'en suis presque sûr. »

« Savez-vous ce qu'il fait dans la vie ? »

« Je ne crois pas qu'il travaille. Ce dégueulasse touche sûrement des chèques de ce putain de gouvernement. »

Il n'y avait aucune information dans la base de données de Floride sur l'emploi de Gatrod. Peut-être que le voisin avait raison. Il était temps de vérifier.

Peter Gatrod vivait dans un appartement central au rez-de-chaussée d'un immeuble de six logements. Sa Ford Focus blanche était garée de l'autre côté de la rue, sous un abri pour voiture.

Les stores de toutes les fenêtres étaient baissés. Je me suis garé devant l'immeuble suivant et j'ai jeté un coup d'œil à l'intérieur de la voiture de Gatrod. Des emballages de Burger King et une canette de Coca traînaient sur le siège passager.

En m'approchant de la porte, j'ai cru entendre quelqu'un tousser à l'intérieur. Ou était-ce dans un autre appartement ? Après avoir sonné trois fois, j'ai martelé la porte avec la paume de ma main. Rien.

Weaver habitait à proximité. Cela dérogeait au protocole, mais il serait utile de lui montrer une photo de Gatrod. Elle n'était pas chez elle. J'ai glissé ma carte sous la porte et je suis parti.

———

Derrick était de retour au bureau. « Comment ça s'est passé avec Eckert ? »

« C'est un drôle de type, ça, c'est sûr. Devine ce qu'il faisait quand je suis arrivé ? »

« Il jouait aux échecs ? »

Il a ri. « Ils m'ont dirigé vers l'arrière. Et quand je l'ai vu, il suivait une femme en mini-short. Je suis resté en retrait, et il s'est engagé dans une allée où ils ont toutes ces poteries. J'ai fait le tour par l'arrière, et il était juste là, planté, à mater le cul de cette femme. »

« Putain de connard. »

« Ouais, et cette dame, elle a dû sentir quelque chose, parce qu'elle s'est retournée, a secoué la tête et est partie. »

« Qu'est-ce qu'il a dit ? »

« Il était évasif. Quand je lui ai demandé où il était hier, il a dit qu'il avait pris sa journée parce que sa sœur du Tennessee était de passage. »

« Il a un accent traînant ? »

« Yep, un gros. »

« Et ses dents ? »

« Pas terribles, mais pas trop mal non plus. »

« Et au moment où Ramos a été violée ? »

« Il a dit qu'il ne se souvenait pas exactement, mais comme c'était un soir de semaine, il a dit qu'il devait être chez lui. Il a dit que la chaleur après dix heures de travail dehors le met K.O. »

C'était plausible, bien que ça l'arrange. « À quel point penses-tu qu'il ressemble à Shaw ? »

« Il y a une nette ressemblance, mais je ne les confondrais pas. »

« Je sais, mais on parle de voir quelqu'un de loin. N'oublie pas que l'un des témoins était un gamin et l'autre est Noon. »

« Il faut le montrer à Weaver. C'est la seule victime qui l'ait vu. »

« Je suis passé chez elle pour lui montrer une photo de ce type, Peter Gatrod. Mais elle n'était pas là. Un voisin a appelé la hotline en disant qu'il ressemblait au portrait-robot. Je dois avouer que ce Gatrod est une correspondance quasi parfaite. »

L'OPÉRATEUR DU POLYGRAPHE ENROULAIT UN APPAREIL ressemblant à une ceinture autour du père de Jason Reedy. C'était l'un des capteurs qui mesureraient sa respiration, sa tension artérielle, son rythme cardiaque et la conductivité de sa peau.

Les résultats du détecteur de mensonges n'étaient pas recevables au tribunal, mais l'outil avait son utilité. Parfois.

Une chose que nous avions apprise était que Reedy avait rapidement accepté de se soumettre au test. Cela indiquait qu'il disait la vérité, mais ce n'était pas fiable à cent pour cent non plus.

L'opérateur, John Hardy, était considéré comme l'un des meilleurs du sud-ouest de la Floride. Il a fini de brancher Reedy en plaçant des moniteurs sur deux de ses doigts et s'est assis à côté de lui, derrière la machine.

Hardy a dit : « Êtes-vous prêt à commencer ? »

« Absolument. »

Hardy a allumé la machine et a demandé : « Êtes-vous marié ? »

« Oui. »

« Avez-vous un fils ? »

« Oui. »

« S'appelle-t-il Robert ? »

« Non. »

« Au cours de cet interrogatoire, répondrez-vous en toute

honnêteté à toutes les questions concernant la disparition et le meurtre de Deborah Holmes ? »

« Oui. »

À mesure que le papier millimétré avançait, Hardy y faisait des marques.

« Savez-vous qui a assassiné Deborah Holmes ? »

« Non. »

Hardy a fait une autre marque. « Avez-vous vu Javier Lopez sur Livingston Road la nuit où Deborah Holmes a disparu ? »

« Oui. »

« Avez-vous été impliqué de quelque manière que ce soit dans la disparition ou la mort de Mme Holmes ? »

Chaque fois que Reedy répondait, le bras de la machine bougeait, et Hardy faisait une annotation. « Non. »

« Votre fils, Jason, a-t-il été impliqué de quelque façon que ce soit ? »

« Non. »

« Avez-vous vu Javier Lopez garé sur un parking sur Livingston Road ? »

« Oui. »

En regardant l'écran de retour vidéo, Derrick a dit : « Qu'est-ce que t'en penses ? »

« C'est difficile à dire. Il a l'air un peu trop sûr de lui. »

« Il pourrait dire la vérité. »

« Voyons ce que Hardy en dit. »

Hardy a posé six autres questions à Reedy, et c'était terminé. Nous avons remercié Reedy d'être venu et avons attendu que Hardy remballe sa machine.

Nous sommes entrés dans la pièce. Derrick a dit : « Comment s'en est-il sorti ? »

« Il n'était pas sincère. »

CHAPITRE CINQUANTE ET UN

Derrick s'est effondré sur sa chaise. « Au lieu d'obtenir des réponses, on se retrouve avec plus de questions. »

J'ai demandé : « Sur quoi Reedy a-t-il été évasif ? »

« Je ne pense pas qu'il couvre son fils, Jason. Hardy a dit qu'il ne mentait pas quand on lui a demandé s'il savait qui avait tué Holmes. »

« Se pourrait-il qu'il en veuille à Lopez ? »

« Qu'est-ce que le gamin aurait pu lui faire ? Piéger quelqu'un pour meurtre parce qu'il est sorti avec la petite amie de son fils, ce serait bizarre. »

« Bizarre est le mot juste, mais n'oublie pas dans quel milieu on travaille. »

« Amen. Et que dire des tarés qui ont braqué le salon de toilettage pour chiens ? Ils ont laissé le fric, mais ont piqué les chiens. »

« Toute cette histoire d'animaux de compagnie prend des proportions démesurées. On n'a pas le temps pour ça, mais c'est important d'y mettre un terme. »

« C'est la théorie de la vitre brisée dont parlait Giuliani à New York. »

L'ancien maire a complètement transformé la ville de New York. « Si tu ne t'attaques pas aux prétendus petits délits, tu te retrouveras avec des plus gros. Mais revenons à Reedy. Pourquoi a-t-il accepté de passer le test ? »

« Il a une idée derrière la tête. Mais laquelle ? »

« Je me demande s'il n'a pas dépassé les bornes avec Holmes. »

Derrick s'est penché en avant. « Tu penses qu'il avait une liaison avec elle ? »

« C'est possible, mais ça ne serait pas une liaison… elle était mineure. »

« Je ne sais pas… si elle allait parler, il aurait pu essayer de l'en empêcher et ça a dérapé… »

« Mais il ne semblait pas mentir quand on lui a demandé s'il savait qui l'avait tuée. »

« Ouais. Ça doit être à propos de son fils et de Lopez. »

J'ai acquiescé d'un signe de tête et j'ai dit : « On aurait dû dire à Hardy de poser une question à Reedy sur le moment du genou écorché. »

« Merde, j'ai complètement oublié ça. »

« Il faut qu'on recontacte les amis de Holmes. Quelqu'un se souvient peut-être de cet incident. »

« Je m'y mets dès demain matin. »

« D'accord, je vais passer chez Weaver après le dîner. Elle est allée voir sa mère à Sarasota et sera de retour vers vingt heures. Je lui montrerai les photos de Gatrod et d'Eckert. »

LE FRESH MARKET ÉTAIT BONDÉ. SUR MA GAUCHE, LES FILES d'attente aux caisses formaient un amas de chariots. Alors que je pivotais pour partir, mon estomac a pris le dessus. Leurs burgers au poulet étaient bons.

Dans la file d'attente, mon moral est remonté. Si Weaver

pouvait identifier Gatrod ou Eckert, nous saurions qu'il était également responsable de Ramos.

Mais nous n'avions rien pour le relier à Ramos ou Samus. Gatrod n'avait pas d'antécédents d'agression sexuelle. Si nous le coincions pour Weaver, les chances qu'il écope d'une longue peine seraient minces.

Son avocat plaiderait les simples voies de fait et l'agression, et sans blessures graves, c'est comme ça que ça se passerait. Alors que j'avançais lentement dans la file, une solution a fait surface.

J'ai mis la climatisation à fond dans la voiture, j'ai envoyé un SMS à Mary Ann, et j'ai quitté le parking du supermarché. Mon idée avait du mérite, mais elle nécessitait une approche prudente.

Le panneau à l'extérieur de Wild Pines annonçait une remise de cinq cents dollars sur une sélection d'appartements. Ça n'avait pas de sens ; les loyers avaient grimpé partout.

Après m'être garé en marche arrière, j'ai téléchargé sur Internet deux photos d'hommes et les ai ajoutées à un album contenant des clichés de Shaw et Gatrod.

Bruce Noon était allongé sur une chaise longue jaune au bord de la piscine. Tout habillé, il portait un casque audio. J'ai ouvert le portillon de la piscine et je me suis approché.

Noon hochait la tête en rythme et a sursauté quand il m'a vu. Retirant brusquement son casque, il a dit : « Oh mon Dieu. Inspecteur Luca, qu'est-ce que vous faites ici ? »

« Bonjour, Bruce. Qu'est-ce que vous écoutez ? »

« Un podcast. Vous avez déjà écouté *Anatomy of a Murder* ? Ce ne sont que des histoires vraies. »

J'avais assez d'histoires vraies de crimes dans ma vie. « J'en ai entendu parler. C'est bien ? »

« Oh, mec, il faut que vous écoutiez. Le meilleur épisode était celui de la semaine dernière. Ce... »

« Merci, mais je suis ici pour une affaire officielle de la police. »

Il a redressé les épaules. « C'est pour le portrait-robot ? Vous avez le type ? »

« On se rapproche. »

« Oh, mec, c'est trop excitant. J'aimerais tellement être là quand vous lui mettrez les menottes. »

« Je pourrai peut-être vous organiser une journée en patrouille un de ces jours. »

« Vraiment ? Ce serait trop cool. »

Le bureau du shérif avait un programme qui donnait aux civils la chance d'embarquer avec une patrouille en service. « On va arranger ça. »

« Oh, mec. J'ai hâte. Quand ? »

« Je vous recontacterai, mais d'abord, je voulais vous demander un peu d'aide. »

« Bien sûr. N'importe quoi. Quoi ? »

« J'aimerais que vous regardiez quelques photos pour voir si l'homme que vous avez vu au parc de Livingston est dans le lot. »

« Vous voyez ? Je leur avais bien dit que ce n'était pas cet autre type. »

« Voici le premier homme. »

Noon a secoué la tête en voyant l'homme anonyme. « Non. Montrez-moi le suivant. »

Le visage de Shaw est apparu. « C'est le type de la dernière fois. Ce n'est pas lui. »

« D'accord. Et celui-ci ? » C'était l'autre homme quelconque.

« Ce n'est pas le type. Vous en avez d'autres ? »

En balayant vers la gauche, la photo de Peter Gatrod est apparue.

« C'est lui. C'est le type. »

« Vous en êtes sûr ? »

« Ouais, mec. »

J'ai fait défiler en arrière jusqu'à la photo de Shaw. « Cet homme ressemble beaucoup à l'autre. »

« Non, non. Regardez ici… » Il a pointé la bouche de Shaw. « … les lèvres de l'autre type sont, genre, incurvées vers le haut, et ses yeux sont plus rapprochés. »

Un retour à l'image de Gatrod a confirmé l'évaluation de Noon. « Mais à l'origine, vous aviez dit que vous étiez loin quand vous l'avez vu. »

« Pas si loin que ça. C'est facile de voir la différence. Regardez, regardez ses yeux. Vous voyez comme ils sont rapprochés ? Revenez à l'autre. »

Il y avait une différence, mais de loin, elle serait difficile à discerner. Si on en arrivait là, Noon devrait témoigner au tribunal. Peut-être que les procureurs pourraient lui faire décrire les différences entre deux personnes assises au fond de la salle d'audience.

« Vous avez été d'une grande aide, Bruce. »

Son sourire a été le point culminant de ma semaine. « Et pour la journée en patrouille ? Quand est-ce que je peux la faire ? »

« Je vais organiser ça. Donnez-moi juste quelques jours pour boucler cette affaire. »

Le type qui avait tenté d'aider la police un nombre incalculable de fois avait une nouvelle chance. Et s'il avait raison pour l'affaire Ramos, nous devrions le recommander pour le titre de citoyen de l'année.

CHAPITRE CINQUANTE-DEUX

Après la frayeur que Weaver avait flanquée à Gatrod, le pervers allait probablement rester chez lui pour soigner ses bijoux de famille endoloris. Mais nous partions du principe qu'il était dangereux.

J'ai appelé Mary Ann et je lui ai dit : « Salut, je ne rentrerai pas pour le dîner. »

« Qu'est-ce qui se passe ? »

« Je veux surveiller un suspect dans une affaire de viol. »

« Tu as travaillé toute la journée. Tu ne peux pas demander à une voiture de patrouille de s'en occuper ? »

« Je sais, mais je comptais y retourner après le dîner pour montrer la photo de ce salaud à une victime. Elle habite juste à côté. Je me suis dit que ce serait plus simple. »

« Tu vas manger quoi ? »

« Ça va aller. Tu me gardes juste une assiette de ce que tu as préparé ? »

« C'est toi qui devais aller chercher à manger chez Jimmy P's, tu te souviens ? »

« Ah oui, c'est vrai. »

« Je te prendrai une salade Cobb, mais sans bacon pour toi. »

« Attends, dis-leur d'en mettre un petit peu, d'accord ? »

« D'accord. »

« Merci. À plus tard. »

La voiture de Gatrod était à la même place, et les stores étaient toujours baissés. Soit il était parti à pied, soit il se terrait chez lui.

Je me suis garé en marche arrière sur une place devant l'immeuble suivant, puis j'ai appelé Derrick.

« Salut, je voulais te dire que Noon a identifié Gatrod. »

« Wow. C'est forcément lui. »

« On dirait bien. »

« Obtenons un mandat d'arrêt. »

« Il faut qu'on soit sûrs que Weaver dise que c'est lui avant de l'arrêter. Je suis garé devant chez lui au cas où il essaierait de s'enfuir. »

« Je descends te tenir compagnie. »

Nous étions de nouveau sur la bonne voie. « Ce n'est pas la peine. On dirait que la nuit va être longue. Gatrod n'a pas l'air d'être chez lui. »

« Ça ne fait rien. Je t'apporte un café. »

« Reste plutôt chez toi. Je t'appellerai si Weaver confirme que c'est lui. Tu pourras alors lancer la procédure pour le mandat et émettre un avis de recherche général pour Gatrod. »

« Entendu. Je me tiens prêt. »

Au bout d'une heure, il était temps de me dégourdir le dos. Le ciel s'assombrissait quand je suis remonté dans la voiture. Dans une heure environ, Weaver serait chez elle.

Derrick a appelé. « Salut, Frank, je voulais te dire que je vais voir une des amies de Holmes. »

« Laquelle ? »

« Melissa Howser. C'est Dana Foyle qui m'a parlé d'elle. Elle a dit qu'elle était très amie avec Holmes. Elle était en visite dans sa famille à Austin et elle est rentrée aujourd'hui. »

« On aura peut-être de la chance. »

Il a ri. « Je croyais que tu disais que la chance n'avait rien à voir là-dedans. »

« C'est le cas. Tu as fait le boulot, et si tu obtiens quelque chose, c'est grâce à tes efforts, pas à la chance. »

Le téléphone a sonné. Weaver était rentrée. Me répétant de conduire doucement, je suis allé chez elle.

« Salut, entrez. »

Elle était pieds nus et avait des tatouages de coccinelles sur les deux pieds.

« Merci. Le voyage s'est bien passé ? »

« Ça a été. Ma mère tombe en morceaux. Ça craint de vieillir. »

Ça, c'était certain. « Désolé. Je voudrais que vous regardiez quelques photos pour voir si vous pouvez identifier l'homme qui vous a agressée. »

« Allons-y. »

Le plan était de lui montrer le même jeu de photos que celui que Noon avait vu.

« Voici la première. »

« Ce n'est pas lui. »

« Et celui-ci ? »

« Non. C'est pas lui. »

« Est-ce que c'est lui ? »

« C'est ce salaud. C'est quoi son putain de nom ? »

« Je suis désolé, mais à ce stade, je ne peux pas vous le révéler. »

« C'est des conneries ! »

« Faites-moi confiance, madame. Donnez-moi juste un peu de temps pour le mettre en garde à vue. »

Elle a secoué la tête. « Envoyez-moi la photo par texto, d'accord ? »

« Je ne peux pas faire ça. »

« Je ne peux rien avoir sur lui ? »

« Si, vous aurez des infos. Donnez-moi juste un jour, pas plus. »

Dès que je suis monté dans la voiture, j'ai appelé Derrick. « Weaver a identifié Gatrod. Obtiens un mandat et lance un avis de recherche. »

« OK, je file au bureau. »

En traversant Santa Barbara pour rejoindre Prince Andrew Boulevard, j'ai serré le volant. Ça nous avait pris trop de temps, mais on le tenait. Il ne ferait plus de mal à une autre femme.

En arrivant sur le parking, j'ai inspecté les lieux. Où était la voiture de Gatrod ? J'ai pilé. Elle avait été garée en face de son appartement. J'ai frappé le volant du poing.

La place était vide. Gatrod était parti. Je l'avais surveillé. Comment avait-il pu filer pendant les dix minutes où j'étais parti ? Est-ce qu'il m'observait ?

CHAPITRE CINQUANTE-TROIS

Après avoir lancé un avis de recherche pour le véhicule de Gatrod, j'ai rappelé Derrick. « Gatrod a peut-être pris la fuite. »

« Quoi ? Qu'est-ce qui s'est passé ? »

« Je ne sais pas. Je suis passé chez Weaver, mais je ne suis resté que cinq minutes et quand je suis revenu, il était parti. »

« Il est peut-être juste sorti manger un morceau. »

« J'ai eu la même idée. Je me dirige vers Santa Barbara pour vérifier les fast-foods. »

« Les grands esprits se rencontrent. »

« Euh, ouais, c'est ça, d'accord. Écoute, obtiens le mandat d'arrêt contre Gatrod, mais reste discret. Si ça s'ébruite, il sera dans la nature, c'est sûr. »

« Je m'en occupe. »

« D'accord, à plus tard. »

« Attends une seconde. »

« Quoi ? »

« J'ai appelé Melissa Howser, l'amie de Holmes, pour lui dire que je ne pourrais pas venir ce soir. »

Je me suis garé sur le parking d'un McDonald's.

« D'accord. »

« Bref, je lui ai demandé si elle se souvenait que Holmes s'était blessée aux environs de son anniversaire. »

« Et ? »

« Elle s'est souvenue avoir été avec elle le lendemain de l'incident, deux jours après son anniversaire. »

« Donc, Lopez disait la vérité. »

Alors que je quittais le parking, il a ajouté : « On dirait bien. »

« Alors, c'est Reedy père qui mentait. »

« On doit découvrir pourquoi il a une telle dent contre Lopez. »

« Ne me demande pas pourquoi ça m'est venu à l'esprit, mais tu crois que Lopez aurait pu faire des avances à Mme Reedy ? »

« Mec, ce serait dingue. »

« Le gamin est plutôt beau gosse... »

« Et en meilleure forme que Reedy. »

En m'engageant sur le parking d'un Wendy's, j'ai dit : « Mais elle est trop timide pour un truc pareil. »

« Peut-être qu'elle n'est comme ça que quand il est là. »

Même si on ne connaissait jamais vraiment les gens, ça semblait tiré par les cheveux. « Possible. Il faut qu'on en parle à Lopez, voir si on peut en tirer quelque chose. »

« On se remet Lopez sur le dos, maintenant ? »

Aucune trace de Gatrod ni de sa voiture. « Attendons d'avoir la datation du sang. Si elle confirme qu'il est ancien, on descendra Lopez sur l'échelle des suspects. »

« Si le sang est ancien, il y a de fortes chances que ce ne soit pas lui. On ne devrait plus perdre de temps avec lui. »

Prendre des risques ne faisait pas partie de la fiche de poste. « Il a menti sur son alibi et il était dans le coin quand elle a disparu. »

p>

« Tu as raison, mais... »

« Concentrons-nous sur Gatrod. Rends-moi service et appelle le labo, vois où ils en sont avec la datation du sang. Une fois qu'on saura ça, on cuisinera Reedy. »

En sortant du parking de Pollo Tropical, j'ai tourné sur Santa Barbara. Mais bordel, où était-il ? J'ai ralenti en passant devant IL Primo Pizza and Wings et j'ai inspecté les environs. Rien.

Gatrod n'était dans aucun des restaurants près de son appartement. Il pouvait être dans un bar, mais il avait probablement pris la fuite. Je l'avais eu à ma portée. Le perdre était embarrassant, mais l'idée de la réaction de Lisa Ramos me nouait l'estomac.

Je me suis souvenu d'un bar-restaurant mexicain appelé La Sierra, sur Golden Gate Boulevard, et je me suis préparé à tourner à gauche au niveau du CVS.

Au moment où le feu est passé au rouge, une voiture a jailli du parking de la pharmacie. C'était Gatrod.

Saisissant la radio, j'ai demandé de l'aide et j'ai allumé mes gyrophares. Gatrod n'a pas ralenti. J'ai appuyé sur l'accélérateur. Faisant une embardée sur la voie opposée, j'ai donné un coup de volant et me suis rabattu devant lui.

S'immobilisant lentement, Gatrod a dévié vers le trottoir et s'est arrêté. Dans le rétroviseur, je le voyais, les mains en l'air, les paumes contre le pare-brise.

Une sirène au loin et mon arme à la main, je suis sorti. « Gardez les mains en l'air. »

Ouvrant sa portière, j'ai dit : « Sortez lentement. »

Gatrod a obtempéré, mais a demandé : « Qu'est-ce que j'ai fait ? »

Il avait de vilaines dents et un accent traînant aussi prononcé que celui du voisin qui nous avait mis sur sa piste. « Vous êtes en état d'arrestation pour agression. » Je l'ai menotté au moment où une voiture de patrouille s'arrêtait dans un crissement de pneus.

Après l'avoir confié aux officiers et appelé une dépanneuse, j'ai enfilé des gants et inspecté la voiture de Gatrod. Sur le siège passager, il y avait des emballages de nourriture encore frais. À côté, un sac CVS.

Le sac contenait une boîte de préservatifs, un paquet de chips et une boîte de gants de vaisselle. On l'avait coincé juste à temps.

J'ai appelé Derrick. « On a Gatrod. »

« Vraiment ? Comment ? »

Après lui avoir expliqué, mon partenaire a dit : « Ça va être marrant de cuisiner ce salaud. »

« Il vaut mieux qu'on fouille sa maison d'abord. Si on trouve quelque chose, ça nous fera gagner du temps. »

« Je m'occupe d'obtenir un mandat. »

« Bien. Écoute, quand Gatrod arrivera, enregistre sa voix avec ton téléphone. Je veux que Ramos l'écoute. On pourrait avoir besoin de son témoignage. »

« Tu penses que l'enregistrement pourrait tenir devant un tribunal ? »

« Il n'y a pas beaucoup de précédents dans une situation comme celle-ci, mais si on ne peut pas le relier à Ramos avec une preuve solide, on devra peut-être utiliser plusieurs petites choses pour y parvenir. »

« On va trouver quelque chose chez lui. »

« Espérons-le, mais il faudra attendre demain. Je suis crevé, et il va me falloir deux heures pour remplir la paperasse sur Gatrod. »

DERRICK A CROCHETÉ LA SERRURE, ET NOUS SOMMES ENTRÉS dans l'appartement de Gatrod. Il était sombre et meublé chichement.

Derrick a dit : « C'est petit ici. »

J'ai appuyé sur l'interrupteur. « Je prends la chambre. »

Il s'est dirigé tout droit vers une table couverte de magazines à côté d'un fauteuil en velours côtelé. « Regarde-moi ces cochonneries. » Il a brandi une publication avec une femme nue et ligotée sur la couverture.

« Le fait que ces merdes soient autorisées fait partie du problème. »

« Ces pervers bafouent le Premier amendement. »

Bafouent ? « Je ne suis pas avocat ; mettons-nous au travail. »

Un lit une place, défait, trônait dans la chambre. La moquette marron de la pièce aurait dû être changée il y a deux ans.

En ouvrant l'unique tiroir de la table de chevet, j'ai sorti deux magazines porno. Il ne restait qu'une bouteille d'Excedrin et une paire de lunettes de lecture bon marché.

J'ai ouvert les portes en accordéon du placard et j'ai examiné les quelques vêtements qui y pendaient. Mon regard s'est porté sur l'étagère. Mon cœur s'est accéléré quand je l'ai vue.

CHAPITRE CINQUANTE-QUATRE

Me hissant sur la pointe des pieds, j'ai attrapé un coin entre deux doigts et je l'ai fait glisser de l'étagère. « Derrick ! Par ici ! »

Des bruits de pas ont retenti. « Quoi ? »

« Ça pourrait être ça. »

« C'est forcément ça. Pourquoi d'autre aurait-on une cagoule en Floride ? »

« Si on arrive à en extraire de l'ADN, on n'aura besoin de rien d'autre. »

Il a souri. « Il était temps que la chance nous sourie. »

Il était facile d'être d'accord. Tout en plaçant l'objet sous scellés, j'ai dit : « Voyons ce qu'on peut trouver d'autre. »

Gatrod était affalé sur une chaise. Des auréoles sombres sous ses aisselles déparaient sa combinaison orange. Son langage corporel suait la défaite.

Brian Getz, un jeune avocat avec qui j'avais travaillé une fois, avait été commis d'office pour le défendre. La seule question était de savoir si Getz accepterait de voir la réalité en face et de mettre son idéalisme de côté.

Après avoir frappé brièvement, je suis entré. « Monsieur Gatrod, Maître. »

Getz m'a tendu la main. Son client m'a gratifié d'un signe de tête dédaigneux. En activant l'enregistreur, j'ai récité les formalités et j'ai commencé.

« J'ai été autorisé à vous proposer un accord de plaider coupable si vous avouez les agressions. »

« Nous ne sommes pas intéressés par un accord. Nous allons passer par la phase de communication des pièces… »

« Je suis désolé, Maître Getz, mais si votre client n'accepte pas l'offre aujourd'hui, elle sera retirée. »

« C'est une manœuvre, inspecteur ? »

« Pas du tout. Nous avons trois témoins oculaires, dont une victime, qui ont identifié M. Gatrod. »

« Les témoins oculaires sont connus pour leur manque de fiabilité. »

« D'accord, mais nous avons aussi un témoin auditif. Une victime que votre client a agressée sexuellement a identifié sa voix. »

« L'identification vocale… »

« Nous connaissons très bien ses limites, mais un jury trouvera l'ensemble convaincant. Et puis nous avons la cagoule que votre client portait pour agresser au moins une victime. Elle est au labo. La scientifique est en train d'en extraire l'ADN. Nous nous attendons à trouver d'autres preuves que c'était bien M. Gatrod. »

« Il est encore tôt… »

« Non, il est déjà tard. Si on obtient ce qu'on pense obtenir de la cagoule, il n'y aura plus d'accord. »

« Quel genre d'arrangement proposez-vous ? »

« Il plaide coupable pour un chef d'accusation de viol sur mineure, et nous abandonnerons les autres agressions. »

« Quelle peine de prison espérez-vous ? »

« Vingt ans. » Gatrod est devenu blafard avant que je n'ajoute : « Sans libération conditionnelle. »

Getz a dit : « Mais le barème est de quinze à quarante ans. »

« Acceptez l'offre, ou nous demanderons une condamnation pour délinquant d'habitude, et votre client écopera de la perpétuité. »

NOUS AVONS SUIVI REMIN DANS LA SALLE DE PRESSE. DERRICK ET moi nous sommes tenus sur le côté pendant que le shérif s'avançait vers le pupitre. Souriant, il était dans son élément, prêt à se dorer la pilule.

« Bonjour, mesdames et messieurs. Nous sommes heureux de confirmer que l'individu qui a terrorisé les femmes de notre communauté a été placé en garde à vue. » Remin a marqué une pause, et la salle comble de journalistes a applaudi.

« Merci. Ce n'est pas pour rien que Naples est la ville la plus sûre d'Amérique ; c'est grâce au travail acharné des femmes et des hommes de notre service. Ils travaillent sans relâche pour le bien public.

« J'aimerais rendre hommage à l'un d'entre eux aujourd'hui, l'inspecteur Frank Luca, qui a dirigé l'enquête menant à la capture de Peter Gatrod.

« Inspecteur Luca, venez me rejoindre. »

Quelques personnes ont applaudi. J'ai attrapé le coude de Derrick et j'ai chuchoté : « Tu viens avec moi. »

Remin a reculé, et nous nous sommes tenus côte à côte au pupitre. J'ai dit : « Voici l'inspecteur Derrick Dickson. Sans ses efforts, nous ne serions pas là aujourd'hui. »

« Comme toutes les affaires, celle-ci a présenté plusieurs défis, et j'aimerais saluer deux autres personnes dont l'aide a été déterminante pour identifier M. Gatrod.

« Ces membres du public se sont manifestés avec des informations vitales. L'un d'eux a souhaité rester anonyme. L'autre personne était Bruce Noon. L'aide qu'ils nous ont apportée a été inestimable. Le service vous remercie tous les deux et encourage le public à collaborer avec les forces de l'ordre pour que le comté de Collier reste l'endroit spécial qu'il est. »

Nous nous sommes éloignés du pupitre sous quelques applaudissements.

Derrick a murmuré : « Merci. Ça va faire super plaisir à Lynn. »

« Tu l'as bien mérité. »

« C'était sympa de remercier Noon. J'espère qu'il regardait. »

« Oh, il regardait. Je l'ai appelé. »

Il a rigolé. « Il appellera peut-être plus souvent qu'avant, mais ça en vaut la peine. »

Le commentaire d'un journaliste a fait disparaître le sourire de Derrick plus vite qu'un chien qui gobe un morceau de viande tombé par terre. Remin a dit : « Eh bien, ce n'est pas une description exacte. »

Le journaliste du *Naples Daily News* a poursuivi : « Sauf votre respect, quelle partie n'est pas juste ? Le fait que la personne qui a assassiné Debbie Holmes soit toujours en liberté ? Ou que votre service ait attendu trop longtemps pour se concentrer sur elle quand elle a disparu ? »

Le regard noir de Remin m'était trop familier. Il s'est éclairci la gorge. « Nous prenons chaque signalement de disparition au sérieux, surtout quand il s'agit d'un mineur. Permettez-moi de rappeler à la presse et à la communauté qu'une grande partie du travail que nous faisons ici se déroule loin des regards. »

« C'est peut-être vrai, mais le manque de progrès est pour le moins troublant. »

« Encore une fois, je vous rappelle que nous ne menons pas nos enquêtes dans la presse. »

« Le public a le droit de savoir, et quand une institution manque de transparence, il est du devoir de la presse de le révéler au grand jour. »

Le visage de Remin a rougi. « Ce service est transparent, et des progrès sont faits dans l'affaire Holmes. C'est tout pour aujourd'hui. »

L'attaque était injuste, mais ce qui était vraiment injuste, c'est que la rage de Remin allait se déverser sur moi. Nous avons suivi Remin dans l'antichambre pendant que les journalistes criaient des questions.

Le shérif a regardé sa montre. Il s'est tourné vers moi. « Vous. Mon bureau dans vingt minutes. »

Nous sommes retournés à notre bureau. Derrick a dit : « Tu ferais mieux de mettre ton gilet pare-balles. »

« Il va se calmer. Ces journalistes pensent qu'on se tourne les pouces. »

« Personne ne comprend à quel point ce boulot est dur. »

« C'est vrai pour n'importe quel travail. Ils ont tous l'air faciles jusqu'à ce qu'on doive les faire. »

Le téléphone de mon bureau a sonné. « Brigade criminelle. Inspecteur Luca. »

« Salut, Frank, c'est Sergio. »

« Quoi de neuf ? »

« Ils viennent de finir de passer le sang de la voiture de Lopez au spectroscope Raman. »

« Et ? »

« Les résultats le datent de quatre à sept mois. »

« Tu en es sûr à quel point ? »

« On a un haut degré de confiance en ce test. Ils l'ont fait deux fois. »

En raccrochant, j'ai dit : « Le sang dans la voiture de Lopez est vieux. Le gamin disait la vérité. »

« Retour à la case départ. »

« On trouvera bien quelque chose. Chaque suspect éliminé nous aide à nous concentrer sur d'autres possibilités. »

« Je sais, mais j'aimerais bien une affaire facile de temps en temps. »

« Moi aussi. Écoute, il faut que j'appelle Lisa Ramos avant de voir Remin. »

« Tu veux te vanter ? »

Était-ce le cas ? « Pas du tout. Je veux m'assurer qu'elle sait qu'avec l'accord, elle n'aura pas à témoigner. »

———

LE BUREAU DE REMIN ÉTAIT GLACIAL. S'IL PORTAIT DES MANCHES courtes comme la plupart des gens, il n'aurait pas besoin de le maintenir à une température aussi basse. Il a désigné une chaise. « Asseyez-vous. Je veux un point sur l'affaire Holmes. »

« Merci, monsieur. »

« Où en êtes-vous concernant le petit ami, celui dont la voiture contenait son sang ? »

Pas question de révéler que Lopez était hors de cause. « Il reste une personne d'intérêt, mais nous élargissons notre champ de vision. »

Il s'est penché en avant. « Vous élargissez ? »

« Oui, il y a des incohérences et des pistes qui viennent de faire surface. Il est encore tôt, mais elles sont prometteuses. »

Remin a joint ses doigts en clocher. « Vous avez entendu à quoi nous sommes confrontés. »

« C'était déplacé, monsieur. On ne peut pas précipiter une enquête. »

« Franchement, celle-ci semble prendre un temps anormalement long. Est-ce que quelque chose m'échappe ? »

Où était l'enregistreur quand on en avait besoin ? L'affaire ne datait que de quelques semaines. « Hum, je ne suis pas sûr de ce à quoi vous faites référence. On a peut-être perdu quelques jours à penser que c'était un kidnapping... »

« Je ne suis pas d'humeur à entendre des excuses. Ce que je veux, c'est que vous appréhendiez le tueur. C'est bien clair ? »

Que ferait d'autre un inspecteur de la brigade criminelle ? Le Dr Bruno avait dit qu'il n'y avait rien de bon à chercher l'escalade, peu importe qui avait tort. C'était un conseil judicieux. « Nous l'aurons, lui ou elle. Vous pouvez compter là-dessus. »

Cet échange était une preuve de plus expliquant pourquoi j'avais refusé les opportunités de monter en grade. C'était une autre chose que le Dr Bruno m'avait apprise : essayer de faire ce qui vous rend heureux. Et jouer au politicien n'en faisait pas partie.

Alors que je descendais péniblement les escaliers, la réalité de la décision de déformer la conversation avec Remin m'a frappé. C'était de la politique, purement et simplement.

C'était déplaisant, mais j'allais l'enfouir ; cela ne servait à rien de donner à Derrick une raison de chercher un poste dans un autre service.

CHAPITRE CINQUANTE-CINQ

Derrick a demandé : « Comment ça s'est passé avec Remin ? »

« Ça a été. Il voulait savoir si on avait tout ce dont on avait besoin. »

« Vraiment ? Il ne t'a pas sauté dessus ? »

J'ai répondu avec un sourire : « Pas plus que d'habitude. »

« Tu lui as parlé du sang dans la voiture de Lopez ? »

« Non. Ça ne sert à rien de jeter de l'huile sur le feu. »

« Tu n'as pas peur qu'il le découvre ? »

« D'ici à ce qu'il le sache, on aura quelqu'un dans notre ligne de mire. » C'est sorti avec une assurance certaine. Tourner les choses à mon avantage devenait facile.

« J'imagine qu'on commence par M. Reedy. »

« Il a des explications à nous donner. Et après avoir relu mes notes hier soir, il se pourrait bien qu'on n'ait jamais interrogé Sammi Cava. »

« Cava ? Ce nom ne me dit rien. »

« C'est une femme. Jason Reedy a dit quelque chose à propos d'une altercation physique entre elle et Debbie à l'école. »

« Je n'arrive pas à croire qu'on soit passés à côté. »

« On avait plusieurs fers au feu. »

« Tu sais quoi ? Je me charge de Cava ; toi, va parler à Reedy. »

« Ça me va. » C'était plus que parfait. Marcher sur des œufs avec les états d'âme de Derrick avait anéanti mon envie d'utiliser nos ressources efficacement.

Le bateau et sa remorque avaient disparu du côté de la maison des Reedy. C'était un homme prévoyant et rationnel. S'il avait pris la poudre d'escampette après mon appel, ç'aurait été un signal plus visible que le nez au milieu de la figure.

Sachant que les gens agissaient tout le temps de manière irrationnelle, j'ai sonné. Avant que la sonnerie ne s'estompe, la porte s'est ouverte. C'était M. Reedy. Bien qu'étant une marche plus bas, j'étais plus grand que lui.

« Entrez, inspecteur. »

« Merci. »

En le suivant, je suis passé devant une table d'appoint sur laquelle se trouvait une photo de famille. Son fils était une version plus jeune de lui-même.

Reedy a refermé un ordinateur portable sur le comptoir de la cuisine, et nous nous sommes installés à la table où nous avions parlé à son fils.

« Que faites-vous dans la vie ? »

« Je suis consultant. »

« Pour quel type d'entreprise ? »

« Peu importe. Je suis consultant en processus. »

« Vous analysez ce qu'ils font et suggérez des améliorations ? »

« Exactement. Il y a beaucoup d'améliorations faciles à mettre en œuvre, mais ce n'est pas simple de convaincre les gens de changer ce qu'ils font depuis des années. »

« On dit que la seule constante dans la vie est le changement. »

« Il faut s'adapter à l'environnement actuel, sinon on perd la partie. »

Mary Ann aimait me taquiner, me traitant de dinosaure de temps en temps. Ça ne me dérangeait pas. Même si la criminalistique et la technologie avaient révolutionné le maintien de l'ordre, mon travail n'avait pas beaucoup changé.

Nous devions toujours faire du porte-à-porte, chercher des preuves, établir des liens et interroger, de la même manière qu'il y a vingt ans.

« Je suppose que vous avez raison ; regardez Borders ou Toys R Us. »

« Je disais justement à Jason ce matin qu'il faut avoir un plan, mais quand les choses changent, il faut modifier ce plan ou on est fichu. »

« Dit comme ça, ça a l'air facile. »

« Ça ne l'est pas, mais c'est faisable. Écoutez, personne n'a vu Amazon bouleverser le marché du livre, mais même si on ne peut pas tout contrôler, on peut toujours influencer les résultats. »

Cela me rappelait que mon travail n'était pas d'empêcher les gens de nuire aux autres — c'était de les attraper après coup.

« Est-ce cela que vous essayiez de faire avec Javier Lopez ? »

« Quoi ? »

Il savait ce que je sous-entendais. « Vous avez menti sur le fait d'avoir vu Lopez la nuit où Holmes a disparu. »

« Non, je l'ai vu sur Livingston. »

« Vous avez aussi prétendu qu'il était garé sur un terrain destiné aux garages de luxe sur Livingston. »

« C'était la même voiture. Ça devait être lui. »

Puisqu'il avait menti, il était de bonne guerre de faire de même. « Les caméras de surveillance n'ont enregistré aucune voiture en train de se garer sur leurs propriétés cette nuit-là. »

« C'était forcément cette nuit-là. »

« Vous vous êtes aussi trompé sur la date de la blessure de

Mme Holmes. Ce n'est pas arrivé des semaines après son anniversaire. »

« Ce n'est pas comme ça que je m'en souviens. Elle aurait pu avoir une deuxième blessure. »

« Qui protégez-vous ? »

« Personne. Qu'est-ce qui vous fait croire que j'essaie de protéger quelqu'un ? »

« Vous avez menti durant le polygraphe. »

« Non. Ces machines ne sont pas fiables. »

« Étiez-vous engagé dans une relation inappropriée avec Mme Holmes ? »

« Bien sûr que non. C'est une gamine, pour l'amour de Dieu. »

« Parfois, les enfants interprètent mal les choses, et s'ils ont le béguin pour un adulte, ils peuvent faire des avances. Est-ce cela qui s'est passé ? »

« Non. »

« Est-ce qu'il s'est passé quoi que ce soit entre vous deux ? »

« Absolument pas. »

« Qu'avez-vous contre Javier Lopez ? »

« Rien. »

« Allons, M. Reedy. Vous avez essayé de le faire accuser. »

« C'est ridicule. Je n'ai rien fait de tel. Tout ce que je voulais, c'était aider à attraper celui qui a tué Debbie. »

« Et détourner l'attention de vous et de votre fils ? »

« Mon fils ? Qu'est-ce que Jason a à voir là-dedans ? »

Reedy devait savoir que les personnes les plus proches d'une victime étaient des suspects probables. « Nous allons le découvrir. »

« Génial, j'essaie d'aider la police — ils n'aiment pas ce que j'ai dit et s'en prennent à mon fils, en guise de représailles ? »

« M. Reedy, vous avez accepté de passer un polygraphe et vous avez menti. Qu'est-ce que vous cachez ? »

« Vous me forcez à me répéter. Je ne cache rien. Je vous ai dit ce que je sais. »

« Je ne pense pas que vous me disiez tout. Vous retenez des informations. Si vous ne mettez pas cartes sur table, je me ferai une joie de découvrir ce que, ou qui, vous protégez. Et quand je l'aurai fait, je vous poursuivrai pour obstruction. »

« Obstruction ? C'est ridicule. Je suis venu vous voir avec des informations... »

« Ça n'a pas d'importance si vous avez mal orienté l'enquête. C'est une infraction passible de poursuites, et nous veillerons à ce qu'elle soit jugée avec toute la rigueur de la loi. »

« Cet entretien est terminé. J'aimerais que vous partiez. »

EN RETOURNANT AU BUREAU, JE ME SUIS DEMANDÉ QUI CHRIS Reedy pouvait bien essayer de protéger. La réponse facile était lui-même. Avait-il dépassé les bornes avec Holmes ? Il n'y avait aucune preuve que Holmes avait été agressée sexuellement. Et elle n'était pas enceinte.

Mais si elle était sur le point de révéler que quelque chose s'était passé entre eux, Reedy serait ruiné, sinon emprisonné. C'était une motivation suffisante.

Reedy l'avait nié, mais qui ne le ferait pas ? Il fallait l'examiner de plus près. Son fils, Jason, était l'autre personne qu'il pouvait protéger. Quel parent ne protégerait pas son enfant ?

Le problème avec ces deux hypothèses, c'est que lorsqu'on lui a demandé pendant le polygraphe s'il savait qui avait tué Holmes, Reedy avait répondu non et semblait dire la vérité.

Envisageant des scénarios, comme la possibilité que deux personnes soient impliquées et qu'il ne puisse pas déterminer qui l'avait fait, ou qu'il ait été témoin de quelque chose mais qu'il ne soit pas certain de l'issue, je suis entré sur le parking du bureau.

CHAPITRE CINQUANTE-SIX

En sortant de la voiture, je me suis tenu le genou. Une douleur fulgurante m'a frappé sur le côté de la rotule. D'où est-ce que ça pouvait bien venir ?

À chaque pas, la douleur revenait. Elle n'était pas aiguë, mais elle me faisait boiter. Quand je suis entré dans le bureau, Derrick a demandé : « Tu t'es blessé à la jambe ? »

« Pas que je sache. Ça a commencé à me faire mal en sortant de la voiture. »

« Tu te fais vieux, mon pote. »

« Merci, mon vieux, c'est exactement ce que j'avais besoin d'entendre. »

Il s'est levé. « Où est-ce que tu as mal ? »

J'ai montré l'intérieur de mon genou. « Juste là. »

« C'est probablement ton ménisque. »

« C'est quoi, ça ? »

« Un morceau de cartilage qui sert d'amortisseur. Tu as probablement une petite déchirure ou alors tu l'as irrité. »

« Ça guérit tout seul ? »

« La plupart du temps, oui, mais s'il y a une grosse déchirure, non. »

« Ça ne peut pas être grave, je n'ai rien fait pour me blesser. »

« Vas-y mollo. Ça va aller. Comment ça s'est passé avec Reedy ? »

Après l'avoir mis au courant, j'ai dit : « Il y a quelque chose, mais il ne lâchera pas le morceau. Il faut qu'on enquête autour de lui. On peut essayer de parler à son fils. Si son père lui prend un avocat, on pourra supposer que c'est lui qu'il protège. »

Derrick s'est assis sur le coin de mon bureau. « Tu as dit qu'il a nié avoir eu une liaison avec Holmes. Je ne veux pas salir sa réputation, mais elle sortait avec Jason Reedy et Javier Lopez en même temps. Peut-être qu'elle était un peu, tu vois, euh, aventureuse. »

« Ça paraît tiré par les cheveux, mais bon, certaines des saloperies qu'on a vues sont incroyables. »

« On va parler à quelques voisins... »

« Même si je n'aime pas ce type, il faut faire attention à ce qu'on dit. Répandre une rumeur pareille le ruinera. »

« C'est vrai. Mais savoir qu'il a trompé sa femme nous aiderait beaucoup. »

« Tu as tiré quelque chose de Sammi Cava ? »

« C'est une gamine coriace. Je ne pense pas qu'il y ait quoi que ce soit, mais Cava a dit qu'on devrait aussi parler à Joey Centro. Apparemment, ce gamin était proche de Jason et Holmes et avait le béguin pour elle. »

Mon portable a vibré. « Attends, je prends. C'est Sergio, du labo. »

« Salut, Serg, quoi de neuf ? »

« Les fédéraux viennent d'envoyer un rapport par e-mail sur les pilules que vous avez saisies. Celles avec les inscriptions en chinois. »

« Et alors ? »

« C'est un composé artisanal avec plusieurs composants : testostérone, dopamine, vitamines D et E, un peu de L-arginine et des traces de compléments chinois, comme de la racine de gingembre. »

« Est-ce que ça augmenterait la libido d'un homme ? »

« La substitution de testostérone est la solution classique pour ceux qui ont des taux bas, mais les pilules n'en contenaient que quinze pour cent. »

« C'est quoi, le truc en L ? »

« La L-arginine est un vasodilatateur utilisé pour traiter les troubles de l'érection. »

Y en avait-il dans les pilules que j'avais prises il y a des mois quand j'avais des problèmes ? « Est-ce que les fédéraux savaient ce que c'était ? »

« Non. C'est considéré comme non identifié. »

« Et toi, t'en penses quoi ? »

« Je ne suis pas pharmacien, mais en me basant sur la testostérone, les vasodilatateurs et les compléments, je dirais que c'est une sorte de potion chinoise artisanale pour augmenter la libido. »

C'était une bonne déduction, étant donné que Sergio ne savait pas que Shaw avait été castré chimiquement. On s'était trompé sur Shaw, mais il était clair qu'il essayait d'inverser les effets du traitement qu'il avait utilisé pour sortir de prison.

Que ce soit suffisant pour le renvoyer derrière les barreaux n'était pas ma décision. Mon obligation était de rapporter ce que nous avions appris et de laisser les procureurs et le tribunal déterminer si cela violait les conditions de sa libération conditionnelle.

Il y avait plusieurs façons de savoir si Chris Reedy était infidèle. Demander à sa femme pourrait ne pas révéler la vérité, car il était trop autoritaire. Interroger les voisins était une autre piste, mais la plus simple était de parler à l'une des amies de sa femme.

Nous avions relevé quelques noms. Derrick parlait à une certaine Charlene Grazi, et j'étais deux portes plus loin, en train de sonner chez Gwen Lee. Une femme d'une quarantaine d'années a ouvert la porte.

« Mme Lee ? »

« Oui. Je peux vous aider ? »

Je lui ai montré mon insigne, et elle a posé la main sur sa poitrine. « Oh, mon Dieu, qu'est-ce qui s'est passé ? »

« Rien, Madame. Nous menons des entretiens de routine concernant le meurtre de Holmes. »

« Quelle tragédie. Janet a dit que Jason a le cœur brisé. »

« Vous êtes une amie proche de Mme Reedy, n'est-ce pas ? »

« Oui, nous nous sommes rencontrées avant qu'elle n'emménage dans le quartier. C'est drôle qu'on se soit retrouvées dans la même rue. »

« C'est sympathique. Votre mari est-il ami avec M. Reedy ? »

Elle a fait une grimace. « Pas vraiment. »

« Oh, c'est dommage. »

« Pour vous dire la vérité, Chris est trop nerveux pour mon mari. »

« Chacun est différent. »

« C'est drôle parce qu'ils sont tous les deux de bons amis de James. Il habite quatre maisons plus loin. »

« Quel est son nom de famille ? »

« Fernwood. »

« Au fait, tout ce dont nous discutons est confidentiel. »

« Oh, d'accord. »

« Vous avez mentionné que M. Reedy est nerveux. Je vois ce que vous voulez dire. Il n'y a aucun doute quant à qui porte la culotte dans cette maison. » J'ai eu un petit rire.

« Ça, c'est la vérité. »

« Comment va le mariage des Reedy ? »

Son visage s'est rembruni. « J'admire beaucoup Janet. Il ne doit pas être un homme facile à vivre. »

Est-ce que ma femme avait déjà dit ça de moi ? « Elle se confie à vous ? »

« Pas beaucoup. Elle est très discrète. »

« Pensez-vous qu'il lui a été infidèle ? »

« Pour être honnête, ça ne me surprendrait pas. »

Pourquoi les gens utilisaient-ils les expressions « pour être honnête » et « pour vous dire la vérité » ? Tout ce qui avait été dit auparavant était un mensonge ? « Qu'est-ce qui vous fait dire ça ? »

« Juste une impression, c'est tout. Pourquoi posez-vous autant de questions sur lui ? » Elle a mis la main devant sa bouche. « Ne me dites pas qu'il était impliqué... »

« C'est tout à fait routinier. Nous devons établir un profil de toutes les personnes qui connaissaient la victime. Mais puisque vous en parlez, pensez-vous qu'il aurait pu le faire ? »

« Chris ? Vous voulez dire, euh, tuer quelqu'un ? »

« Oui. »

« Je ne pense pas, mais je n'en sais vraiment rien. »

Il était clair que cette dame n'aimait pas M. Reedy et ne lui faisait pas confiance. « Connaissez-vous leur fils, Jason ? »

« Bien sûr. Pourquoi ? »

« Que pouvez-vous me dire sur lui ? »

« Il est tout comme son père. »

« Que voulez-vous dire par là ? »

« Ils ont tous les deux tendance, en quelque sorte, à se croire supérieurs ou quelque chose comme ça. Surtout Chris. »

CHAPITRE CINQUANTE-SEPT

EN TRAVERSANT LA RUE, JE ME SUIS RENDU COMPTE QUE MON genou ne me faisait pas mal. La douleur ne pouvait pas venir d'une déchirure. C'était probablement une élongation.

La rue baignait dans la lumière du soleil. Ces derniers jours, tous les arbres en bordure de trottoir avaient été taillés. Le vert avait disparu, remplacé par des moignons de branches qui seraient touffus d'ici quelques semaines.

La maison de James Fernwood avait une allée circulaire et un îlot rempli de fleurs rouges. Par-dessus le gargouillis d'une fontaine près de la porte d'entrée, j'ai entendu une voix d'homme. Il était au téléphone. Mais qui ne l'était pas, de nos jours ?

La sonnette a retenti comme Big Ben. L'oreille collée à son portable, Fernwood a posé le regard sur mon badge. « Oh, il faut que j'y aille. Je te rappelle plus tard. »

En fourrant son téléphone dans sa poche, il a demandé : « Que puis-je faire pour vous ? »

« Nous menons une enquête de voisinage dans le cadre de l'homicide de Holmes et nous parlons à tout le monde dans le quartier. »

« Ça a été un choc. Je l'ai vue traîner dans le coin une ou deux fois, mais c'est tout. »

« Vous n'avez rien remarqué d'inhabituel ? »

« Pas que je sache. »

« Vous êtes ami avec Chris Reedy, n'est-ce pas ? »

« Oui, c'est un bon gars. »

« Je crois savoir qu'il est, disons, intense ? »

Il a souri. « Il peut donner cette impression, mais c'est juste, euh, sa façade. »

« Que voulez-vous dire ? »

« Quand je l'ai rencontré, je me suis dit, vous savez, que ce n'était pas la personne la plus chaleureuse, mais ensuite il a appris que j'avais des problèmes d'hypertension et des crises de panique, et il m'a aidé à reprendre le contrôle. »

« Comment vous a-t-il aidé ? »

« Il m'a fait découvrir le biofeedback et un type qui s'appelle Wim Hof. Ce gars est incroyable. Il peut rester dans une baignoire de glace pendant des heures et maintenir sa température corporelle à un niveau normal. »

« Impressionnant. Mais en quoi ça vous a aidé ? »

« Grâce à la respiration et à d'autres techniques, j'ai contrôlé ma tension sans médicaments. Mon médecin n'en revenait pas. »

« Comment s'épelle ce nom ? »

« W-I-M, H-O-F. Je crois qu'il est hollandais. Il est incroyable. Vous devriez aller voir son site web. Je suis presque sûr qu'il y a une vidéo gratuite dessus. »

Est-ce que Wim avait un moyen de réparer mon genou et de m'aider à perdre cinq kilos ? « Combien de temps ça vous a pris pour apprendre à contrôler votre rythme cardiaque et votre température corporelle ? »

« Ça a été assez rapide, quelques semaines, mais je n'ai fait que le truc du rythme cardiaque. Chris a suivi tous les cours ; il est, genre, au plus haut niveau. »

« Ça a l'air très intéressant. Je devrais essayer. »

« Vous devriez. Vous savez, Chris a dit qu'il ne tombait plus jamais malade. Tout le programme renforce le système immunitaire. »

Qu'est-ce que ce truc ne pouvait pas faire ? « Merci. Je vais y jeter un œil. »

« Certaines choses semblent bizarres ; il faut juste s'accrocher. »

« C'est noté. Dites, vous êtes proche de Chris ; il a dû vous parler de ses écarts envers sa femme. »

« Vous voulez dire qu'il la trompait ? »

« Oui. »

« Pas Chris. Ce n'est pas son genre. Lui et Janet s'entendent très bien. »

« Merci pour votre aide, monsieur. »

Personne ne pouvait imaginer à quel point nous recevions des avis contradictoires en menant des interrogatoires.

Reedy n'était peut-être pas un mari infidèle. Mais il semblait avoir l'entraînement nécessaire pour tromper un polygraphe. Notre expert a dit qu'il se montrait évasif. Avait-il menti quand on lui a demandé s'il savait qui avait tué Holmes ?

Derrick a traversé la rue, nous sommes remontés dans le SUV, et il a mis la clim à fond. Il a dit : « Cette rue n'a pas un seul coin d'ombre. »

« Pour l'instant. D'ici le mois prochain, ça sera de nouveau la jungle. »

« Il y a un truc avec le temps ici qui fait que tout pousse, y compris mes cheveux et mes ongles. »

« C'est vrai. Écoute, on dirait que Reedy savait comment passer le test du détecteur de mensonges. »

« Comment ça ? »

« Il a suivi des cours avec un Hollandais nommé Hof sur le contrôle du corps par l'esprit. »

« C'est une sorte de gourou ? »

« Apparemment. Un des voisins de Reedy a dit qu'il l'avait aidé à faire baisser sa tension sans médicaments. »

« Effet placebo ? »

J'ai tapé Wim Hof dans le navigateur de mon téléphone, puis j'ai dit : « Peut-être. »

« Sûrement. Je parie qu'il se fait du fric sur ses cours... »

« Regarde ça. » J'ai passé mon téléphone à Derrick.

« Putain de merde ! Ce type escalade l'Everest en short et torse nu. »

En reprenant le téléphone, j'ai cliqué sur un lien pour la rétention de la respiration. « C'est dingue. Il est dit qu'il a retenu sa respiration pendant six minutes. »

« C'est un phénomène de foire. »

« J'en sais rien, mais s'il a aidé Reedy à déjouer le polygraphe, on doit tout réévaluer. Oh, et un autre voisin m'a donné l'impression que Reedy était du genre à tromper sa femme. »

« Intéressant. »

« T'as trouvé quelque chose ? »

« Ouais, mais plutôt sur son fils, Jason. La femme qui habite deux maisons plus loin n'appréciait pas du tout Reedy père, mais cette dame, Grazi, a dit que la principale raison pour laquelle elle avait retiré son fils du lycée Baron Collier était de l'éloigner de Jason Reedy. »

« Qu'est-ce qui s'est passé ? »

« D'après elle, son fils et Jason sont allés en colonie de vacances il y a trois ans, et quand il est rentré, il avait changé. Elle avait l'impression que son fils était contrôlé par Jason. »

« De quelle manière ? »

« Elle a dit qu'elle pensait que c'était une sorte de sortilège. »

J'ai eu un petit rire. « Peut-être qu'il a aussi suivi les cours de ce Hof. »

« Tel père, tel fils. »

« Quelles sont les chances qu'ils l'aient tuée **tous les deux** ? »

« Le père et le fils ? »

« Rare, mais pas sans précédent. »

« Alors il faut qu'on enquête sur eux. »

« On n'a pas fait grand-chose sur Jason Reedy. »

« La fille Cava a dit que Joey Centro était **son meilleur ami** et qu'il avait le béguin pour Debbie. On devrait **commencer par** là. »

« Ouais. On a déjà reçu cette liste des élèves qui n'étaient pas à l'école le lendemain de sa disparition ? »

CHAPITRE CINQUANTE-HUIT

EN MONTANT LA MARCHE DEPUIS LE GARAGE, UNE DOULEUR fulgurante m'a transpercé le genou. Je me suis arrêté et j'ai porté la main dessus juste au moment où Mary Ann sortait de la buanderie avec un panier de linge propre.

« Qu'est-ce qui ne va pas ? »

« J'ai un problème avec ce foutu genou. »

Elle a posé le linge. « Où ça ? »

« Ici. Derrick a dit que c'est probablement le ménisque. »

« C'est possible. On a l'attelle que j'avais utilisée, à l'époque. Tu devrais la mettre. »

Ouais, et montrer à tout le monde que je me faisais vieux ? « Je ne sais pas. »

« Tu pourrais la mettre sous ton pantalon. Personne ne le saura. »

Grillé. « Laisse-moi voir comment je le sens. »

Elle s'est dirigée vers le couloir. « Comme tu voudras, Macho Man. »

« Il reste combien de temps avant le dîner ? »

« Environ une heure. »

« D'accord. » Je me suis esquivé dans le bureau et j'ai allumé mon ordinateur portable.

« FRANK ! »

« Ouais ? »

« On est prêts à manger. »

Cinquante minutes avaient filé.

En m'installant devant un bol de soupe aux lentilles, j'ai regardé la vapeur qui s'élevait du plat. J'ai pris une cuillerée et, au lieu de souffler dessus, je me suis demandé si je pouvais me forcer par la seule volonté à ne pas sentir la chaleur...

Mary Ann a demandé : « Frank ? Tout va bien ? »

« Euh, oui. Je, euh, pensais à un truc. Tu as déjà entendu parler d'un certain Wim Hof ? »

« Non. C'est scandinave ? »

« Néerlandais. Bref, c'est un type qui a escaladé le mont Everest en short et qui peut rester dans la glace pendant des heures sans que sa température corporelle en soit affectée. »

« C'est bizarre. Ça doit être quelque chose de biologique. »

« Hof prétend être capable de contrôler son corps avec son esprit et par la respiration. Il peut retenir son souffle indéfiniment. »

« J'ai lu un truc il y a quelque temps sur le biofeedback. Des gens, lors d'essais cliniques, arrivaient à contrôler leur rythme cardiaque juste en recevant l'information de ce qu'il faisait. »

« Ce type a quelques vidéos gratuites. On devrait les regarder ensemble. »

« Laisse-moi deviner : il en a une qui peut agir sur la libido de son partenaire. »

« Ça, c'est un cours auquel je m'inscrirais bien. »

Nous avons ri tous les deux, et j'ai dit : « Sérieusement, il dit qu'elles permettent de réduire le stress. On devrait essayer. »

DERRICK ÉTAIT DERRIÈRE SON BUREAU. « SALUT, FRANK. »

« Salut. »

« Comment va le genou ? »

« Couci-couça. » J'ai baissé la voix. « Je porte une attelle. C'est Mary Ann qui m'a forcé. »

« Le maintien, c'est bien. Il ne faut pas que tu aggraves ton cas. »

Hochant la tête, j'ai demandé : « On a reçu cette liste de l'école ? »

« Laisse-moi vérifier mes e-mails. »

En m'installant dans mon fauteuil, j'ai allumé mon ordinateur de bureau. Derrick a dit : « Elle est arrivée. Tu veux que je te transfère une copie ? »

« Imprime-la. »

Il m'a tendu deux feuilles de papier encore tièdes. « Bon sang, il y a autant de gosses absents un jour normal ? »

« Je suis presque sûr qu'il y a près de deux mille élèves au lycée Baron Collier. »

« Il doit y avoir cinquante gosses sur cette liste. Ça me paraît beaucoup. »

« Qui sait. Il y a peut-être un virus qui a tourné. »

« On doit recouper tout ça, voir qui est ami avec Jason Reedy et qui était proche de Holmes. »

« Pourquoi Holmes ? »

« Aucune raison particulière, à part qu'on pourrait obtenir des infos. » J'ai parcouru la page du doigt. « Bingo. Jason Reedy était absent ce jour-là. »

« Intéressant. »

En passant à la deuxième page, j'ai ajouté : « Et voilà ce gamin que tu as mentionné, Joseph Centro. »

« Peut-être qu'ils ont séché les cours tous les deux. »

« Je ne sais pas. »

« N'oublie pas que la mère n'était pas à la maison ; elle était à Orlando. »

« C'est vrai. » Quel gamin n'avait jamais profité de l'absence de surveillance parentale ? « J'aimerais parler à Centro, mais Reedy et son avocat doivent arriver dans moins d'une heure. »

CHAPITRE CINQUANTE-NEUF

Reedy et Tom O'Brien étaient regroupés dans la salle d'interrogatoire. O'Brien était l'un des avocats de la défense les plus chers du comté. Il était coriace, mais juste. Je n'avais pas touché à la température de la pièce et n'allais pas les faire attendre. Je n'aimais pas Chris Reedy, mais je ne voulais pas que quiconque paie son avocat un centime de plus que nécessaire.

Ils ont affiché un sourire quand nous sommes entrés. Il était clair qu'O'Brien avait briefé son client. Ou bien Reedy avait-il fait les exercices de respiration recommandés par Wim Hof ?

Après les présentations et les formalités d'usage, j'ai dit : « Nous tenions à vous remercier d'être venus aujourd'hui. »

« Mon client est désireux de dissiper toute confusion concernant sa tentative d'aider les forces de l'ordre dans l'enquête Holmes. »

« Monsieur Reedy, quand avez-vous vu Deborah Holmes pour la dernière fois ? »

« Un jour ou deux avant que nous apprenions sa disparition. »

« Comment vous en souvenez-vous ? »

« Eh bien, ça a été un vrai traumatisme pour notre fils,

quand Debbie a disparu. Jason et elle avaient une longue relation, et, vous savez, on se souvient de ce genre de choses. »

« Et c'était à quelle date ? »

« Hum, laissez-moi réfléchir... Janet était allée voir sa sœur... oui, c'était un lundi, et Debbie était passée ce samedi-là. »

Ça sonnait répété, mais il fallait s'y attendre. « Ce lundi soir-là, vous avez dit avoir vu Javier Lopez sur Livingston Road, près de votre quartier, non loin de là où habitait Mme Holmes. »

« Oui. C'est bien ce que j'ai vu. »

« Que faisiez-vous lorsque vous avez vu M. Lopez ? »

« Moi ? »

« Oui. »

« Je me promenais. »

« Est-ce que vous vous promenez tous les soirs ? »

« Non, pas d'habitude. »

« Pourquoi ce lundi soir-là ? »

« Ma femme n'était pas à la maison, et j'ai juste eu envie de sortir. »

« Je crois savoir que votre femme est partie ce matin-là. Alors, pourquoi à cette heure-là de la nuit ? »

« J'avais été occupé plus tôt, j'avais un appel téléphonique avec un client, et je voulais réfléchir. Marcher m'aide à me vider la tête. »

« Mais vous ne marchez pas régulièrement ? »

« C'est sporadique, mais je sors environ une fois par semaine. »

« Combien de temps durent vos promenades ? »

« Une heure environ. »

« Vous avez aussi affirmé avoir vu M. Lopez garé de l'autre côté de la rue, sur un parking de Livingston Road. »

« Je pense que c'était lui. La voiture était la même. »

« Quand l'avez-vous vu ? Combien de temps après l'avoir vu la première fois ? »

« Environ une demi-heure, peut-être plus. »

« Donc, votre promenade a été courte ? »

« Pas vraiment, j'ai continué un moment et j'ai fait demi-tour. »

« Où avez-vous fait demi-tour ? »

« Oh, je ne me souviens plus. Probablement vers Wyndemere. »

« Vous avez quitté votre maison à pied, vous êtes sorti de la résidence, vous avez longé Livingston jusqu'à un endroit près de Wyndemere, et vous avez rebroussé chemin ? »

« Oui, c'est à peu près ça. »

« Ce que nous trouvons intéressant, c'est que personne à qui nous avons parlé ne vous a vu dehors ce soir-là. »

O'Brien a dit : « Comme il a été dit, la promenade de M. Reedy a eu lieu tard dans la nuit, quand les gens sont chez eux à faire des choses comme regarder la télé. »

« Monsieur Reedy, c'est le moment de modifier votre déclaration. Avez-vous vu M. Lopez une fois, deux fois, ou pas du tout cette nuit-là ? »

« Une fois, c'est sûr ; la deuxième fois, j'ai vu la voiture et j'ai supposé que c'était lui. »

« Pendant le test polygraphique, l'examinateur, un expert reconnu, a dit que vous cherchiez à le tromper. »

O'Brien est intervenu : « S'il vous plaît, inspecteur, nous savons tous les deux que la raison pour laquelle ces tests sont irrecevables devant un tribunal est qu'ils ne sont pas fiables. »

« Nous avons trouvé étrange que votre client ait accepté de s'y soumettre. »

« Il essayait d'être utile. La famille a perdu quelqu'un qui leur était très cher. »

« Il n'était pas utile. Il essayait de détourner l'attention vers M. Lopez. »

« C'est une accusation grave que vous allez devoir étayer ou retirer. »

« Votre client a utilisé des techniques apprises durant un cours qu'il a suivi avec Wim Hof pour contrôler son cœur, sa respiration et sa transpiration. Elles ont fonctionné jusqu'à un certain point, mais il n'a pas réussi à duper notre expert. »

O'Brien semblait voir Elvis entrer dans la pièce. Reedy a dit : « Vous ne savez pas de quoi vous parlez. J'ai suivi ces cours il y a des années, pour contrôler mon anxiété. »

Son avocat s'est raclé la gorge. « Débattre d'un enseignement qui précède largement l'incident en question n'est pas pertinent. »

« Ce qui est pertinent, c'est la raison pour laquelle votre client a menti. Pourquoi a-t-il tenté de faire accuser Javier Lopez ? Qui essaie-t-il de protéger ? A-t-il fait quelque chose à Mme Holmes, ou était-ce son fils ? »

Reedy s'est tourné vers son avocat. « Vous voyez ? Ils m'accusent de quelque chose. De quoi, je n'en sais rien. »

L'avocat a tapoté l'avant-bras de son client et a dit : « Inspecteurs, sauf votre respect, proférer des allégations sans preuves est, au mieux, inutile. Si vous avez quelque chose de tangible à discuter, ce serait le moment de le faire. »

« M. Reedy ne dit pas la vérité. Il a menti pendant le polygraphe et a tenté de faire accuser un autre homme du meurtre de Deborah Holmes. Si votre client n'est pas impliqué dans ce crime, ce serait le bon moment pour clarifier les choses. »

« Mon client a nié toute implication dans ce crime odieux. Quant à l'accusation de coup monté, il pourrait s'agir d'un simple cas d'erreur sur la personne. Nous connaissons tous le manque de fiabilité des témoins oculaires. »

« Et nous connaissons bien le type d'obstruction auquel nous pensons que votre client se livre. »

O'Brien a donné un coup de coude à Reedy et s'est levé. « À

moins que vous ne puissiez présenter des preuves, nous en avons terminé ici. »

CHAPITRE SOIXANTE

DERRICK A DIT : « ÇA S'EST PASSÉ COMME JE LE PENSAIS. ON N'A rien obtenu. »

« Je n'en suis pas si sûr. O'Brien voulait voir ce qu'on avait, et il ne l'a pas montré, mais on l'a surpris avec l'histoire de la formation au polygraphe. »

« Ouais, mais il a raison ; le timing ne nous aide pas. »

« Ça ne veut rien dire. Si tu t'es entraîné pour être tireur d'élite il y a cinq ans, tu peux toujours atteindre la cible. C'est une compétence. Le problème de Reedy, c'est qu'il n'était pas aussi bon qu'il le pensait. »

« C'est vrai, mais comment va-t-on s'en servir ? »

« Pas sûr. Mais on en a peut-être assez pour obtenir les relevés téléphoniques de Reedy. Si on arrive à localiser où il était, on saura avec certitude s'il était vraiment sorti se promener. »

« Mais s'il n'est pas passé à une autre antenne-relais pendant sa promenade, on ne saura pas où il était. »

« Le juge ne s'y connaît pas en antennes-relais. Prépare la requête, ou je peux le faire, pour traiter sa localisation et ses données d'appel. Il se peut que Reedy n'ait même pas été chez lui, comme il le prétend. »

« C'est important. Je vais lancer la requête et la faire remonter. »

« Merci. Je dois faire un point avec Remin. L'interview que *WINK* a faite avec les parents de Holmes l'a mis sur le sentier de la guerre. »

« Bonne chance avec ça. »

« Ça va aller. Quand on aura fini, on ira voir Centro. »

NOUS AVONS TOURNÉ À DROITE DEPUIS PINE RIDGE ROAD SUR Osceola Trail. Derrick a raté le virage sur Cougar Road, et nous sommes passés devant l'école primaire d'Osceola.

En montrant l'aire de jeux de l'école, j'ai dit : « Regarde ça. »

« Quoi ? »

« Il y a une mère là-bas qui nettoie le toboggan avec des lingettes désinfectantes. »

En faisant demi-tour, il a dit : « Un signe des temps. »

« Ça ne fait qu'empirer les choses ; si on n'est pas exposé, on ne peut pas développer d'immunité. »

Nous nous sommes garés sur le parking, et Derrick a dit : « Rappelle-moi de te parler du système immunitaire et du vieillissement. »

Le vieillissement ? Est-ce qu'il parlait de moi, en particulier ?

Après avoir montré au directeur l'autorisation écrite que la mère de Centro nous avait donnée, on nous a conduits dans une salle de conférence. Cinq minutes ont passé, et la porte s'est ouverte. Le directeur a dit à Centro qu'il serait dehors et qu'il pourrait partir quand il le voudrait.

Nous nous sommes levés et nous nous sommes présentés. Vêtu de vêtements sombres, Centro fixait la table, sans jamais croiser notre regard. C'était une de mes bêtes noires ; la plupart des adolescents agissaient de la même manière.

Centro a commencé à faire craquer ses phalanges.

« Nous savons que vous et Jason Reedy êtes de bons amis. »

Il a hoché la tête.

« Vous connaissiez aussi Debbie Holmes. »

« Ouais. »

« Est-ce qu'ils s'entendaient bien ? »

« Ouais, ils sortaient ensemble. »

« Vous aviez le béguin pour elle. »

« Elle sort avec Jason. »

« C'est terrible ce qui lui est arrivé. »

Il a froncé les sourcils.

« Le lendemain de la disparition de Debbie, vous n'êtes pas allé à l'école. »

Il s'est raidi. « Ah non ? »

« Pas selon les registres de présence de l'école. »

« Oh, alors j'imagine que non. »

« Qu'avez-vous fait ce jour-là ? »

« Je ne sais pas. J'étais probablement malade. »

« C'est intéressant. Jason n'est pas allé à l'école non plus. Était-il malade lui aussi ? »

« Je ne me souviens pas. »

« Où êtes-vous allés tous les deux ? »

« Nulle part. »

Ils étaient ensemble. « Écoutez, je ne vais rien dire à votre mère ou à l'école. On rassemble juste des informations générales pour le rapport qu'on doit remplir. Vous n'imaginez pas toute la paperasse qu'on doit faire. Je veux juste me débarrasser de ce dossier. »

Derrick a dit : « Ouais, ils ne vous disent pas à l'académie que quatre-vingt-dix pour cent du temps, on n'est que des gratte-papiers. Cette affaire va être classée, alors si vous pouviez nous aider un peu, on pourrait passer à autre chose. On a une tonne d'autres affaires à traiter. »

« On a juste traîné ensemble, c'est tout. »

« Vous et Jason ? »

« Ouais. »

« Où avez-vous traîné ? »

« Je ne sais pas, juste dans le coin. »

Quand ma mère me demandait où j'allais, je répondais juste « dehors » et je partais. « Ce serait vraiment utile si vous pouviez me donner un ou deux endroits. Vous savez, il y a une case dans le rapport qu'on doit remplir. Où étiez-vous tous les deux ? »

« Je suis presque sûr qu'on a juste traîné chez Jason. Sa mère n'était pas là ; elle était partie quelque part avec sa grand-mère. »

« Vous y êtes restés toute la journée ? »

« Ouais. »

« Est-ce que M. Reedy était là ? »

« Euh, une partie du temps. »

« Debbie était avec vous ? »

« Non. »

« Donc vous avez traîné chez lui toute la journée ? »

« Euh, on est allés chez sa grand-mère pour nourrir le chat. »

« Vous faisiez la fête là-bas ? »

Il a haussé les épaules. « Non. »

« Qu'y avez-vous fait ? »

« Rien, on a juste nourri ce stupide chat. »

« Vous n'aimez pas les chats ? »

Il s'est levé. « M. Hitchens a dit que je pouvais partir si je voulais, et c'est ce que je vais faire. »

« Bien sûr. Merci, Joe. »

Nous sommes montés dans le SUV. Derrick a dit : « Le

gamin mentait. D'abord, il était malade, et ensuite il était avec Jason. »

« Sans aucun doute, mais était-ce juste de la dérobade habituelle d'adolescent ou quelque chose de plus sinistre ? »

« Ils auraient pu boire ou se droguer. »

« Absolument. »

« On doit parler à Jason. »

« On doit passer par O'Brien. Appelle-le maintenant, vois si on peut se voir lundi. On peut aller les voir, si c'est plus simple. »

« Je vais le contacter. » Prenant son téléphone portable dans la paume de sa main, il a ajouté : « Tu as ce mariage demain, c'est ça ? »

« Yep. Je te raconterai. Tu as des projets pour le week-end ? »

« Rien de spécial, je dois faire quelques retouches de peinture. »

« Fais attention si tu montes sur une échelle. » J'avais l'air d'un vieil homme.

« Ça va, je gère. Oh, je voulais te parler de ce médicament sur lequel je me suis renseigné. Ça s'appelle la rapamycine. On l'appelle un médicament anti-âge. »

« Ça m'a l'air d'être des conneries. »

« Non, c'est comme ça qu'ils l'appellent, mais j'ai lu des tonnes de trucs dessus, et en gros, la façon dont ça prolonge la vie, c'est en renforçant ton système immunitaire et en empêchant les maladies liées à l'âge de te tuer. »

« Jamais entendu parler. »

« Ça vaut le coup de se renseigner. La FDA l'a approuvé comme médicament anti-rejet pour les greffes. Mais des médecins ont découvert que ça aidait vraiment le système immunitaire. Ils l'ont testé sur des souris, et ça a prolongé leur vie de trente pour cent. »

« Trente pour cent, c'est énorme. » Avait-on vraiment envie d'une bande de centenaires de cent vingt ans ?

« Carrément, et il y a un essai à grande échelle en cours sur des chiens. »

« Et sur les humains ? »

« Un tas de médecins le préconisent et l'utilisent eux-mêmes. »

« Quels sont les inconvénients ? »

« Ils ne sont vraiment pas terribles, mais vérifie par toi-même. Je cherche un moyen de m'en procurer. »

« Assure-toi que ça ne vient pas de Chine. »

CHAPITRE SOIXANTE ET UN

La salle s'est calmée lorsque le père de la mariée s'est écarté et que le Dr Bilotti s'est approché du micro.

Sortant une grande épée de son fourreau, il a déclaré : « Pour rehausser le toast porté à un si beau couple, Fred m'a demandé de procéder à un sabrage. Ce rituel remonte à l'époque de Napoléon Bonaparte, où le sabre était l'arme de prédilection de sa cavalerie légère.

« Les victoires spectaculaires de Napoléon à travers l'Europe leur ont donné de nombreuses raisons de faire la fête. Et ils le faisaient en ouvrant les bouteilles de champagne avec leurs sabres.

« En tant qu'amateur de vin, j'apprécie la phrase de Napoléon qui disait que, lorsqu'il gagnait, il buvait du champagne pour fêter ça, et que, lorsqu'il perdait, il en buvait pour se consoler. »

Alors que les rires s'apaisaient, Bilotti a ajouté : « Le sabrage est un acte de célébration et donc tout à fait approprié pour commémorer la belle union dont nous avons été témoins aujourd'hui. »

On a tendu une bouteille de champagne encore fermée à

Bilotti. Il a retiré la coiffe et le muselet, puis a repéré la couture de la bouteille. Tenant la bouteille à un angle de trente degrés, il a souri. « Espérons que tout se passera comme prévu. »

Le docteur a placé le tranchant de son épée sur la bouteille et, d'un seul mouvement, l'a fait glisser vers le haut, frappant le col de la bouteille.

Le goulot de la bouteille s'est écrasé par terre tandis que la salle éclatait en applaudissements. Bilotti a brandi la bouteille ouverte au-dessus de sa tête. « Tous mes vœux de bonheur et d'amour aux jeunes mariés ! »

J'ai arrêté d'applaudir quand Bilotti a pris place à côté de moi. « Bien joué, Doc. »

« C'est toujours un peu risqué de le faire en public. »

« Tu as donné l'impression que c'était facile. »

« Je peux t'apprendre. »

Mary Ann a dit : « Surtout pas. Il est incapable de planter un clou sans s'écraser un doigt. »

« Hé, c'est pas juste. »

Un vieil homme aux cheveux blancs coupés courts a tapoté le dos du docteur d'une main couverte de taches de vieillesse. Les hommes se sont serrés dans les bras et Bilotti a dit : « Frank, je te présente Johnny Coburn. Il faisait partie du groupe de dégustation de vin. »

Nous nous sommes serré la main, et Bilotti a ajouté : « Frank est le détective dont je t'ai parlé. C'est le meilleur détective avec qui j'aie jamais travaillé, et j'en ai connu beaucoup de bons. »

Coburn a dit : « Ce n'est pas rien. »

« Il exagère. »

« Non, pas du tout. Frank peut trouver n'importe qui ou n'importe quoi. »

« Ça, c'est bien possible. » J'ai montré la table du doigt. « Je vois quelques sacs sur la table. Je parie qu'ils contiennent des bouteilles de grand vin. » Coburn a posé une ou deux questions avant que Mary Ann ne m'entraîne plus loin. « On doit danser ; c'est notre chanson. »

Mon genou me faisait mal alors que nous nous dirigions vers la sortie. Mary Ann a dit : « C'était une très belle réception. »

« C'était sympa, la nourriture était bonne, et le vin... il t'a plu, non ? »

« Je n'en ai bu qu'un verre. »

Lui tendant les clés de la voiture, Johnny Coburn s'est approché d'un pas nonchalant. « Puis-je vous emprunter votre mari un instant ? »

« Bien sûr. »

Nous nous sommes écartés et Coburn a baissé la voix. « Bilotti m'a beaucoup parlé de vous. »

« N'en croyez pas la moitié. »

Ses yeux et ses joues étaient creusés. « Sérieusement, il m'a dit qu'on pouvait vous faire confiance. »

Confiance ? On venait de se rencontrer. « Je crois bien que c'est vrai. »

Il a légèrement hoché la tête, marquant une pause avant de dire : « C'est une longue histoire, et je serais ravi de vous dire ce que je sais, mais j'ai des informations concernant quelque chose qui est caché depuis longtemps. »

« Et qu'est-ce que c'est ? »

Il a regardé des deux côtés avant de dire : « Une grosse somme d'argent. »

« Et comment a-t-elle disparu ? »

« Elle a été cachée, volontairement. »

« Si c'est illégal, je ne veux pas en savoir plus. »

« Ça ne l'est pas. Du moins, pas techniquement, et d'après les avocats que j'ai consultés. »

« Et pourquoi me dites-vous ça, à moi ? »

« Pour sonder votre intérêt pour une chasse au trésor. »

Mary Ann a fait un pas vers nous. « Allez, Frank. On est les derniers. »

« Je dois y aller. »

« Est-ce que je peux vous contacter pour discuter de cette affaire ? »

« Bien sûr. »

« Je suppose que vous garderez cette conversation, ainsi que les futures, confidentielles. »

Je me suis précipité vers Mary Ann. « Qu'est-ce qu'il voulait ? »

« C'est un ami de Bilotti, il a un problème. »

« Ne te mêle pas des affaires des autres. »

Oui, maman. « Je ne sais pas trop de quoi il s'agit ; il n'est pas entré dans les détails. »

CHAPITRE SOIXANTE-DEUX

« Salut, Doc, comment vas-tu ? »

« Bien, Frank. C'était un beau mariage, n'est-ce pas ? »

« Ouais, on s'est bien amusés, et merci d'avoir apporté le vin. J'ai un peu trop forcé sur la bouteille. Ça fait deux jours et j'en ressens encore les effets. »

Il a ri. « On ne récupère plus aussi vite qu'avant. »

« Amen. Tu sais, j'ai vraiment aimé celui de l'État de Washington. C'était quoi, son nom ? »

« Force Majeure. C'est l'un des rares vins américains que j'achète encore. »

« Ce Sassicaia était bon aussi. C'est peut-être le vin le plus cher que j'aie jamais bu. »

« Le Sassicaia, c'est le super-toscan original, et il coûte environ trois cents dollars maintenant. »

« C'est dingue. »

« Ça l'est. Je n'en achète plus. Je crois que je l'ai payé cent dollars quand je l'ai acheté il y a dix ans. »

« Merci de l'avoir partagé. »

« Avec plaisir. »

« Dis, je voulais te poser une question sur un médicament appelé la rapamycine. Tu connais ? »

« C'est le nouveau médicament anti-âge, même si on ne sait pas encore vraiment si les bénéfices l'emportent sur les risques. »

« Mais ça marche ? »

« On dirait, mais les essais sur l'homme ne font que commencer. Tout le reste est anecdotique. »

A-t-il senti mon enthousiasme retomber comme un soufflé ? « Oh. »

« À ce stade, je te déconseillerais de le prendre. Si ça marche, tu auras le temps de profiter de certains de ses bienfaits. »

« Merci. J'apprécie le conseil, et merci encore pour le vin. »

« Quand tu veux. Dis-moi, qu'as-tu pensé de la façon dont Johnny Coburn a décrit le vin ? »

« C'était comme lire le *Wine Spectator*. »

« Il avait un palais incroyable quand il était plus jeune. C'est un type bien. »

« Il voulait savoir s'il pouvait me faire confiance. J'ai trouvé ça bizarre. »

« Johnny est devenu un peu mystérieux avec le poids des années. Je crois que son beau-frère, ou peut-être son oncle, était agent de la DEA. »

« Vraiment ? »

« Je suis presque sûr qu'il travaillait à Miami il y a des années. »

« Qu'est-ce que Johnny faisait dans la vie ? »

« Il est à la retraite depuis longtemps. Je crois qu'il avait quelques magasins de détail. Pourquoi ? »

« Simple curiosité. Quel âge a-t-il ? »

« On a fêté ses quatre-vingts ans il y a deux ans. »

« C'est ce que je me disais. »

« Désolé, Frank, mais je dois y aller. Passe une bonne journée. »

Après avoir raccroché, mon esprit a envisagé la possibilité que l'argent mentionné par Coburn provienne du liquide qu'il avait détourné de ses commerces de détail. Il aurait évité de déclarer ces revenus. C'était de l'évasion fiscale, et c'était illégal.

Ce n'était pas rare, mais pourquoi l'aurait-il caché pour ensuite m'en parler ? Avait-il oublié où il l'avait mis ? Ça semblait peu probable, mais Coburn avait un peu plus de quatre-vingts ans. Cherchait-il quelqu'un de confiance pour l'aider à retrouver sa cachette ?

Taper « Johnny Coburn » dans le système n'a révélé aucun casier judiciaire. Une bonne surprise.

La chance de gagner un revenu supplémentaire était tentante, mais il ne me restait pas assez de temps ou d'énergie pour un deuxième travail. Le moment de réévaluer la situation viendrait après la résolution de l'affaire Holmes.

« Verizon a envoyé les relevés téléphoniques de Reedy, a dit Derrick. Je suis en train de les imprimer. » Il a bondi de sa chaise et l'imprimante s'est mise à ronronner.

Il m'a tendu un document. « Voilà les données des antennes-relais. »

Il y avait deux sections : une pour le vingt-trois mai et le jour suivant. « On dirait que Reedy n'a jamais quitté le secteur. »

« S'il avait été un minimum malin, il l'aurait laissé derrière lui. »

« Où est la carte de la couverture de l'antenne ? »

« Là. »

« Hum. Il aurait pu aller se promener. L'antenne suivante est juste après Golden Gate. »

« Sauf s'il n'avait pas pris son téléphone, il était chez lui ou se baladait dans le quartier. »

« Jetons un œil aux appels qu'il a passés ou reçus. »

« C'est bizarre. Il n'y a aucune trace d'un SMS envoyé ou reçu. »

Pointant le rapport du doigt, j'ai dit : « Il a appelé ce numéro sept fois, mais ça n'a jamais abouti. Vérifie à qui il appartient. »

Il a tapé le numéro dans un programme et a dit : « Putain de merde ! C'est celui de son fils. »

« Les appels ont été passés entre 23 h 39 et 00 h 18. Soit il avait largement dépassé l'heure de rentrer, soit il se passait quelque chose. »

« Vérifie l'autre numéro. Il l'a aussi appelé quatre fois. »

Après l'avoir tapé, j'ai appuyé sur « chercher » et j'ai dit : « C'est un téléphone fixe enregistré au nom d'une certaine Mildred Fenster. »

« Ça pourrait être une petite amie. »

« Peut-être. Laisse-moi vérifier au département des véhicules motorisés. »

La photo d'une femme aux cheveux gris, avec des rides profondes, a rempli l'écran. « C'est impossible, a dit Derrick. Elle est beaucoup trop vieille. »

« Ça doit être une parente ou une amie qu'il essayait de joindre. »

« Peut-être qu'il pensait qu'elle saurait où était son fils. »

En tapant sur mon clavier, j'ai navigué vers une recherche dans les registres publics. Derrick a demandé : « Qu'est-ce que tu cherches ? »

« Ça, juste là. Janet Reedy a changé de nom, de Fenster en Reedy, quand elle s'est mariée. Je parie que c'est sa mère. »

« Probablement. Mais elle est partie avec sa fille pour... »

« Reedy a dû penser que son fils était chez la grand-mère. » Je suis retourné à la page du DMV. « Elle habite au 10981 SW

Sixty-Sixth Street. Compare les données de l'antenne-relais pour les appels passés à son fils avec cette adresse. »

Derrick a feuilleté quelques pages. « L'antenne-relais couvre la maison de la grand-mère. »

« Le père savait ou suspectait que son fils était chez la grand-mère. Qu'est-ce qu'il faisait là-bas si tard ? »

« Il savait que la maison était vide. Peut-être qu'il faisait la fête avec des amis. »

« Est-ce que Debbie Holmes était là ? Son portable a borné pour la dernière fois sur la même antenne. »

« C'est possible. »

« Ça colle. »

« C'est clair. Elle y est peut-être allée de son plein gré. »

« Elle n'aurait pas laissé son vélo derrière elle. »

« Il était caché. Peut-être qu'elle s'est dit qu'elle le récupérerait plus tard. »

« C'est peu probable, il ne rentrerait pas dans le coffre de Jason. Mais pourquoi ne pas rentrer chez elle, déposer le vélo et y aller en voiture ? »

« Peut-être que ses parents ne l'auraient pas laissée sortir. C'était un soir d'école. »

« Bien vu. Elle a désobéi à ses parents, tout comme Jason, et elle a fini morte. »

« Elle aurait pu être assassinée dans la maison de la grand-mère. »

La spéculation était la monnaie courante d'un inspecteur de la brigade criminelle. Restait à savoir si cet investissement serait rentable.

CHAPITRE SOIXANTE-TROIS

DERRICK SE LEVA. « NOUS DEVONS INTERROGER REEDY AU SUJET de ces appels. »

« C'est ce qu'on va faire, mais il est rusé. On ferait mieux de parler à quelques voisins de la grand-mère. Avec un peu de chance, on recueillera des informations, et si Reedy se met à nous mener en bateau, on pourra l'acculer. »

« Tu as raison. Ça pourrait nous faire gagner du temps. J'y vais tout de suite. »

Il ne l'a jamais dit, mais sa façon d'agir montrait qu'il avait refusé le poste à Charlotte. « On y va ensemble. »

En tournant sur la Soixante-Sixième Rue Sud-Ouest, nous avons dépassé l'église communautaire de Center Point. Derrick a demandé : « Quel âge a cette dame, Fenster ? »

« Quatre-vingt-deux ans. »

« Qu'est-ce qu'elle fait dans ce coin perdu ? Les maisons sont trop espacées. Si elle a besoin de quelque chose, elle aura des ennuis. »

C'était une bonne question. « Peut-être qu'elle vit ici depuis longtemps. Ce n'est pas facile de convaincre quelqu'un de quitter sa maison. »

« Ne m'en parle pas. J'ai dit à mes parents de prendre plus petit, mais ils ne vendront jamais leur maison. »

« Tant qu'ils en sont capables, il vaut mieux qu'ils prennent la décision eux-mêmes. »

« C'est vrai. Ils me le reprocheraient. »

« Ralentis. » Je lui ai montré droit devant. « La jaune, c'est la maison des Fenster. »

« Je doute que quelqu'un ait vu quoi que ce soit. Il n'y a pas de lampadaires par ici. »

« Probablement, mais on est là. Allons sonner à quelques portes. Je m'occupe des deux de chaque côté, et tu peux prendre les deux en face. »

En m'éloignant de la première maison, je lui ai fait un signe de pouce baissé. J'ai traversé ce qui tenait lieu de pelouse en direction d'une maison bleue de plain-pied avec un toit en tôle.

À trois mètres de la porte d'entrée, deux chiens se sont mis à aboyer comme si j'étais entré par effraction.

Un homme qui avait tout d'un elfe, avec une queue de cheval, a répondu à la sonnette. Je lui ai montré mon insigne pendant qu'il chassait les chiens. « Macy ! Garmin ! Arrêtez ! »

« Je suis désolé. Une fois qu'ils vous connaîtront, vous n'arriverez plus à les empêcher de vous lécher. »

« On dirait des jumeaux. »

« Des frères. Je les ai depuis la portée. »

« Ils sont mignons. »

« On ne se quitte pas d'une semelle. Comment puis-je vous aider ? »

« J'aimerais savoir si vous avez vu quelque chose chez les Fenster. »

« Il est arrivé quelque chose à Mildred ? »

« Non, elle va bien. Mais il y a quelques semaines, elle était absente, et nous nous intéressons à toute activité qui aurait eu lieu à la maison pendant cette période. Les jours en question sont les lundi 23 et mardi 24 mai. »

« C'était un cambriolage ? »

« Non. Vous vous souvenez d'avoir vu quelque chose ? »

« Vous savez, oui. Je promenais les garçons, mes chiens, et il était un peu avant minuit ; on sort tous les soirs à cette heure-là. »

Une autre raison de ne pas avoir de chien. « Qu'avez-vous vu ? »

« Eh bien, il y avait une voiture dans l'allée qui n'était pas là quand on est sortis vers cinq heures. On est passés devant la maison, mais j'ai simplement pensé qu'elle avait de la visite ; sa famille habite en ville. »

« Quel genre de voiture ? »

« Elle était blanche, c'est tout ce que je sais. »

Reedy conduisait une Honda blanche.

« Les lumières de la maison étaient allumées ? »

« Quelques-unes. Mais quand on a fait demi-tour, on est descendus jusqu'au canal, une autre voiture est arrivée et s'est garée dans l'allée. Un jeune homme en est sorti, et le temps qu'on arrive à la hauteur de la maison, il remontait dans sa voiture et il est parti. »

« Vous pensez que c'était une livraison de repas ? »

« Peut-être. Il avait un sac en remontant dans la voiture. »

« Il portait quelque chose en arrivant ? »

« Je ne saurais pas vous dire. Les garçons et moi étions trop loin. »

« Combien de temps pensez-vous qu'il soit resté à la maison ? »

« Cinq, dix minutes ? »

« Avez-vous vu une jeune femme d'environ dix-sept ans ? »

« Non. »

« Et vous êtes certain de l'heure ? »

« Oui. Les garçons ont leur routine. Si je ne les sors pas à l'heure, ils deviennent agités. »

« Merci. Puis-je avoir votre numéro au cas où j'aurais une question ? »

De retour dans la voiture, Derrick a dit : « Fait chou blanc. Et toi, ça a donné quoi ? »

Je l'ai mis au courant. Il a dit : « On dirait que Jason était là. L'autre type aurait pu faire une livraison. »

Il a quitté le trottoir au moment où un camion s'engageait dans la rue. J'ai dit : « Nous devons partir du principe que Jason Reedy était là. Il n'y a pas d'autre explication pour que le père appelle à la maison. »

« D'accord. »

Le camion est passé dans un grondement. J'ai dit : « Fais demi-tour. »

« Quoi ? »

« C'est un paysagiste. Peut-être qu'il a vu quelque chose le lendemain ; aujourd'hui, on est mardi. »

« En pleine journée ? »

« On ne sait jamais. »

Le camion de Paradise Landscaping s'est arrêté devant une maison où Derrick s'était rendu. Garés derrière, nous sommes sortis alors qu'un homme descendait une tondeuse d'une rampe. Un autre homme tirait sur la corde d'un coupe-bordure.

« Excusez-moi ! On peut vous parler un instant ? »

L'homme sur la tondeuse a coupé le moteur. « Qu'est-ce qui se passe ? »

« Vous tondez cette pelouse tous les mardis ? »

« Ouais, pourquoi ? On a fait quelque chose ? »

« Non, non. Il y a quelques mardis, le vingt-quatre mai, avez-vous vu quelque chose à cette maison ? » J'ai pointé du doigt la demeure de Fenster.

« Je crois qu'une vieille dame y habite, c'est ça ? »

« Oui. Vous vous souvenez avoir vu quelque chose ? »

Il s'est mis à parler en espagnol à l'autre homme, puis a dit : « C'était il y a, genre, six semaines ? »

« Oui. »

« On n'est pas sûrs, mais on pense que c'était peut-être le jour où il y avait un bateau sur une remorque. »

« Vous avez vu un bateau tiré par une voiture ? »

« Ouais. »

« Quel genre de voiture ? »

« Oh, je ne sais pas. Je crois qu'elle était blanche, une étrangère. »

« Vous êtes sûr ? »

Il a de nouveau parlé en espagnol avant de dire : « Luis pense qu'elle était argentée, peut-être une Ford. »

On y revient avec les témoins oculaires. « D'accord. Mais, le bateau, vous êtes tous les deux sûrs de l'avoir vu dans l'allée de cette maison ? »

« Ouais, c'est ce qu'on a dit. Il était en marche arrière, contre le garage. »

« C'était à quelle heure ? »

« Vers cette heure-ci, on vient toujours au même moment. »

Il était un peu avant quatre heures de l'après-midi. « Merci. »

Nous sommes remontés dans la voiture. « On dirait que le lendemain, Reedy ou son fils est revenu à la maison. »

« Peut-être que le père était à la pêche et qu'en rentrant, il s'est arrêté pour chercher son fils. »

« Je n'y crois pas. Il serait venu à la première heure le matin si le gamin n'était pas rentré. »

« Peut-être qu'il l'a fait et qu'il est revenu. »

« C'est possible, mais je parie que ce n'est pas le cas. »

CHAPITRE SOIXANTE-QUATRE

DÉVALANT LES ESCALIERS QUATRE À QUATRE, JE SUIS ARRIVÉ À notre étage et je suis entré dans le bureau d'un pas rapide. « Nous avons assez d'éléments pour obtenir un mandat de perquisition pour la maison de la grand-mère. »

« Je pensais qu'ils allaient le rejeter. »

« Cette affaire a exercé beaucoup de pression. Je pensais que notre dossier était un peu léger, mais ils ont donné le feu vert. »

« Qu'a dit le shérif ? »

« Il en a parlé à Wilner. Il a dit que, entre autres, le fait que le petit ami soit l'une des dernières personnes, si ce n'est *la* dernière, à l'avoir vue, et que son téléphone ait borné pour la dernière fois dans la même zone que la maison, suffisait pour que nous ayons assez d'éléments. »

« Un juge qui se montre coopératif. Qui l'aurait cru ? »

« C'est appréciable. »

« Je pense que le père et le fils sont de mèche. Sinon, pourquoi l'appellerait-il toutes les deux minutes ? »

L'enfant de Derrick était trop jeune pour comprendre que lorsqu'un enfant quitte la maison, un parent ne peut trouver le repos, surtout s'il est injoignable. « Peut-être, mais il est aussi possible qu'il s'inquiète simplement de savoir où était son fils. »

« Alors pourquoi a-t-il menti à propos de Lopez et du genou de Holmes ? »

« Lui et son fils sont en haut de la liste. Peaufinons cette demande et faisons-la signer. »

Mon téléphone a sonné. C'était Mary Ann. « Salut, je me suis dit que j'allais prendre de tes nouvelles. »

Elle s'ennuyait. « Je vais bien. On va demander un mandat pour une maison qui, selon nous, est liée à l'affaire Holmes. »

« Ça a l'air passionnant. »

Elle devait avoir oublié toute la paperasse qu'elle devait remplir quand elle était dans la police. « On verra. Qu'est-ce que tu fais ? »

« Rien. »

« Tu as fait tes longueurs ? »

« Oui. »

« Tu sais, je pensais qu'on pourrait peut-être faire un voyage à Savannah. Tu as toujours dit que tu voulais y aller. »

« Ce serait sympa, mais quand ? »

« Dès que cette affaire sera terminée. »

« Oh. »

« Mais pourquoi ne ferais-tu pas quelques recherches, pour trouver un hôtel et des choses à faire pour un long week-end ? »

« Tu veux qu'on reste dans la ville même ? »

« Où tu veux. »

« J'aurais dû enregistrer ça. »

J'ai ri. « Je le nierai, surtout si c'est cher. À plus tard. »

En rangeant mon téléphone, j'ai remarqué un texto. Il venait de Johnny Coburn. Il voulait me voir. Je l'ai supprimé.

JUSTE APRÈS LE FAIT D'ANNONCER À QUELQU'UN LA MORT D'UN être cher, impliquer une personne innocente dans une affaire dont elle ignorait tout était perturbant.

« Tout le monde reste en retrait. C'est une dame âgée, une personne qui n'a rien à voir avec ça. »

« Tu nous dis quand prendre le relais. »

« Entendu, et s'il vous plaît, soyez délicats. Faites votre travail, mais je ne veux pas que cette maison soit mise sans dessus dessous. C'est clair ? »

« Pas de problème, Luca. »

La chemise collée à mon dos, j'ai sonné et je me suis écarté de la porte. Prêt à sonner de nouveau, la porte s'est ouverte. Mildred Fenster avait un sourire agréable et se tenait bien droite. « Bonjour. Puis-je vous aider, jeune homme ? »

Jeune homme ? Impossible de ne pas l'apprécier. « Désolé de vous déranger, madame, mais nous sommes du bureau du shérif. »

« Le bureau du shérif ? »

Je lui ai tendu le mandat. « Oui, nous allons devoir perquisitionner votre domicile. »

« Mais pourquoi diable feriez-vous ça ? »

« Un juge estime que des preuves pourraient se trouver à l'intérieur de votre domicile. »

« Des preuves ? De quoi ? Vous devez vous tromper d'adresse. J'habite ici depuis près de trente-deux ans. »

« Je suis désolé, madame. C'est la bonne maison. Nous devons vous demander de sortir. Il fait chaud dehors ; vous voudrez peut-être attendre dans une de nos voitures. »

« Je ne comprends pas ce qui se passe. Puis-je appeler ma fille ? »

« Oui, mais vous devrez le faire dehors. »

Derrick a dit : « Venez avec moi, Madame Fenster. Ma voiture est confortable. Vous pourrez y attendre et passer vos appels. »

J'ai fait signe à l'équipe de perquisition, et les cinq se sont approchés. « Prenez tout ce que vous pouvez trouver, mais soyez délicats. »

Étant toujours mal à l'aise à l'idée d'entrer dans la maison d'un inconnu, je trouvais pénible de pénétrer dans la chambre de Fenster. C'était un retour dans les années soixante-dix. Hésitant à ouvrir les tiroirs de sa table de chevet marron, je savais qu'elle ne cachait rien.

En guise de compromis, j'ai fait coulisser le tiroir du haut et je l'ai refermé. S'il y avait eu quelque chose, ça aurait été la plus grande surprise de ma carrière.

Refermant la porte de la chambre derrière moi, je suis allé dans la salle de séjour. Un technicien de la police scientifique était à genoux en train de prélever des fibres et des cheveux sur le tapis, tandis qu'un autre examinait le canapé.

Derrick est entré dans la maison par le garage. Il m'a fait signe de venir. « Par ici. Ils pensent qu'il y a du sang dans le garage. »

Deux techniciens étaient agenouillés près de l'arrière de la voiture de Fenster. « Qu'est-ce que vous avez ? »

« On a pulvérisé du luminol, et cette zone s'est éclairée. »

C'était une tache en forme de foie. « Elle est marron. Elle doit être vieille. »

« C'est possible, mais elle a été frottée, et les détergents auraient pu la décolorer. »

« Il nous faut un échantillon pour une analyse ADN. Vous pouvez faire ça ? »

« C'est délicat, mais on l'a déjà fait. »

« Comment faites-vous ça ? »

« Le mieux, c'est de découper une section du béton. »

« Qu'est-ce que vous pouvez faire d'autre ? »

« Utiliser du ruban adhésif, et on complétera en grattant un peu de matière. »

« Ce sera précis ? »

« Oui. »

« Allez-y. »

Je me suis tourné vers Derrick. « Tu as vérifié le reste du garage ? »

« Ouais, rien qu'un tas de trucs moisis. La moitié des merdes ici devrait être jetée. »

« Tu sais, ce que c'est, les gens et leurs ‹ affaires ›. »

« Elle a plus d'outils que moi. »

« Elle les a probablement gardés quand son mari est décédé. »

« Quelle valeur sentimentale peut avoir une perceuse ? »

Il n'avait pas tort. « Mary Ann cherche quelque chose à faire. Peut-être qu'elle pourra l'aider à vendre certains de ces trucs sur eBay. »

« Qui voudrait de ça ? »

« Tu serais surpris de ce que les gens achètent. »

« Mary Ann a hâte de retourner au travail ? »

« Elle sait que ce n'est pas bon pour elle. Il faut qu'elle trouve de quoi s'occuper. Allons parler à Fenster du sang. C'est une gentille dame, alors sois délicat. Je ne veux pas la contrarier plus qu'elle ne l'est déjà. »

« J'ai de la peine pour elle, surtout s'il s'avère que son gendre ou son petit-fils est impliqué dans le meurtre de Holmes. »

CHAPITRE SOIXANTE-CINQ

Derrick est revenu dans le bureau. « Le voisin avec les chiens a dit qu'il pense que le type qu'il a vu monter dans la voiture était Joe Centro. »

« On savait que Centro mentait, mais à quel sujet ? »

« Le voisin s'en est tenu à sa version ; il ne pensait pas que Centro était entré dans la maison. »

« Pourquoi était-il là, alors ? »

« Jason Reedy y était. Peut-être que son père a appelé Centro pour lui demander de prendre des nouvelles de son fils. »

« Il n'y a eu aucun appel du téléphone du père vers celui de Centro. »

« Ouais. Alors c'est Jason qui a appelé Centro. »

« Pourquoi faire s'il n'est pas entré dans la maison ? Jason a changé d'avis ? »

« Centro aurait pu savoir qu'il était là et s'inquiéter de ce qui se passait avec Holmes. »

« Je vais appeler le labo. Ils devraient pouvoir nous dire si certains des cheveux prélevés correspondent à ceux de Holmes. On peut attendre pour l'ADN, mais la couleur devrait être un bon indicateur. J'imagine mal Fenster avoir des tas de visiteurs. »

« Demande-leur pour le sang. »

« Une analyse ADN prend du temps. »

« Remin ne peut pas leur mettre la pression ? »

« J'ai demandé, mais tu sais ce qu'on dit sur le fait de vouloir passer devant tout le monde. »

« Tu crois la vieille dame quand elle dit qu'elle ne savait rien pour le sang ? »

« Oui. Fenster a plus de quatre-vingts ans. Quand elle rentre dans son garage, elle se concentre pour ne rien percuter. Ensuite, elle entre dans la maison. Elle ne va pas traînasser dans le garage. »

« Et quand elle sort ses courses du coffre ? Ce n'était pas grand-chose, mais je l'aurais remarqué. »

J'ai attrapé le téléphone de bureau qui sonnait. « Écoute, si elle est impliquée dans une tentative de dissimulation, ou pire, je rends ma plaque. »

« Inspecteur Luca, Homicides. »

« Oh, bonjour. »

« D'accord. »

« Oui, je comprends. Au revoir, Maître. »

En raccrochant, j'ai dit : « C'était O'Brien. Son cabinet représente Jason Reedy et Fenster. »

« Fenster ? Pourquoi aurait-elle besoin d'un avocat si elle n'était pas impliquée ? »

Bonne question. « Ils essaient peut-être de limiter les accès ; ils ne veulent pas qu'elle dise quelque chose qui pourrait nuire aux Reedy. »

« Bienvenue en Amérique, où tout le monde a un avocat. »

« Pas loin de la vérité. » J'ai décroché le téléphone. « J'appelle le labo. »

« Serge, c'est Luca. »

« Salut, Frank. J'allais justement t'appeler. On a les résultats pour le sang. »

« Et alors ? »

« Ce n'est pas humain. »

« Comment ça ? »

« C'est du sang animal. Probablement un rongeur ou un opossum. »

« Tu en es sûr ? »

« Oui. Les ratios des types cellulaires ne sont pas humains. »

« Merde. »

« Désolé, mais il y a une bonne nouvelle. »

« Quoi ? Dis-moi. »

« Quatre des cheveux prélevés au domicile de Fenster correspondent matériellement à l'échantillon de référence. »

« Ils correspondent à ceux de Debbie Holmes ? »

« Oui. »

« Tu as dit "matériellement". Qu'est-ce que ça veut dire ? »

« Les cheveux en question présentent les mêmes caractéristiques microscopiques que l'échantillon de cheveux de Holmes. Ils sont compatibles avec une provenance de la même source. »

« Donc, ce sont les cheveux de Debbie Holmes ? »

« C'est ce que nous pensons. »

« Vous faites un test ADN dessus ? »

« Non. »

« Pourquoi pas ? »

« Il n'y avait pas de follicules sur les cheveux retrouvés. Ils sont tombés naturellement. »

« Merci, Serge. »

Derrick se tenait devant mon bureau. « Ce sont les cheveux de Holmes ? »

« Yep. »

« Elle était dans la maison. Et le sang ? »

« C'est du sang animal. »

« Mec, je pensais que... »

« Il faut qu'on fasse venir Jason Reedy. »

Derrick a décroché le téléphone. « J'appelle O'Brien. »

« Attends. »

« Pourquoi ? »

« Je me dis qu'on devrait peut-être d'abord parler à Centro. Voir ce qu'il dit. »

« Vraiment ? »

« On n'a rien à perdre, et on pourrait obtenir quelque chose qu'on pourrait utiliser contre Reedy. »

« Tu veux le faire ici ? »

« Non. On ne veut pas l'alarmer à ce stade. Il prendrait un avocat. »

On nous a fait entrer dans la même salle de conférence que la dernière fois. Cinq minutes plus tard, Joey Centro est entré. Il était de nouveau habillé de noir ; j'ai pensé au film *Un jour sans fin*.

Les yeux de nouveau fixés sur la table, il a changé de pied quand j'ai dit : « Nous avons quelques questions supplémentaires. »

« Je n'ai rien fait. »

« Nous n'avons pas dit que vous aviez fait quoi que ce soit. C'est votre ami Jason Reedy qui nous intéresse. Asseyez-vous. »

Il a fait crisser une chaise en arrière et s'y est laissé tomber. « Vous vous souvenez de notre petite discussion d'il y a quelques jours ? »

Il a hoché la tête.

« Eh bien, il semblerait que vous ne nous ayez pas dit la vérité. »

Il s'est tortillé comme un enfant de cinq ans. « Je vous ai tout dit, tout ce dont je me souvenais. »

Ah, il se couvrait déjà. « Puisque vous avez eu le temps d'y réfléchir, nous allons pouvoir mettre les choses au clair. »

Derrick a dit : « Mentir à un officier de police constitue une entrave à la justice, et vous pourriez aller en prison pour ça. »

Les épaules du gamin se sont affaissées.

Il s'est enfoncé un peu plus dans sa chaise quand j'ai enchaîné : « Il a raison. Vous ne voulez pas entrer dans le système judiciaire ; vous le traînerez toute votre vie. Maintenant, la nuit où la disparition de Debbie Holmes a été signalée, le vingt-trois mai, pour être exact, qu'avez-vous fait ? »

« Rien. J'étais chez moi. »

« Vous n'avez pas entendu l'inspecteur Dickson dire que mentir est un délit passible de prison ? Où êtes-vous allé cette nuit-là ? »

« Nulle part, je crois. »

« Je vais vous aider un peu : nous savons que vous êtes allé chez la grand-mère de Jason Reedy. »

Ses yeux se sont écarquillés. « Oh ouais, j'avais oublié ça. »

« Pourquoi y êtes-vous allé ? »

« Jason m'a appelé et m'a demandé de venir. »

« Il était tard. »

Il a haussé les épaules.

« Qu'avez-vous fait là-bas ? »

« Rien. On a juste traîné ensemble. »

« Debbie Holmes était là, n'est-ce pas ? »

« Euh, je ne sais pas. Je ne l'ai pas vue. »

Nous savions qu'il n'était pas entré dans la maison. « Vous traîniez ensemble et vous n'avez pas vu Debbie ? »

« Non. »

« Combien de temps êtes-vous resté ? »

« Pas longtemps. »

« Cinq minutes ? Une heure ? »

« C'était juste, genre, un passage rapide, vous voyez ? »

« Nous avons un témoin qui vous a vu là-bas. »

Il est devenu blême.

« Que transportiez-vous ? »

« Rien. »

« Vous aviez un sac. »

« Euh, mon sac à dos. »

« Qu'y avait-il dedans ? »

« Rien. »

« Alors pourquoi le transporter ? »

« J'avais, euh, j'avais de la bière dedans. »

« Pourquoi ne l'avez-vous pas bue avec Jason ? »

« Il a dit qu'il devait y aller, alors je suis parti. »

« Et vous n'avez jamais vu Debbie Holmes quand vous étiez là-bas ? »

« Non. »

« Avez-vous entendu sa voix ? »

Il a secoué la tête.

« Vous en êtes sûr ? »

Il a hoché la tête.

« Très bien, merci d'avoir coopéré. Retournez en classe. »

Derrick a dit : « Je suis surpris que tu aies mis fin à l'interrogatoire si tôt. »

« J'ai une idée qui pourrait marcher. »

CHAPITRE SOIXANTE-SIX

Mary Ann a mis une dosette dans la cafetière. « Tu déjeunes aujourd'hui ? »

« Je ne sais pas. La journée va être assez chargée. »

« Prends un yaourt avec toi. »

Ce n'était pas un vrai déjeuner. Y avait-il seulement des yaourts quand j'étais jeune ? « Peut-être. »

« Qu'est-ce qui t'attend aujourd'hui ? »

« On fait venir Jason Reedy et son pote en même temps. On va les séparer et voir où les failles dans leurs histoires nous mènent. »

« Tu te souviens, on l'a déjà fait une fois. Avec les frères Freeport, tu te rappelles ? »

« C'était au tout début, quand on a commencé à faire équipe. »

« Et tu ne me faisais pas confiance, pour quoi que ce soit. »

« Ce n'est pas vrai. »

Mary Ann a haussé les sourcils. « Ah oui ? »

Elle avait raison. « Il fallait bien que je te maintienne sur le qui-vive. »

J'ai senti son haleine de café quand elle s'est approchée de moi. « Il m'a fallu du temps pour t'adoucir. Je préfère cette version de toi. »

Je l'ai embrassée sur la joue. « Je suppose que j'ai bien vieilli, alors. Et toi, quel est ton programme aujourd'hui ? »

« Je vais déjeuner avec Brittany, et je vais continuer à fouiner du côté de ces voleurs de chiens. J'ai une intuition à leur sujet. »

« Ah bon ? »

« Je te tiendrai au courant si ça devient prometteur. »

« Le boulot te manque, pas vrai ? »

« Certaines parties. Franchement, ce serait sympa de le faire deux jours par semaine. »

« On pourra peut-être rouvrir le cabinet de détectives privés quand je raccrocherai. »

———

REGARDANT PAR-DESSUS SON ÉCRAN, DERRICK A DIT : « SALUT, Frank. »

« Salut. Ça va être une bonne journée. »

« Ça aurait été encore mieux si Chris Reedy était aussi dans une salle. »

« O'Brien est trop malin pour laisser faire ça. Si on maintient la pression, on finira par découvrir son implication. »

« On dirait que Centro vient avec sa mère. Je pense que le gamin n'a rien à voir là-dedans. »

« Il a menti à plusieurs reprises... »

« Il protège un ami. »

« Je doute que ce soit simplement par loyauté. »

« Tu as probablement raison. »

« Crime mis à part, ce serait bien si les gens se serraient les coudes de temps en temps. »

« Tu peux toujours rêver. »

En regardant le retour vidéo, je me suis demandé si la

famille Centro était daltonienne. Sa mère avait une canne noire et portait une longue robe noire. Son fils était en jean et chemise, tous deux noirs.

Derrick a dit : « Si elle avait une mèche grise, elle pourrait être Morticia de *La Famille Addams*. »

« Peut-être gothique ? » J'ai frappé et j'ai ouvert la porte. « Avez-vous besoin de quelque chose ? Un verre d'eau ? »

« Non, merci. »

« Désolé pour le retard, nous serons avec vous dans un instant. »

Nous avons pris le tournant du couloir vers la salle 5. O'Brien et Jason Reedy discutaient amicalement. Le gamin Reedy souriait comme s'il était avec un pote dans une pizzeria. Nous ne pensions pas que Reedy et Centro s'étaient parlé avant de venir.

J'ai dit : « Allons-y, Jason. »

« Tu te ramollis ? »

« De quoi tu parles ? »

« Tu n'as pas joué avec la température de la pièce. »

« Oh, O'Brien est un type bien, et ce n'est pas correct de mettre la mère mal à l'aise. Elle a une canne... »

Il a souri. « Ouais, c'est ça. » Il a frappé à la porte et l'a ouverte à la volée.

Derrick les a informés que l'interrogatoire était enregistré et a énoncé les noms des personnes présentes ainsi que l'heure.

O'Brien a dit : « Nous sommes impatients de coopérer afin de clore le chapitre de l'implication de mon client. »

J'ai dit : « Alors, allons-y. Jason. Puis-je vous appeler Jason pour éviter toute confusion avec votre père dans le procès-verbal ? »

« C'est mon nom. »

Alors que je me souvenais de ce que mon père disait, sur le fait d'effacer ce sourire narquois du visage de quelqu'un, Derrick a dit : « Nous aimerions commencer par la nuit du vingt-trois mai de cette année, le jour où Deborah Holmes a été vue vivante pour la dernière fois. »

J'ai dit : « Qu'avez-vous fait cette nuit-là ? »

« Rien de spécial. J'étais à la maison, si je me souviens bien. »

« Toute la soirée ? »

« Oui. »

« Alors pourquoi votre père n'arrêtait-il pas d'appeler sur votre portable ? »

« Comment pourrais-je le savoir ? Si je répondais à cette question, ce serait de la spéculation. »

Est-ce que ce gamin prenait des cours de droit ? « Il vous cherchait. N'est-ce pas la raison ? »

« Peut-être. »

« Pourquoi aurait-il fait ça si vous étiez chez vous ? »

« Encore une fois, je ne peux pas répondre à ça. »

« Vous étiez chez votre grand-mère. N'est-ce pas ? »

O'Brien a compris qu'on savait et a chuchoté à l'oreille de Jason. Le gamin a dit : « J'avais complètement oublié. Ma grand-mère était partie avec ma mère, et son chat, Félix, avait besoin d'être nourri. »

« Avec qui êtes-vous allé chez votre grand-mère ? »

« J'y suis allé seul. »

« Votre petite amie, Deborah Holmes, n'était pas avec vous ? »

« Non. »

« C'est intéressant, parce que pendant la perquisition de sa maison, nous avons retrouvé quatre de ses cheveux. »

O'Brien est intervenu : « Mon client et la défunte formaient un couple depuis plus d'un an. Elle était allée chez sa grand-mère à plusieurs occasions. Les cheveux auraient pu tomber à n'importe quel moment de leur relation. »

« Nous avons un témoin qui dit qu'elle était là. »

Jason s'est penché en avant. « Qui a dit ça ? »

« Votre ami Joseph Centro. Il a dit que vous l'aviez appelé pour qu'il vienne. »

Un éclair de colère a traversé son visage. « Je ne l'ai jamais appelé, mais Debbie était bien là. »

« Pourquoi le cachiez-vous ? »

« Pour plusieurs raisons : premièrement, ses parents se seraient fâchés s'ils avaient su qu'elle était sortie contre leur volonté, et après ce qui est arrivé, ça aurait fait de moi un suspect. »

« Vous avez dit « après ce qui est arrivé ». Dites-nous ce qui est arrivé. »

« Rien. On s'amusait, et, euh, elle a voulu rentrer chez elle et elle est partie. »

« Pourquoi ne l'avez-vous pas ramenée en voiture ? »

« J'avais bu, probablement six bières. Même s'il est douloureux de penser que les choses auraient été différentes si je l'avais ramenée, je n'étais pas en état de conduire. »

« Vous l'avez laissée rentrer à pied ? »

« Je sais que ça paraît fou après ce qui s'est passé, mais le quartier est sûr. Ou l'était. »

« Pourquoi ne pas avoir demandé à votre ami de la ramener ? »

« Elle ne voulait pas partir quand il est arrivé. »

« Vous l'avez appelé pour qu'il passe, et pourtant il est parti après une courte visite ? »

« Je ne l'ai pas appelé. Il savait que j'étais là et il est passé à l'improviste. J'avais bu, et puis avant qu'il arrive, Deb a commencé à me draguer, et on s'est mis à s'amuser. Puis Joey est arrivé. Je lui ai dit ce qui se passait et il est parti. »

« Combien de temps après Debbie est-elle partie ? »

« Peu de temps après. Joey a cassé l'ambiance, et, euh, elle a voulu partir. »

« Selon vous, que s'est-il passé ? »

« Je ne suis pas du genre à spéculer, mais il est possible, et je déteste dire ça, voire probable, que Joey l'ait vue et l'ait attrapée. Il a toujours eu le béguin pour elle, et il lui a fait plusieurs avances non sollicitées. »

« Vous pensez que votre ami a quelque chose à voir avec sa mort ? »

« C'est certainement possible. Que se serait-il passé d'autre ? »

« Plutôt que de vous faire revenir, pouvez-vous attendre ici quinze, vingt minutes ? »

Jason a levé les yeux au ciel, mais je savais qu'O'Brien, à six cents dollars de l'heure, n'allait pas se plaindre. « Pas de problème. Demandez juste à quelqu'un de nous apporter de l'eau. »

CHAPITRE SOIXANTE-SEPT

JE SUIS ENTRÉ DANS LA PIÈCE AVEC DEUX BOUTEILLES D'EAU ET j'ai dit : « Désolé de vous avoir fait attendre. »

J'ai tendu une bouteille d'eau à Mme Centro et à son fils. Mme Centro a grimacé et s'est agitée sur sa chaise. « Vous n'auriez pas une chaise plus confortable ? Je souffre d'une sténose spinale. »

« Je suis navré, madame. Nous n'en avons pas, mais si vous êtes plus à l'aise debout... »

Elle a secoué la tête et s'est avancée sur le bord de son siège tandis que Derrick allumait l'enregistreur et récitait les formalités d'usage.

J'ai dit : « Monsieur Centro, nous allons être très directs, et je vous conseille vivement de faire de même. Votre ami Jason Reedy et son avocat se trouvent dans une autre pièce, un peu plus loin dans le couloir. »

Mme Centro a dit : « Oh, mon Dieu. Est-ce que Jason a tué cette pauvre fille ? »

« Nous menons une enquête, et votre fils pourrait détenir des informations susceptibles de clarifier le rôle de plusieurs individus. »

« Joey, aide la police. C'est ton devoir. »

Derrick a dit : « On ne va pas tourner autour du pot, cette fois. Si vous avez joué un rôle dans ce crime, dites-le-nous maintenant. Si vous coopérez, nous ferons de notre mieux pour vous aider. »

« L'inspecteur Dickson a raison. Ce qui est fait est fait. On ne peut pas changer le passé, mais si vous êtes franc avec nous, on pourra vous faciliter la vie. »

« Oh, mon Dieu. Joey, tu as fait quelque chose ? »

« Non, maman. Ne t'inquiète pas. »

« Racontez-nous ce qui s'est passé la nuit du vingt-trois mai. »

« Je vous l'ai déjà dit. Jason m'a appelé, et j'y suis allé... »

« Le soir du meurtre ? »

« Madame, vous avez le droit d'être ici, mais, s'il vous plaît, pas d'interruptions. »

« D'accord, je suis désolée. »

« Vous êtes allé chez la grand-mère de Jason Reedy. »

« Ouais. »

« Et qu'avez-vous fait là-bas ? »

« Rien. Je suis parti tout de suite. »

« Pourquoi ? »

« Comme ça. »

« Avez-vous vu Deborah Holmes ? »

« Non. »

« Vous aviez le béguin pour elle ? »

« Pas vraiment. »

« L'avez-vous vue partir ? »

« Non, je vous l'ai déjà dit. »

« Votre ami Jason a dit que Debbie avait quitté la maison à peu près au même moment que vous. Il a dit qu'elle rentrait à pied et que vous l'aviez attrapée et tuée. »

« C'est quoi ce bordel ? »

« Joey ! Surveille ton langage. »

« Maman ! Jason ment. »

« Dites-nous ce qui s'est vraiment passé. »

« Je vais avoir des ennuis ? »

« Avez-vous fait du mal à Mme Holmes ? »

« Non. »

« L'avez-vous retenue ? »

« Non. »

« Alors vous n'avez rien à craindre. Si vous êtes honnête avec nous, nous oublierons vos tentatives d'entrave. »

« Joey est un bon garçon. Il ne ferait de mal à personne. »

« Il est dans l'intérêt de votre fils de nous dire la vérité, tout ce qu'il sait. »

« Vas-y, Joey. Dis-leur. »

Centro a soupiré. « Ça me fait chier, mais s'il essaie de me faire porter le chapeau, alors je dois dire ce que j'ai à dire. »

« Allez-y. »

« Il m'a appelé et m'a demandé de venir chez sa grand-mère. J'étais fatigué et je ne voulais pas y aller. Il n'arrêtait pas de dire que je devais venir, qu'il avait besoin d'aide. Je lui ai demandé pourquoi, mais il m'a dit qu'il me le dirait quand je serais là. »

Mme Centro a dit : « Il faut que tu arrêtes de l'écouter. Tu as ta propre tête ; si tu ne veux pas faire quelque chose, ne le fais pas. Tu vois où ça t'a mené ? »

Elle avait raison, et l'interrompre risquait de diminuer la portée de la leçon qu'elle essayait d'inculquer.

« Allons, maman. »

Derrick a dit : « Continuez. Jason Reedy vous a appelé et a dit qu'il avait besoin d'aide. Ensuite ? »

« Je suis sorti et j'ai conduit jusqu'à chez sa grand-mère. »

« Que s'est-il passé quand vous êtes arrivé ? »

« Il m'a appelé pendant que j'étais en route, j'étais à genre cinq minutes. Il était super nerveux, il a dit de ne pas faire de bruit en arrivant. »

« Vous a-t-il dit pourquoi ? »

« Non. »

« Continuez, je vous prie. »

« Eh bien, je suis arrivé et j'ai sonné. J. a ouvert la porte ; il avait l'air stressé, vous voyez. J'ai fait un pas pour entrer, mais il a dit : « Non, reste là », et il a refermé la porte. Une minute plus tard, il a rouvert et a dit : « Prends ça et balance-le. Je veux que personne ne le trouve. » Je devais pisser, mais il ne m'a pas laissé entrer. C'était bizarre. Il m'a juste dit de partir et de me débarrasser du sac le plus vite possible. »

« Que vous a-t-il donné ? »

« Un sac en plastique. »

« Qu'y avait-il dedans ? »

« Je ne sais pas. Je n'ai pas regardé dedans. »

« Qu'avez-vous fait ? »

« J'ai demandé : « Qu'est-ce qu'il y a dedans ? » Et J. a répondu : « C'est pas tes oignons, et t'as pas intérêt à regarder à l'intérieur. » »

« Vous êtes sûr de ne pas avoir vérifié ce qu'il y avait dans le sac ? Moi, je l'aurais fait. »

« Non. Vous ne connaissez pas Jason ; il se serait vraiment énervé si je l'avais fait. »

« Comment l'aurait-il su ? Il vous a dit de le jeter. »

« Croyez-moi, il l'aurait su. »

« D'accord. Quel genre de sac ? »

« Il était noir, comme ceux qu'on utilise pour les poubelles. »

« Pouviez-vous dire ce qu'il y avait dedans ? »

« Pas vraiment, peut-être des vêtements ? »

« Où est le sac ? »

Centro a froncé les sourcils. « Je m'en suis débarrassé. »

« Comment ? »

« Je l'ai balancé dans l'eau. »

« Où ? »

« Près du pont qui va à Marco. »

« Vous l'avez jeté dans la baie ? »

« Ouais. »

« A-t-il coulé ? »

« Ouais, j'ai mis le démonte-pneu, celui de notre voiture, dedans. »

La mère n'avait pas cessé de secouer la tête. La douleur sur son visage ne venait pas de son dos.

« Et quand vous avez mis le démonte-pneu dedans, vous n'avez pas vu ce qu'il contenait ? »

« Il faisait nuit. Peut-être qu'il y avait une chemise ou un truc du genre. »

« Vous vous souvenez où, sur le pont, vous l'avez jeté à l'eau ? »

« Ouais, un peu vers le début. J'avais peur et je voulais me tirer de là. »

« Il se peut que nous ayons besoin que vous nous montriez où. Pouvez-vous le faire ? »

« Ouais, je sais où c'est. »

« Reprenons depuis le début. Vous avez reçu un appel de Jason Reedy, vous demandant de venir chez sa grand-mère. »

« C'est ça, et j'y suis allé. Mais quand je suis arrivé, il ne m'a pas laissé entrer. Il m'a dit d'attendre, et puis il m'a donné un sac et m'a dit de le balancer. »

« C'étaient ses mots exacts ? »

« Ouais. »

« Pendant que vous conduisiez de chez vous à chez sa grand-mère, s'est-il passé quelque chose ? »

« Qu'est-ce que vous voulez dire ? »

« Vous êtes-vous arrêté quelque part ? Avez-vous vu quelqu'un ? »

« Non, j'y suis allé directement, mais J. m'a appelé et m'a dit de faire le moins de bruit possible en arrivant. »

« D'accord. Il vous donne ce sac et ensuite ? »

« Je suis parti. J'étais nerveux et j'essayais de penser à un endroit où m'en débarrasser. J'allais le brûler, mais je ne voyais pas où, et quelqu'un aurait pu voir le feu. »

« Quand vous êtes parti, avez-vous vu quelqu'un ? »

« Il y avait ce type qui promenait un chien, deux chiens. Il passait devant la maison. »

« Lui avez-vous parlé ? »

« Non. Je suis monté dans la voiture et je suis reparti par l'autre côté. »

« L'autre côté ? »

« J'étais arrivé dans la rue par Golden Gate, mais je suis reparti en arrière pour ne pas avoir à le croiser. »

« Pourquoi avez-vous pris tant de précautions pour éviter les gens si vous n'aviez rien fait de mal ? »

« Je ne sais pas. J'avais l'impression que Jason avait fait quelque chose de mal. »

« Qu'est-ce qui vous a donné cette impression ? »

Il a haussé les épaules.

« Vous pouvez nous le dire. Vous n'aurez pas d'ennuis. »

« Juste la façon dont J. se comportait. »

« Avez-vous dit à Jason Reedy ce que vous aviez fait du sac ? »

« Ouais, il m'a demandé et je lui ai dit. »

« Qu'a-t-il répondu ? »

« Rien, juste merci de l'avoir aidé, et qu'il ne l'oublierait pas. »

CHAPITRE SOIXANTE-HUIT

Nous avons relâché Centro et sa mère, puis nous nous sommes dirigés vers la salle d'interrogatoire où se trouvaient Jason Reedy et son avocat. J'ai dit : « Attends une seconde. »

Derrick a demandé : « Qu'est-ce qui se passe ? »

« Il faut qu'on saisisse le bateau de Reedy. S'il s'en est servi pour déplacer le corps de Holmes, il va prendre peur et essayer de faire disparaître toutes les preuves. »

« C'est sûr. Dès qu'on aura fini, on rédigera un mandat. »

« Je crains qu'on ne puisse pas attendre, sinon il aura une longueur d'avance. Au mieux, ça prendra plusieurs heures pour faire approuver une saisie. »

« Finis l'interrogatoire ; je vais rédiger la demande et la monter à l'étage. »

« Merci, mon pote. »

Nous nous sommes séparés et je suis entré dans la salle d'interrogatoire. « Désolé de vous avoir fait attendre. Un imprévu. »

O'Brien a dit : « Nous comprenons. Avez-vous autre chose à nous demander ? »

« Oui. Nous aimerions savoir ce que votre client a donné à Joseph Centro, la nuit du vingt-trois mai, alors qu'il était chez sa grand-mère. »

Les yeux du gamin se sont écarquillés. « Je ne lui ai rien donné. »

« Ce n'est pas ce que M. Centro a dit. Il a dit que vous lui aviez donné un sac en plastique, en lui demandant de s'en débarrasser. »

« Ah, ça. C'était des ordures. Je lui ai demandé de les jeter. »

« Et vous ne vouliez pas que quelqu'un le sache ? »

O'Brien a dit : « Veuillez clarifier la question. »

« Quand vous avez tendu le sac à M. Centro, vous lui avez dit de rester discret, de ne pas regarder dans le sac et de n'en parler à personne. »

« Il y avait un tas de canettes de bière vides. En plus, j'avais vomi dedans. Ça sentait horriblement mauvais. »

« Pourquoi ne l'avez-vous pas jeté vous-même ? »

« Il était à la porte. Grand-mère garde les poubelles sur le côté de la maison, je n'avais pas de chaussures. »

Ce gamin avait réponse à tout. Savoir si elles étaient vraies était la seule question qu'on ne pouvait pas lui poser.

« Vous n'êtes pas allé à l'école le lendemain. »

« Je ne me sentais pas bien parce que j'avais trop bu. »

« Pourtant, vous êtes retourné chez votre grand-mère le lendemain. Pourquoi ? »

« Felix doit être nourri tous les jours. »

« Pourquoi avez-vous pris le bateau ? »

« Je suis sorti faire un tour après avoir nourri Felix. »

« Où êtes-vous allé ? »

« Pêcher. »

« Vous avez pris quelque chose ? »

« Ça ne mordait pas, et être sur l'eau me donnait la nausée. »

« Vous avez lavé le bateau en revenant ? »

« Je le fais toujours. Il faut s'en occuper régulièrement, sinon la crasse se transforme en ciment. »

« Le lendemain de la disparition de votre petite amie, vous êtes allé pêcher ? »

« J'ai appelé Deb mais elle n'a pas répondu. »

« L'avez-vous cherchée ? »

« Un peu. J'ai vérifié les environs de chez ma grand-mère. »

« Vous ne vous êtes pas donné beaucoup de mal, n'est-ce pas ? »

« C'est juste, Maître. Avez-vous fait autre chose pour essayer de localiser Mme Holmes ? »

« J'ai demandé à des amis si quelqu'un savait quelque chose, mais comme la police était impliquée, on s'est dit que vous la retrouveriez. »

J'ai compté jusqu'à trois. « Et pendant tout ce temps, elle était à Marco Bay. »

Il a froncé les sourcils.

« Vous pouvez être sûr qu'on trouvera qui l'y a mise. »

Derrick tapait sur son clavier. « Comment s'est passé le reste de l'interrogatoire ? »

Je l'ai briefé et j'ai demandé : « Où sont les relevés téléphoniques de Jason Reedy ? »

« Dans le dossier d'homicide, sur la crédence. »

En le prenant, j'ai dit : « Tu as bientôt fini la demande ? »

« Elle est déjà à l'étage. Je rédige le rapport sur l'interrogatoire de Centro. »

« Merci. Tu sais, Jason n'a pas appelé Centro depuis son portable. Tu penses qu'il l'a appelé, ou que Centro est plus impliqué qu'on ne le pense ? »

« Ils ont tous les deux menti. Peut-être qu'ils nous mènent en bateau ensemble. »

« Centro a dit qu'il était allé au pont pour jeter le sac. Peut-être qu'il a balancé le corps de là. »

« C'est possible. »

« Il faut qu'on trouve ce sac. Ce qu'il y a dedans pourrait grandement nous aider à savoir qui dit la vérité. »

« Ça va demander beaucoup de moyens. Marco Bay est immense. »

« Remin va nous tomber dessus si on récupère le sac et qu'il s'avère être plein de vomi. »

Derrick a gloussé. « J'imagine déjà le titre sur *WINK News* : « Les services de police à la pêche au vomi ». »

« Tu sais, si on le trouve et que Centro n'a pas fait un nœud bien serré, qui sait ce qu'on va trouver. Aussi fou que ça paraisse, je me souviens avoir été sur un bateau de pêcheurs à Sheepshead Bay, à Brooklyn. La mer était agitée et quelques types sont tombés malades. Ils ont commencé à vomir par-dessus bord. Mec, tu aurais dû voir les poissons remonter à la surface pour le manger. »

« C'est dégoûtant. »

« Ça a failli me faire rendre mon déjeuner. »

« Eh bien, tu m'as coupé l'appétit. »

En riant, j'ai composé un numéro. « Sophia Livoti. »

« Salut, Sophia, c'est Frank Luca. »

« Comment vas-tu ? »

« Bien. Je voulais prendre des nouvelles de Lisa Ramos. »

« Lisa a encore du chemin à faire, mais elle va beaucoup mieux. »

« C'est une bonne nouvelle. Passe-lui le bonjour de ma part. »

« Je le ferai. Merci de prendre des nouvelles. »

« Merci à toi pour tout ce que tu fais pour elle et pour toutes les autres personnes avec qui tu travailles. »

« Merci, Frank. »

UNE ODEUR DE ROMARIN FLOTTAIT DANS L'AIR. J'AI EMBRASSÉ Mary Ann sur la joue. « Tu prépares des pommes de terre rouges ? »

« Non, je fais du bar comme tu l'aimes à La Pescheria. »

« Al Forno ? »

« Oui, avec des oignons rouges et des pommes de terre en tranches. »

« Des olives ? »

« Oui, j'espère que ce sera réussi. »

« Ce le sera, et ce sera rudement moins cher. »

« Tu as de la chance. Je suis passée chez Wynn's Market et je me suis souvenue qu'ils avaient du bar en promotion. »

Je suis arrivé derrière elle. « Tu prévois de profiter de moi plus tard ? »

« Tu n'as pas cette chance-là. »

« Hé, c'est pas juste. »

« On verra. Comment se sont passés ces interrogatoires ? »

« Assez bien. J'ai fait admettre au gamin Reedy que Holmes était là cette nuit-là, et il a accusé son ami. »

« Quand ils commencent à se retourner les uns contre les autres, la fin est proche. »

« J'espère. Et toi, qu'as-tu fait ? »

« Tu te souviens que je t'ai parlé de ces gens qui vendent des chiens sur Craigslist ? »

« Ouais ? »

« J'ai vérifié et je pense que ça pourrait être eux. J'ai demandé des photos de ce Yorkie. Elle était si mignonne — »

« On n'a pas besoin d'un chien. »

« Je sais, mais je te la montrerai plus tard ; elle est adorable. Mais bref, sur l'une des photos, dans la pièce où le type prenait la photo, il y avait un miroir, et il ressemble à l'un des voleurs dans cette vidéo de *WINK*. Tu te souviens, les deux types ? »

« Oui. »

« L'un d'eux ressemble au vendeur de chiens. Je vais demander plus de photos et vérifier si *WINK* a la vidéo sur son site web. »

Pour maintenir mes chances d'un petit câlin, j'ai dit : « Tu as toujours un bon instinct. »

CHAPITRE SOIXANTE-NEUF

Alors que j'approchais du pont Judge Jolley en direction de Marco Island, mon portable a sonné. « Salut, Sergent, quoi de neuf ? »

« Je voulais te prévenir, le bateau de Reedy est sécurisé et en route. »

« Super. Merci de m'avoir prévenu. »

« Pas de problème. Et bonne chance pour trouver ce sac. »

Mon regard a dérivé vers la vaste étendue de la baie Est de Marco. « On va en avoir besoin ; il y a une immense zone à couvrir. »

J'ai raccroché et j'ai dit : « Ils ont récupéré le bateau. Il est en route pour le labo. »

« Bien. »

J'ai ralenti jusqu'à m'arrêter à mi-chemin du point le plus haut. Derrick a dit : « Regarde, les voilà. » Il a montré quatre bateaux battant pavillon du shérif.

« Espérons que le type de l'université de Gulf Coast a vu juste pour le courant, cette nuit-là. »

Les bateaux se sont éloignés les uns des autres et ont ralenti. « Les plongeurs se préparent. »

Derrick a dit : « Je le sens bien. » Il a activé sa radio portable. « Ici l'inspecteur Dickson. Prenez votre temps et soyez prudents. Tenez-vous-en au quadrillage du mieux que vous pouvez. »

Une réponse grésillante est parvenue : « On a un bateau sur le site cible, et les autres travaillent de la moitié du pont jusqu'à la plage. »

Alors qu'un plongeur basculait par-dessus bord, j'ai dit : « J'ai oublié ma casquette. »

« Le soleil tape fort. »

« C'est paisible, ici. Mais chaque fois que je traverserai ce pont, je penserai à cette pauvre gamine. »

« Sortons un peu du soleil. S'ils trouvent quelque chose, ils nous appelleront par radio. »

En montant dans la voiture, Derrick a dit : « Regarde ce type sur son paddle. Il a un chien avec lui. »

« C'est dingue. »

« Il reste juste assis là, si bien élevé. »

« Au fait, Mary Ann a une piste sur qui pourrait être derrière les vols de chiens. »

« Qu'est-ce qu'elle a ? »

La radio s'est ranimée. « Un des plongeurs vient de remonter quelque chose. On dirait qu'on l'a trouvé. »

« On arrive. Retrouvez-nous à Bear Point. »

Nous nous sommes garés sur une zone sablonneuse, nous sommes sortis et nous avons enfilé des gants. La flottille a jeté l'ancre à six mètres du rivage.

Derrick et moi avons marché jusqu'au bord de l'eau alors qu'un plongeur sautait du bateau. On lui a tendu un sac en plastique noir. Avec de l'eau jusqu'à la taille, il a tenu le sac en l'air et a marché péniblement vers nous.

Des perles d'eau scintillantes roulaient sur le plastique. « On l'a trouvé plus vite que prévu. »

Mon regard s'est fixé sur le haut du sac pendant qu'il le passait à mon partenaire. « Beau travail. Merci. »

Derrick a dit : « On dirait un nœud assez serré. »

« C'est vrai, mais l'eau s'infiltre partout. »

J'ai tapoté le fond du sac. « Pas beaucoup d'eau, voire pas du tout. »

Nous avons ouvert la portière arrière de notre SUV et y avons déposé le sac. J'ai eu l'estomac noué. « Ça pourrait être un sac plein de vomi ou la clé pour résoudre l'affaire Holmes. »

Derrick a dit : « Je croise les doigts. »

En tirant doucement sur le nœud, il s'est lentement desserré. « C'est parti. »

Dépliant le haut froissé, j'ai reniflé. « Ça ne sent pas trop mauvais. »

Les têtes à quelques centimètres l'une de l'autre, nous avons regardé à l'intérieur. Derrick a dit : « Qu'est-ce que c'est ? Un drap ? »

« Une taie d'oreiller. Probablement celle qui a été utilisée pour l'étouffer. »

« Prenons des photos avant de toucher à quoi que ce soit. »

Nous avons pris cinq clichés. Lentement, j'ai glissé ma main dans le sac. En tripotant le tissu, j'ai senti quelque chose de dur. « Le téléphone de Holmes. »

« Probablement. Elle avait un iPhone. »

Quel gamin n'en avait pas ? En sortant la taie d'oreiller, une sangle en cuir est devenue visible. « Voilà son sac à main. » J'ai passé la literie à Derrick et j'ai sorti le petit sac. Il était mouillé.

« C'est un de ces sacs banane. »

« Elle avait commencé la soirée à vélo. »

Tenant les bords de la taie d'oreiller, il l'a dépliée. Il a montré du doigt. « Regarde ça : c'est du rouge à lèvres. »

J'ai eu l'impression que quelqu'un s'était assis sur ma poitrine. « Ça paraît dingue de le dire, mais c'est probablement l'arme du crime. Fais attention, quoi qu'il y ait dessus, on doit le préserver. »

« Je le mets sous scellés. »

J'ai poussé sur le côté une liasse de mouchoirs en papier teintés de brun, révélant des canettes de bière écrasées, deux emballages de friandises violets, et la clé en croix.

J'ai séparé les objets et les ai mis dans des sachets indivi-duels avant de me concentrer sur ce que nous pensions être le sac à main de Holmes.

En ouvrant la fermeture éclair du sac, j'ai sorti sa carte d'étudiante. Holmes arborait un large sourire. Secouant la tête, j'ai étalé le reste du contenu : deux paquets de chewing-gum, un miroir de poche, du rouge à lèvres et une clé.

« Donc, il y avait bien des canettes de bière et du vomi, comme l'a dit Jason Reedy. »

« Ouais, il a juste oublié de nous parler de la taie d'oreiller, du téléphone et du sac de Holmes. »

« Tu crois que son père était impliqué ? »

« Il nous a bien induits en erreur. Pourquoi ? »

« On le découvrira. »

« Apportons ça à la scientifique. »

Derrick était au volant et a dit : « Tu penses que la scienti-fique peut extraire de l'ADN de la taie d'oreiller ? »

« Oui. Ils devraient pouvoir obtenir l'ADN de Holmes à partir du rouge à lèvres. »

« C'est incroyable tout ce qu'on peut faire aujourd'hui. »

« On doit vérifier s'il y avait des fibres de la taie dans la gorge de Holmes. »

« Ça aurait dû être dans le rapport d'autopsie, mais je ne m'en souviens pas. »

La chimio était connue pour affecter par intermittence la mémoire. « Moi non plus. Mais on dirait bien qu'on a ce qui a été utilisé pour la tuer. Ce dont on a besoin, c'est de relier Reedy à tout ça. »

« On trouvera aussi son ADN sur la taie d'oreiller. »

« Il a donné le sac à Centro, lui a ordonné de le jeter et a admis que Holmes était avec lui dans la maison de la grand-mère. »

« Je dirais qu'il est temps de faire péter le champagne. »

Une vidéo de Bilotti utilisant un sabre pour ouvrir la bouteille au mariage m'est revenue en tête. « On ne fête rien. Une jeune femme a été assassinée. Ce qu'on fait, c'est boucler l'affaire. »

« Je sais, mec, mais celle-ci a été dure. »

« On doit encore la mener à son terme. »

« C'est au labo de jouer, maintenant. »

« Jusqu'à un certain point, mais il ne faut jamais laisser son destin entre les mains de quelqu'un d'autre. »

« Tu fais de la philo ? »

« Émotif » était plus juste. « Non, peut-être juste fatigué de toute cette scène. Ce n'est pas franchement réjouissant. »

« Accroche-toi, mon pote. »

« Ouais, c'est ça. Écoute, je déteste faire ça, mais on doit demander un autre mandat en urgence pour la maison de la grand-mère. On doit faire le lien entre la taie d'oreiller et l'origine du sac poubelle pour relier ça au gamin Reedy. »

70

CHAPITRE SOIXANTE-DIX

Après avoir raccroché, j'ai dit : « Remin veut que je sois à la conférence de presse hebdomadaire. »

« Encore ? Qu'est-ce qui se passe ? »

« J'en sais rien. Peut-être qu'il sait que je déteste parler aux médias et qu'il veut me torturer. »

« Il t'aime bien, mec. Tu ne le crois pas, mais c'est le cas. »

« Ce n'est pas une question d'appréciation ; il me trouve utile, parfois. On se voit plus tard. »

« Je vais faire un tour au garage de la police scientifique, voir où ça en est avec le bateau. »

J'espérais qu'ils trouveraient quelque chose pour relier Reedy père au meurtre, mais je savais bien ce que de tels propos sous-entendaient. « Tiens-moi au courant. »

Remin portait un costume gris clair. Il avait l'air bizarre. Difficile de ne pas se demander quel était son calcul en délaissant le bleu marine.

Il s'est approché du podium. « Content de vous voir tous ici. J'aimerais commencer par la circulation. Dans un effort pour réduire les excès de vitesse, qui ont contribué à un accident mortel la semaine dernière, nous allons renforcer les contrôles.

Nous n'aimons pas verbaliser les résidents ou les visiteurs, mais nous n'avons pas le choix.

« À partir de lundi, les grands axes du comté seront patrouillés par des véhicules banalisés et de service.

« Une descente à Golden Gate en fin de semaine dernière a abouti à huit inculpations. Nous pensons que ce gang de trafiquants de drogue était responsable d'un quart de la méthamphétamine dans le comté.

« De plus, nous sommes heureux de vous annoncer que les membres d'un réseau de cambrioleurs qui s'en prenaient aux résidences secondaires ont été appréhendés. Cette opération, qui n'avait pas été rendue publique, a impliqué une douzaine d'officiers et a mis au jour un lien avec un gang basé à Miami. En travaillant avec nos homologues de Miami-Dade, nous pensons les avoir entièrement démantelés.

« C'est tout pour aujourd'hui. Des questions ? Commençons par Cynthia. »

La journaliste du *Naples Daily News* s'est levée. « shérif, pouvons-nous avoir des nouvelles sur le meurtre de Deborah Holmes ? Vos services ont saisi un bateau, et divers objets ont été récupérés dans la baie de Marco. »

« L'enquête se poursuit, et je suis convaincu que nous allons bientôt boucler cette affaire. »

« Une arrestation est-elle imminente ? »

« Je ne peux rien dire pour le moment. »

« Le bateau que vous avez saisi appartient à un certain Christopher Reedy. Son fils, Jason, avait une relation avec Debbie Holmes. Sont-ils suspects ? »

« Des personnes d'intérêt, c'est tout ce que je peux dire. »

« Quand pourrez-vous assurer à la communauté que le tueur a été mis hors d'état de nuire ? »

« D'ici quelques jours, nous comptons faire une annonce. »

« Pourquoi cela prend-il autant de temps ? »

« Rendre la justice correctement, ça prend du temps. »

Ce serait un plaisir de resservir cette réplique à Remin la prochaine fois qu'il me mettra la pression.

Remin a désigné une journaliste de *WINK*. « Melissa ? »

« Merci, shérif. Je comprends votre réticence à nommer la famille Reedy comme suspecte, mais à part eux, y a-t-il un autre suspect ? »

« L'inspecteur Luca et son équipe dirigent l'enquête. Frank, voudriez-vous ajouter quelque chose ? »

Et voilà, comme ça, Remin venait de me refiler la patate chaude. Était-ce seulement une option de dire non ?

« Comme l'a mentionné le shérif Remin, nous sommes sur le point de conclure cette affaire. Ça a peut-être pris plus de temps que tout le monde ne le souhaitait, mais nous avons un système judiciaire et nous devons faire les choses correctement. »

« Et vous pensez avoir fait les choses correctement ? »

« Oui, madame. Il nous faut juste un peu de temps pour que la police scientifique nous fournisse des preuves supplémentaires. »

« Vous avez l'air sûr de vous, de pouvoir conclure rapidement. »

« Oui, madame. »

« La famille Reedy est-elle sous surveillance ? »

« Nous ne commentons pas les opérations en cours. »

Remin a dit : « Nous allons devoir en rester là pour aujourd'hui. Nous vous préviendrons dès que nous serons prêts à faire une annonce. »

J'ai suivi le shérif dans l'antichambre, sachant que la presse voulait quelque chose d'intéressant à rapporter. Il a dit : « On leur a donné tout ce qu'on pouvait. Ils combleront les vides. »

« Dès que le labo aura terminé, vous pourrez annoncer l'arrestation, monsieur. »

« J'ai autorisé quarante heures supplémentaires hier. Ils devraient avoir les résultats demain, au plus tard. »

« Merci. »

En retournant au bureau, mon téléphone a vibré. Un texto de Derrick. À quelques pas du bureau, je l'ai remis dans ma poche.

Dès que je suis entré, Derrick a demandé : « Comment ça s'est passé ? »

« Plutôt bien, en fait. Ils savent que c'est un Reedy, mais on ne leur a rien donné. »

« Bien, parce qu'il n'y avait rien sur le bateau. »

« Vraiment ? »

« Ouais. On l'a aspergé de luminol aussi, et rien. »

« C'est bizarre. Le luminol détecte une partie par million. Ils pêchent ; il devait y avoir du sang quelque part. »

« Reedy a dû le nettoyer comme un dingue. »

« On devrait vérifier auprès de ses voisins, voir s'ils l'ont vu le laver. »

« On n'en aura pas besoin. »

« On n'en a pas besoin maintenant, mais les procureurs le voudront pour construire leur récit au tribunal. »

Le téléphone de mon bureau a sonné. « Homicides. »

« Frank, c'est Sergio. »

« On peut confirmer que le sac plastique correspond au rouleau de sacs de la maison de la grand-mère. »

« Excellent. Comment avez-vous fait ça ? »

« L'épaisseur et la coloration sont identiques, et la lame de l'usine utilisée pour denteler les bords correspond. »

« Vous êtes les meilleurs. »

« Ouais, on le sait. »

« Trouve-moi l'ADN sur la taie d'oreiller et je t'invite à déjeuner. »

« Déjeuner avec toi, c'est chez Wendy's. »

« Tu n'aimes pas leur sandwich au rosbif ? »

« Salut, le radin. »

En raccrochant, je l'ai annoncé à Derrick et il a dit : « On le tient, le gamin. »

« Ouais, mais ça ne me fait pas plaisir. Des ados qui tuent des ados ; où va le monde ? »

« Tu ne veux pas vraiment de réponse, si ? »

« Non. Mettons-nous à la paperasse pour l'arrestation. »

« Je vais pisser un coup, et je m'y mets. »

Mon portable a vibré. C'était Mary Ann. « Salut, Mare, quoi de neuf ? »

« Tu passes une bonne journée. »

« Pourquoi tu dis ça ? »

« J'ai vu les infos. Ils ont dit que tu étais sur le point d'arrêter Jason Reedy. »

« On y est presque. En fait, on commence tout juste à rédiger le mandat d'arrêt. »

« Félicitations. »

« Je ne sais pas si c'est de mise. » J'ai baissé la voix : « Peut-être que je me fais trop vieux pour ça, mais coincer un gamin pour avoir tué un autre gamin, ça ne me branche plus comme avant. »

« Je sais que c'est dur, mais tu fais ton travail, et c'est un travail important. »

Mon téléphone de bureau a de nouveau sonné. « Hé, je dois te laisser. On se voit plus tard. »

« Hom... »

« Frank, c'est Sergio. »

« Qu'est-ce que tu as pour moi ? »

« Un problème, et un gros. »

71

CHAPITRE SOIXANTE ET ONZE

J'AI EU LE SOUFFLE COUPÉ, COMME SI MIKE TYSON M'AVAIT frappé en plein ventre. « Comment ça, la taie d'oreiller ne correspond pas ? »

« Nous avons comparé les fibres de la taie d'oreiller récupérée à Marco Bay avec celles saisies à la résidence Fenster. Elles ne sont pas identiques ; les couleurs sont même légèrement différentes. »

« Et pour l'ADN ? »

« Nous sommes en train de l'analyser. On devrait avoir des résultats bientôt. »

« D'accord. Mais tu es sûr pour les taies d'oreiller ? »

« À cent pour cent. »

« OK. » J'ai raccroché brutalement au moment où Derrick revenait.

« Qu'est-ce qui ne va pas ? »

« Serge a dit que la taie d'oreiller ne correspond à aucune de celles de la maison de la grand-mère. »

« Vraiment ? »

« Ouais. »

« Peut-être que le gamin l'a apportée avec lui. »

« Ça voudrait dire que c'était prémédité. Je ne pense pas, sinon, pourquoi l'amener chez sa grand-mère ? »

« Il n'y avait personne à la maison. »

« Le gamin est trop malin pour ça. »

« Peut-être que c'était une taie dépareillée, la dernière d'une paire. Elle était vieille. »

« Ouais. Et il y avait un lit simple dans la chambre d'amis. »

« Ça pourrait être ça. » Il s'est laissé glisser sur sa chaise. « Ouais, ça doit être ça. »

« Il aurait pu demander à son père. Non, c'est insensé. »

« Et Centro ? Il aurait pu en apporter une. »

« C'est tiré par les cheveux. Elle venait probablement de la chambre d'amis. Il s'est dit qu'elle ne remarquerait jamais son absence, ou que si ça arrivait, ce serait bien trop tard. »

« Ouais, je suis sûr que la vieille dame a des problèmes de mémoire, et ça ne va pas s'arranger avec le temps. »

C'était facile d'être désinvolte à propos du vieillissement au début de la quarantaine. Dans une décennie, il se rendrait compte que le temps qui passe le rattraperait aussi.

J'ai feuilleté un classeur. « J'ai le résumé que Bilotti a envoyé, mais où est le rapport d'autopsie complet ? »

« Il devrait être dans le dossier d'enquête. »

« Il n'y est pas. »

« J'espère que je ne l'ai pas égaré. »

« Ne t'en fais pas, je vais appeler Bilotti pour avoir une autre copie. »

Le médecin a répondu à la deuxième sonnerie : « Médecin légiste Bilotti. »

« Salut, Doc. C'est Frank. »

« Comment vas-tu ? »

« Ça va. Je déteste le dire, mais on dirait qu'on a mal classé l'autopsie de Holmes. Tu peux m'en envoyer une copie par e-mail ? »

« Il y a une première à tout. Je t'envoie ça tout de suite. »

Inutile d'admettre que je ne me souvenais plus du moindre détail du rapport. « Merci, tu me sauves la vie. »

Il a gloussé. « En fait, j'arrive après que la vie est partie. »

« Pas très différent de ce qu'on fait ici. » J'ai baissé la voix. « Ça t'affecte parfois ? »

« Ce n'est pas facile, surtout avec les victimes jeunes. Ça touche un peu trop près. »

Il avait perdu une fille, et j'ai regretté d'avoir abordé le sujet. « Amen. Dis, comment va ton pote Coburn ? Il m'a appelé, mais je n'ai pas eu l'occasion de le rappeler. »

« Ça devait être il y a quelques jours, parce qu'il a eu un AVC massif. »

« Oh non. Comment va-t-il ? »

« Avec le cerveau, on ne sait jamais, mais ça ne s'annonce pas bien. »

« Je suis désolé, Doc. »

« Au mariage, il a dit qu'il ne se sentait pas bien, un peu déséquilibré. Je lui ai dit d'aller voir un médecin, mais je ne pensais pas qu'il ferait un AVC. »

Il était naturel d'ignorer les maux, les douleurs et les malaises. Mais cette fois, les conséquences avaient été graves. « Quand c'est ton heure, c'est ton heure. »

« Je n'en suis pas si sûr. Il y a plein de façons d'augmenter ses chances de vivre longtemps. »

C'était une chose indélicate à dire de ma part. « Je sais. Il faut que j'y aille. Envoie-moi le rapport quand tu auras un moment. »

« C'est en route. »

« Bilotti l'a envoyé. » J'ai ouvert la pièce jointe et j'ai parcouru les cinq premières pages. L'information se trouvait à la page six. « Voilà : "De minuscules particules de fibre de coton étaient logées profondément dans le larynx et dans la partie supérieure de la trachée. Les filaments provenaient probablement du matériau utilisé pour étouffer la victime." »

« Pas de surprise. La gamine s'est débattue pour rester en vie. »

Ce rappel n'était pas nécessaire. « J'essaie juste de tout mettre en ordre pour les procureurs. »

« Pourquoi une telle hâte ? »

« J'aimerais prendre un peu de congé quand celle-ci sera terminée. »

« Tu pars en voyage quelque part ? »

« Non, juste des vacances à la maison. »

« Le nouveau mot pour dire qu'on traîne à la maison. Assure-toi de te détendre et de ne pas te lancer dans un tas de petits boulots à la maison. »

Il avait raison. « De toute façon, je suis un vrai manche. Pour tout ce qui dépasse une vis qui se dévisse, Mary Ann ne me laisse pas approcher. »

Il a ri.

« Ce n'est pas drôle. Tu te souviens du bazar que j'ai fait en faisant des retouches de peinture ? » J'avais posé un pot de peinture sur l'escabeau, et quand j'ai déplacé ce dernier, le pot est tombé.

« Ça, c'était vraiment digne d'une comédie burlesque. »

Sauf que c'était bien réel, et j'étais resté là, tellement choqué qu'il m'a fallu quelques minutes pour commencer à nettoyer. Avant que je puisse acquiescer, le téléphone a sonné.

« Homicides, inspecteur Luca. »

« Frank, c'est Sergio. »

« Salut. Qu'est-ce que tu as pour moi ? »

J'ai écouté un instant. Ce qu'il a dit m'a retourné les tripes. Était-ce la diarrhée ou le vomi ? J'ai dit : « Je te rappelle. » J'ai filé vers les toilettes, sans savoir si j'arriverais à temps.

72

CHAPITRE SOIXANTE-DOUZE

Après m'être rincé la bouche, je me suis aspergé le visage d'eau froide. Le brouillard commençait à se dissiper. Je suis retourné d'un pas lourd au bureau.

Derrick m'a accueilli à la porte. « Ça va ? Tu es blanc comme un linge. »

« On a retrouvé leurs quatre ADN sur la taie d'oreiller. »

« Lesquels ? Qu'est-ce qui s'est passé ? »

« Le labo a trouvé l'ADN de Holmes, ainsi que ceux de Reedy et de Centro. »

« C'est dingue. Ça doit être Jason. Il doit y avoir une explication. »

« Ça pourrait être un transfert secondaire d'ADN. »

« C'est forcément ça. Centro a dit qu'il n'avait pas regardé dans le sac, mais il a dû le faire. »

« Il y a mis la barre de fer. Le transfert a pu se produire à ce moment-là. »

« Alors c'est ça. »

« Mais ça n'explique pas la présence de l'ADN de Reedy père sur la taie d'oreiller. »

« C'est la maison de sa mère. Peut-être qu'il a dormi sur cet oreiller récemment. »

« Ils n'ont trouvé aucun cheveu dessus. Et si elle n'avait pas été lavée, il y aurait eu des cellules de peau partout. »

« Et s'ils étaient tous les trois de mèche ? Ça expliquerait tout. »

« C'est possible, mais il est difficile de garder un complot secret. »

« Le vieux est un obsédé du contrôle. Peut-être qu'il tire les ficelles. »

L'image de la couverture du *Parrain* de Mario Puzo m'est venue à l'esprit. « Il a un fils adolescent ; il sait à quel point il est difficile de contrôler ce qu'ils font. »

« Pourquoi ne pas les convoquer pour voir ce qu'ils ont à dire ? »

« Attends. » J'ai composé un numéro. « Serge, c'est Luca. On va avoir besoin que tu récupères l'ADN sur chaque objet dans le sac et sur le sac lui-même. Ainsi que la quantité d'ADN trouvée. »

« On peut faire ça. »

« Combien de temps ça va prendre ? »

« Normalement, je dirais une semaine minimum, mais le shérif nous a accordé un budget d'heures sup. Ça m'embête de l'utiliser sur une seule affaire. »

« Tu n'as pas le choix : une jeune fille a été assassinée. »

« On va s'y mettre. »

Derrick a dit : « On pourra obtenir un niveau de détail suffisant pour que ça ait du sens ? »

« Je n'en ai aucune idée, mais ce qu'on obtiendra doit nous aider, sinon on sera dans une impasse. »

« C'est comme ça dans la vie, non ? On a un super outil comme l'ADN, et maintenant les kits de prélèvement sont si sensibles qu'ils ramassent tout. »

« La seule constante, c'est le changement. Je vais appeler

Bilotti ; il est allé à une conférence de médecine légale à Tampa il y a un mois. Ce truc de transfert secondaire devient un problème pour tout le monde ; ils ont dû en parler. »

Il a répondu à la première sonnerie. « Salut, Doc, vous avez une minute ? »

« Quand vous voulez, Frank. Qu'est-ce qui vous préoccupe ? »

« L'affaire Holmes. On a la taie d'oreiller utilisée pour l'étouffer ; elle correspond aux fibres trouvées dans sa gorge. »

« Je me souviens avoir extrait des filaments. »

« Eh bien, la scientifique a découvert l'ADN de trois personnes d'intérêt sur la taie d'oreiller. »

« Vous pensez qu'ils ont tous participé au meurtre ? »

« C'est une possibilité, mais je m'interroge sur les chances que l'ADN d'un ou deux d'entre eux s'y soit retrouvé par transfert secondaire. »

« Des objets manipulés par les autres sont entrés en contact avec la taie d'oreiller ? »

« Ils étaient dans le même sac. Que savez-vous de la façon de différencier le transfert primaire du transfert secondaire ? »

« C'est un domaine d'intérêt croissant. Avec la sensibilité accrue des kits ADN, l'absence ou la présence d'ADN ne suffit pas à déterminer si l'ADN trouvé est primaire ou secondaire. Par conséquent, les résultats ADN doivent être décrits plus précisément, en termes de quantité et de qualité, pour mettre en évidence des caractéristiques qui aident à discriminer les activités. »

« Doc, j'ai les yeux qui se ferment. Vous pourriez simplifier ? »

« Essentiellement, le but est d'examiner les traces d'ADN et de déterminer si elles peuvent être classées comme secondaires. »

« Comment font-ils ça ? »

« La quantité est un facteur. Mais cela dépend de l'endroit

où l'ADN est trouvé. Comme on peut l'imaginer, si un objet entre en contact avec un morceau de tissu, le transfert se fait plus facilement que s'il s'agissait d'un morceau de plastique. »

« On a affaire à une taie d'oreiller. Les autres objets étaient des canettes de bière, une barre de fer, des mouchoirs et des emballages de bonbons. »

« Intéressant. À la conférence, ils ont fait référence à une étude exhaustive pour aider les techniciens à faire ces déterminations. »

« Qu'est-ce qu'ils ont dit ? »

« Laissez-moi un peu de temps. Je vais retrouver les documents. Je me souviens qu'ils avaient quelques graphiques qui rendront la chose facile à comprendre. »

« Merci, Doc. »

En étalant les photos que j'avais prises lors de la récupération du sac en plastique, j'ai essayé d'imaginer comment les transferts d'ADN auraient pu se produire. J'ai expiré. « Sans savoir si Centro a fouillé dans le sac, ou ce qui s'est passé quand il a jeté le sac à l'eau, c'est impossible de spéculer. »

« On va peut-être devoir compter sur le fait que l'un d'eux craque. S'ils sont de mèche, l'un d'eux pourrait mordre à l'hameçon si on lui propose un marché. »

« Peut-être. » Mon portable a vibré. C'était ma femme. « Salut, Mary Ann, qu'est-ce qui se passe ? »

« Tu es occupé ? »

Non, je suis là, tranquille, à siroter un verre de chianti. « Qu'y a-t-il ? »

« Je relançais ce type qui prétend être un éleveur. Le chiot pour lequel je lui avais dit que j'étais intéressée a disparu. Quand j'ai dit que j'y tenais vraiment, il m'a répondu de ne pas m'inquiéter, qu'il en aurait un autre dans quelques jours. »

« D'accord. »

« Tu ne vois pas ? Ils volent sur commande. »

« C'est possible, mais je ne peux pas enquêter là-dessus

maintenant. Je suis débordé par l'affaire Holmes. Donne-moi quelques jours, et on s'en occupera. »

« D'accord. »

« Écoute, je dois te laisser. Le Dr Bilotti vient d'arriver. »

Je me suis levé. « Vous n'aviez pas à vous déplacer. Je serais venu vous voir. »

« J'avais une réunion avec les RH. Je n'arrive pas à décider quelle nouvelle assurance santé on devrait prendre. »

C'était rassurant de savoir qu'un médecin n'arrivait pas à s'y retrouver dans la complexité des assurances santé. « On a pris celle avec la prime la plus basse. »

Derrick a dit : « Nous aussi. »

« Vous êtes tous les deux quelques années plus jeunes que nous, et ma femme prend deux médicaments chers. On dirait qu'aucune des deux assurances ne couvre les deux, ce qui semble fou. C'est l'un ou l'autre. »

Derrick était beaucoup plus jeune, mais j'avais eu un cancer de la vessie. « Bonne chance avec ça. »

« Merci. » Il a posé un classeur sur mon bureau. « Voilà ce que je voulais vous montrer. Je pense que ça va vous être utile. »

73

CHAPITRE SOIXANTE-TREIZE

Penchés sur mon bureau, nous avons épluché les données du rapport de la police scientifique. J'ai montré du doigt.

« Regarde, ces deux endroits ont la plus grande concentration d'ADN. »

« C'est plus étendu qu'on ne le penserait, si on lui maintenait un oreiller sur la bouche. »

« Holmes n'avait rien dans le sang ; elle se serait débattue. Celui qui l'a étouffée a dû maintenir la pression pendant six à dix minutes alors qu'elle essayait de se libérer. »

« C'est vrai. »

« Et le tableau que Bilotti nous a montré disait que le fait d'appliquer une pression sur le tissu transférait autant d'ADN que le frottement. C'est une preuve d'étouffement. On peut s'en servir pour obtenir des aveux. »

« Son avocat va le réfuter en prétendant que c'est une science inexacte, et avec cette découverte, ils sauront que l'ADN de deux autres personnes d'intérêt se trouvait aussi sur la taie d'oreiller. »

« Ça, c'est pour le tribunal. Remin a dit qu'il en avait parlé aux procureurs, et ils ont dit que les quantités limitées laissées par les autres suggéraient fortement des transferts secondaires. »

« J'espère que ça suffira. »

« Remin a dit qu'ils avaient pris en compte les preuves à l'appui que nous avons rassemblées. Ils ont estimé que c'était suffisant et ont donné leur feu vert. »

J'AI RACCROCHÉ LE TÉLÉPHONE BRUTALEMENT. « C'ÉTAIT O'Brien. Il a dit qu'il était en route avec Jason Reedy, mais que Reedy père ne venait pas. Il a dit qu'il ne le représentait plus. Un conflit d'intérêts, soi-disant. »

« On s'y attendait. Mais pourquoi se retirer à la dernière minute ? »

« O'Brien est bon. Il sait que ça va nous déstabiliser. »

« Probablement. »

« On n'a même pas commencé, et le plan part déjà en vrille. »

Derrick s'est levé. « Ça va aller. Je vais prendre un café. Tu en veux un ? »

« Non, merci. »

La visualisation était une pratique que j'essayais de mettre en œuvre. Le nombre de personnes qui réussissaient grâce à cette technique m'avait poussé à essayer.

J'ai fermé les yeux. Alors que je me repassais le déroulement d'un entretien optimal, le téléphone de mon bureau a sonné. « Brigade criminelle, inspecteur Luca. »

« Bonjour Frank, c'est Marjorie. Le shérif voudrait te voir. »

« Maintenant ? »

« Oui. Il a dit immédiatement. »

« J'ai des interrogatoires qui commencent dans quelques minutes. »

« C'est le sujet dont il veut discuter. »

J'ai gribouillé un mot pour Derrick et je me suis dépêché de monter à l'étage.

Marjorie m'a souri alors que j'entrais d'un pas vif dans le bureau du shérif.

« Monsieur, vous vouliez me voir ? »

« Asseyez-vous. »

« Nous avons des interrogatoires à mener... »

Il a hoché la tête et je me suis assis. « Les procureurs ont exprimé des doutes quant au fait de se présenter au tribunal avec la preuve ADN. »

« Je ne comprends pas ; ils avaient donné leur feu vert. »

« Vous êtes dans le métier depuis un moment ; vous savez que les avocats changent d'avis une fois leur bravade retombée. »

Ou une fois qu'ils ont signé avec un client. « Quelle est leur inquiétude ? »

« La réalité de juger l'affaire en se basant sur une science en cours de développement. »

Je me suis agité sur ma chaise, et la douleur dans mon genou est revenue. « Nous l'avons sur les lieux le soir où elle a été assassinée. Son ADN est partout sur l'arme du crime. Qu'est-ce qu'il nous faut de plus ? »

« Ils aimeraient des aveux pour écarter le problème du transfert secondaire. Sinon, ils pensent que cela soulèvera un doute raisonnable. »

Et voilà, un autre problème venait de surgir, et la pression était montée d'un cran.

Dès que j'ai franchi le seuil de la porte, Derrick a dit : « T'étais passé où ? »

Je lui ai rapporté ce que Remin avait dit. « C'est des conneries. On s'est cassé le cul pour obtenir ce qu'on a. Qu'est-ce qu'ils veulent qu'on fasse, qu'on gère le procès aussi ? »

Bonne question. Ramassant trois dossiers sur mon bureau, j'ai dit : « Allons-y. »

En marchant dans le couloir, j'ai dit : « Ça me tracasse que le gamin soit là et pas le vieux. Jamais je ne ferais passer mon fils avant moi. »

« Il cache probablement quelque chose. Encore. »

« Et il se défile à la dernière minute. Chaque fois que j'écarte l'idée que le vieux a orchestré le meurtre ou l'a dissimulé, un voyant s'allume. »

« O'Brien est le meilleur avocat du comté. Le vieux sait que le gamin a plus besoin d'aide que lui. »

O'BRIEN AVAIT LES CHEVEUX FRAÎCHEMENT COUPÉS. SA CHEMISE blanche dépassait de son costume de la même longueur à chaque manche. Jason, dont la jambe battait la mesure comme un marteau-piqueur, portait une cravate trop longue d'une quinzaine de centimètres.

Derrick a expédié les formalités d'usage et les a remerciés d'être venus.

J'ai dit : « Maître, pourquoi avez-vous cessé de représenter le père de Jason ? »

« Conflit d'intérêts. »

« Vous pensez qu'ils sont en désaccord ? »

« Mes convictions sont sans importance. Le fait est qu'aucun avocat ne représentera deux individus dans la même affaire. »

« Compris, mais pourquoi ne pas représenter M. Reedy ? Qu'est-ce qui a motivé cette décision ? »

« Je ne suis pas ici pour répondre à des questions concernant mon cabinet. Passez à autre chose, inspecteur. »

Hochant la tête, j'ai dit : « Votre client, Jason Reedy, nous a précédemment induits en erreur. Je lui suggère fortement de dire toute la vérité durant cet interrogatoire. »

« Nous sommes ici pour éclaircir les malentendus qui subsistent. »

« Votre client était avec la défunte la dernière nuit de sa vie... »

« Vous n'en savez rien. L'heure du décès n'est jamais définitive. »

« La fourchette horaire de l'estimation de l'heure du décès le place avec elle. »

« Si cette affaire va un jour au tribunal, nous ferons examiner votre affirmation par nos experts. »

« D'accord, Jason, laissez-moi vous rappeler que nous savons que vous avez donné un sac à votre ami de confiance, Joey Centro, en lui demandant de s'en débarrasser immédiatement. »

« Je vous ai dit que j'avais trop bu et que j'avais vomi. Quand j'ai nettoyé, j'ai mis les mouchoirs dans un sac que je gardais pour les canettes de bière. »

« Pourquoi était-ce si urgent que M. Centro se débarrasse du sac ? »

« Je lui ai juste demandé de le mettre à la poubelle. »

« Vous avez pris une collation chez votre grand-mère ? »

« J'avais apporté quelques barres énergétiques avec moi. »

« Les avez-vous mangées ? »

« Oui. »

« Qu'avez-vous fait des emballages ? »

« Je les ai jetés dans le sac. »

« Vous essayiez d'éliminer toute preuve de votre présence chez votre grand-mère. »

« Je ne voulais pas qu'elle sache qu'on traînait là-bas, c'est tout. »

« Votre grand-mère était absente et vous y avez emmené votre petite amie, avec de l'alcool, je précise, et vous avez fait disparaître les preuves pour que personne ne sache que vous étiez là. »

« Je suppose, oui. »

« Deborah Holmes n'a pas bu ce soir-là, n'est-ce pas ? »

« Non, elle n'en avait pas envie. »

« Donc vous avez bu, quoi, cinq, six bières ? »

« Quelque chose comme ça. »

« Vous étiez bien parti. »

« Je n'étais pas saoul. »

« Alors pourquoi nous avoir dit que vous étiez trop saoul pour ramener Mlle Holmes chez elle ? »

Il a haussé les épaules. « Je ne voulais pas prendre de risque. »

« En passant la nuit là-bas, vous créiez plus de preuves de votre présence. »

Nouveau haussement d'épaules.

« Donc vous êtes saoul et vous cherchez à coucher avec Mlle Holmes. »

« Ce n'était pas comme ça. »

« Vous avez dit à votre ami de partir parce que vous étiez en train de « batifoler » avec Mlle Holmes. »

« Et alors ? Ce n'est pas illégal. »

« Non, mais vous imposer à elle sans son consentement, c'est un viol. »

« Je n'ai violé personne ! »

« Inspecteur, il n'y a aucune preuve que Mlle Holmes ait été agressée sexuellement. »

« C'est vrai, mais nous pensons que votre client a été frustré, peut-être sous la menace de voir Mlle Holmes révéler qu'il a essayé de s'imposer à elle. Les choses ont dérapé, et il a étouffé Mlle Holmes. »

« Je n'ai rien fait. Jamais je n'aurais fait de mal à Deb ! »

« Inspecteur, je comprends votre besoin d'avoir un récit, mais où sont les preuves ? »

« Content que vous posiez la question, Maître. À l'intérieur du sac que votre client admet avoir remis à M. Centro, avec des instructions spécifiques pour s'en débarrasser, se trouvait la taie d'oreiller utilisée pour étouffer Mlle Holmes. »

« Si c'est vrai, ça ne veut rien dire. M. Centro aurait pu la mettre dans le sac. »

« La taie d'oreiller portait l'ADN de Jason Reedy. »

« Ce n'est pas moi. »

« Alors dites-nous, qui est-ce ? »

74

CHAPITRE SOIXANTE-QUATORZE

DERRICK ET MOI AVONS SERRÉ LA MAIN POTELÉE DE BILL Hartman, et nous nous sommes acquittés des formalités.

Le bouton de la chemise de l'avocat de la défense était sur le point d'éclater à la prochaine gorgée d'eau. Engagé pour défendre Centro, Hartman ne jouait pas dans la même cour que l'avocat de Reedy. Il était probablement moins cher de deux cents dollars de l'heure, mais la mère de Centro n'était de toute façon pas en position de se faire plumer.

Centro se rongeait l'ongle d'un pouce. C'était peut-être l'éclairage au néon, mais il avait un teint cadavérique.

« Monsieur Centro, vous étiez dans la même maison que Deborah Holmes la dernière nuit de sa vie. »

« Oui, je vous ai dit que j'y étais allé. »

« En effet. Cependant, vous avez dit que Jason Reedy vous avait convoqué par un appel téléphonique. »

« C'est exact. »

« L'examen de vos relevés téléphoniques n'a pas permis de vérifier votre affirmation. »

« Ce n'est pas vrai. Il m'a appelé. »

« Vous avez aussi dit que Jason Reedy vous avait appelé

alors que vous étiez en route pour la maison de sa grand-mère. Mais c'est vous qui avez passé l'appel. »

« Il m'a dit d'appeler. »

« À votre arrivée, vous avez dit que Jason Reedy ne voulait pas vous laisser entrer dans la maison. »

« C'est ça. Il se comportait bizarrement. »

« Il vous a donné un sac-poubelle et vous a demandé de le mettre dans la poubelle sur le côté de la maison. »

« Non. Il m'a dit de m'en débarrasser pour que personne ne le trouve. »

« Qu'y avait-il dans le sac ? »

« Je ne sais pas. Je ne l'ai pas ouvert. »

« Qu'avez-vous fait après qu'il vous a donné le sac ? »

« Vous le savez ; je vous y ai emmené... au pont de Marco, où je l'ai jeté dans la baie. »

« Vous ne l'avez pas ouvert ? »

« Non. »

« Mais vous avez mis la clé en croix de votre voiture à l'intérieur pour le lester. »

« Oh oui. J'avais oublié. Je l'ai mise dedans, oui. »

« Pourquoi avez-vous ressenti le besoin de mettre quelque chose dedans pour le maintenir sous l'eau ? Pour qu'on ne le trouve pas ? »

« Ouais. Jason était bizarre et il m'a dit de le cacher. Je me suis juste dit que je devais le faire. J'y ai pas vraiment réfléchi. »

« Mon client vous a emmené à l'endroit où il s'est débarrassé du sac. S'il avait craint pour lui-même que quelqu'un le découvre, il vous aurait emmené ailleurs. »

Ça se tenait. « Monsieur Centro, qu'avez-vous mis d'autre dedans ? »

« Rien. »

« Vous en êtes sûr ? »

« Oui. »

« Le sac à main et le téléphone de Mme Holmes étaient dans le sac. »

« Je n'arrête pas de vous le dire, je ne savais pas ce qu'il y avait dedans. »

« Vous savez ce qui est étrange ? Si Mme Holmes était à l'intérieur de la maison quand vous êtes parti, pourquoi son sac à main serait-il dans le sac ? »

« Inspecteur, je pense que ça désigne clairement Jason Reedy, pas mon client. »

« Un instant, Maître. » J'ai regardé Centro droit dans les yeux. « Joey, vous savez ce qu'on a trouvé d'autre ? »

Il a secoué la tête.

« On a trouvé une taie d'oreiller dans le sac. »

Le ventre de Hartman a heurté la table. « Mon client a déclaré à plusieurs reprises qu'il n'avait pas vu le contenu du sac. Le fait qu'il ait mis une clé en croix dedans ne signifie pas qu'il a regardé à l'intérieur. Il l'a simplement laissée tomber, a fermé le sac et s'en est débarrassé. »

« Une explication raisonnable, sauf que la taie d'oreiller portait l'ADN de M. Centro. »

« Allons, inspecteur. Vous savez que les transferts d'ADN secondaires arrivent tout le temps. L'ADN de M. Centro était sur la clé en croix, et il s'est simplement transféré sur la taie d'oreiller. »

« Ça n'explique pas tout. »

« Expliquer quoi ? »

« La taie d'oreiller présentait deux fortes concentrations de l'ADN de votre client. Comme par hasard, elles correspondent aux positions des mains lorsqu'on étouffe quelqu'un. »

« Ce ne sont que des spéculations hasardeuses. »

« Non, c'est étayé par la science. Le transfert d'ADN est très élevé lorsque la pression et la friction sont appliquées, surtout sur du tissu. »

« Nous produirons nos propres experts pour contrer vos affirmations. »

J'ai levé une main. « Nous allons vous faire une offre non renouvelable ; si M. Centro avoue avoir étouffé Mme Holmes, nous garantissons de ne pas demander la peine de mort. »

Centro a caché son visage dans ses mains.

« Attendez un peu. Vous n'avez aucune preuve... »

« À l'heure qu'il est, le véhicule appartenant à Mme Centro et conduit par votre client cette nuit-là est en train d'être saisi, et une perquisition du domicile des Centro est en cours. »

Centro s'est lamenté : « Non ! Non ! Ma mère, elle n'a rien fait. Ce qui s'est passé était un accident. Je ne voulais pas lui faire de mal. »

Derrick m'a fait un check. « On a enfin toutes les pièces du puzzle. »

Il n'y avait pas de quoi se réjouir. « Si Centro n'avait pas eu besoin d'aller pisser, Holmes serait assise dans une salle de classe. »

« Ou un million d'autres "si", comme si Reedy n'avait pas bu, ou... »

J'ai secoué la tête. « C'est le fait que Holmes ait eu peur d'appeler ses parents pour qu'ils la ramènent qui me perturbe. »

« Je sais, mais au final, Centro était une bombe à retardement. Holmes repousse ses avances, elle menace de le dire à Jason, et il la tue ? C'est de la folie, purement et simplement. »

« C'est un euphémisme. La société doit trouver un moyen d'apprendre aux jeunes à gérer les émotions liées au rejet. Ce n'est pas un putain de jeu vidéo. »

« Amen. Hé, et Reedy père ? Tu penses qu'il essayait de brouiller les pistes pour son fils ? »

« Probablement. Les gens font toutes sortes de choses stupides quand ils essaient de protéger leur famille. Je ne me vois pas faire un truc pareil, mais je comprends le casse-tête. »

Derrick a souri. « Bien choisi, le mot. »

Le téléphone de mon bureau a sonné. « Brigade criminelle, inspecteur Luca. »

« Inspecteur Luca, vous avez attrapé le tueur. »

« Bonjour, Bruce. Comment allez-vous ? »

« Dites-moi comment vous avez eu le tueur. »

« Que diriez-vous si je vous disais ce que je peux quand nous ferons la patrouille ensemble ? »

« Quand ? »

« Et si on disait demain ? »

« Oh, génial ! C'est vraiment super. »

« Je vous verrai demain matin. Disons, dix heures ? »

« Je serai prêt. »

Derrick a dit : « C'était Noon ? »

« Ouais. Il était tout excité par la patrouille. »

« J'espère que tu ne t'es pas embarqué dans un truc que tu regretteras. »

« Non, ça nous fera du bien à tous les deux. » J'ai pris notre rapport sur les aveux signés. « Je vais monter ça à l'étage. »

Au lieu d'aller voir le procureur, je suis sorti sur le parking et j'ai composé un numéro sur mon portable. « Jessie, c'est papa. »

« Salut, papa. Comment ça va ? »

« Bien. Et toi ? Tu es occupée ? »

« Ça va. Je vais juste au foyer des étudiants. Quelque chose ne va pas ? »

« Non, tout va bien. »

« Et maman ? »

« Elle va très bien. Je t'appelais juste pour te dire un truc. »

« Quoi ? »

« Que quoi qu'il arrive, que tu aies des ennuis ou pas, si tu as besoin de quelque chose ou que quelqu'un te ramène quelque part, si quelque chose te met mal à l'aise, tu m'appelles. »

« Pourquoi tu me dis ça ? »

« Pour rien. Je veux juste que tu saches que tu peux compter sur moi. Je te promets, sans poser de questions ni te juger. Je veux juste que tu sois en sécurité. »

« Je le suis, papa. »

« Je sais, mais souviens-toi, tu peux m'appeler pour n'importe quoi, et je dis bien *n'importe quoi*, et je serai là, sans poser de questions. »

« Merci, papa. Je sais, mais tu n'as pas à t'inquiéter pour moi. »

« Dis ce que tu veux, mais ta mère et moi, on s'inquiétera toujours. Utilise juste ta tête, et si tu es dans le pétrin, n'essaie pas de t'en sortir toute seule, appelle-moi. »

« D'accord, papa. J'ai compris. Je dois y aller, je t'aime. »

« Je t'aime aussi. »

Fermant les yeux, j'ai tourné mon visage et j'ai profité d'une minute de soleil avant de remonter à l'étage.

75

CHAPITRE SOIXANTE-QUINZE

LE LENDEMAIN MATIN, DERRICK ET MOI SOMMES SORTIS D'UN briefing avec les procureurs. J'ai dit : « Bon, voilà, on en a fini avec l'affaire Holmes. Mais les parents, eux, vont vivre avec ça pour toujours. »

« Ouais, ça craint. Mais on a fait ce qu'on a pu. Et maintenant, qu'est-ce qui va nous occuper ? »

« Je vais faire un tour dans l'est. »

« Qu'est-ce qui se passe ? »

« Le réseau de voleurs de chiens. Mary Ann a dit qu'il y a un éleveur à Immokalee dont le profil ne colle pas. »

« C'est-à-dire ? »

« Plusieurs choses. Les documents de création de l'entreprise dataient de deux mois et ils vendent les chiens sur Craigslist. Elle s'est fait passer pour une acheteuse sur le site. Ils utilisaient des noms de compte différents, mais c'était le même vendeur. En plus, les prix étaient trop bas par rapport aux autres éleveurs. J'ai été surpris par ce qu'elle a découvert. »

« C'était une inspectrice. »

« Parfois, je l'oublie. J'aimerais que tu viennes, mais si on débarque à deux, ils risquent de se méfier. »

« Pas de problème. »

Je me suis arrêté devant une maison jaune. Un SUV Kia et un vieux pick-up étaient garés sur la droite.

Le gravier crissant sous mes pas, je me suis dirigé vers la porte d'entrée de la maison en parpaings. Un concert d'aboiements a couvert le son de la sonnette.

« Chut ! Chut ! »

Un homme coiffé d'une casquette de baseball rouge sans logo m'a ouvert la porte. J'ai dit : « Je suis Peter. Ma femme, Maureen, a appelé pour le terrier. »

« Ah oui, entrez. Elle est tombée amoureuse d'elle. »

J'ai dit, en couvrant les aboiements : « Elle voulait venir, mais elle est en fauteuil roulant et c'est toute une histoire. »

« Elle me l'a dit. Laissez-moi aller chercher Missy. »

Il a disparu dans un couloir, et j'ai examiné le salon. Un canapé double à fauteuils inclinables était placé devant une télévision de la taille d'un drap de lit.

« La voilà. »

Il m'a tendu un chiot gris. « Oh, elle est mignonne. Comment tu vas, ma petite ? » Le terrier m'a léché le doigt comme si c'était une sucette glacée. « Vous en voulez combien ? »

« Mille cinq cents. En espèces uniquement. »

« L'argent liquide n'est pas un problème. » J'ai tenu la chienne devant mon visage. « Elle est à garder. » Je la lui ai rendue. « Je peux voir ses papiers de pedigree ? »

« Vous voulez la tenir pendant que je vais les chercher ? »

« Non, ça va aller. »

Une minute plus tard, il est revenu. « Les voilà. »

J'ai examiné le certificat de pedigree. Il semblait fraîchement imprimé. La lignée indiquait un père nommé Kokopelli Cup of Joe et une mère du nom de Maggie Mae Stewart. « Ça a l'air bon. »

« Même si ça me fend le cœur de la laisser partir, si vous avez l'argent, elle est à vous. »

« Vous savez, on a déjà eu des bichons maltais, et ils sont faciles à vivre. » J'ai sorti mon téléphone. « Maureen m'a dit que vous aviez aussi celui-ci. Je peux le voir ? »

« Bien sûr. Vous savez, les mâles sont plus faciles aussi, comme dans la vie. » Il a souri, révélant une dent manquante.

J'ai ri avec lui pendant qu'il allait chercher le chiot.

« Voici M. Sam. »

« Oh, tu es beau, Sam. » La boule de poils blanche tremblait. « Tout va bien. » Je lui ai frotté le ventre. « Combien ? »

« Mille neuf cents. »

« Je peux voir ses papiers ? »

« Bien sûr. »

J'ai échangé le bichon maltais contre un autre certificat de pedigree. « D'où vient-il ? »

« D'un de nos éleveurs dans l'Ohio. »

Le père du chien était indiqué comme Sexy Rod Java et la mère comme Hot Legs Jane. Je n'étais pas un grand fan de musique, mais le lien avec Rod Stewart était impossible à manquer. Je les lui ai rendus. « Même si c'est plus cher, je préférerais avoir le petit gars, mais je dois m'assurer que Maureen est d'accord. Vous savez ce qu'on dit, femme heureuse, vie heureuse. »

« D'accord, mec. Sachez juste qu'on a d'autres personnes intéressées, alors dépêchez-vous. »

Je suis remonté dans la voiture et je suis parti. Environ un kilomètre plus loin, je me suis garé sur le bas-côté et j'ai appelé Gesso. « Sergent, je suis passé voir les types que Mary Ann avait repérés, ceux dont je t'ai parlé. »

« Les voleurs de chiens d'Immokalee ? »

« Oui, je suis certain que ce sont eux. Les documents sont des faux. »

« Je vais envoyer des voitures, et on va les boucler. »

En passant par Oil Well Road, j'allais appeler Mary Ann quand mon portable a sonné. Je n'ai pas reconnu le numéro, mais il avait l'indicatif 239, et j'ai répondu : « Inspecteur Luca. »

« Oh, bonjour. Vous ne me connaissez pas, mais je suis une infirmière qui s'occupe de M. Coburn. Il a insisté pour que je vous appelle. »

« À quel sujet ? »

Elle a baissé la voix. « Je crois qu'il perd un peu la tête ; il m'a dit de vous dire de vous renseigner sur un agent de la DEA nommé Withers. »

Ce nom me disait quelque chose. Les détails étaient flous. « A-t-il dit autre chose ? »

« C'était tout. Il a dit que ça suffirait. »

En utilisant la commande vocale, j'ai appelé Mary Ann. « Eh bien, t'as pas perdu la main, gamine. »

« Qu'est-ce qui s'est passé ? »

« Les papiers étaient un peu à côté de la plaque ; le logo de l'AKC n'était pas le bon, et la lignée était inventée. Ces types ont besoin de prendre des cours de créativité. »

« Je le savais. »

« Bon travail. J'ai transmis l'affaire à Gesso, et il va s'occuper d'eux aujourd'hui. »

« Et les chiots ? »

Mon cœur s'est serré. Je n'y avais pas pensé. « Je vais m'assurer qu'ils font intervenir le service de contrôle des animaux jusqu'à ce qu'ils puissent identifier les vrais propriétaires. »

« Ils étaient mignons, n'est-ce pas ? »

« Surtout ce terrier. Dis, tu as ton iPad sous la main ? »

« Oui. De quoi as-tu besoin ? »

« Tu te souviens de cet agent de la DEA, Withers ? »

« Pas vraiment. »

« C'était peut-être avant que tu arrives. Regarde ce que tu trouves sur lui. »

Elle a cliqueté sur son clavier. « Oh, mon Dieu. Il s'est suicidé. »

C'est vrai. « Quoi d'autre ? »

« Il travaillait sur une grosse affaire où cent millions de dollars en liquide avaient disparu. »

« J'avais oublié que c'était autant. Ils ont déjà retrouvé l'argent ? »

« On dirait que non. Oh, il est dit ici que l'argent n'a jamais été retrouvé. Pourquoi tu me demandes ça ? »

« L'ami d'un ami en a parlé, et je ne me souvenais plus de l'histoire. »

« Cent millions. Waouh. Je me demande où ils sont. »

Bonne question. « Qui sait ? Les trafiquants de drogue l'ont probablement récupéré. »

« Ce serait bien de le trouver, non ? »

« Il faudrait le rendre à ses propriétaires. »

« Pas en Floride. Je ne me souviens pas exactement, mais il y a une loi du type « qui trouve garde », ça concernait la recherche de trésors engloutis datant de l'époque des pirates. »

« Je ne savais pas ça. » C'était une tournure intéressante. Mais étais-je prêt pour une chasse au trésor ?

Merci d'avoir pris le temps de lire ***Jamais Personne N'est à L'abri.***
Si vous l'avez apprécié, n'hésitez pas à en parler à un ami ou à publier un court avis. Le bouche-à-oreille est le meilleur ami de l'auteur.
Merci, Dan

Dan publie une newsletter bimensuelle présentant ses écrits, des anecdotes sur le crime et des offres spéciales. Inscrivez-vous sur www.danpetrosini.com

LIVRES DE DAN PETROSINI

Dan est un auteur à succès figurant sur les listes de best-sellers de USA Today et d'Amazon. Il a écrit sa première histoire à l'âge de dix ans et aime raconter des histoires ou des blagues.

Dan trouve ses idées d'histoires en explorant la question : « Et si ? »

Dans presque toutes les situations où il se trouve, Dan se demande : « Et si ceci ou cela se produisait ? Et si cette personne mourait ou faisait quelque chose d'inhabituel ou d'illégal ? »

Le tourbillon incessant de son esprit lui fournit une matière abondante pour tisser des histoires intéressantes.

Passionné de livres et de films aux rebondissements imprévisibles, Dan façonne ses histoires pour empêcher les lecteurs d'en deviner l'issue. Il écrit tous les jours, force les mots à sortir si nécessaire, et a écrit plus de vingt-cinq romans à ce jour.

Ce n'est pas une question de vouloir écrire, pour Dan, c'est une nécessité.

Dan est convaincu que les gens peuvent réaliser leurs rêves s'ils se concentrent et agissent, et il les y encourage.

Son dicton préféré est : « Le prix de la discipline est toujours inférieur au coût du regret ».

Dan rappelle aux gens de chasser la négativité de leur vie. Il la croit contagieuse et conseille d'éviter les personnes négatives. Il sait qu'adopter un état d'esprit véritablement positif donne l'impression que la vie est truquée en votre faveur. Quand il s'en écarte, il se dit : « On ne peut pas passer une bonne journée avec une mauvaise attitude. »

Marié, père de deux filles et propriétaire d'un bichon maltais capricieux, Dan vit dans le sud-ouest de la Floride. Originaire de New York, Dan a enseigné dans des universités locales, écrit des romans et joue du saxophone ténor dans plusieurs groupes de jazz. Il boit aussi beaucoup trop de vin et ne se prend jamais, au grand jamais, au sérieux.

Il publie une newsletter bimensuelle présentant des articles, ses écrits, ainsi que des offres spéciales et de bonnes affaires.

www.danpetrosini.com